M000005843

Robert Merle

La mort est mon métier

Gallimard

A qui puis-je dédier ce livre,
sinon aux victimes de ceux
pour qui la Mort est un Métier ?

Préface

Immédiatement après 1945, on vit paraître en France nombre de témoignages bouleversants sur les camps de la mort outre-Rhin. Mais cette floraison fut brève. Le réarmement de l'Allemagne marqua le déclin, en Europe, de la littérature concentrationnaire. Les souvenirs de la maison des morts dérangeaient la politique de l'Occident : on les oublia.

Quand je rédigeai La Mort est mon Métier, de 1950 à 1952, j'étais parfaitement conscient de ce que je faisais : j'écrivais un livre à contre-courant. Mieux même : mon livre n'était pas encore écrit qu'il était déjà démodé.

Je ne fus donc pas étonné par l'accueil que me réserva la critique. Il fut celui que j'attendais. Les tabous les plus efficaces sont ceux qui ne disent pas leur nom.

De cet accueil je puis parler aujourd'hui sans amertume, car de 1952 à 1972, La Mort est mon Métier n'a pas manqué de lecteurs. Seul leur âge a varié : ceux qui le lisent maintenant sont nés après 1945. Pour eux, La Mort est mon Métier, « c'est un livre d'histoire ». Et dans une large mesure, je leur donne raison.

Rudolf Lang a existé. Il s'appelait en réalité Rudolf Hoess et il était commandant du camp d'Auschwitz. L'essentiel de sa vie nous est connu par le psychologue américain Gilbert qui l'interrogea dans sa cellule au moment du procès de Nuremberg. Le bref résumé de ces entretiens — que Gilbert voulut bien me communiquer — est dans l'ensemble infiniment plus révélateur que la confession écrite plus tard par Hoess lui-même dans sa prison polonaise. Il y a une différence entre coucher sur le papier ses souvenirs en les arrangeant et être interrogé par un psychologue...

La première partie de mon récit est une re-création étoffée et imaginative de la vie de Rudolf Hoess d'après le résumé de Gilbert. La deuxième — où, à mon sens, j'ai fait véritablement œuvre d'historien — retrace, d'après les documents du procès de Nuremberg, la lente et tâtonnante mise au point de l'Usine de Mort d'Auschwitz.

Pour peu qu'on y réfléchisse, cela dépasse l'imagination que des hommes du XX° siècle, vivant dans un pays civilisé d'Europe, aient été capables de mettre tant de méthode, d'ingéniosité et de dons créateurs à construire un immense ensemble industriel où ils se donnaient pour but d'assassiner en masse leurs semblables.

Bien entendu, avant de commencer mes recherches pour La Mort est mon Métier, je savais que de 1941 à 1945, cinq millions de juifs avaient été gazés à Auschwitz. Mais autre chose est de le savoir abstraitement et autre chose de toucher du doigt, dans des textes officiels, l'organisation matérielle de l'effroyable génocide. Le résultat de mes lectures me laissa horrifié. Je pouvais pour chaque fait partiel produire un document, et pourtant la vérité globale était à peine croyable.

Il y a bien des façons de tourner le dos à la vérité. On peut se réfugier dans le racisme et dire : les hommes qui ont fait cela étaient des Allemands. On peut aussi en appeler à la métaphysique et s'écrier avec horreur, comme un prêtre que j'ai connu : « Mais c'est le démon ! Mais c'est le Mal !... »

Je préfère penser, quant à moi, que tout devient possible

dans une société dont les actes ne sont plus contrôlés par l'opinion populaire. Dès lors, le meurtre peut bien lui apparaître comme la solution la plus rapide à ses problèmes.

Ce qui est affreux et nous donne de l'espèce humaine une opinion désolée, c'est que, pour mener à bien ses desseins, une société de ce type trouve invariablement les instruments zélés de ses crimes.

C'est un de ces hommes que j'ai voulu décrire dans La Mort est mon Métier. Qu'on ne s'y trompe pas : Rudolf Lang n'était pas un sadique. Le sadisme a fleuri dans les camps de la mort, mais à l'échelon subalterne. Plus haut, il fallait un équipement psychique très différent.

Il y a eu sous le Nazisme des centaines, des milliers, de Rudolf Lang, moraux à l'intérieur de l'immoralité, consciencieux sans conscience, petits cadres que leur sérieux et leurs « mérites » portaient aux plus hauts emplois. Tout ce que Rudolf fit, il le fit non par méchanceté, mais au nom de l'impératif catégorique, par fidélité au chef, par soumission à l'ordre, par respect pour l'État. Bref, en homme de devoir : et c'est en cela justement qu'il est monstrueux.

Le 27 avril 1972.

Robert Merle

1913

Je tournai l'angle de la *Kaiser-Allee*, une bouffée de vent et de pluie glaciale cingla mes jambes nues, et je me rappelai avec angoisse qu'on était un samedi. Je fis les derniers mètres en courant, je m'engouffrai dans le vestibule de l'immeuble, je montai les cinq étages quatre à quatre, et je frappai deux petits coups.

Je reconnus avec soulagement le pas traînant de la grosse Maria. La porte s'ouvrit, Maria releva sa mèche grise, ses bons yeux bleus me regardèrent, elle se pencha et dit à voix basse et furtivement :

— Tu es en retard.

Et ce fut comme si Père se dressait devant moi, noir et maigre, et disait de sa voix saccadée : « La ponctualité — est une vertu allemande — *mein Herr !* »

Je dis dans un souffle :

— Où est-il ?

Maria referma doucement la porte d'entrée.

— Dans son bureau. Il fait les comptes du magasin.

Elle ajouta :

— Je t'ai apporté tes chaussons. Comme ça, tu n'auras pas à aller dans ta chambre.

Il fallait passer devant le bureau de Père pour gagner ma

9

chambre. Je mis un genou à terre et je commençai à délacer mes chaussures. Maria resta debout, massive, immobile. Je relevai la tête et je dis :

— Et ma serviette?

— Je la porterai moi-même. Justement, j'ai encore ta chambre à cirer.

J'enlevai mon blouson, je le suspendis à côté du grand manteau noir de Père et je dis :

— Merci, Maria.

Elle hocha la tête, sa mèche grise retomba sur ses yeux, et elle me tapota l'épaule.

Je gagnai la cuisine, j'ouvris doucement la porte, et je la refermai derrière moi. Maman était debout devant l'évier, en train de laver.

— Bonsoir, Maman.

Elle se retourna, ses yeux pâles glissèrent sur les miens, elle regarda l'horloge du buffet, et dit d'un ton craintif :

— Tu es en retard.

— Il y avait beaucoup d'élèves à confesse. Et après, le Père Thaler m'a retenu.

Elle recommença à laver et je ne vis plus que son dos. Elle reprit sans me regarder :

— Ta cuvette et tes chiffons sont sur la table. Tes sœurs sont déjà au travail. Dépêche-toi.

— Oui, Maman.

Je pris la cuvette et les chiffons et je sortis dans le couloir. Je marchai lentement afin de ne pas renverser l'eau de la cuvette.

Je passai devant la salle à manger, la porte était ouverte, Gerda et Bertha étaient debout sur des chaises devant la fenêtre. Elles me tournaient le dos. Je passai ensuite devant le salon et j'entrai dans la chambre de Maman. Maria y dressait l'escabeau devant la fenêtre. Elle avait été le chercher pour moi dans le débarras. Je la regardai, je pensai :

« Merci, Maria », mais je n'ouvris pas la bouche : On n'avait pas le droit de parler quand on lavait les vitres.

Au bout d'un moment, je passai l'escabeau dans la chambre de Père, je revins chercher la cuvette et les chiffons, je grimpai sur l'escabeau et je me remis à frotter. Un train siffla, la voie ferrée en face de moi s'emplit de fumée et de vacarme, je me surpris presque à me pencher par la fenêtre pour regarder, et je dis tout bas avec terreur : « Mon Dieu, faites que je n'aie pas regardé dans la rue. » Puis j'ajoutai : « Mon Dieu, faites que je ne commette pas de faute en lavant les vitres. »

Après cela, je fis une prière, je me mis à chanter un cantique à mi-voix et je me sentis un peu mieux.

Quand les fenêtres de Père furent finies, je sortis pour gagner le salon. Gerda et Bertha apparurent au fond du couloir. Elles avançaient l'une derrière l'autre, leur cuvette à la main. Elles allaient faire la fenêtre de leur chambre. Je mis l'escabeau debout contre le mur, je m'effaçai, elles passèrent devant moi et je détournai la tête. J'étais l'aîné, mais elles étaient plus grandes que moi.

J'installai l'escabeau devant la fenêtre du salon, je retournai dans la chambre de Père chercher la cuvette et les chiffons, je les déposai dans un coin, mon cœur se mit à battre, je fermai la porte et je regardai les portraits. Les trois frères, l'oncle, le Père et le Grand-Père de Père étaient là : Tous officiers, tous en grande tenue. Je regardai plus longuement le portrait de mon grand-père : Il était colonel et on disait que je lui ressemblais.

J'ouvris la fenêtre, je grimpai sur l'escabeau; le vent et la pluie entrèrent, j'étais une sentinelle debout aux avant-postes, et guettant, sous la tempête, l'approche de l'ennemi. La scène changea, je me trouvai dans la cour d'une caserne, j'étais puni par un officier, l'officier avait les yeux brillants et le visage maigre de Père, je me mettais au garde à vous et je disais avec respect : « *Jawohl, Herr Hauptmann*[1] ! » Des picotements me parcoururent l'échine, mon chiffon allait et venait sur la vitre avec une rigueur mécanique, et je sentais délicieusement, sur mes épaules et dans mon dos, les regards inflexibles des officiers de ma famille.

Quand j'eus fini, j'allai porter l'escabeau dans le débarras, je revins chercher la cuvette et les chiffons, et je gagnai la cuisine.

Maman dit sans se retourner :

— Pose tes affaires par terre et viens te laver les mains.

J'approchai de l'évier, Maman me fit place, je plongeai les mains dans l'eau, elle était chaude, Père nous défendait de nous laver à l'eau chaude, et je dis à voix basse :

— Mais c'est de l'eau chaude!

Maman soupira, prit la cuvette, la renversa sans un mot dans l'évier, et ouvrit le robinet. Je pris le savon, elle s'écarta, me tourna le dos à moitié, la main droite appuyée sur le bord de l'évier, les yeux fixés sur le buffet. Sa main droite tremblait légèrement.

Quand j'eus fini, elle me tendit le peigne et dit sans me regarder :

— Peigne-toi.

Je me dirigeai vers la petite glace du buffet, j'entendis Maman replacer la bassine de linge dans l'évier, je me regardai dans la glace, et je me demandai si oui ou non je ressemblais à mon grand-père. Il était important pour moi de le savoir, car, dans l'affirmative, je pouvais espérer devenir, comme lui, colonel.

Mère dit derrière mon dos :

— Ton père t'attend.

Je posai le peigne sur le buffet et je me mis à trembler.

— Ne pose pas le peigne sur le buffet, dit Maman.

1. Bien, mon capitaine.

Elle fit deux pas, saisit le peigne, l'essuya sur son tablier, et l'enferma dans le tiroir du buffet. Je la regardai désespérément, ses yeux glissèrent sur moi, elle me tourna le dos et reprit sa place devant l'évier.

Je sortis, je me dirigeai lentement vers le bureau de Père. Dans le couloir, je croisai de nouveau mes sœurs. Elles me jetèrent des regards sournois et je compris qu'elles avaient deviné où j'allais.

Je m'arrêtai devant la porte du bureau, je fis un violent effort pour cesser de trembler et je frappai. La voix de Père cria : « Entrez! », j'ouvris la porte, la refermai et me mis au garde à vous.

Aussitôt un froid glacial traversa mes vêtements et me pénétra jusqu'aux os. Père était assis à son bureau, face à la fenêtre grande ouverte. Il me tournait le dos et ne bougeait pas. Je restai immobile au garde à vous. La pluie entrait par rafales, avec de brusques bouffées de vent, et je vis qu'il y avait une petite mare devant la fenêtre.

Père dit de sa voix saccadée :

— Viens – t'asseoir.

Je m'avançai et je m'assis sur une petite chaise basse à sa gauche. Père fit tourner son fauteuil et me regarda. Ses orbites étaient encore plus creuses que d'habitude, et son visage était si maigre qu'on aurait pu compter tous les muscles un par un. La petite lampe de son bureau était allumée, et je me sentis heureux d'être dans l'ombre.

— Tu as froid?

— Non, Père.

— Tu ne – trembles pas – j'espère?

— Non, Père.

Et je remarquai que lui-même avait beaucoup de mal a s'empêcher de trembler : Son visage et ses mains étaient bleus.

— As-tu fini – de nettoyer les vitres?

— Oui, Père.

— As-tu – parlé?

— Non, Père.

Il inclina la tête d'un air absent, et comme il ne disait plus rien, j'ajoutai :

— J'ai chanté un cantique.

Il releva la tête et dit de sa voix saccadée :

— Contente-toi – de répondre – à mes questions.

— Oui, Père.

Il reprit son interrogatoire, mais distraitement, et comme par routine :

— Tes sœurs ont-elles – parlé?

— Non, Père.

— As-tu – renversé de l'eau?

— Non, Père.

— As-tu – regardé dans la rue?

J'hésitai un quart de seconde :

— Non, Père.

Il me fixa.

— Fais bien attention. As-tu – regardé dans la rue?

— Non, Père.

Il ferma les yeux. Il devait être vraiment distrait : Sans cela il ne m'aurait pas lâché si vite.

Il y eut un silence. Il remua son grand corps raide sur son fauteuil. La pluie pénétra en bourrasque dans la pièce et je sentis que mon genou gauche était trempé. J'étais transpercé par le froid, mais ce n'était pas le froid qui me faisait souffrir : C'était la peur que Père s'aperçût que je m'étais remis à trembler.

— Rudolf – j'ai à te parler.

— Oui, Père.

Il fut secoué par une toux déchirante. Puis il regarda la fenêtre, et j'eus l'impression qu'il allait se lever pour en rabattre les battants. Mais il se ravisa et reprit :

14

— Rudolf – j'ai à te parler – de ton avenir.

— Oui, Père.

Il resta un long moment silencieux à regarder la fenêtre. Ses mains étaient bleues de froid, mais il ne se permettait pas un mouvement.

— Auparavant – nous allons dire – une prière.

Il se leva et je me levai aussitôt. Il se dirigea vers le Christ qui pendait au mur derrière la petite chaise basse et s'agenouilla sur le plancher. Je m'agenouillai à mon tour, non pas à côté, mais derrière lui. Il fit le signe de la croix et commença un « Notre Père » lentement, distinctement, et sans perdre une syllabe. Sa voix n'était plus saccadée quand il priait.

J'avais les yeux fixés sur la grande forme raide agenouillée devant moi, et comme toujours, j'avais l'impression que c'était à elle, beaucoup plus qu'à Dieu, que ma prière s'adressait.

Père dit « Amen » d'une voix forte et se leva. Je me levai aussitôt. Il se rassit devant son bureau.

— Assieds-toi.

Je repris place sur la petite chaise. Mes tempes battaient.

Il me regarda un bon moment et j'eus l'impression extraordinaire qu'il manquait de courage pour parler. Comme il hésitait, la pluie, brusquement, cessa. Son visage s'éclaira, et je compris ce qui allait se passer. Père se leva et ferma la fenêtre : Dieu lui-même avait mis fin à la punition.

Père se rassit et il me sembla qu'il avait repris courage.

— Rudolf, dit-il, tu as treize ans – et tu es d'âge – à comprendre. Grâce à Dieu – tu es intelligent – et grâce à moi...

— ... ou plutôt reprit-il, grâce aux lumières que Dieu – a bien voulu – m'accorder – pour ton éducation – tu es – à l'école – un bon élève. Car je t'ai appris – Rudolf

15

– je t'ai appris – à faire tes devoirs – comme tu nettoies les vitres – à fond!

Il se tut un quart de seconde, et reprit d'une voix forte, et presque en criant :

— A fond!

Je compris que je devais parler et je dis : « Oui, Père », d'une voix faible. Depuis que la fenêtre était fermée, j'avais l'impression que la pièce était beaucoup plus glaciale.

— Je vais donc – te dire – ce que j'ai décidé – en ce qui concerne – ton avenir.

— Mais je veux, reprit-il, que tu saches – que tu comprennes – les raisons – de ma décision.

Il s'arrêta, serra ses deux mains l'une contre l'autre et ses lèvres se mirent à trembler.

— Rudolf – autrefois – j'ai commis une faute.

Je le regardai, stupéfait.

— Et pour que tu comprennes – ma décision – il faut aujourd'hui – il faut – que je te dise – ma faute. Une faute – Rudolf – un péché – si grand – si effroyable – que je ne peux pas – que *je ne dois pas* – espérer – que Dieu me pardonne – du moins dans cette vie...

Il ferma les yeux, un tremblement convulsif agita ses lèvres, et il eut l'air si désespéré qu'une boule se noua dans ma gorge, et pendant quelques secondes, je m'arrêtai de trembler.

Père dénoua ses mains avec effort, et les posa à plat sur ses genoux.

— Tu dois bien penser – combien – il m'est pénible – de m'abaisser – de m'humilier – ainsi – devant toi. Mais mes souffrances – n'importent pas. Je ne suis rien.

Il ferma les yeux et répéta :

— Je ne suis rien.

C'était sa phrase favorite, et comme à chaque fois qu'il la prononçait, je me sentis affreusement gêné et coupable,

16

comme si c'était à cause de moi que la créature quasi divine qu'était mon père « n'était rien ».

Il ouvrit les yeux et regarda le vide.

— Rudolf – quelque temps – plus exactement – quelques semaines – avant ta naissance – j'ai dû – me rendre – pour mes affaires...

Il articula avec dégoût :

— ... en France, à Paris...

Il s'arrêta, ferma les yeux, et toute trace de vie quitta son visage.

— Paris, Rudolf, est la capitale de tous les vices!

Il se redressa tout d'un coup sur sa chaise, et me fixa avec des yeux flamboyants de haine.

— Est-ce que tu comprends?

Je n'avais pas compris, mais son regard me terrifia, et je répondis « Oui, Père », d'une voix éteinte.

— Dieu, reprit-il à voix basse, dans sa colère – visita – mon corps et mon âme.

Il regarda le vide.

— Je fus malade, dit-il avec un accent de dégoût incroyable, je me soignai et je guéris – mais l'âme ne guérit pas.

Il se mit tout d'un coup à crier :

— Elle *ne devait pas* guérir!

Il y eut un long silence, puis il parut s'apercevoir de nouveau que j'étais là.

— Tu trembles? demanda-t-il machinalement.

— Non, Père.

Il reprit :

— Je rentrai – en Allemagne. Je fis l'aveu – de ma faute – à ta mère et je décidai – désormais – de *prendre sur mes épaules* – en plus de mes propres fautes – les fautes de mes enfants – et de ma femme – et de demander pardon – à Dieu – pour elles – comme pour les miennes.

Au bout d'un moment, il recommença à parler, et ce

17

fut comme s'il priait : Sa voix cessa d'être saccadée.

— Et enfin, je promis solennellement à la Sainte Vierge que si l'enfant qui allait naître était un fils, je le consacrerais à son service.

Il me regarda dans les yeux :

— La Sainte Vierge voulut – que ce fût un fils.

J'eus un mouvement d'une audace inouïe : Je me levai.

— Assieds-toi, dit-il sans élever la voix.

— Père...

— Assieds-toi.

Je me rassis.

— Quand j'aurai fini, tu parleras.

Je fis « Oui, Père », mais je savais déjà que lorsqu'il aurait fini, je ne pourrais plus parler.

— Rudolf, reprit-il, depuis que tu es en âge – de commettre – des fautes – je les ai prises – l'une après l'autre – *sur mes épaules*. J'ai demandé – pardon à Dieu – pour toi – comme si c'était moi – qui étais coupable – et je continuerai à agir ainsi – tant que tu seras – mineur.

Il se mit à tousser.

— Mais toi – à ton tour – Rudolf – quand tu seras ordonné prêtre – si du moins – je vis jusque-là – il faudra – que tu prennes – sur tes épaules – mes péchés...

Je fis un mouvement, et il cria :

— Ne m'interromps pas!

Il recommença à tousser, mais cette fois, d'une façon déchirante, en se pliant en deux sur sa table, et tout d'un coup, je me pris à penser que s'il mourait, je n'aurais pas à être prêtre.

— Si je meurs, continua-t-il comme s'il avait deviné mes pensées et un flot de honte m'envahit, si je meurs – avant que tu sois ordonné – j'ai pris mes dispositions – avec ton futur tuteur – pour que ma mort – ne change rien. Et même après ma mort – Rudolf – même après ma mort – ton devoir – ton devoir de prêtre – sera d'intercéder auprès de Dieu – pour moi.

Il sembla attendre ma réponse : Je n'arrivais pas à parler.

— Peut-être – Rudolf, reprit-il, as-tu trouvé – quelquefois – que j'étais – plus sévère – avec toi – qu'avec tes sœurs – ou ta mère – mais comprends – Rudolf – comprends que toi – toi! – tu n'as pas le droit – tu entends, tu n'as pas – le droit! – de commettre des fautes.

— Comme si, reprit-il avec passion, ce n'était pas assez – de mes propres péchés – mais ce fardeau – ce fardeau effroyable – il faut que tous – dans cette maison – tous – tous! (Il se mit brusquement à crier) – vous l'augmentiez – tous les jours!

Il se leva, se mit à marcher dans la pièce, et sa voix tremblait de rage.

— Voilà – ce que vous faites pour moi! Vous m'enfoncez! Tous! Tous! Vous m'enfoncez! Chaque jour – vous m'enfoncez – davantage!

Il marcha sur moi, hors de lui. Je le regardai, stupéfait. Il ne m'avait jamais battu jusque-là.

A un pas de moi, il s'arrêta net, il respira profondément, contourna ma chaise et se jeta aux pieds du crucifix. Je me levai mécaniquement.

— Reste où tu es, dit-il par-dessus son épaule, ça ne te concerne pas.

Il commença un « Pater » avec cette diction lente et parfaite qui était la sienne quand il priait.

Il pria un long moment, puis revint s'asseoir à son bureau, et me regarda si longtemps que je recommençai à trembler.

— As-tu quelque chose à dire?

— Non, Père.

— Je croyais que tu avais quelque chose à dire?

19

— Non, Père.

— C'est bien, tu peux te retirer.

Je me levai et je me mis au garde à vous. Il fit un petit signe de la main. Je fis demi-tour, je sortis et je refermai la porte.

Je regagnai ma chambre, j'ouvris la fenêtre et je fermai les volets. J'allumai la lampe, je m'assis à ma table et je commençai à travailler un problème d'arithmétique. Mais je ne pus continuer. Ma gorge était serrée à me faire mal.

Je me levai, j'allai prendre mes chaussures sous mon lit et j'entrepris de les nettoyer. Elles avaient eu le temps de bien sécher depuis mon retour de l'école, et après avoir appliqué un peu de cirage, je commençai à les frotter avec un chiffon. Au bout d'un moment, elles se mirent à briller. Mais je continuais à les frotter de plus en plus vite, et de plus en plus fort, jusqu'à ce que les bras me fissent mal.

A sept heures et demie, Maria sonna la petite cloche du dîner. Après le dîner, il y eut la prière du soir, Père nous posa les questions habituelles, personne n'avait commis de faute dans la journée, et Père se retira dans son bureau.

A huit heures et demie, je gagnai ma chambre, et à neuf heures, Maman vint éteindre la lumière. J'étais déjà au lit. Elle referma la porte sans un mot et sans me regarder, et je restai seul dans le noir.

Au bout d'un moment, je m'étendis bien à plat, les jambes raides et réunies, la tête rigide, les yeux clos, et les deux mains croisées sur la poitrine. Je venais à peine de mourir. Ma famille priait autour de mon lit, à genoux sur le parquet de ma chambre. Maria pleurait. Cela durait un bon moment, puis Père se levait enfin, noir et maigre, il partait de son pas raide, il s'enfermait dans son bureau glacial, il s'asseyait devant la fenêtre grande ouverte, il attendait que la pluie cessât pour la fermer. Mais cela ne servait plus à rien, maintenant. Je n'étais plus là pour être prêtre, ni pour intercéder auprès de Dieu pour lui.

Le lundi suivant, je me levai, comme d'habitude, à cinq heures, il faisait un froid glacial, et en ouvrant mes volets, je pus voir que le toit de la gare était couvert de neige.

A cinq heures et demie, je pris mon petit déjeuner avec Père dans la salle à manger, je regagnai ma chambre, Maria se dressa tout d'un coup dans le couloir. Elle m'attendait.

Elle posa sa grande main rouge sur mon épaule et dit à voix basse :

— N'oublie pas d'y aller.

Je détournai les yeux et je dis :

— Oui, Maria.

Je ne bougeai pas, sa main serra mon épaule, elle chuchota :

— Il ne faut pas dire « Oui, Maria ». Il faut y aller. Tout de suite.

— Oui, Maria.

Elle me serra plus fort.

— Allons, Rudolf.

Elle me lâcha, je marchai vers les cabinets, je sentais son regard peser sur ma nuque. J'ouvris la porte et je la refermai sur moi. Il n'y avait pas de clef, et Père avait enlevé l'ampoule électrique. La lumière grise du petit matin pénétrait par une lucarne toujours grande ouverte. La pièce était sombre et glaciale.

Je m'assis en grelottant et je fixai obstinément le sol. Mais cela ne servait à rien. Il était là, avec ses cornes, ses gros yeux saillants, son nez tombant, ses lèvres épaisses. Le papier était un peu jauni, parce qu'il y avait déjà un an

que Père l'avait épinglé sur la porte, face au siège, à la
hauteur des yeux. La sueur inonda mon dos, je pensais :
« C'est seulement une gravure. Tu ne vas pas avoir
peur d'une gravure. » Je relevai la tête. Le Diable me
regarda en face et ses lèvres ignobles se mirent à sourire.
Je me dressai, relevai ma culotte et m'enfuis dans le
couloir.

Maria m'empoigna et me colla contre elle.

— Tu as fait?

— Non, Maria.

Elle hocha la tête et ses bons yeux tristes me fixèrent.

— Tu as eu peur?

Je dis dans un souffle :

— Oui.

— Tu n'as qu'à pas le regarder.

Je me serrai contre elle, j'attendais avec terreur qu'elle
me donnât l'ordre de retourner. Elle dit seulement :

— Un grand garçon comme toi!

On entendit un bruit de pas dans le bureau de Père et
elle dit vite et dans un souffle :

— Tu feras à l'école. N'oublie pas.

— Non, Maria.

Elle me lâcha et j'entrai dans ma chambre. Je boutonnai
ma culotte, je mis mes chaussures, pris ma serviette sur ma
table, et je m'assis sur une chaise, la serviette sur mes
genoux, comme dans une salle d'attente.

Au bout d'un moment, la voix de Père dit à travers la
porte :

— 6h. 10, *mein Herr* [1]!

Père faisait claquer ce « *Mein Herr* » comme un coup
de fouet.

La neige, dans la rue, était déjà épaisse. Père marchait

1. Monsieur.

22

de son pas raide et régulier, sans un mot, et en regardant droit devant lui. Ma tête arrivait à peine au niveau de son épaule et j'avais du mal à me maintenir à sa hauteur. Il dit sans tourner la tête :

— Marche donc au pas!

Je changeai de pas, je comptai tout bas « Gauche... gauche... », les jambes de Père s'allongeaient démesurément, je tombai de nouveau sur le mauvais pied, et Père dit de sa voix saccadée :

— Je t'ai dit – de marcher au pas.

Je repartis, je me pliai presque en deux pour faire des enjambées aussi longues que les siennes, mais c'était inutile, je perdis encore la cadence, et très haut au-dessus de moi, je voyais le visage maigre de Père se contracter de colère.

Comme tous les jours, on arriva à l'église dix minutes avant l'heure de la messe. On prit place, on s'agenouilla, et on commença à prier. Au bout d'un moment, Père se releva, posa son livre de messe sur son prie-Dieu, s'assit et croisa les bras. Je l'imitai.

Il faisait froid, la neige tombait sur les vitraux, j'étais debout sur une immense steppe glacée, je faisais le coup de feu, à l'arrière-garde, avec mes hommes. La steppe disparut, j'étais dans une forêt vierge, un fusil à la main, traqué par les bêtes fauves, poursuivi par les indigènes, souffrant de la chaleur et de la faim. Je portais une soutane blanche. Les indigènes me rattrapaient, ils m'attachaient à un poteau, ils me coupaient le nez, les oreilles et les parties sexuelles, brusquement je me trouvais dans le palais du gouverneur, il était assiégé par les nègres, un soldat tombait à mes côtés, je prenais son arme et je tirais sans arrêt, avec une précision stupéfiante.

La messe commença, je me levai et je pensai avec force : « Mon Dieu, faites que je sois du moins missionnaire. »

Père se pencha pour prendre son livre sur le prie-Dieu, je l'imitai et je suivis l'office sans sauter une ligne.

Après la messe, on resta encore dix minutes, et tout d'un coup, ma gorge se serra, l'idée me vint que Père, peut-être, avait déjà décidé pour le clergé séculier. On sortit, on fit quelques pas dans la rue, je réprimai le tremblement qui m'agitait et je dis :

— S'il vous plaît, Père.

Il dit sans tourner la tête :

— *Ja?*

— S'il vous plaît, Père, permission de parler?

Les muscles de sa mâchoire se contractèrent et il dit d'un ton sec et mécontent :

— *Ja?*

— S'il vous plaît, Père, je voudrais être missionnaire.

Il dit sèchement :

— Tu feras ce qu'on te dira.

C'était fini. Je changeai de pas, je comptai tout bas : « Gauche... gauche... », Père s'arrêta brusquement, et laissa tomber sur moi son regard.

— Et pourquoi veux-tu être missionnaire?

Je mentis :

— Parce que c'est le plus pénible.

— Ainsi, tu veux être missionnaire, parce que c'est le plus pénible?

— Oui, Père.

Il se remit à marcher, on fit encore une vingtaine de pas, il tourna légèrement la tête de mon côté et dit d'un ton perplexe :

— On verra.

Un peu plus loin il reprit :

— Ainsi, tu voudrais être missionnaire?

Je levai les yeux, il me dévisagea, fronça les sourcils et répéta d'un ton sévère :

24

— On verra.

On arrivait à l'angle de la *Schloss-Str.* Il s'arrêta.

— Au revoir, Rudolf.

Je me mis au garde à vous.

— Au revoir, Père.

Il fit un petit signe, je fis un demi-tour réglementaire, et je partis, en effaçant les épaules. Je m'engageai dans la *Schloss-Str.*, je me retournai, Père n'était plus là, je me mis à courir comme un fou. Il s'était passé quelque chose d'inouï : Père n'avait pas dit « non ».

Tout en courant, je brandis le fusil que j'avais pris au soldat blessé dans le palais du gouverneur et je me mis à tirer sur le diable. Mon premier coup partit, et lui emporta tout le côté gauche du visage. La moitié de sa cervelle éclaboussa la porte des cabinets, son œil gauche pendit, arraché, tandis qu'il me regardait, de son œil droit, avec terreur, et que sa langue, dans sa bouche déchiquetée et sanglante, bougeait encore. Je tirai un second coup, et ce fut au côté droit d'être emporté tandis que l'autre se reconstituait instantanément, et que l'œil gauche me regardait, à son tour, avec une expression immonde de terreur et de supplication.

Je passai le porche de l'école, je retirai ma casquette pour saluer le portier, et je cessai de tirer. La cloche sonna, je me mis en rang, et le Père Thaler arriva.

A dix heures on alla en études, Hans Werner s'assit à côté de moi, il avait l'œil droit noir et gonflé, je le regardai, et il me glissa avec un accent de fierté :

— *Mensch* [1] *!* qu'est-ce que j'ai pris!

Il ajouta dans un souffle.

— Je t'expliquerai à la récréation.

Je détournai les yeux aussitôt et je me replongeai dans

1. Mon vieux!

mon livre. La cloche sonna, et on gagna la cour des grands. La neige était devenue très glissante, j'atteignis le mur de la chapelle et je me mis à compter mes pas. Il y avait 152 pas du mur de la chapelle au mur de la salle de dessin. Si je n'en trouvais que 151 ou 153 en arrivant au but, le voyage ne comptait pas. Au bout de l'heure, je devais avoir fait 40 trajets. Si, par suite de mes erreurs, je n'en avais fait que 38, à la récréation suivante, je devais faire non seulement 2 trajets de plus pour rattraper mon retard, mais encore 2 trajets supplémentaires comme punition.

Je comptai : « 1, 2, 3, 4... », Hans Werner surgit à mes côtés, hilare et roux, il m'empoigna par le bras et m'entraîna en avant en criant :

— *Mensch!* Qu'est-ce que j'ai pris !

Je perdis le compte de mes pas, je rebroussai chemin, je revins prendre mon départ au pied du mur de la chapelle, et je comptai 1, 2... »

— Tu vois ça ? dit Werner en posant la main sur son œil, c'est mon père !

Je préférai m'arrêter.

— Il t'a battu ?

Werner se mit à rire aux éclats.

— Hi ! Hi ! Battu ! Ce n'est pas le mot ! une raclée, *Mensch*, une raclée colossale !

— Et tu sais ce que j'avais fait ? reprit-il en riant de plus belle... J'avais... hi ! hi !... cassé... la potiche... du salon...

Puis il reprit d'une traite et sans rire, mais avec un air extraordinairement heureux :

— J'avais cassé la potiche du salon !

Je repris ma marche en comptant tout bas : « 3, 4, 5... » Je m'arrêtai. Qu'il pût avoir l'air heureux après avoir commis un crime pareil me stupéfiait.

— Et tu l'as dit à ton père ?

— Moi, le dire! Penses-tu! C'est le Vieux qui a tout découvert!

— Le Vieux?

— Mon père, donc!

Ainsi, il appelait son père : « le Vieux », et chose plus bizarre encore que cet incroyable manque de respect, il y mettait de l'affection.

— Le Vieux, il a fait sa petite enquête... Il est malin, le vieux! *Mensch*, il a tout découvert!

Je regardai Werner. Ses cheveux roux flamboyaient au soleil, il dansait sur place dans la neige, et malgré son œil poché, il avait l'air radieux. Je m'aperçus que j'avais perdu le compte de mes pas, je me sentis fautif et mal à l'aise, et je partis en courant me replacer au pied du mur de la chapelle.

— Hé, Rudolf! dit Werner en courant à côté de moi, qu'est-ce qui te prend? Pourquoi cours-tu? On va se casser la figure avec cette neige!

Je me replaçai sans dire un mot au pied du mur, et je recommençai à compter.

— Alors, dit Werner en réglant machinalement son pas sur le mien, le Vieux, qu'est-ce qu'il m'a mis! Au début, c'était plutôt pour rire, mais quand je lui eus refilé un coup de pied dans les tibias...

Je m'arrêtai net, atterré.

— Tu lui as donné un coup de pied dans les tibias?

— Et alors! dit Werner en riant, et, *Mensch!* le Vieux, s'il a fait vilain! Il s'est mis à cogner! Qu'est-ce que j'ai pris! Il cognait! Il cognait! Et finalement, il m'a mis knock out!...

Il éclata de rire.

— ... même qu'il était bien embêté! Il m'a jeté de l'eau dessus, il m'a fait boire du Kognak, il ne savait plus quoi faire, le vieux!

27

— Et après?

— Après? Ben, j'ai boudé, bien sûr.

J'avalai ma salive.

— Tu as boudé?

— Bien sûr. Et alors, le Vieux, il était encore plus embêté. Finalement, il a été farfouiller dans la cuisine, il est revenu, et il m'a donné un gâteau.

— Il t'a donné un gâteau?

— Bien sûr. Et alors, écoute donc ce que je lui ai dit! « Si c'est comme ça », je lui dis, « je vais casser l'autre potiche!... »

Je le fixai avec stupeur.

— Tu as dit ça? Qu'est-ce qu'il a fait?

— Il a ri.

— Il a ri?

— Il se tordait, le Vieux! Il en avait les larmes aux yeux! Et il a dit... Écoute voir s'il est malin, le Vieux!... Il a dit « Petit cochon, si tu casses l'autre potiche, je te poche l'autre œil! »

— Après? dis-je machinalement.

— J'ai ri, et on s'est mis à jouer tous les deux.

Je le regardai, béant.

— Vous avez joué?

— Bien sûr!

Il ajouta d'un air ravi :

— « Petit cochon! » il m'a appelé « Petit cochon! »

Je m'éveillai de ma stupeur. J'avais complètement perdu le compte de mes pas. Je regardai ma montre. Une demi-heure de récréation était déjà écoulée. Je m'étais mis en retard de vingt trajets, ce qui, avec la punition, faisait 40 trajets. Je compris que je ne pourrais jamais rattraper ce retard. Un sentiment d'angoisse m'envahit et je me sentis plein de haine contre Werner.

— Qu'est-ce qui te prend? dit Werner en courant après

28

moi. Où vas-tu donc? Pourquoi retournes-tu toujours à ce mur?

Je ne répondis pas et je recommençai à compter. Werner ne me quittait pas.

— A propos, dit-il, je t'ai vu à la messe ce matin. Tu y vas tous les jours?

— Oui.

— Moi aussi. Comment ça se fait que je ne te vois jamais en revenant?

— Père reste toujours dix minutes après la fin.

— Pourquoi? Puisque la messe est finie?

Je m'arrêtai brusquement et je dis :

— Pour la potiche... vous n'avez pas prié?

— Prié? dit Werner en me regardant avec des yeux ronds, prié? Pourquoi? Parce que j'avais cassé la potiche?

Il se mit à rire aux éclats, je sentais son regard sur moi, brusquement il me prit par le bras et me força à m'arrêter.

— Et toi, tu aurais prié pour la potiche?

Je me rendis compte avec désespoir que j'avais de nouveau perdu le compte de mes pas.

— Lâche-moi!

— Réponds-moi! Tu aurais prié pour la potiche?

— Lâche-moi!

Il me lâcha et je retournai au mur de la chapelle. Il me suivit. Je repris mon départ, les dents serrées. Il marcha un instant en silence à mes côtés, puis tout d'un coup, il éclata de rire :

— Alors, c'est ça, hein? Tu aurais prié!

Je m'arrêtai et le regardai avec fureur :

— Pas moi! Pas moi! C'est mon père qui aurait prié.

Il me dévisagea avec des yeux ronds.

— Ton père?...

Il se mit à rire de plus belle.

— Ton père? Ah que c'est drôle! Ton père, prier, parce que tu as cassé quelque chose!

— Tais-toi!

Mais il ne pouvait plus s'arrêter.

— Ah que c'est drôle! *Mensch!* Tu casses la potiche, et c'est ton père qui prie! Mais il est fou, ton vieux, Rudolf!

Je hurlai :

— Tais-toi!

— Mais il est...

Je me ruai sur lui, les deux poings en avant. Il recula, trébucha, fit un effort pour se rattraper, mais il glissa sur la neige, et s'écroula, une jambe sous lui. Il y eut un claquement sec, il poussa un cri déchirant, l'os du genou, brisé net, traversait la peau.

Le Professeur et trois grands élèves se mirent à courir précautionneusement sur la neige. L'instant d'après, Werner était étendu sur un banc, un cercle d'élèves autour de lui, et je regardais avec stupeur l'os qui trouait la peau de son genou. Werner était pâle, il avait les yeux fermés, et il gémissait doucement.

— Maladroit! dit le Professeur, comment as-tu fait?

Werner ouvrit les yeux. Il m'aperçut et me fit un demi-sourire.

— J'ai couru, je suis tombé.

— On vous avait bien dit de ne pas courir avec cette neige.

— Je suis tombé, dit Werner.

Sa tête partit en arrière et il s'évanouit. Les grands élèves le soulevèrent doucement et l'emportèrent.

Je restai là, stupide, cloué sur place, anéanti par la gravité de mon crime. Au bout d'un moment, je me tournai vers le Professeur et je me mis au garde à vous.

— S'il vous plaît, est-ce que je peux aller voir le Père Thaler?

30

Le Professeur me regarda, regarda sa montre, et fit
« oui » de la tête.

Je gagnai l'escalier nord, je montai les marches quatre
à quatre, le cœur battant. Au troisième, je tournai à gauche, fis encore quelques pas et frappai à une porte.

— Entrez! cria une voix forte.

J'entrai, refermai la porte et me mis au garde à vous.
Le Père Thaler était debout, environné d'un nuage de
fumée. Il se mit à agiter sa main devant lui pour la dissiper.

— C'est toi, Rudolf? Qu'est-ce que tu veux?

— S'il vous plaît, mon Père, je voudrais me confesser.

— Tu t'es confessé lundi.

— J'ai commis un péché.

Le Père Thaler regarda sa pipe et dit d'un ton sans
réplique :

— Ce n'est pas l'heure.

— S'il vous plaît, mon Père, j'ai fait quelque chose de
grave.

Il se frotta la naissance de sa barbe avec son pouce.

— Qu'est-ce que tu as fait?

— S'il vous plaît, mon Père, je voudrais vous le dire en
confession.

— Et pourquoi pas tout de suite?

Je restai silencieux. Le Père Thaler aspira une bouffée
de sa pipe et me regarda un moment.

— C'est donc si grave?

Je rougis mais ne dis rien.

— Soit, dit-il avec un soupçon d'humeur dans la voix,
je t'écoute.

Il regarda sa pipe avec regret, la posa sur son bureau, et
s'assit sur une chaise. Je m'agenouillai devant lui et je lui
racontai tout. Il m'écouta attentivement, me posa quelques
questions, m'imposa comme pénitence de réciter vingt
Pater et vingt Ave, et me donna l'absolution.

Il se leva et ralluma sa pipe en me regardant.

— Et c'est pour cela que tu voulais le secret de la confession?

— Oui, mon Père.

Il haussa les épaules, puis il me jeta un coup d'œil vif et son visage changea.

— Est-ce que Hans Werner a dit que c'était toi?

— Non, mon Père.

— Qu'est-ce qu'il a dit?

— Qu'il était tombé.

— *So, so* [1]*!* dit-il en me regardant, de sorte qu'il n'y a que moi à le savoir, et moi, je suis lié par le secret.

Il posa sa pipe sur son bureau.

— Espèce de petite canaille! dit-il avec indignation, ainsi tu t'arranges pour décharger ta conscience tout en échappant à la punition.

— Non, mon Père! m'écriai-je avec passion, non! Ce n'est pas ça! Ce n'est pas pour échapper à la punition! A l'école, on peut me punir tant qu'on veut!

Il me fixa d'un air surpris.

— C'est pourquoi alors?

— Parce que je ne voudrais pas que Père le sache.

Il frotta sa barbe avec son pouce.

— Ah! c'est pour ça! dit-il d'une voix plus calme. Tu as donc si peur de ton père?

Il se rassit, reprit sa pipe et fuma un instant en silence.

— Qu'est-ce qu'il te ferait? Il te battrait?

— Non, mon Père.

Il parut sur le point de poser d'autres questions, puis se ravisa, et se remit à fumer.

— Rudolf, reprit-il enfin d'une voix douce.

— Mon Père?

1. C'est donc cela!

— Il vaudrait quand même mieux que tu lui dises.

Je me mis aussitôt à trembler.

— Oh non, mon Père! Oh non, mon Père! S'il vous plaît!

Il se leva et me regarda avec stupeur.

— Mais qu'est-ce que tu as? Tu trembles? Mais tu ne vas pas t'évanouir, j'espère?

Il me secoua par les épaules, me donna deux petites tapes sur les joues, puis me lâcha, alla ouvrir la fenêtre, et dit au bout d'un moment :

— Tu vas mieux?

— Oui, mon Père.

— Assieds-toi donc.

J'obéis et il se mit à se promener, en grommelant, dans sa cellule, et en me jetant de petits coups d'œil de temps en temps. Au bout d'un instant, il ferma la fenêtre. La cloche sonna.

— Et maintenant, va-t'en, tu vas être en retard pour l'étude.

Je me levai et me dirigeai vers la porte.

— Rudolf.

Je me retournai. Il était derrière moi.

— Quant à ton père, reprit-il presque à voix basse, tu feras comme tu voudras.

Il posa sa main sur ma tête pendant quelques secondes, puis ouvrit la porte, et me poussa.

Quand Maria m'ouvrit la porte, ce soir-là, elle dit tout bas :

— Ton oncle Franz est là.

Je dis vivement :

— Il est en uniforme?

L'oncle Franz n'était que sous-officier, il n'avait pas son portrait à côté des officiers du salon, mais malgré cela, je l'admirais beaucoup.

— Oui, dit Maria d'un air grave, mais tu ne dois pas
lui parler.

— Pourquoi?

— Herr Lang l'a défendu.

Je défis mon blouson, le suspendis et je remarquai que
le manteau de Père n'était pas là.

— Où est Père?

— Il est sorti.

— Pourquoi est-ce que je ne dois pas parler à l'oncle
Franz?

— Il a blasphémé.

— Qu'est-ce qu'il a dit?

— Ça ne te regarde pas, dit Maria sévèrement.

Puis elle ajouta aussitôt, d'un air important et effrayé :

— Il a dit que l'Église était « une vaste fumisterie ».

J'entendis du bruit dans la cuisine, je tendis l'oreille
et je reconnus la voix de l'oncle Franz.

— Herr Lang a défendu que tu lui parles, dit Maria.

— Est-ce que je peux le saluer?

— Certainement, dit Maria d'un air hésitant, ça ne fait
pas de mal d'être poli.

Je passai devant la cuisine, la porte était grande ouverte,
je m'arrêtai et je me mis au garde à vous. L'oncle Franz
était assis, un verre à la main, sa vareuse déboutonnée,
les pieds sur une chaise, et Maman, debout à côté de lui,
l'air heureux et fautif.

L'oncle Franz m'aperçut et cria d'une voix forte :

— Tiens, voilà le petit curé! Bonjour, petit curé!

— Franz, dit Maman avec reproche.

— Qu'est-ce qu'il faut dire? Voilà la petite victime!
Bonjour, petite victime!

— Franz! dit Maman, et elle se retourna d'un air
effrayé comme si elle se fût attendu à voir Père surgir derrière son dos.

34

— *Was denn* [1] *!* dit l'oncle Franz, je dis la vérité, *nicht wahr* [2] *?*

Je restai immobile au garde à vous devant la porte. Je regardai l'oncle Franz.

— Rudolf, dit Maman d'un ton sec, va immédiatement dans ta chambre.

— *Bah!* dit l'oncle Franz en me faisant un clin d'œil laisse-le donc une minute tranquille!

Il leva son verre dans ma direction, me fit encore un clin d'œil et ajouta avec cet air cascadeur qui me plaisait tant chez lui :

— Laisse-le voir un vrai homme de temps en temps!

— Rudolf, dit Maman, va dans ta chambre.

Je fis demi-tour et je m'engageai dans le couloir. Dans mon dos j'entendis l'oncle Franz qui disait :

— *Armes Kind* [3] *!* Tu m'avoueras que c'est un peu fort qu'il soit forcé de se faire curé, simplement parce que ton mari, en France...

La porte de la cuisine claqua brutalement et je n'entendis pas la suite. Puis j'entendis la voix de Maman qui grondait, mais sans distinguer les paroles, et de nouveau la voix de l'oncle Franz s'éleva et j'entendis distinctement : « ... une vaste fumisterie. »

On dîna un peu plus tôt ce soir-là, parce que Père devait sortir pour aller assister à une réunion de parents d'élèves à l'école. Après le dîner, on s'agenouilla dans la salle à manger et on fit la prière du soir. Quand Père eut fini, il se tourna vers Bertha et dit :

— Bertha, as-tu une faute à te reprocher?

— Non, père.

1. Eh bien quoi?
2. N'est-ce pas?
3. Pauvre gosse!

Il se tourna ensuite vers Gerda :

— Gerda, as-tu une faute à te reprocher?

— Non, père.

J'étais l'aîné : C'est pourquoi Père me gardait pour la fin.

— Rudolf, as-tu une faute à te reprocher?

— Non, père.

Il se leva et tout le monde l'imita. Il tira sa montre, regarda Maman et dit :

— Huit heures. A neuf heures, tout le monde au lit!

Maman fit signe que « oui » de la tête. Père se tourna vers la grosse Maria.

— Vous aussi, *meine Dame* [1].

— Oui, Monsieur, dit Maria.

Père embrassa sa famille du regard, sortit dans le vestibule, mit son manteau, son foulard et son chapeau. Nous ne bougions pas. Il ne nous avait pas dit de bouger.

Il revint sur le seuil, vêtu et ganté de noir, et la lumière de la salle à manger fit briller ses yeux creux. Il promena sur nous son regard et dit :

— *Gute Nacht* [2].

On entendit trois « *Gute Nacht* » à l'unisson, puis avec un demi-temps de retard, le « *Gute Nacht, Herr Lang* » de Maria.

Maman suivit Père jusqu'à la porte d'entrée, ouvrit la porte, et s'effaça pour le laisser passer. Elle avait droit à un « *Gute Nacht* » pour elle toute seule.

J'étais au lit depuis dix minutes quand Maman entra dans ma chambre. J'ouvris les yeux et je la surpris en train de me regarder. Cela ne dura qu'un éclair, car elle détourna les yeux aussitôt et éteignit la lumière. Puis elle referma

1. Madame (*ironique*).
2. Bonne nuit.

la porte sans un mot, et j'entendis, dans le couloir, son pas feutré qui s'éloignait.

Je fus réveillé par le claquement de la porte d'entrée et un pas lourd qui martelait le couloir. Une vive lumière m'éblouit, je clignai des yeux, et je crus voir Père à côté de mon lit, en manteau, et son chapeau encore sur la tête. Une main me secoua, je m'éveillai tout à fait : Père était là, debout, tout noir, immobile, et ses yeux, au fond de ses orbites, étincelaient.

— Lève-toi! dit-il d'une voix glacée.

Je le regardai, j'étais paralysé par la terreur.

— Lève-toi!

De sa main gantée de noir, il rejeta violemment le drap. Je réussis à me glisser à bas du lit et je me baissais pour chercher mes chaussons. D'un coup de pied, il les envoya sous le lit.

— Viens comme tu es!

Il sortit dans le couloir, me fit passer devant lui, referma la porte de ma chambre, puis d'un pas lourd, il marcha vers la chambre de Maria, cogna violemment à sa porte et cria :

— *Aufstehen* [1]!

Puis il cogna à la porte de mes sœurs.

— *Aufstehen!*

Et enfin, plus violemment encore, si possible, à la porte de Maman.

— *Aufstehen!*

Maria apparut la première, en bigoudis, vêtue d'une chemise verte à fleurs. Elle regarda Père en manteau, et son cha-

1. Debout!

peau sur la tête, et moi, à ses côtés, pieds nus, grelottant.

Maman et mes deux sœurs sortirent de leurs chambres, elles clignaient des yeux, effarées. Père se tourna d'un bloc vers elles et dit :

— Mettez vos manteaux et venez.

Il attendit, immobile, sans un mot. Les femmes sortirent de leurs chambres, il se dirigea vers la salle à manger, on le suivit. Il alluma, enleva son chapeau, le posa sur le buffet, et dit :

— Nous allons faire une prière.

On s'agenouilla et Père commença à prier. Le feu était éteint, mais à genoux, en chemise sur le carrelage glacé, c'est à peine si je sentais le froid.

Père dit « Amen » et se releva. Il était debout, ganté, immobile. Il paraissait gigantesque.

— Il y a ici, dit-il sans élever la voix, un Judas.

Personne ne bougea, personne ne leva les yeux sur lui.

— Tu entends, Martha?

— Oui, Heinrich, dit Maman d'une voix faible.

Père reprit :

— Ce soir – à la prière – vous avez toutes entendu – quand j'ai demandé à Rudolf – s'il avait – une faute à se reprocher?

Il regarda Maman et Maman fit « oui » de la tête.

— Et vous avez – toutes – entendu – vous – avez bien entendu – n'est-ce pas – quand Rudolf – a répondu « Non »?

— Oui, Heinrich, dit Maman.

— Rudolf, dit Père, lève-toi.

Je me levai, je tremblai de la tête aux pieds.

— Regardez-le!

Maman, mes sœurs et Maria me fixèrent.

— Il a donc répondu « Non », dit Père avec un accent de triomphe, et sachez maintenant – que quelques heures

seulement – avant de répondre « Non » – il avait commis –
un acte – d'une brutalité – inouïe.

— Il a, reprit Père d'une voix glacée, roué de coups –
un petit camarade sans défense – et lui a cassé la jambe!

Père n'avait plus besoin de dire : « Regardez-le. » Leurs
yeux ne me lâchaient plus.

— Et ensuite, poursuivit Père en haussant le ton, cet
être cruel – s'est assis parmi nous – il a mangé notre pain
– en se taisant – et il a prié – prié!... – avec nous...

Il abaissa ses yeux sur Maman.

— Voilà le fils – que tu m'as donné!

Maman détourna la tête.

— Regarde-le! dit Père d'une voix farouche.

Le regard de Maman se posa de nouveau sur moi et
ses lèvres se mirent à trembler.

— Et ce fils, continua Père d'une voix vibrante, ce fils
– qui n'a reçu – ici – que des leçons d'amour...

Il se passa alors quelque chose d'inouï : La grosse Maria
murmura.

Père se redressa, laissa tomber sur nous un regard étincelant, et dit doucement, posément, et presque avec un
sourire sur les lèvres :

— Que celui – qui a quelque chose – à dire – le dise!

Je regardai Maria. Elle tenait ses yeux baissés, mais ses
lèvres épaisses s'entrouvraient légèrement et ses gros
doigts boudinés se crispaient sur son manteau. La seconde
d'après, j'entendis avec stupeur ma propre voix s'élever :

— Je me suis confessé.

— Je le savais! cria Père avec un accent de triomphe.

Je le regardai, anéanti.

— Sachez, reprit Père d'une voix forte, que ce démon –
une fois son forfait accompli – a été – en effet – trouver un
des Pères – avec un cœur plein de ruse – et a reçu de lui – par
un feint repentir – l'absolution! Et le saint pardon encore

sur son front il a osé – aussitôt – profaner – le respect
– qu'il devait à son père – en lui cachant son crime. Et si
des circonstances fortuites – ne m'avaient pas révélé – ce
crime – moi, son père...

Il s'arrêta et il y eut un sanglot dans sa voix.

— Moi, son père – qui depuis son âge le plus tendre –
me suis chargé – par amour – de ses péchés – comme s'ils
avaient été les miens – j'aurais souillé – ma propre conscience – sans le savoir...

Il cria tout d'un coup :

— ... sans le savoir!... de son forfait.

Il regarda Maman farouchement.

— Tu entends, Martha?... Tu entends? Si je n'avais
pas appris – par hasard – le crime de ton fils – c'est moi –
qui – au regard de Dieu...

Il se frappa la poitrine.

— ... à mon insu – me serais chargé – à jamais – de sa
cruauté – de ses mensonges!

— Seigneur! continua Père en se jetant à genoux avec
violence, comment – pourrez-vous – jamais – me pardonner...

Il s'arrêta et de grosses larmes coulèrent dans les rides
de son visage. Puis il se prit la tête à deux mains, se pencha
en avant, et se mit à se balancer d'avant en arrière, en
gémissant d'une voix monotone et déchirante :

— Pardon, Seigneur! Pardon, Seigneur! Pardon, Seigneur! Pardon, Seigneur!...

Après cela, il eut l'air de prier à voix basse, il se calma
peu à peu, il releva la tête et dit :

— Rudolf, agenouille-toi et confesse ta faute.

— Je m'agenouillai, joignis les mains, ouvris la bouche,
et ne pus articuler un seul mot.

— Confesse ta faute!

Tous les yeux se tournèrent vers moi, je fis un effort

désespéré, j'ouvris de nouveau la bouche, et pas un seul mot ne sortit.

— C'est le démon! cria Père d'une voix frénétique. C'est le démon – qui l'empêche de parler!

Je regardai Maman, et de toutes mes forces, silencieusement, je l'appelai à mon secours. Elle essaya de détourner son regard, mais cette fois-ci, elle n'y réussit pas. Elle resta une pleine seconde à me fixer de ses yeux dilatés, puis son regard vacilla, elle blêmit, et sans un mot, s'affala de tout son long sur le sol.

Je compris dans un éclair ce qui se passait : Une fois de plus elle me livrait à Père.

Maria se redressa à demi.

— Ne bougez pas! cria Père d'une voix terrible.

Maria s'immobilisa, puis lentement, elle se remit à genoux. Père regarda le corps de Maman étendu sans mouvement devant lui, et dit tout bas avec une espèce de joie :

— Le châtiment commence.

Il me regarda et dit d'une voix sourde :

— Confesse ta faute!

Et ce fut, en effet, comme si le démon était entré en moi : Je n'arrivai pas à parler.

— C'est le démon! dit Père.

Bertha cacha son visage dans ses mains et se mit à sangloter.

— Seigneur, dit Père, puisque vous avez – abandonné mon fils – permettez-moi – dans votre miséricorde – de *prendre – une fois de plus – sur mes épaules* – son abominable forfait!

La douleur ravagea son visage, il se tordit les mains, puis un à un, avec un bruit affreux de râle, les mots sortirent de sa gorge :

— Mon Dieu – je m'accuse – d'avoir cassé – la jambe – de Hans Werner.

41

Rien de ce qu'il avait pu dire jusque-là ne me fit plus d'effet.

Père releva la tête, promena sur nous son regard étincelant et dit :

— Prions.

Il entama un Pater. Avec un demi-temps de retard, Maria et mes deux sœurs joignirent leurs voix à la sienne. Père me regarda. J'ouvris la bouche, pas un seul son ne sortit, le Démon était entré en moi. Je me mis à remuer les lèvres comme si je priais à voix basse, j'essayai de penser en même temps aux mots de la prière, tout était vain, je n'y arrivai pas.

Père fit le signe de croix, se releva, alla chercher un verre d'eau dans la cuisine, et le jeta au visage de Maman. Elle remua faiblement, ouvrit les yeux, et se mit sur pied en chancelant.

— Allez vous coucher, dit Père.

Je fis un pas en avant.

— Pas vous, *mein Herr!* dit Père d'une voix glacée.

Maman sortit sans me regarder. Mes deux sœurs suivirent. Sur le seuil, Maria se retourna, regarda Père et dit lentement et distinctement :

— C'est une honte!

Elle sortit. Je voulus crier : « Maria! » je n'arrivai pas à parler. J'entendis son pas traînant diminuer dans le couloir. Une porte claqua et je restai seul avec Père.

Il se retourna et me considéra si haineusement que j'eus un moment d'espoir : Je crus qu'il allait me battre.

— Viens! dit-il d'une voix sourde.

Il partit de son pas raide, je le suivis. Après le carrelage de la salle à manger, le plancher du couloir parut presque chaud à mes pieds nus.

Père ouvrit la porte de son bureau, la pièce était glaciale, il me fit passer devant lui et referma la porte. Il n'alluma

42

pas la lampe, il ouvrit les rideaux de la fenêtre. La nuit était claire, et les toits de la gare étaient couverts de neige.

— Prions.

Il s'agenouilla au pied du crucifix, et je m'agenouillai derrière lui. Au bout d'un moment, il se retourna :

— Tu ne pries pas?

Je le regardai et je fis signe que « oui » de la tête.

— Prie tout haut!

Je voulus dire : « Je ne peux pas », mes lèvres s'arrondirent, je portai mes mains à ma gorge, mais aucun son ne sortit.

Père me saisit par les épaules comme pour me secouer. Il me lâcha aussitôt comme si mon contact lui faisait horreur.

— Prie! dit-il haineusement. Prie! Prie!

Je remuai les lèvres, mais rien ne vint. Père était à genoux, à demi tourné vers moi, ses yeux creux et brillants me fixaient, et il paraissait, à son tour, privé de parole.

Au bout d'un moment, il détourna les yeux et dit :

— Eh bien, prie à voix basse!

Puis il se retourna et entama un « ave ». Cette fois-ci, je ne fis même pas l'effort de remuer les lèvres.

Ma tête était vide et chaude. Je n'essayais plus de m'arrêter de trembler. De temps en temps, je serrais les pans de ma chemise contre mes flancs.

Père fit le signe de croix, se retourna, me fixa, et dit avec un accent de triomphe :

— Après cela – Rudolf, – tu comprends – j'espère – tu comprends – que si tu peux encore – devenir – prêtre – tu ne peux plus être – missionnaire...

Le lendemain, je tombai gravement malade. Je ne reconnaissais personne, je ne comprenais pas ce qu'on me disait, et je ne pouvais pas parler. On me tournait, on me retournait, on me posait des compresses, on me faisait boire, on me mettait de la glace sur la tête, on me lavait. A cela se bornaient mes rapports avec ma famille.

Ce qui me faisait surtout plaisir, c'était de ne plus distinguer les visages. Je les voyais comme des cercles pleins et un peu blanchâtres, sans nez, sans yeux, sans bouche, sans cheveux. Ces cercles allaient et venaient dans la pièce, ils se penchaient sur moi, ils reculaient de nouveau, et en même temps, j'entendais un murmure de voix, indistinct et monotone comme un bourdonnement d'insectes. Les cercles étaient flous, la ligne de leur circonférence tremblotait sans arrêt comme de la gelée, et les voix aussi avaient quelque chose de mou et de tremblé. Ni les cercles, ni les voix ne me faisaient peur.

Un matin, j'étais assis sur mon lit, le dos soutenu par des oreillers, et je regardai distraitement un des cercles bouger au niveau de mon édredon, quand, tout à coup, il arriva une chose affreuse : Le cercle se colora. Je vis d'abord deux petites taches rouges de chaque côté d'une tache jaune beaucoup plus importante qui me parut remuer sans cesse. Puis l'image se précisa, elle se brouilla de nouveau, j'eus un moment d'espoir. J'essayai de détourner les yeux, ils revinrent d'eux-mêmes sur l'image, elle se précisa avec une rapidité effrayante, une grosse tête apparut, flanquée de deux rubans rouges, le visage se dessina avec une vitesse implacable : les yeux, le nez, et la bouche surgirent, et tout d'un coup, je reconnus, assise sur une chaise à mon chevet, et penchée sur son livre, ma sœur Bertha. Mon cœur battit à se rompre, je fermai les yeux, je les rouvris : Elle était là.

L'angoisse me saisit à la gorge, je me soulevai sur mes oreillers, et avant d'avoir compris ce qui m'arrivait, lente-

44

ment, péniblement, et comme un enfant qui épelle, j'articulai :

— Où – est – Maria?

Bertha me regarda avec des yeux effarés, bondit sur ses pieds, le livre tomba sur le plancher, et elle quitta la pièce en hurlant :

— Rudolf a parlé! Rudolf a parlé!

Au bout d'un instant, Maman, Bertha et mon autre sœur pénétrèrent dans ma chambre d'un pas hésitant, et se figèrent au pied de mon lit, en me regardant avec crainte.

— Rudolf?

— Oui.

— Tu peux parler?

— Oui.

— Je suis ta maman.

— Oui.

— Tu me reconnais?

— Oui, oui.

Je détournai la tête avec humeur et je dis :

— Où est Maria?

Maman baissa les yeux et se tut. Je répétai avec colère :

— Où est Maria?

— Elle est partie, dit Maman hâtivement.

Mon ventre se creusa et mes mains se mirent à trembler. Je dis avec effort :

— Quand?

— Le jour où tu es tombé malade.

— Pourquoi?

Maman ne répondit pas. Je repris :

— Père l'a renvoyée?

— Non.

— C'est elle qui a voulu partir?

— Oui.

— Le jour où je suis tombé malade?

45

— Oui.

Maria aussi m'avait abandonné. Je fermai les yeux.

— Tu veux que je reste avec toi, Rudolf?

Je dis sans ouvrir les yeux :

— Non.

Je l'entendis qui marchait dans la pièce, les médicaments tintèrent sur ma table de nuit, elle soupira, puis son pas feutré s'éloigna, le loquet de la porte claqua doucement, et je pus enfin ouvrir les yeux.

Dans les semaines qui suivirent, je me mis à réfléchir à la trahison du Père Thaler, et je perdis la foi.

Plusieurs fois par jour, Maman entrait dans ma chambre.

— Tu te sens bien?

— Oui.

— Tu veux des livres?

— Non.

— Tu veux que je te fasse la lecture?

— Non.

— Tu veux que tes sœurs te tiennent compagnie?

— Non.

Un silence tombait, et elle disait :

— Tu veux que je reste?

— Non.

Elle rangeait les médicaments de la table de nuit, retapait mes oreillers, errait sans but dans la pièce. Je la regardais, les yeux mi-clos. Quand elle se retournait, je fixais son dos, et je pensais avec force : « Va-t'en! Va-t'en! » Au bout d'un moment, elle sortait, et je me sentais heureux, comme si c'était mon regard qui l'avait fait partir.

Un soir, peu avant le dîner, elle pénétra dans ma chambre l'air gêné et fautif. Elle fit, comme d'habitude, le simulacre de ranger la pièce, et dit sans me regarder :

— Qu'est-ce que tu veux manger ce soir, Rudolf?

— Comme tout le monde

Elle alla tirer les rideaux de la fenêtre et dit sans se retourner :

— Père dit qu'il faut que tu dînes avec nous.

C'était donc ça. Je dis sèchement :

— Bien.

— Tu crois que tu le peux?

— Oui.

Je me levai. Elle se proposa pour m'aider, mais je refusai son aide. Puis je gagnai seul la salle à manger. Je m'arrêtai sur le seuil. Père et mes deux sœurs étaient déjà à table.

— Bonsoir, Père.

Il leva la tête. Il avait l'air amaigri et malade.

— Bonsoir, Rudolf.

Puis il ajouta :

— Tu te sens bien?

— Oui, Père.

— Assieds-toi.

Je m'assis et ne dis plus un mot. Quand le dîner fut fini, Père tira sa montre et dit :

— Et maintenant, on va faire la prière.

On s'agenouilla. La nouvelle bonne sortit de la cuisine et s'agenouilla avec nous. Le froid du carrelage contre mes genoux nus me transperça.

Père entama un « Pater ». Je me mis à imiter le mouvement de ses lèvres sans émettre un seul son. Il me fixa, ses yeux creux étaient tristes et fatigués, il s'interrompit et dit d'une voix sourde :

— Rudolf, prie à haute voix.

Tous les yeux se tournèrent vers moi. Je regardai Père un long moment, puis j'articulai avec effort :

— Je ne peux pas.

Père me considéra, stupéfait.

47

— Tu ne peux pas?

— Non, Père.

Père me fixa encore un instant et dit :

— Si tu ne peux pas, prie à voix basse.

— Oui, Père.

Il reprit sa prière, je recommençai à remuer les lèvres, je m'appliquai à ne penser à rien.

Deux jours après, je retournai à l'école. Personne ne me parla de l'accident.

A la récréation du matin, je recommençai à compter mes pas, je fis six trajets, une ombre surgit entre le soleil et moi, je levai les yeux : C'était Hans Werner.

— Bonjour, Rudolf.

Je ne répondis pas, je continuai mon chemin. Il marcha à côté de moi. Tout en comptant mes pas, je regardais ses jambes. Il boitait légèrement.

— Rudolf, j'ai à te parler.

Je m'arrêtai.

— Je ne veux pas te parler.

— *So!* dit-il au bout d'un moment, et il parut cloué sur place.

Je repris ma marche, j'atteignis le mur de la chapelle, Werner était toujours là où je l'avais laissé. Je revenais vers lui, il eut l'air d'hésiter, puis finalement, il pivota sur ses talons et s'en alla.

Le même jour, dans un couloir, je rencontrai le Père Thaler. Il m'interpella. Je m'arrêtai et me mis au garde à vous.

— Te voilà!

— Oui, mon Père.

— On m'a dit que tu as été très malade.

— Oui, mon Père.

— Mais tu vas bien, maintenant?

— Oui, mon Père.

48

Il me dévisagea en silence comme s'il avait du mal à me reconnaître.

— Tu as changé.

Il reprit :

— Quel âge as-tu maintenant, Rudolf?

— Treize ans, mon Père.

Il hocha la tête.

— Treize ans! Treize ans seulement!

Il grommela dans sa barbe, me tapota la joue et partit. Je regardais son dos, il était large et puissant, je pensai : « C'est un traître. » et une haine folle m'envahit.

Le lendemain matin, après avoir quitté Père, je tournai l'angle de la *Schloss-Str.*, quand j'entendis des pas derrière moi.

— Rudolf!

Je me retournai. C'était Hans Werner. Je lui tournai le dos et me remis à marcher.

— Rudolf, dit-il d'une voix essoufflée, j'ai à te parler.

Je ne tournai même pas la tête.

— Je ne veux pas te parler.

— Mais tu ne comprends pas, Rudolf, il faut que je te parle!

Je pressai le pas.

— Ne va pas si vite, Rudolf, s'il te plaît. Je ne peux pas te suivre.

J'allai plus vite. Il se mit à courir gauchement en sautillant. Je lui jetai un regard de côté et je vis que son visage était rouge et crispé par l'effort.

— Naturellement, dit-il en haletant, je comprends... que tu ne veuilles plus... me parler... après ce que je t'ai fait...

Je m'arrêtai net.

— Ce que tu m'as fait?

— Ce n'est pas moi, dit-il d'un air gêné, c'est mon vieux. C'est mon vieux qui t'a vendu.

Je le regardai, stupéfait.

— Il est allé le dire aux Pères?

— Le soir même! reprit Werner, le soir même qu'il est allé les engueuler. Il est tombé sur eux en pleine réunion de parents d'élèves. Et il les a engueulés devant tout le monde, les Pères!

— Il a dit mon nom?

— Et alors! Même qu'il a ajouté : « Si vous avez des brutes parmi vos élèves, faut les renvoyer. »

— Il a dit ça?

— Oui, dit Werner presque gaiement, mais faut pas te frapper, parce que le lendemain, il a écrit au Supérieur que ce n'était pas ta faute, mais la faute de la neige, et que je ne voulais pas qu'on te punisse.

— C'est donc ça, dis-je lentement, et je frottai le trottoir du bout de mon pied.

— Ils t'ont puni? dit Werner.

Je regardai fixement le bout de mon pied, et Werner répéta :

— Ils t'ont puni?

— Non.

Werner hésita.

— Et ton...

Il allait dire « ton vieux », mais il se reprit juste à temps.

— Et ton père?

Je dis vivement :

— Il n'a rien dit.

Au bout d'un moment, je levai les yeux et je dis tout d'une traite :

— Hans, je te demande pardon pour ta jambe.

Il eut l'air gêné.

— C'est rien! C'est rien! dit-il hâtivement. C'est la neige!

50

Je repris :

— Est-ce que tu vas boiter toujours?

— Oh non, dit-il en riant, c'est seulement...

Il chercha le mot.

— C'est... temporaire. Tu comprends? C'est temporaire.

Il répéta le mot d'un air ravi.

— Ça veut dire, ajouta-t-il, que ça ne va pas durer tout le temps.

Avant de franchir le porche de l'école, il se tourna vers moi, sourit, et me tendit la main. Je regardai sa main et je me sentis glacé. Je dis avec effort :

— Je vais te serrer la main, mais après, je ne te parlerai pas.

— *Aber Mensch* [1] ! cria-t-il avec stupeur, tu m'en veux encore!

— Non, je ne t'en veux pas.

J'ajoutai :

— Je ne veux parler à personne.

Je levai mon bras lentement, mécaniquement, et je lui serrai la main. Je retirai la mienne aussitôt. Werner me regardait en silence, pétrifié.

— Tu es drôle, Rudolf.

Il me regarda encore un instant, puis il me tourna le dos, et pénétra sous le porche de l'école. Je lui laissai prendre un peu d'avance, et j'entrai à mon tour.

Je réfléchis à cette conversation toute la journée et toute la semaine qui suivit. Et finalement, je m'aperçus avec étonnement qu'à part mes sentiments personnels pour le Père Thaler, elle n'avait rien changé : J'avais perdu la foi, et elle était bien perdue.

1. Mais, mon vieux.

Le 15 mai 1914, Père mourut, la routine de la maison resta inchangée, je continai à me rendre à la messe tous les matins, Mère reprit le magasin, et notre situation matérielle s'améliora. Mère méprisait et haïssait les tailleurs juifs autant que Père, mais elle trouvait que ce n'était pas une raison pour refuser de leur vendre ses tissus. Mère haussa aussi certains prix fixés à un taux si ridiculement bas qu'on pouvait se demander si Père, comme le prétendait l'oncle Franz, n'avait pas cherché à nuire à ses propres intérêts.

Huit jours environ après la mort de Père, je ressentis, en pénétrant le matin à l'église, une vive contrariété : Notre place était occupée. Je me plaçai deux rangs derrière, la messe commença, je la suivis dans mon missel, ligne après ligne, une distraction subite me saisit, je levai la tête et regardai les voûtes.

J'eus l'impression que l'église s'agrandissait jusqu'à devenir immense. Les chaises, les statues, les colonnes reculèrent dans l'espace à une vitesse folle. Tout d'un coup, exactement comme une boîte dont les côtés se rabattent, les murs tombèrent. Je ne vis plus qu'un désert lunaire, inhabité, sans limites. L'angoisse me serra la gorge, je me mis à trembler. Il y avait dans l'air une menace affreuse, tout était figé dans une attente sinistre, comme si le monde allait s'anéantir et me laisser seul dans le vide.

Une sonnette tinta, je m'agenouillai, je courbai la tête. Je sentis sous ma main gauche le bois du prie-Dieu, une sensation de chaleur et de solidité pénétra ma paume, tout redevint normal, c'était fini.

Dans les semaines qui suivirent, cette crise se répéta. Je remarquai qu'elle apparaissait toujours quand je m'écartais de ma routine. A partir de ce moment, je n'osais plus faire un seul geste sans être sûr qu'il appartenait bien à mes gestes habituels. Quand, par hasard, un de mes mouvements me paraissait sortir de la « règle », une boule se nouait dans ma gorge, je fermais les yeux, je n'osais plus regarder les choses, j'avais peur de les voir s'anéantir.

Si je me trouvais alors dans ma chambre, je m'absorbais aussitôt dans une occupation machinale. Par exemple, je cirais mes chaussures. Mon chiffon allait et venait sur la surface polie, lentement, doucement, puis de plus en plus vite. Je fixais les yeux sur elle, je respirais l'odeur du cirage et du cuir, et au bout d'un moment, un sentiment de sécurité montait en moi, je me sentais bercé et protégé.

Un soir, avant dîner, Mère entra dans ma chambre. Il va sans dire que je me levai aussitôt.

— J'ai à te parler.

— Oui, Mère.

Elle soupira, s'assit, et dès qu'elle fut assise, la fatigue apparut sur son visage.

— Rudolf...

— Oui, Mère.

Elle détourna les yeux et dit d'une voix hésitante :

— Vas-tu continuer à te lever tous les jours à cinq heures pour la messe?

L'angoisse me serra la gorge. Je voulais répondre, j'étais sans voix. Mère arrangea vaguement son tablier sur ses genoux et reprit :

— J'ai pensé que tu pourrais peut-être n'y aller que tous les deux jours.

Je criai :

— Non!

Mère me jeta un coup d'œil étonné, puis elle regarda de nouveau son tablier, et dit d'une voix hésitante :

— Tu as l'air fatigué, Rudolf.

— Je ne suis pas fatigué.

Après cela, elle me jeta encore un coup d'œil, soupira, et dit sans me regarder :

— J'ai pensé aussi... pour la prière du soir... chacun pourrait peut-être prier à sa guise dans sa chambre...

— Non.

Mère se tassa sur sa chaise et ses yeux cillèrent. Il y eut un silence, puis elle reprit d'une voix timide :

— Mais toi-même...

Je crus qu'elle allait dire : « Mais toi-même, tu ne pries pas », mais elle dit seulement :

— Mais toi-même tu pries à voix basse.

— Oui, Mère.

Elle me regarda. Je dis sans élever le ton, exactement comme faisait Père, quand il donnait un ordre :

— Il n'est pas question de rien changer.

Au bout d'un moment, Mère soupira, se leva et quitta la chambre sans un mot.

Un soir d'août, l'oncle Franz surgit parmi nous, au milieu du dîner, son visage était rouge et joyeux, et il cria sur le seuil d'un air de triomphe :

— La guerre est déclarée!

Mère se leva, toute pâle, et Franz dit :

— Ne fais donc pas cette tête-là! Dans trois mois, tout sera fini.

Il se frotta les mains d'un air satisfait et ajouta :

— Ma femme est furieuse.

Mère se leva et alla chercher la bouteille de kirsch dans le buffet. L'oncle Franz s'assit, se renversa sur le dossier de sa chaise, allongea ses jambes bottées devant lui, déboutonna sa vareuse, et me regarda en clignant de l'œil.

54

— *Na, Junge* [1]! dit-il d'un air enjoué, qu'est-ce que tu en penses?

Je le regardai et je dis :

— Je vais m'engager.

Mère cria :

— Rudolf!

Elle était debout devant le buffet, la bouteille de kirsch à la main, droite et pâle. L'oncle Franz me regarda et son visage prit un air grave :

— C'est bien, Rudolf. Tu as pensé tout de suite au devoir.

Il se tourna vers ma mère et dit d'un air railleur :

— Pose donc cette bouteille. Tu vas la casser.

Mère obéit, l'oncle Franz la regarda et dit d'un air bonhomme :

— Rassure-toi. Il n'a pas l'âge.

Il ajouta :

— Et il s'en faut. Et quand il l'aura, tout sera fini.

Je me levai sans un mot, je gagnai ma chambre, je m'enfermai et je me mis à pleurer.

Quelques jours après, je réussis à me faire embaucher, en dehors des heures de classe, comme aide-brancardier bénévole à la Croix-Rouge, pour décharger les trains de blessés.

Mes crises disparurent, je lisais avidement dans les journaux les nouvelles de la guerre, je découpais dans les illustrés les photographies représentant les monceaux de cadavres ennemis sur le champ de bataille, et je les fixais sur les quatre murs de ma chambre avec des punaises.

Mère avait remis une ampoule dans les cabinets, et chaque matin, avant de me rendre à la messe, j'y relisais le journal que j'avais lu la veille. Il était plein des atro-

---

1. Eh bien, jeune homme!

cités que les Français commettaient pour couvrir leur retraite. Je frémissais d'indignation, je relevai la tête, le Diable me regarda en face. Je n'avais plus peur de lui. Je lui rendis son regard. Il avait les cheveux bruns, l'œil noir, l'air vicieux. Il était en tous points semblable aux Français. Je pris un crayon dans la poche de ma culotte, je rayai, au bas de la gravure, « *der Teufel* [1] » et j'écrivis au-dessous : « *der Franzose* [2] ».

J'arrivai à l'église avec dix minutes d'avance, j'occupai la place de Père, je posai mon missel sur le prie-Dieu, je m'assis, et je croisai les bras. Des milliers de diables surgirent devant moi. Ils défilaient, vaincus, désarmés, le képi français entre leurs cornes, les bras levés au-dessus de leur tête. Je leur faisais enlever leurs vêtements. Ils faisaient encore un grand tour, et on les poussait enfin devant moi... J'étais assis, casqué et botté, je fumais une cigarette, j'avais une mitrailleuse luisante entre les jambes, et quand ils étaient assez près, je faisais un signe de croix, et je commençais à tirer. Le sang giclait, ils tombaient en hurlant, ils demandaient pardon en rampant vers moi sur leurs ventres mous, je leur écrasais le visage à coups de botte, et je continuais à tirer. Il en surgissait d'autres, et d'autres encore, des milliers et des milliers, je les fauchais sans arrêt avec ma mitrailleuse, ils criaient en tombant, des ruisseaux de sang coulaient, les corps s'amoncelaient devant moi, je tirais toujours. Et puis, tout d'un coup, c'était fini, il n'y en avait plus un seul. Je me levai, et brièvement, j'ordonnai à mes hommes de nettoyer tout cela. Puis, ganté, botté, immaculé, j'allai boire un verre de cognac au mess des officiers. J'étais seul, je me sentais dur et juste, et j'avais une petite chaînette d'or au poignet droit.

1. Le diable.
2. Le Français.

J'étais maintenant bien connu à la gare à cause de mes fonctions d'aide-brancardier, et du brassard que je portais.

Au printemps 1915, je n'y tins plus. Comme un train de soldats s'ébranlait, je sautai sur le marche-pied, des mains m'agrippèrent, on me hissa, et ce fut seulement quand je fus au milieu d'eux que les soldats songèrent à me demander ce que je voulais. Je leur dis que je désirais aller au front avec eux pour me battre. Ils me demandèrent mon âge, et je leur dis : « quinze ans ». Alors, ils se mirent à s'esclaffer et me donner de grandes claques dans le dos. Finalement, l'un d'eux que tous appelaient « le Vieux » remarqua que de toute façon, on m'arrêterait à l'arrivée et on me renverrait chez moi, mais que, dans l'intervalle, il ne serait peut-être pas mauvais pour moi de vivre la vie du soldat et de voir « ce qu'il en était ». Alors, ils me firent une place parmi eux, et l'un d'eux me donna du pain. Il était noir et assez mauvais, et « le Vieux » dit en riant : « *Besser K.-Brot als kein Brot* [1]. » Je le mangeai avec délices, puis les soldats se mirent à chanter, et leur chant fort et viril pénétra en moi comme une flèche.

La nuit vint, ils débouclèrent leur ceinturon, ouvrirent largement leur col et étendirent leurs jambes devant eux. Dans l'obscurité humide du wagon, je respirais avidement l'odeur de cuir et de sueur qui émanait d'eux.

Je fis une deuxième tentative au début de mars 1916. Elle n'eut pas plus de succès que la première. Arrivé au front, on m'arrêta, on m'interrogea, et on me renvoya chez moi. Après cela, on me consigna l'entrée de la gare, l'hôpital ne m'envoya plus décharger les trains de blessés, et m'employa comme garçon de salle.

1. Mieux vaut du pain K. que pas de pain du tout.

1916

Je passai la salle 6, je tournai à droite, je dépassai la pharmacie, je tournai encore à droite, les chambres des officiers étaient là, je ralentis. La porte du Rittmeister [1] Günther était ouverte comme d'habitude, et je savais qu'il était assis sur ses oreillers, couvert de pansements de la tête aux pieds, l'œil fixé sur le couloir.

Je passai devant la porte, je lui jetai un coup d'œil, il cria d'une voix tonnante :

— *Junge* [2] !

Mon cœur battit.

— Viens !

Je déposai mon seau, ma serpillière et mes chiffons dans le couloir et je pénétrai dans sa chambre.

— Allume-moi une cigarette.

— Moi, *Herr Rittmeister* ?

— Toi, *Dummkopf* [3] ! Est-ce qu'il y a quelqu'un d'autre dans la pièce ?

Et en même temps il souleva ses deux bras et me mon-

---

1. Capitaine (*de cavalerie*).
2. Jeune homme !
3. Nigaud !

tra les pansements qui entouraient ses mains. Je dis :

— *Jawohl, Herr Rittmeister!*

Je lui mis une cigarette entre les lèvres et l'allumai. Il aspira deux ou trois bouffées coup sur coup et dit brièvement :

— *'Raus* [1] *!*

Je détachai délicatement la cigarette de ses lèvres, et j'attendis. Le Rittmeister souriait en regardant dans le vide. Autant que j'en pouvais juger avec tous les pansements qui l'entouraient, c'était un très bel homme, et il y avait dans son sourire et dans ses yeux quelque chose d'insolent qui me rappelait l'oncle Franz.

— *'Rein* [2] *!* commanda le Rittmeister.

Je lui remis la cigarette entre les lèvres. Il aspira.

— *'Raus!*

Je lui retirai la cigarette de la bouche. Il me dévisagea un bon moment en silence, puis il dit :

— Comment t'appelles-tu?

— Rudolf, *Herr Rittmeister.*

Eh bien, Rudolf, dit-il jovialement, je vois que tu n'es quand même pas aussi stupide que Paul. Ce cochon-là, quand il allume une cigarette, en flambe au moins la moitié. Et par-dessus le marché, il n'est jamais là quand je l'appelle.

Il me fit signe de lui mettre la cigarette entre les lèvres, tira une bouffée et dit :

— *'Raus!*

Il me regarda.

— Et où t'ont-ils déniché, marmot?

— A l'école, *Herr Rittmeister.*

— Tu sais écrire, alors?

— *Ja, Herr Rittmeister.*

1. Dehors.
2. Dedans.

— Assieds-toi, je vais te dicter une lettre pour mes dragons.

Il reprit :

— Sais-tu où sont mes dragons ?

— Salle 8, *Herr Rittmeister*.

— Bien, dit-il d'un ton satisfait, assieds-toi.

Je m'assis à sa table, il commença à dicter, et j'écrivis. Quand il eut fini, je lui portai la lettre, il la relut en hochant la tête et m'ordonna de me rasseoir pour écrire un post-scriptum.

— Rudolf, dit la voix de l'Infirmière-Major derrière mon dos, qu'est-ce que tu fais là ?

Je me levai. Elle était sur le seuil de la chambre, grande et raide, les cheveux blonds bien tirés, les deux mains croisées devant sa taille, l'air sévère et distant.

— Rudolf, dit le Rittmeister Günther en considérant l'Infirmière-Major d'un air insolent, travaille pour moi.

— Rudolf, dit l'Infirmière-Major sans le regarder, je t'ai donné l'ordre de nettoyer la salle 12. C'est moi qui te donne des ordres, ici, et personne d'autre.

Le Rittmeister Günther sourit.

— *Meine Gnädige* [1], dit-il avec une politesse insolente, Rudolf ne nettoyera la salle 12 ni aujourd'hui, ni demain.

— *So !* dit l'Infirmière-Major en se tournant vers lui d'un seul bloc, et puis-je demander pourquoi, *Herr Rittmeister ?*

— Parce qu'à partir d'aujourd'hui, il passe à mon service, et à celui des dragons. Quant à Paul, il peut nettoyer la salle 12, si vous le désirez, *meine Gnädige*.

L'Infirmière-Major se redressa et dit sèchement :

— Avez-vous à vous plaindre de Paul, *Herr Rittmeister ?*

— Certainement, *meine Gnädige*, j'ai à me plaindre de

1. Madame.

Paul. Paul a des mains de cochon, et Rudolf a les mains propres. Paul allume les cigarettes comme un cochon, et Rudolf les allume proprement. Paul écrit également comme un cochon, et Rudolf écrit très bien. Pour toutes ces raisons, *meine Gnädige*, et outre qu'il n'est jamais là, Paul peut aller se faire pendre, et Rudolf, à partir d'aujourd'hui, entre à mon service.

Les yeux de l'Infirmière-Major étincelèrent.

— Et puis-je vous demander, *Herr Rittmeister*, qui a décidé cela?

— C'est moi.

— *Herr Rittmeister!* s'écria l'Infirmière-Major, la poitrine haletante, je désire que vous compreniez une fois pour toutes qu'il n'y a que moi, ici, à décider de l'emploi du personnel!

— *So!* dit le Rittmeister Günther.

Et il se mit à sourire avec une insolence incroyable en promenant lentement sur elle son regard comme s'il la déshabillait.

— Rudolf! cria-t-elle d'une voix tremblante de rage, suis-moi! Suis-moi immédiatement!

— Rudolf, dit le Rittmeister Günther d'une voix calme, assieds-toi.

Je les regardai l'un et l'autre, et pendant une pleine seconde, j'hésitai.

— Rudolf! cria l'Infirmière-Major.

Le Rittmeister ne dit rien, il souriait. Il ressemblait à l'oncle Franz.

— Rudolf! cria l'Infirmière-Major d'une voix furieuse.

Je me rassis. Elle pivota sur ses talons et quitta la pièce.

— Je me demande, cria le Rittmeister d'une voix tonnante, ce que cette grande garce blonde toute raide rendrait dans un lit? Pas grand-chose, probablement! Qu'est-ce que tu en penses, Rudolf?...

62

Le lendemain, l'Infirmière-Major changeait de service, et je fus affecté au service du Rittmeister Günther et de ses dragons.

Un matin, comme j'étais occupé à ranger sa chambre, il dit derrière mon dos :

— J'en ai appris de belles sur toi !

Je me retournai, il me regardait d'un air sévère, une boule se noua dans ma gorge.

— Viens ici.

Je m'approchai de son lit. Il se tourna sur ses oreillers pour me faire face.

— Il paraît que tu as profité de ton travail à la gare pour te faufiler deux fois dans des transports pour le front. C'est vrai ?

— *Ja, Herr Rittmeister*.

Il me dévisagea un instant en silence d'un air sévère.

— Assieds-toi.

Je ne m'étais jamais assis devant lui, sauf pour écrire les lettres des dragons et j'hésitai.

— Assieds-toi, *Dummkopf !*

Je pris une chaise, l'attirai près du lit, et m'assis, le cœur battant.

— Prends une cigarette.

Je pris une cigarette et la lui tendis. Il la refusa de la main.

— C'est pour toi.

Un flot de fierté m'inonda. Je portai la cigarette à mes lèvres, l'allumai, tirai plusieurs bouffées coup sur coup, et commençai aussitôt à tousser. Le Rittmeister se mit à rire en me regardant.

Rudolf ! dit-il en redevenant sérieux d'un seul coup, je t'ai observé : Tu es petit, tu n'as pas beaucoup d'allure, tu ne parles pas. Mais tu es intelligent, instruit, et tout ce que tu fais, tu le fais comme un bon Allemand doit le faire : A fond !

63

Il dit cela sur le même ton que Père, et presque, me sembla-t-il, avec sa voix.

— Avec cela, tu es courageux, et tu comprends ton devoir envers la patrie.

— *Ja, Herr Rittmeister.*

Et je me mis à tousser. Il me regarda et sourit.

— Tu peux poser la cigarette, si tu veux, Rudolf.

— Merci, *Herr Rittmeister.*

Je posai la cigarette sur le cendrier de la table de nuit, puis la repris entre le pouce et l'index, et méticuleusement, l'éteignis. Le Major me regarda faire en silence. Puis il souleva sa main pansée et dit :

— Rudolf !

— *Ja, Herr Rittmeister.*

— C'est bien d'avoir voulu te battre à quinze ans.

— *Ja, Herr Rittmeister.*

— Et c'est bien d'avoir recommencé après un échec.

— *Ja, Herr Rittmeister.*

— C'est bien de travailler ici.

— *Ja, Herr Rittmeister.*

— Mais se serait encore mieux d'être dragon !

Je me levai, éperdu.

— Moi, *Herr Rittmeister ?*

— Assieds-toi ! cria-t-il d'une voix tonnante. Personne ne t'a donné l'ordre de te lever.

Je me mis au garde à vous, je dis : « *Jawohl, Herr Rittmeister* », et me rassis.

— Eh bien ! dit-il au bout d'un moment, qu'en penses-tu ?

Je répondis d'une voix tremblante :

— S'il vous plaît, *Herr Rittmeister*, je pense que ça serait tout simplement merveilleux.

Il me regarda avec des yeux étincelants de fierté, hocha la tête, et répéta « tout simplement merveilleux » deux ou trois fois d'un ton contenu. Puis sérieusement, doucement, et presque à voix basse, il dit :

— Bien, Rudolf, bien.

Mon cœur bondit dans ma poitrine. Il y eut un silence, et le Rittmeister dit :

— Rudolf, quand ces égratignures seront guéries, j'ai ordre d'organiser un détachement...

Il reprit :

— Pour un de nos fronts. Je te donnerai l'adresse de la caserne avant de partir d'ici, et tu te présenteras à moi. J'arrangerai tout.

— *Ja, Herr Rittmeister !* dis-je en frémissant de la tête aux pieds.

Puis, aussitôt, une pensée affreuse me traversa l'esprit.

— *Herr Rittmeister*, dis-je en balbutiant, mais ils ne voudront pas de moi : Je n'ai même pas seize ans.

— *Ach Was !* dit le Rittmeister en riant, ce n'est que cela ! A seize ans, on est bien assez vieux pour se battre ! Voilà bien leurs lois idiotes ! Mais tu n'as rien à craindre, Rudolf, j'arrangerai cela !

Il se redressa sur ses oreillers, ses yeux brillèrent, et il cria dans la direction de la porte :

— Bonjour, mon trésor !

Je me retournai. La petite infirmière blonde qui le soignait était là. J'allai me laver les mains au lavabo de la chambre, et je l'aidai à défaire les pansements du Rittmeister. L'opération dura un bon moment, et pendant tout ce temps, le Rittmeister qui paraissait vraiment insensible à la douleur, ne cessa de rire et de plaisanter. Finalement, l'infirmière se mit à l'enrouler de nouveau dans ses bandes comme une momie. Il lui releva le visage de sa main pansée, et il lui demanda d'un ton mi-sérieux, mi-plaisant, quand « elle allait se décider, *Herrgott*, à coucher enfin avec lui ? »

— *Ach!* Mais je ne veux pas, *Herr Rittmeister!* dit-elle.

— Comment cela? dit-il en la regardant d'un air goguenard. Est-ce que je ne vous plais pas?

— *Doch, doch* [1] *! Herr Rittmeister!* dit-elle en riant. Vous êtes un très bel homme!

Puis elle ajouta d'un air tout à fait sérieux :

— Mais c'est un péché.

— *Ach was!* dit-il d'un air fâché, un péché! Quelle bêtise!

Et il ne desserra plus les dents jusqu'à la fin. Quand elle fut sortie, il se tourna vers moi d'un air furieux.

— Tu l'as entendue, Rudolf? Quelle petite sotte! Avoir de si beaux nichons, et croire encore au péché! *Herrgott*, les péchés, quelle sottise! Voilà ce que tous ces *Pfaffen* [2] leur mettent dans la tête! Des péchés! Voilà comment on trompe nos bons Allemands! Ces cochons-là leur collent des péchés, et nos bons Allemands leur collent leur argent! Et plus ces poux leur sucent le sang, et plus nos *Dummköpfe* sont contents. Des poux, Rudolf, des poux! Pires que des juifs! Je voudrais les tenir tous dans ma main, *Herrgott*, ils passeraient un mauvais quart d'heure! Les péchés! Vous êtes à peine né, ça y est! Vous en avez déjà un! A genoux, dès la naissance! Voilà comment ils vous abrutissent nos bons Allemands! Par la peur! Et ces pauvres idiots sont devenus si lâches qu'ils n'osent même plus baiser! Au lieu de cela, ils se traînent à genoux, ces idiots, ils prient, ils se frappent la poitrine : « Pardon, Seigneur!... Pardon, Seigneur!... »

Et il donna une imitation si saisissante d'un fidèle battant sa coulpe que, pendant un quart de seconde, je crus avoir Père sous les yeux.

1. Si!
2. Curés.

— *Donnerwetter* [1]! Quelle bêtise! Il n'y a qu'un péché, Rudolf, écoute-moi bien. *C'est de ne pas être un bon Allemand.* Voilà le péché! Et moi, Rittmeister Günther, je suis un bon Allemand. Ce que l'Allemagne me dit de faire, je le fais! Ce que mes chefs allemands me disent de faire, je le fais! Et c'est tout. Et je ne veux pas que ces poux, après cela, me sucent le sang!

Il était soulevé à demi sur ses oreillers, son torse puissant tourné vers moi, ses yeux lançaient des éclairs : Jamais il ne m'avait paru plus beau.

Au bout d'un moment, il voulut se lever, et faire quelques pas dans la chambre en s'appuyant sur mon épaule. Il était de nouveau d'une humeur charmante, et il se mettait à rire pour des riens.

— Dis-moi, Rudolf, qu'est-ce qu'ils disent de moi, ici?

— Ici? A l'hôpital?

— *Ja, Dummkopf!* A l'hôpital. Où crois-tu être?

Je cherchai soigneusement dans ma mémoire.

— Ils disent que vous êtes un vrai héros allemand, *Herr Rittmeister.*

— Ah! Ah! Ils disent cela? Et après?

— Que vous êtes drôle, *Herr Rittmeister.*

— Et après?

— Et les femmes disent que vous êtes...

— Quoi?

— Dois-je le répéter, *Herr Rittmeister?*

— Bien sûr, *Dummkopf.*

— Un fripon.

— Ah! Ah! Elles n'ont pas tort! Je leur montrerai!

— Et puis, ils disent que vous êtes terrible.

— Et après?

— Ils disent aussi que vous aimez bien vos hommes.

1. Tonnerre!

67

C'était exact qu'on le disait, et je croyais lui faire plaisir en le lui répétant, mais il se rembrunit aussitôt :

— *Quatsch* [1] ! Quelle bêtise ! J'aime mes hommes ! Voilà bien leur stupide sentimentalité ! Il faut qu'ils foutent l'amour partout ! Écoute, Rudolf, je n'aime pas mes hommes, je m'occupe d'eux, c'est différent. Je m'occupe d'eux, parce que ce sont des dragons, et je suis officier de dragons, et l'Allemagne a besoin de dragons, et c'est tout !

— Mais ils disent que lorsque le petit Erik est mort, vous avez envoyé la moitié de votre solde à sa femme.

— *Ja, ja,* dit le Rittmeister en clignant de l'œil, et de plus, une belle lettre où je chantais sur tous les tons l'éloge de ce petit salaud de tire-au-cul d'Erik qui n'était même pas foutu de se tenir à cheval ! Et pourquoi j'ai fait ça, Rudolf ? Parce que j'aimais Erik ? *Ach !* Mais réfléchis donc, Rudolf ! Ce petit salaud était mort : Il n'était donc plus dragon. Non, si j'ai fait ça, c'est pour que tout le monde, au village, lise ma lettre et dise : « Notre Erik était un héros allemand, et son officier, un officier allemand. »

Il s'arrêta et me regarda dans les yeux.

— C'est pour l'exemple, tu comprends ? Si tu deviens officier, un jour, rappelle-toi : L'argent, la lettre, tout. C'est comme cela qu'il faut faire, exactement comme cela ! Pour l'exemple, Rudolf, pour l'Allemagne !

Il me fit face, posa brusquement ses deux mains pansées sur mes épaules et m'attira contre lui.

— Rudolf !

— *Jawohl, Herr Rittmeister.*

Du haut de sa haute taille, il plongea son regard dans le mien.

— Écoute bien !

1. Foutaise !

— *Ja, Herr Rittmeister.*

Il me pressa contre lui et articula avec force :

— *Für mich gibt's nur eine Kirche, und die heisst Deutschland*[1] *!*

Un frisson me parcourut de la tête aux pieds. Je dis d'une voix vibrante :

— *Jawohl, Herr Rittmeister !*

Il se pencha sur moi et m'écrasa impitoyablement contre lui.

— *Meine Kirche heisst Deutschland*[2]. Répète !

— *Meine Kirche heisst Deutschland !*

— Plus fort !

Je répétai d'une voix tonnante :

— *Meine Kirche heisst Deutschland !*

— C'est bien, Rudolf.

Il me lâcha, et sans mon aide regagna son lit. Au bout d'un moment, il ferma les yeux et me fit signe de m'en aller. Avant de sortir, je saisis rapidement sur le cendrier la cigarette qu'il m'avait donnée, et une fois dans le couloir, je la serrai dans mon portefeuille.

Quand je rentrai ce soir-là à la maison, il était sept heures et demie passées. Mère et mes deux sœurs étaient déjà à table. Elles m'attendaient. Je m'arrêtai sur le seuil, et promenai lentement sur elles mon regard.

— *Guten Abend.*

— *Guten Abend*, Rudolf, dit Mère, et un quart de seconde après, mes deux sœurs firent écho.

Je m'assis. Mère servit la soupe. Je portai la cuiller à mes lèvres, et aussitôt tout le monde m'imita.

Quand la soupe fut finie, Mère apporta un grand plat de pommes de terre, et le posa sur la table.

1. Il n'y a qu'une église pour moi, et c'est l'Allemagne.
2. Mon église, c'est l'Allemagne !

— Encore des pommes de terre! dit Bertha en repoussant son assiette d'un air boudeur.

Je la regardai :

— Bertha, dans les tranchées, ils n'ont même pas de pommes de terre tous les jours.

Bertha rougit, mais elle reprit :

— Qu'est-ce que tu en sais? Tu n'y es pas allé.

Je posai ma fourchette sur la table et je la regardai :

— Bertha, dis-je, j'ai essayé deux fois d'aller au front. On n'a pas voulu de moi. En attendant, je passe deux heures par jour dans un hôpital...

Je fis une pause et j'articulai avec force :

— Voilà ce que je fais pour l'Allemagne. Et toi, Bertha, qu'est-ce que tu fais pour l'Allemagne?

— Bertha, dit Mère, tu devrais avoir honte...

Je la coupai aussitôt :

— S'il te plaît, Mère.

Elle se tut. Je me retournai vers Bertha, la fixai dans les yeux et répétai sans élever la voix :

— Bertha, qu'est-ce que tu fais pour l'Allemagne?

Bertha se mit à pleurer, et il n'y eut plus une parole jusqu'au dessert. Comme Mère allait se lever de table pour desservir, je dis :

— Mère...

Elle se rassit, et je la regardai.

— J'ai réfléchi. Peut-être vaudrait-il mieux supprimer la prière en commun le soir. Chacun prierait dans sa chambre.

Mère me regarda :

— C'est toi qui as dit « non », Rudolf.

— J'ai réfléchi.

Il y eut un silence et Mère dit :

— Ce sera comme tu voudras, Rudolf.

Elle parut sur le point d'ajouter quelque chose, puis se ravisa. Elle se mit à débarrasser la table avec mes sœurs.

70

Je restai assis sans bouger. Quand elle revint avec elles de la cuisine, je dis :

— Mère...

— Oui, Rudolf.

— Il y a autre chose.

— Oui, Rudolf.

— Désormais, je prendrai le petit déjeuner le matin avec vous.

Je sentis que mes sœurs me fixaient. Je me tournai vers elles : Elles baissèrent les yeux aussitôt. Mère reposa sur la table machinalement le verre qu'elle venait de prendre. Elle aussi avait les yeux baissés.

Elle dit au bout d'un moment :

— Tu te levais à cinq heures jusqu'ici, Rudolf.

— Oui. Mère.

— Et tu ne veux plus... continuer?

— Non, Mère.

J'ajoutai :

— Je me lèverai à sept heures désormais.

Mère ne bougeait pas, elle était seulement un peu pâle, et sa main déplaçait et replaçait le verre sur la table. Elle dit d'une voix hésitante :

— A sept heures, ce n'est pas trop tard, Rudolf?

Je la regardai.

— Non, Mère. J'irai directement d'ici à l'école.

J'appuyai sur « directement ». Mère cilla, mais ne dit rien.

Je repris :

— Je me sens un peu fatigué.

Le visage de Mère s'éclaira.

— Naturellement, dit-elle précipitamment, et comme si cette remarque l'eût soulagée d'un grand poids, naturellement, avec tout le travail que tu fournis...

Je la coupai.

71

— C'est entendu?

Elle fit signe que « oui » de la tête, je dis « *Gute Nacht* », attendis que tout le monde m'eût répondu, et je me retirai dans ma chambre.

J'ouvris mon livre de géométrie, et je me mis à parcourir ma leçon pour le lendemain. J'arrivai mal à fixer mon attention. Je reposai le livre sur la table, je pris mes chaussures, et je me mis à les cirer. Au bout d'un moment, elles se mirent à briller, et j'éprouvai du contentement. Je les reposai soigneusement au pied de mon lit, en veillant à bien aligner les talons sur une ligne du parquet. Puis je me plaçai devant l'armoire à glace, et comme si une voix m'en avait donné l'ordre, brusquement, je me mis au garde à vous. Pendant près d'une minute, j'étudiai et rectifiai patiemment ma position et quand elle fut vraiment parfaite, je fixai la glace, je me regardai dans les yeux, et lentement, distinctement, sans perdre une syllabe, exactement comme faisait Père quand il priait, j'articulai : « *Meine Kirche heisst Deutschland!* »

Après cela, je me déshabillai, je me couchai, je pris le journal sur ma chaise, et je me mis à lire les nouvelles de guerre de la première ligne à la dernière. Neuf heures sonnèrent à la gare. Je repliai le journal, le posai sur ma chaise, et m'allongeai dans mon lit, les yeux ouverts, mais prêt à les fermer, dès que Mère entrerait dans ma chambre pour éteindre. J'entendis la porte de mes sœurs grincer légèrement, puis des pas feutrés passèrent devant ma porte, celle de Mère grinça à son tour, le pêne claqua, Mère, de l'autre côté de la cloison, se mit à tousser, et le silence se fit.

J'attendis encore une minute, immobile. Puis je repris le journal, l'ouvris, et me remis à lire. Au bout d'un moment, je regardai ma montre. Il était neuf heures et demie Je posai le journal et je me levai pour éteindre.

Le 1er août 1916, après m'être enfui une troisième fois de chez moi, je m'engageai, grâce au Rittmeister Günther, au B. D. Regiment 23, à B. J'avais quinze ans et huit mois.

Les classes furent rapides. J'étais petit, mais assez robuste pour ma taille, et je résistai honorablement aux fatigues de l'instruction. J'avais un grand avantage sur les autres recrues : Je savais déjà monter, ayant passé plusieurs vacances dans une ferme du Mecklembourg. Et surtout, j'aimais les chevaux. Ce n'était pas seulement le plaisir de les monter. J'aimais les voir, les soigner, respirer leur odeur, être près d'eux. A la caserne, j'eus vite la réputation d'être serviable, parce que je prenais volontiers, à l'écurie, le tour de garde de mes voisins, en plus du mien. Mais il n'y avait là aucun mérite : J'aimais mieux être avec les bêtes.

La routine de la vie de caserne était également pour moi une grande source de plaisir. Je croyais savoir ce que c'était que la routine, parce qu'à la maison nous avions des heures très régulières. Mais j'étais encore loin du compte. A la maison, il y avait encore, de temps en temps, des périodes creuses, des moments vides. A la caserne, la règle était vraiment parfaite. Le maniement d'armes, surtout, m'enchantait. J'aurais voulu que toute la vie pût se décomposer ainsi, acte par acte. Le matin, dès qu'on avait sonné le réveil, j'avais inventé et mis au point un petit jeu, en prenant bien garde qu'aucun camarade, autour de moi, ne s'en aperçût. Pour me lever, pour me laver, et pour m'habiller, je décomposais mes mouvements : 1, pour rejeter les couvertures, 2, pour soulever mes jambes, 3, pour les laisser retomber à terre, 4, pour me retrouver debout. Ce petit jeu me procurait un sentiment de contentement et de sécurité, et pendant toute la durée des classes, je n'y manquais pas une seule fois. Je crois même que je l'aurais étendu, dans le cours de la journée, à tous mes gestes, si je n'avais craint qu'à la longue, on ne le remarquât.

Le Rittmeister Günther ne cessait de nous répéter, avec un air de jubilation, qu'on allait « ailleurs, *Hergott*, ailleurs », et les pessimistes disaient que sa gaieté n'était, au fond, qu'une « sale blague », et qu'on nous destinait sûrement au front russe. Mais un matin, on reçut l'ordre de se rendre au magasin pour toucher de nouvelles tenues. On se mit en rang devant la porte, et quand les premiers ressortirent avec le nouveau paquetage, on vit qu'il contenait des effets kaki et un casque colonial. Un mot, aussitôt, courut comme un frémissement, sur toute la ligne, et finalement, dans la joie et le soulagement, éclata comme une bombe : « *Türkei !*[1] »

Là-dessus, le Rittmeister Günther arriva en souriant, et la décoration « Pour le Mérite », qu'il venait de recevoir, étincelait autour de son cou. Il arrêta un dragon, et pièce par pièce, il nous montra le paquetage, en nous faisant remarquer « qu'il y en avait pour des Marks et des Marks là-dedans ». Quand il arriva au short, il le déplia, le fit danser au bout de ses doigts, comiquement, et nous dit que « l'Armée nous déguisait en petits garçons pour ne pas faire trop peur aux Anglais ». Les dragons se mirent à rire, et l'un d'eux dit que « les petits garçons sauraient bien les faire courir ». Le Rittmeister Günther dit : « *Jawohl, mein Herr !* » et ajouta que pour l'instant, « ces fainéants d'Anglais passaient leur temps, au bord du Nil, à boire du thé et à jouer au football, mais nous, *bei Gott*, on leur montrerait que l'Égypte n'était pas un salon de thé ni un terrain de football ! »

1. La Turquie!

74

Arrivés à Constantinople, on nous dirigea, non, comme on nous avait dit, sur la Palestine, mais sur l'Irak. On laissa le train à Bagdad, le détachement se mit en selle, et par petites étapes, atteignit un petit hameau misérable, avec de longues maisons basses en torchis, qui s'appelait Fellalieh. Il y avait là quelques éléments de fortifications et à deux cents mètres environ du camp turc, on dressa le nôtre.

Une semaine, jour pour jour, après notre arrivée, par un temps merveilleusement clair, les Anglais, après un bombardement très violent, attaquèrent avec leurs troupes hindoues.

Vers midi, l'Unteroffizier prit trois hommes, Schmitz, Becker et moi, et une mitrailleuse. Il nous porta très en avant, et à l'aile droite de nos troupes, dans un élément de tranchée isolé, peu profond et creusé dans le sable. Devant nous il y avait une immense étendue avec de petits bouquets de palmiers çà et là. Les lignes d'assaut hindoues couraient presque parallèlement à nous. Elles étaient parfaitement visibles.

On mit la mitrailleuse en batterie, et l'Unteroffizier dit d'un ton sec :

— S'il y a un survivant, il ramènera la mitrailleuse.

Schmitz se tourna vers moi, ses grosses joues étaient pâles, et il dit entre ses dents : « Tu entends ça ? »

— Becker ! dit l'Unteroffizier.

Becker s'assit derrière la mitrailleuse, serra les lèvres et l'Unteroffizier dit :

— Feu à volonté.

Au bout de quelques secondes, de petits obus se mirent à éclater autour de nous, et Becker s'affala en arrière de tout son long. Il n'avait plus de visage.

— Schmitz ! dit l'Unteroffizier en faisant un petit geste de la main.

Schmitz tira le corps de Becker en arrière. Ses joues tremblaient.

— *Los, Mensch* [1] *!* cria l'Unteroffizier.

Schmitz s'installa derrière la mitrailleuse et commença à tirer. La sueur ruisselait de chaque côté de sa bouche. L'Unteroffizier s'éloigna de deux ou trois mètres sur notre droite sans même prendre la peine de se mettre à couvert. Schmitz jurait entre ses dents. Il y eut un claquement sec, une pluie de sable s'abattit sur nous, et quand on releva la tête, l'Unteroffizier avait disparu.

Schmitz dit :

— Je vais voir.

Il partit en rampant. Je remarquai qu'il manquait plusieurs clous à ses semelles.

Il se passa quelques secondes. Schmitz reparut, son visage était gris, et il dit d'une voix sans timbre :

— Coupé en deux.

Puis il reprit à voix basse, et comme si l'Unteroffizier avait encore pu l'entendre :

— Ce fou! Debout comme ça sous les obus! Qu'est-ce qu'il croyait? Qu'ils allaient le contourner?

Il se rassit derrière la mitrailleuse, et resta là sans tirer, et sans bouger. On entendait le bruit de la canonnade assez loin sur notre gauche, mais depuis que notre mitrailleuse s'était tue, l'ennemi ne nous arrosait plus. C'était bizarre d'être si tranquille dans ce coin, quand tout le reste du front était en feu.

Schmitz prit une poignée de sable dans sa main, la laissa couler entre ses doigts, et dit d'un air dégoûté :

— Dire qu'on se bat pour ça!

Il appliqua lentement sa joue contre la mitrailleuse, mais au lieu de tirer, il me jeta un regard de côté et dit :

1. Vite!

76

— Et maintenant, si on...

Je le regardai. Il était penché en avant, sa grosse joue ronde contre la mitrailleuse, son visage poupin à demi tourné vers moi.

— Après tout, dit-il, on a fait tout notre devoir.

Il reprit :

— Nous n'avons pas d'ordre.

Puis, comme je me taisais toujours, il ajouta :

— L'Unteroffizier a dit de ramener la mitrailleuse, s'il y avait des survivants.

Je dis sèchement :

L'Unteroffizier a dit : « *un* survivant ».

Schmitz me fixa, et ses yeux de porcelaine s'arrondirent.

— *Junge!* dit-il, mais tu es fou! Il n'y a aucune raison d'attendre que l'un de nous deux y passe!

Je le regardai sans répondre.

— Mais c'est de la folie! reprit-il. Nous pouvons retourner au camp. Personne ne nous en voudra! Personne ne sait ce que l'Unteroffizier nous a dit!

Il avança sa grosse tête ronde et posa sa main sur mon bras. Je retirai mon bras aussitôt.

— *Herrgott!* reprit-il, mais j'ai une femme, moi! J'ai trois enfants!

Il y eut un silence et il reprit d'un air résolu :

— Allons, viens! J'ai pas envie d'être coupé en deux, moi! Ça va bien à un Unteroffizier de faire du zèle. Mais pas à nous!

Il posa la main sur la mitrailleuse comme s'il allait la soulever. Je plaçai aussitôt ma main à côté de la sienne, et je dis :

— Tu peux t'en aller, si tu veux. Moi, je reste. La mitrailleuse, aussi.

Il retira sa main et me regarda d'un air hagard.

— *Aber Mensch!* dit-il d'une voix rauque, mais tu es

77

tout à fait fou! Si je retourne sans la mitrailleuse, ils me fusilleront! C'est clair!

Brusquement, ses yeux rougirent et brillèrent, il poussa un juron, et m'envoya son poing en pleine poitrine. Je basculai en arrière, il saisit la mitrailleuse à deux mains et la souleva.

Je pris rapidement mon mousqueton, l'armai, et le braquai sur lui. Il me fixa, stupéfait.

— Mais dis donc, dis donc, dis donc... balbutia-t-il.

Je restai silencieux, immobile, le canon de l'arme braqué sur lui. Il reposa lentement la mitrailleuse, se rassit devant elle, et détourna son regard.

Je posai mon mousqueton sur mes genoux, le canon braqué sur lui, et j'engageai une nouvelle bande dans la mitrailleuse. Schmitz me regarda, ouvrit la bouche, ses yeux de porcelaine cillèrent plusieurs fois, puis sans dire un mot, il appliqua sa joue ronde contre l'arme et recommença à tirer. Quelques secondes plus tard, les obus se remirent à pleuvoir autour de nous, nous arrosant de sable à chaque fois.

La mitrailleuse se mit à fumer, et je dis :

— Arrête!

Schmitz cessa le tir et me regarda. Je gardai la main droite sur mon mousqueton, je pris mon bidon de la main gauche, le dévissai avec mes dents, et en versai le contenu sur le canon. Au fur et à mesure que l'eau tombait sur le métal, elle s'évaporait en grésillant. L'ennemi ne tirait plus sur nous.

Schmitz était tassé sur lui-même. Il me regardait faire sans rien dire. La sueur ruisselait lentement de chaque côté de ses lèvres.

Il dit d'une voix timide :

— Laisse-moi partir.

Je fis « non » de la tête. Il s'humecta les lèvres avec

sa langue, détourna les yeux, et dit d'une voix sans timbre :

— Je te laisserai la mitrailleuse. Laisse-moi partir.

— Tu peux partir, si tu veux. Sans ton mousqueton.

Il ouvrit la bouche et me regarda.

— Tu es fou! C'est pour le coup qu'ils me fusilleraient! Comme je me taisais, il reprit :

— Pourquoi sans mon mousqueton?

— Je n'ai pas envie que tu me tires dans le dos pour venir reprendre la mitrailleuse.

Il me regarda :

— Je te jure que je ne pensais pas à ça.

Il détourna les yeux et dit d'une voix d'enfant, basse et suppliante :

— Laisse-moi partir.

J'engageai une nouvelle bande, il y eut un déclic, il leva la tête et me regarda. Puis, sans dire un mot, il posa sa joue ronde contre l'arme et tira. Les obus recommencèrent à pleuvoir. Ils tombaient derrière nous avec des claquements secs, et les pelletées de sable nous frappaient le dos à chaque fois.

Schmitz dit d'une voix tout à fait normale :

— Je suis mal assis.

Il releva la tête, se souleva légèrement sur son siège, puis brusquement, il jeta ses deux bras en l'air comme un guignol, et s'affala sur moi. Je le retournai. Il avait un grand trou noir en pleine poitrine, et j'étais couvert de son sang.

Schmitz était grand et lourd, et j'eus beaucoup de mal à le tirer en arrière. Quand j'eus fini, je pris son bidon, je pris également celui de Becker, j'arrosai la mitrailleuse, et j'attendis. La mitrailleuse était trop chaude pour tirer. Je regardai Schmitz. Il était étendu sur le dos de tout son long. Ses paupières, à demi fermées sur l'iris, lui donnaient l'air d'une de ces poupées qui ouvrent les yeux quand on les assoit.

Je portai la mitrailleuse deux cents mètres plus haut dans un trou plus étroit et un peu plus profond, l'installai, et couchai ma joue sur elle. Je me sentais seul, la mitrailleuse luisait entre mes jambes, et un sentiment de contentement m'envahit.

A 800 mètres de moi environ, je vis tout d'un coup des Hindous se lever du sol avec une lenteur qui me parut comique, et s'avancer au petit pas de course, en longue file, presque parallèlement à moi. Je voyais distinctement leurs longues jambes grêles s'agiter. Une seconde file surgit derrière eux, puis une troisième. Je les avais tous en enfilade. Je plaçai le canon un peu en avant de la première file, et j'appuyai sur la détente. Tout en tirant, je déplaçai lentement le canon d'avant en arrière, puis le ramenai en avant, et encore une fois en arrière. Après cela, je cessai le tir.

Juste au même moment, je sentis comme un violent coup de poing au niveau de l'épaule gauche. Je tombai en arrière, mais me rassis aussitôt. Je regardai mon épaule, elle était couverte de sang, je ne ressentais aucune douleur, mais je ne pouvais pas bouger le bras. Je pris un paquet de pansement de ma main droite, le déchirai avec mes dents, et glissai la gaze entre la vareuse et l'épaule. Même au toucher, je ne sentis rien. Je réfléchis, et je pensai que c'était le moment de me replier pour ramener la mitrailleuse.

Au cours du repli, j'aperçus, immobiles sur une éminence, devant un bouquet de palmiers, 4 ou 5 cavaliers hindous. Leurs lances se détachaient, minces et droites, sur le ciel. Je mis posément mon arme en batterie, et je les fauchai.

Après cela, je fis encore quelques centaines de mètres

dans la direction de nos lignes, mais peu avant d'arriver, je pense que je m'évanouis, car je ne me souviens plus de rien.

Après ma guérison, on me décora de la Croix de fer, et on m'envoya sur le front de Palestine, à Birseba. Mais je n'y restai pas longtemps, car j'attrapai la malaria et fus aussitôt évacué sur Damas.

A l'hôpital de Damas, pendant un certain temps, je n'eus pas toute ma tête, et mon premier souvenir distinct est un visage blond penché sur moi.

— Ça va, *junge?* dit une voix rieuse.

— *Ja, Fräulein.*

— Pas Fräulein, dit la voix. Vera. Pour les soldats allemands, Vera. Et maintenant, attention!

Deux mains fraîches et fortes se glissèrent sous moi et m'enlevèrent.

Tout était trouble, une femme me portait, j'entendais sa respiration sifflante, et tout près de mes yeux, je voyais de grosses gouttes de sueur perler sur son cou. Je sentis qu'on me déposait sur un lit.

— Et voilà! dit la voix rieuse, et on va profiter de ce que le bébé a moins de fièvre pour le laver!...

Je me sentis dévêtir, une main de toilette parcourut mon corps, un tissu rugueux me frictionna, je reposai, rafraîchi et les yeux à demi ouverts, sur des oreillers. Je tournai lentement la tête, la nuque me fit mal, et je vis que j'étais dans une petite chambre.

— *Na, Junge?* On se sent bien?

— *Ja, Fräulein.*

— Vera. Pour les soldats allemands, Vera.

Une main rouge me souleva la nuque, tapota mes oreillers et reposa doucement ma tête sur la taie fraîche.

— Ça ne te fait rien d'être tout seul dans une chambre? Tu sais pourquoi on t'a mis ici?

— Non, Vera.

— Parce que la nuit, quand tu délires, tu fais tellement de potin que tu empêches tes voisins de dormir.

Elle se mit à rire et se pencha pour me border. La peau de son cou était rouge comme si elle sortait d'un bain, ses cheveux blonds étaient tirés et tressés, et elle sentait bon le savon de toilette.

— Comment t'appelles-tu?

— Rudolf Lang.

— C'est bien. Je t'appellerai Rudolf. Monsieur le Dragon permet?

— S'il vous plaît, Vera.

— Comme tu es poli pour un dragon, Rudolf! Quel âge as-tu?

— Seize ans et demi.

— *Gott im Himmel* [1] ! Seize ans!

— Et demi.

Elle se mit à rire.

— N'oublions pas le demi, Rudolf. C'est le demi qui est important, *nicht wahr?*

Elle me regarda en souriant.

— D'où es-tu?

— De Bavière.

— De Bavière? *Ach!* Ils ont la tête dure en Bavière! Tu as la tête dure, Rudolf?

— Je ne sais pas.

Elle rit encore et me passa le dos de la main contre la joue. Puis elle me regarda d'un air sérieux et dit avec un soupir :

1. Seigneur!

82

— Seize ans, trois blessures et la malaria!

Puis elle ajouta :

— Tu es sûr que tu n'as pas la tête dure, Rudolf?

— Je ne sais pas, Vera.

Elle rit.

— C'est bien. C'est très bien de répondre ainsi : « Je ne sais pas, Vera. » Tu ne sais pas, alors, tu réponds : « Je ne sais pas, Vera. » Si tu savais, tu répondrais : « Oui, Vera » ou « Non, Vera », n'est-ce pas?

— Oui, Vera.

Elle se mit à rire.

— « Oui, Vera! » Allons, il ne faut pas trop parler. On dirait que la fièvre monte. Tu es tout rouge de nouveau, Rudolf. A ce soir, bébé.

Elle fit quelques pas vers la porte, puis se retourna en souriant.

— Dis-moi, Rudolf, à qui donc as-tu cassé la jambe?

Je me dressai. Mon cœur cognait contre mes côtes, je la regardai, affolé.

— Mais qu'est-ce qui te prend? dit-elle d'un air effrayé en revenant vivement vers mon lit. Allons, recouche-toi! Qu'est-ce que ça signifie? C'est toi qui racontes ça tout le temps dans ton délire. Allons, recouche-toi, Rudolf!

Elle me saisit par les épaules et me força de nouveau à m'étendre. Puis quelqu'un s'assit sur mon lit et me mit la main sur mon front.

— *Na!* dit une voix, ça va mieux? Qu'est-ce que ça peut me faire que tu casses la jambe à dix mille personnes?

La pièce cessa de tourner autour de moi et je vis que c'était bien Vera assise à mon chevet, Vera avec sa peau rouge, ses cheveux tirés et son parfum de savon de toilette. Je tournai la tête pour mieux la voir, et brusquement elle se perdit dans une brume rougeâtre.

— Vera!

— Oui?

— C'est vous?

— C'est moi. Allons, c'est moi, sale gosse. C'est moi, c'est Vera. Recouche-toi.

— Pour la jambe cassée, ce n'est pas moi, Vera, c'est la neige.

— Je sais, je sais, tu l'as assez répété. Allons, calme-toi.

Je sentis deux grandes mains fraîches me saisir les poignets.

— Assez là-dessus! Tu vas faire monter la fièvre.

— Ce n'est pas ma faute, Vera.

— Je sais, je sais.

Je sentis des lèvres fraîches tout près de mon oreille.

— Ce n'est pas ta faute, dit une voix, tu entends?

— Oui.

Quelqu'un posa sa main sur mon front et la maintint un long moment.

— Dors maintenant, Rudolf.

Il me sembla qu'une main prenait le montant de mon lit et le secouait.

— *Na!* dit une voix et j'ouvris les yeux.

— C'est vous, Vera?

— Oui, oui. Allons, tais-toi maintenant.

— Quelqu'un fait trembler le lit.

— Ce n'est rien.

— Pourquoi est-ce qu'on fait trembler le lit?

Un visage blond se pencha sur moi et je sentis un parfum de savon de toilette.

— C'est vous, Vera?

— C'est moi, bébé.

— Restez un peu, je vous prie, Vera.

J'entendis un rire clair, puis le noir s'ouvrit, un souffle glacé m'enveloppa et je tombai vertigineusement.

— Vera! Vera! Vera!

84

J'entendis une voix de très loin.

— *Ja, Junge?*

— Ce n'est pas ma faute.

— Non, non, *mein Schäfchen*[1]*!* Ce n'est pas ta faute.
Et maintenant, assez là-dessus!

Une voix sonna très fort à mon oreille comme un ordre :

— Assez là-dessus!

Et je pensai avec un contentement indicible :

— C'est un ordre.

Il y eut une ombre devant moi, puis un murmure confus
de voix, et quand j'ouvris les yeux, la pièce était plongée
dans une obscurité totale, et quelqu'un, que je n'arrivais
pas à voir, remuait continuellement le pied de mon lit.
Je criai d'une voix forte :

— Ne remuez donc pas mon lit!

Il y eut un grand silence, puis Père se dressa à mon chevet,
tout en noir, et il me fixait de ses yeux creux et brillants.

— Rudolf! dit-il de sa voix saccadée, lève-toi – et viens
– comme tu es.

Puis tout d'un coup, il se mit à reculer dans l'espace à
une vitesse folle, mais sans paraître faire un mouvement,
et bientôt, il ne fut plus qu'une haute silhouette parmi
d'autres, ses jambes devinrent longues et grêles, c'était un
Hindou, il se mettait à courir avec eux, j'étais assis sur mon
lit, une mitrailleuse entre mes jambes, je tirais sur les files
d'Hindous qui couraient, la mitrailleuse sautait sur le
matelas, et je pensais : « Ce n'est pas étonnant que le lit
remue. »

J'ouvris les yeux, je vis Vera devant moi, le soleil inon-
dait ma chambre et je dis :

— J'ai dû dormir un peu.

— Un peu! dit Vera.

1. Mon petit.

Puis elle ajouta :

— Tu as faim?

— Oui, Vera.

— Bien, bien, la fièvre est tombée. Tu as encore braillé toute la nuit, bébé.

— La nuit est passée?

Elle rit.

— Mais non, elle n'est pas passée. Qu'est-ce que tu crois? C'est le soleil qui se trompe.

Elle me regarda manger, puis quand j'eus fini, elle débarrassa, et se pencha sur moi pour me border. Je vis ses cheveux blonds bien tirés, son cou un peu rouge, et je respirai son odeur de savon. Quand sa tête fut assez proche, je mis mes bras autour de son cou.

Elle n'essaya pas de se dégager. Elle tourna son visage vers moi et me regarda.

— En voilà des manières de dragon!

Je ne faisais pas un mouvement. Elle me regarda encore, puis cessa de sourire, et dit à voix basse et avec reproche :

— Toi aussi, bébé?

Et tout d'un coup elle eut l'air triste et fatigué. Je sentis qu'elle allait parler, qu'il me faudrait répondre, et aussitôt, je dénouai mes bras.

Elle me caressa la joue du dos de la main et dit en hochant la tête :

— Naturellement.

Puis elle ajouta à voix basse : « Plus tard », sourit d'un air triste et s'en alla. Je la regardai partir. J'étais étonné d'avoir eu ce geste. Et maintenant, les jeux étaient faits, je ne pouvais plus revenir en arrière. Je n'arrivais pas à savoir si cela me faisait plaisir ou non.

Dans l'après-midi, Vera m'apporta des journaux et des lettres d'Allemagne. L'une d'elles était du docteur Vogel. Elle avait mis trois mois à me trouver. Elle m'annonçait

86

la mort de Mère. Il y avait aussi, sur le même sujet, deux petites lettres de Bertha et Gerda. Elles étaient mal écrites et pleines de fautes.

Le docteur Vogel m'annonçait aussi qu'il était désormais notre tuteur, qu'il avait confié mes deux sœurs à la femme de l'oncle Franz, et qu'il mettait notre magasin en gérance. Quant à moi, il comprenait, certes, les mobiles patriotiques auxquels j'avais obéi en m'engageant, mais il me faisait observer, cependant, que ma fuite précipitée avait donné beaucoup de souci à ma pauvre mère, et que certainement, cette fuite, ou pour mieux dire, cette désertion avait aggravé son état, et peut-être même hâté sa fin. Il espérait, du moins, que je faisais, sur le front, tout mon devoir, mais il me rappelait aussi que j'aurais, la guerre finie, d'autres devoirs à accomplir.

Je pliai les lettres soigneusement et je les mis dans mon portefeuille. Puis j'ouvris les journaux et je lus tout ce qu'on y disait de la guerre en France. Quand j'eus fini, je les repliai, je les remis dans les bandes et les posai sur la chaise à côté de mon lit. Puis je croisai les bras et je regardai, par la fenêtre, le soleil s'allonger sur les toits plats.

Le soir vint, et je couchai avec Vera.

Je retournai sur le front de Palestine, je fus de nouveau blessé, cité et décoré, et à mon retour en ligne, on me nomma, malgré mon âge, sous-officier. Peu après, le détachement Günther fut rattaché à la 3ᵉ division de cavalerie commandée par le colonel turc Essad bey, et prit part à la contre-attaque contre le bourg d'Es Salt que des complicités arabes avaient livré aux Anglais.

La lutte fut épuisante, on démonta, on s'accrocha au

terrain, et après quarante-huit heures de combats corps à corps, on pénétra enfin dans le bourg.

Je fus réveillé le lendemain par de grands coups mats. Je sortis du cantonnement, le soleil m'aveugla, je m'accotai contre un mur, et je laissai s'ouvrir une fente entre mes paupières. Je vis une masse blanche, éblouissante, une foule compacte d'Arabes, immobiles, silencieux, la tête levée. Je levai la tête à mon tour, et j'aperçus, dans le soleil qui les éclairait par-derrière, une quarantaine d'Arabes, le cou tordu sur l'épaule, se trémousser bizarrement dans l'air, comme s'ils dansaient, de leurs pieds nus, sur les têtes des spectateurs. Puis peu à peu, leurs mouvements faiblirent, mais sans cesser complètement, et ils continuèrent à se dandiner et à virevolter sur place, en se présentant tantôt de face, tantôt de profil. Je fis quelques pas, l'ombre d'une maison découpa un carré noir sur le sol éblouissant, j'entrai dans le carré, une fraîcheur délicieuse m'envahit, j'ouvris les yeux tout à fait, et c'est alors seulement que j'aperçus les cordes.

L'interprète turc Suleïman était debout, un peu à l'écart, les bras croisés sur sa poitrine, l'air dédaigneux et mécontent.

Je m'approchai et je lui désignai les pendus.

— Oh ça! dit-il en fronçant ses sourcils sur son nez courbe, ce sont les rebelles de l'Émir Fayçal.

Je le regardai.

— ... Les notables qui livrèrent Es Salt aux Anglais. Modeste échantillon, *mein Freund*[1]! Son Excellence Djemal Pacha est vraiment trop miséricordieuse! Pour bien faire, il faudrait les pendre tous!

— Tous?

Il me regarda et découvrit sans bruit ses dents blanches:

1. Mon ami.

88

— Tous les Arabes.

J'avais vu bien des morts depuis que j'étais en Turquie. Mais ces pendus produisaient sur moi une impression bizarre, désagréable. Je leur tournai le dos et m'en allai.

Le soir, le Rittmeister Günther me fit appeler. Il était assis dans sa tente sur un petit pliant. Je me mis au garde à vous et saluai. Il me fit signe de me mettre au repos, et sans mot dire, continua à jouer avec un magnifique poignard arabe à manche d'argent qu'il tournait et retournait dans ses mains.

Au bout de quelques instants, le sous-lieutenant von Ritterbach arriva. Il était très grand et très maigre, avec des sourcils noirs qui se relevaient vers les tempes. Le Rittmeister lui serra la main et dit sans le regarder :

— Sacrée corvée pour vous cette nuit, *Leutnant*. Les Turcs font une expédition punitive contre un village arabe près d'ici. C'est un village qui s'est mal conduit quand les Anglais ont chassé les Turcs d'Es Salt.

Le Rittmeister jeta un coup d'œil de côté à von Ritterbach.

— A mon avis, reprit le Rittmeister d'une voix bourrue, c'est une histoire qui ne regarde que les Turcs. Mais ils veulent une participation allemande.

Von Ritterbach leva ses sourcils d'un air hautain. Le Rittmeister se dressa avec impatience, lui tourna le dos et fit deux pas dans la tente.

— *Herrgott!* dit-il en se retournant, je ne suis quand même pas ici pour me battre contre les Arabes!

Von Ritterbach ne dit rien. Le Rittmeister fit deux ou trois pas dans la tente, puis fit volte-face, et reprit presque jovialement :

— Écoutez, *Leutnant*, vous prendrez une trentaine d'hommes avec notre petit Rudolf que voilà, et tout ce que vous ferez, c'est encercler le village.

Von Ritterbach dit :

— *Zu Befehl* [1], *Herr Rittmeister.*

Le Rittmeister prit le poignard arabe, le fit jouer dans sa gaine, et jeta à von Ritterbach un regard de côté.

— Vos ordres sont d'établir un barrage et d'empêcher les villageois rebelles de passer au travers. Et c'est tout.

Les sourcils noirs de von Ritterbach se relevèrent vers les tempes.

— *Herr Rittmeister...*

— *Ja?*

— Les femmes qui voudront passer notre barrage?

Le Rittmeister le regarda d'un air mécontent, resta silencieux une seconde, et dit sèchement :

— L'ordre ne précise pas.

Von Ritterbach leva le menton et je vis sa pomme d'Adam monter et descendre dans son cou maigre.

— Faut-il considérer les femmes et les enfants comme des rebelles, *Herr Rittmeister?*

Le Major se leva.

— *Herrgott, Leutnant!* dit-il d'une voix tonnante, je vous ai déjà dit que l'ordre ne précise pas!

Von Ritterbach pâlit un peu, rectifia la position et dit avec une politesse glacée :

— Encore une question, *Herr Rittmeister* : Si les rebelles veulent passer?

— Ordonnez-leur de reculer.

— S'ils ne veulent pas reculer?

— *Leutnant!* cria le Rittmeister, êtes-vous un soldat, oui ou non?

Von Ritterbach fit quelque chose d'inattendu : Il sourit.

— Je suis certainement un soldat, dit-il, d'un ton amer.

1. A vos ordres.

90

Le Rittmeister agita sa main. Von Ritterbach salua avec une raideur incroyable et sortit. Pas une seule fois au cours de l'entretien et même pas quand le Rittmeister avait parlé de « *unsern kleinem Rudolf* [1] » il n'avait daigné me regarder.

— *Ach!* Rudolf! grommela le Rittmeister en le suivant des yeux, ces hobereaux! Avec leurs airs! Avec leur morgue! Et leur sacrée conscience chrétienne! Un de ces jours, nous balayerons tous ces « Von »!

J'expliquai la mission à mes hommes, et vers onze heures du soir, le Lieutenant von Ritterbach donna le signal du départ. La nuit était extrêmement claire.

Au bout d'un quart d'heure de trot, Suleïman, qui assurait la liaison avec le détachement turc, nous rattrapa pour nous dire que nous approchions, et qu'il était détaché pour nous guider. Et en effet, quelques minutes après, des taches blanches brillèrent au clair de lune, et les premières maisons du hameau apparurent. Von Ritterbach me commanda de prendre avec mes hommes par l'est, il fit partir un autre groupe par l'ouest, et en quelques secondes je rejoignais ce deuxième groupe de l'autre côté du village, après avoir échelonné mes hommes. Pas un chien n'aboya. On attendit quelques minutes, le trot des cavaliers turcs qui arrivaient par le sud ébranla le sol, il y eut un silence, un commandement rauque déchira l'air, le martèlement des sabots reprit, une clameur sauvage s'éleva, deux coups de feu furent tirés, et un dragon sur ma gauche dit d'une voix sourde :

— Ça commence.

Les cris cessèrent, on entendit encore un coup de feu isolé, et tout rentra dans le silence.

Un dragon arriva jusqu'à moi. Il cria :

1. Notre petit Rudolf.

— *Herr Unteroffizier* [1], ordre du Lieutenant : Rassemblement côté sud.

Il ajouta :

— Les Turcs se sont trompés de village.

Je refis le chemin en sens inverse en recueillant mes hommes. A l'entrée du village, von Ritterbach était engagé dans une conversation très vive avec Suleïman. Je m'arrêtai à quelques mètres. Von Ritterbach était tout raide sur son cheval, son visage mat était éclairé en plein par la lune, il toisait Suleïman avec mépris. A un moment sa voix s'éleva et j'entendis distinctement :

— *Nein!... Nein!... Nein!*

Suleïman partit comme une flèche. Il revint, quelques secondes après, avec un Commandant turc si grand et si gros que son cheval, visiblement, avait du mal à le porter. Le Commandant turc tira son sabre, et tint un long discours en turc en agitant son sabre devant lui. Von Ritterbach ne bougeait pas plus qu'une statue. Quand le Commandant turc eut fini, la voix de Suleïman s'éleva en allemand, volubile, solennelle, stridente. J'entendis : « Commandant... parole d'honneur... sur son sabre... pas le bon village... »

Là-dessus, von Ritterbach salua sèchement et vint vers nous. Il s'approcha de moi et dit d'une voix glacée :

— Il y a erreur. Nous repartons.

Son cheval était tout proche du mien, et je vis ses longues mains brunes trembler sur les rênes. Au bout d'un instant, il reprit :

— Vous prendrez la tête. Ce Suleïman vous indiquera le chemin.

Je dis :

— *Zu Befehl, Herr Leutnant* [2]*!*

1. Sous-officier.
2. A vos ordres, mon Lieutenant!

92

Il fixa le vide droit devant lui, et tout d'un coup il se mit à crier d'une voix furieuse :

— Est-ce que vous ne savez pas dire autre chose que « *Zu Befehl, Herr Leutnant* »?

Au bout d'une demi-heure de trot, Suleïman étendit le bras à la hauteur de ma poitrine. Je m'arrêtai.

— Écoutez! On entend les chiens.

Il ajouta :

— Cette fois, c'est bien le village rebelle.

J'envoyai un dragon prévenir le Lieutenant, et la même manœuvre que précédemment se déroula, mais cette fois-ci, ponctuée par des aboiements furieux. Les hommes se mirent en place d'eux-mêmes. Ils étaient maussades et silencieux.

Une forme blanche très petite apparut entre les maisons. Les dragons ne bougèrent pas, mais je sentis comme une tension traverser leur ligne. La forme approcha de nous avec un bruit étrange, et finalement s'arrêta. C'était un chien. Il se mit à japper plaintivement, en reculant devant nous pas à pas, l'arrière-train à ras du sol.

Au même instant, il y eut un martèlement de sabots, une salve de mousqueterie, et dans le bref silence qui suivit, un cri de femme s'éleva, un « Ha! Ha! Ha! » aigu, déchirant, interminable. L'instant d'après, des coups de feu éclatèrent de tous les coins à la fois, puis une vive lueur éclaira le ciel, on entendit des coups sourds, des piétinements, des plaintes, et nos chevaux commencèrent à s'agiter.

Trois chiens sortirent en trombe du village, déboulèrent sur nous à toute vitesse, et s'arrêtèrent net, presque sous les pieds des chevaux. L'un d'eux portait une large entaille sanglante au creux de l'épaule. Ils se mirent à japper et à pousser de petites plaintes comme des enfants. Puis l'un d'eux, brusquement s'enhardit, fila comme une flèche entre le cheval de Bürkel et le mien. Les deux autres, aussitôt, se précipitèrent à sa suite, je me retournai sur ma selle pour les suivre du regard, ils firent quelques bonds, puis tout d'un coup, ils s'arrêtèrent, s'assirent sur leur arrière-train, et se mirent à hurler à la mort.

Un « Ha! Ha! Ha! » strident s'éleva, je me retournai, les coups sourds, dans le village, résonnaient violemment, et à deux reprises, des balles sifflèrent au-dessus de nos têtes. Les chiens, derrière nous, hurlaient à la mort, les chevaux s'agitaient, je tournai la tête à droite, et je dis :

— Bürkel, tirez un coup de feu pour éloigner ces bêtes.

— Sur elles, *Herr Unteroffizier?*

Je dis vivement :

— Mais non, pauvres bêtes, tirez donc en l'air.

Bürkel tira. Un groupe de formes blanches sortit du village en courant, dévala la pente vers nous, une voix de femme très aiguë s'éleva, je me dressai sur ma selle et je criai en arabe :

— Va-t'en!

Les formes blanches s'arrêtèrent, refluèrent et comme elles hésitaient, des formes sombres fondirent sur elles, des éclairs de sabre brillèrent, et ce fut tout. Il y avait maintenant, à trente mètres en avant de nous, se détachant nettement sur le sol, un petit amas blanc, immobile, et qui tenait vraiment peu de place.

Sur ma droite, une petite flamme bleue éclaira les mains et le visage d'un dragon, je compris qu'il regardait l'heure, et comme cela n'avait vraiment pas d'importance, je criai :

— Vous pouvez fumer.

Une voix répondit joyeusement : « *schönen Dank* [1] ! » des petits points rouges brillèrent sur toute la ligne, et la tension se relâcha. Les cris et les hurlements reprirent avec

1. Merci beaucoup.

94

tant de force qu'ils couvraient les hurlements des chiens. Il était impossible de distinguer les voix d'hommes des voix de femmes, c'était des « Ha! Ha! Ha! » aigus et rauques à la fois, psalmodiés comme un chant.

Il y eut une accalmie, et Bürkel dit :

— *Herr Unteroffizier*, regardez!

Une petite forme blanche descendait la pente vers nous en hésitant curieusement, une voix dit avec indifférence : « Un chien. » La petite forme jappait doucement comme un enfant qui pleurniche, elle avançait avec une lenteur exaspérante, elle trébuchait sur les pierres. A un moment donné, elle parut tomber et rouler plusieurs mètres, puis se remit sur pied. Elle passa dans l'ombre d'une maison, on la perdit de vue complètement, puis brusquement, elle déboucha dans le clair de lune, elle fut sur nous. C'était un petit garçon de cinq à six ans, en chemise, pieds nus, une balafre sanglante au cou. Il était debout, chancelant un peu sur ses pieds, il nous regardait de ses yeux sombres, et tout d'un coup, il se mit à crier d'une voix extraordinairement forte : « *Baba! Baba!* » Puis il tomba de tout son long, le visage contre le sol.

Bürkel sauta au bas de son cheval, courut vers lui et s'agenouilla. Son cheval fit un écart. Je réussis à saisir les rênes, et je dis d'une voix nette :

— Bürkel!

Il n'y eut pas de réponse, et au bout d'un moment, je répétai sans élever la voix :

— Bürkel!

Il se releva lentement et vint vers moi. Il se tint debout près de mon cheval, sa tête carrée brillait dans le clair de lune, je le regardai et je dis :

— Qu'est-ce qui vous a permis de démonter?

— Personne, *Herr Unteroffizier*.

— Est-ce que je vous ai donné l'ordre de démonter?

— *Nein, Herr Unteroffizier.*

— Pourquoi l'avez-vous fait ?

Il y eut un silence et il dit :

— J'ai cru bien faire, *Herr Unteroffizier.*

— Il ne faut pas croire, Bürkel. Il faut obéir.

Il serra les lèvres et je vis la sueur couler sur sa mâchoire contractée. Il dit avec effort :

— *Ja, Herr Unteroffizier.*

— Vous serez puni, Bürkel.

Il y eut un silence. Je sentais les hommes tendus vers ce silence et je dis :

— Remontez à cheval.

Bürkel me regarda une pleine seconde. La sueur coulait sur sa mâchoire. Il avait l'air hébété.

— *Herr Unteroffizier* [1], j'ai un petit garçon du même âge.

— Remontez à cheval, Bürkel.

Il prit les rênes de mes mains et se mit en selle. Au bout d'un moment, je vis une cigarette allumée tracer un sillage lumineux dans la nuit et tomber sur le sol avec de petites étincelles. La seconde d'après, une autre suivit, puis une autre, puis une autre encore, et ainsi de suite, sur toute la ligne. Et je compris que mes hommes me haïssaient.

— Après la guerre, dit Suleïman à l'heure de la sieste, nous éliminerons les Arabes exactement comme nous avons éliminé nos sujets arméniens. Et pour la même raison.

Même sous la tente, l'éclat du soleil était insoutenable. Je me soulevai sur mon coude et aussitôt les paumes de mes mains devinrent moites.

— Pour quelle raison ?

1. Sous-officier.

96

Suleïman dit très vite et d'un ton doctoral :

— Il n'y a pas place en Turquie pour les Arabes et les Turcs.

Il s'assit en tailleur et se mit tout d'un coup à sourire.

— C'est ce que notre gros commandant essayait de faire comprendre, hier soir, à votre Lieutenant von Ritterbach. Heureusement, votre Lieutenant ne comprend pas le turc...

Il fit une pause.

— ... car il n'aurait absolument pas compris que le village rebelle s'étant prudemment évanoui, on liquidât tout bonnement le village arabe le plus proche...

Je le regardai, béant. Il se mit à rire, d'un rire aigu, féminin. Ses épaules sautaient convulsivement, il balançait son torse d'avant en arrière, et quand il revenait en avant, il frappait le sol de ses deux mains.

Il se calma peu à peu, alluma une cigarette, souffla la fumée longuement par le nez et dit :

— Voilà à quoi ça sert d'être un bon interprète.

Je repris au bout d'un moment :

— Mais ce village était innocent !

Il secoua la tête.

— *Mein Lieber* [1], vous ne comprenez pas ! Ce village était arabe. Il n'était donc pas innocent...

Il découvrit ses dents blanches.

— Savez-vous, c'est intéressant, mais votre objection, on l'a faite autrefois, dans des circonstances similaires, à notre prophète Mohammed...

Il enleva la cigarette de ses lèvres, son visage changea, et il dit d'un ton grave et dévot :

— La paix d'Allah soit avec lui !

Puis il reprit :

— Et notre prophète Mohammed a répondu : « *Si tu*

1. Mon cher.

97

es piqué par une puce, est-ce que tu ne les tues pas toutes? »

Comme c'était mon devoir, je rapportai, le soir même au Rittmeister Günther ce que Suleïman m'avait appris. Il se mit à s'esclaffer pendant une bonne minute, répéta plusieurs fois d'un air ravi la phrase du Prophète sur les puces, et je compris qu'il considérait l'affaire comme un bon tour joué par les Turcs à « cet idiot de von Ritterbach ».

Je ne sais s'il se donna ensuite le plaisir de tout raconter au Lieutenant, mais de toute façon, cela n'eut pas d'importance, car celui-ci, deux jours après, se fit bêtement et inutilement tuer sous mes yeux, et on aurait dit vraiment qu'il l'avait fait exprès, car ce jour-là précisément, il avait mis toutes ses décorations et son uniforme le plus élégant.

Je le fis transporter sous sa tente, envoyai chercher le Rittmeister Günther, et restai avec le sous-officier Schrader au chevet du corps. Le Rittmeister arriva au bout d'un moment, il se mit au garde à vous au pied du lit de camp, salua, fit sortir Schrader, et me demanda comment la chose s'était passée. Je lui racontai tout en détail. Il fronçait les sourcils et quand j'eus fini, il se mit à marcher de long en large dans la tente, fermant et ouvrant les mains derrière son dos. Puis il s'arrêta, regarda le corps d'un air mécontent, et grommela entre ses dents : « Qui aurait pensé que cet idiot... » Puis il me jeta un coup d'œil rapide et se tut.

Le lendemain, il y eut une prise d'armes, et après la prise d'armes, le Rittmeister nous fit un petit discours, et je trouvai que c'était un beau discours, et certainement utile au moral des hommes, mais que le Major y faisait peut-être de von Ritterbach plus d'éloges qu'il ne méritait.

Le 19 septembre 1918, les Anglais attaquèrent en force et le front s'écroula. Les Turcs se mirent à fuir vers le nord, on s'arrêta à Damas, mais ce fut un court répit, et il fallut de nouveau reculer jusqu'à Alep. Au début d'octobre, le détachement fut transporté à Adana, près du golfe d'Alexandrette, on y passa quelques jours sans rien faire, et Suleïman reçut la Croix de fer pour sa bravoure pendant la retraite.

Vers la fin octobre, le choléra éclata dans les villages autour d'Adana, puis peu à peu, gagna le bourg, et le 28 octobre, le Rittmeister Günther fut emporté en quelques heures.

C'était une triste fin pour un héros. J'admirais le Rittmeister Günther, c'était grâce à lui que j'étais entré dans l'armée, et ce jour-là et les jours suivants, je fus étonné que sa mort ne me fît pas plus d'effet. En y réfléchissant, je compris que la question de savoir si je l'aimais ou non, ne s'était pas davantage posée à son sujet que, par exemple, pour Vera.

Le soir du 31 octobre, on apprit que la Turquie avait signé un armistice avec l'Entente. « La Turquie a capitulé ! » me dit Suleïman d'un air de honte, « et pourtant, l'Allemagne se bat encore ! »

Le Capitaine Comte von Reckow reçut le commandement du Détachement Günther, et le rapatriement commença. On s'achemina lentement vers l'Allemagne en passant par les Balkans. La route fut très pénible, parce que nous n'étions vêtus que de nos légères tenues coloniales, et le froid, extrêmement vif pour la saison, causa de grands ravages parmi nous.

En Macédoine, le 12 novembre, par une matinée grise et pluvieuse, et comme nous sortions d'un misérable village où nous avions passé la nuit, le Capitaine Comte von Reckow nous donna l'ordre d'arrêter la colonne et de faire face au côté gauche de la route. Il se porta lui-même dans un champ labouré et recula jusqu'à ce qu'il pût voir les deux extrémités de la colonne. Il resta un long moment sans rien dire. Il était immobile, tassé sur lui-même, et son cheval blanc et son uniforme en loques faisaient une tache claire sur la terre noire. Finalement, il leva la tête, fit un petit signe de la main droite, et dit d'une voix extraordinairement fluette et sans timbre : « L'Allemagne a capitulé. » Une bonne partie des hommes ne l'entendit pas, il y eut un flottement et des chuchotements d'un bout à l'autre de la colonne, et von Reckow, de sa voix habituelle, cria « *Ruhe* [1] ! ». Le silence se fit, et il répéta, à peine plus fort que la première fois : « L'Allemagne a capitulé. » Après cela, il éperonna son cheval, reprit la tête de la colonne, et on n'entendit plus que les sabots des chevaux.

Je regardai droit devant moi, et ce fut comme si un grand trou noir s'était ouvert brusquement sous mes pieds. Au bout de quelques minutes, une voix entonna : « *Nous battrons, nous vaincrons la France* », quelques dragons se mirent à chanter en chœur sauvagement, la pluie tomba plus fort, les sabots des chevaux donnaient un rythme à contretemps, et il y eut tout d'un coup tant de vent et tant de pluie que le chant devint plus faible, s'éparpilla, et mourut. Après cela, ce fut pire que si on n'avait pas chanté.

1. Silence!

1918

En Allemagne, le détachement fut renvoyé de centre en centre, sans que personne sût qui devait nous prendre en charge, et le sous-officier Schrader me dit : « Personne ne veut plus de nous. Nous sommes un détachement perdu. » Finalement, on atteignit notre base de départ, la petite ville de B. Là, on se dépêcha de nous démobiliser pour ne pas avoir à nous nourrir, on nous redonna nos effets civils, un peu d'argent, et une feuille de route pour retourner chez nous.

Je pris le train pour H. Dans le compartiment, je me sentis ridicule avec mon veston et mon pantalon, maintenant beaucoup trop courts pour moi, et je sortis dans le couloir. Au bout d'un moment, je vis, de dos, un grand gaillard maigre et brun au crâne rasé, dont les larges épaules crevaient une veste élimée. Il se retourna : C'était Schrader. Il me regarda, frotta son nez cassé du dos de la main, et éclata de rire.

— Mais c'est toi! Comme te voilà mis! Tu t'es déguisé en petit garçon?

— Toi aussi.

Il jeta un coup d'œil à son complet :

— Moi aussi.

Ses sourcils noirs s'abaissèrent en une seule ligne épaisse sur ses yeux, il me regarda un moment, et son visage devint triste :

— Nous avons l'air de deux clowns maigres.

Il tambourina sur la glace du wagon, et reprit :

— Où tu vas?

— A H.

Il siffla.

— Moi aussi. Tes parents habitent là?

— Ils sont morts, mais il y a mes sœurs et mon tuteur.

— Et qu'est-ce que tu vas faire?

— Je ne sais pas.

Il se mit à tambouriner sur la glace sans rien dire. Puis il sortit une cigarette de sa poche, la coupa en deux, et m'en donna la moitié.

— Vois-tu, dit-il d'un ton amer, on est de trop ici. On n'aurait pas dû rentrer.

Il y eut un silence, puis il dit :

— Tiens, pour te donner un exemple, il y a une petite blonde là-dedans.

Il montra du pouce son compartiment.

— Un joli petit morceau. En face de moi. Eh bien, elle me regardait comme si j'étais de la merde!

Il rabattit sa main vers le sol violemment :

— Comme de la merde! Croix de fer et tout! Comme de la merde!

Il ajouta :

— C'est pourquoi je suis sorti.

Il tira une bouffée, pencha la tête vers moi, et dit :

— A Berlin, tu sais ce que les civils font aux officiers qui se promènent en uniforme dans les rues?

Il me regarda, et dit d'un ton de fureur contenue :

— Ils leur arrachent les épaulettes!

Une boule se noua dans ma gorge et je dis :

— Tu es sûr?

Il hocha la tête, et on resta un instant silencieux. Puis il reprit :

— Alors, qu'est-ce que tu vas faire, maintenant?

— Je ne sais pas.

Il reprit :

— Qu'est-ce que tu sais faire?

Puis sans me laisser le temps de répondre, il ricana :

— Ne te fatigue pas, je vais répondre pour toi : Rien. Et moi, qu'est-ce que je sais faire? Rien. Nous savons nous battre, mais il paraît qu'on n'a plus besoin de se battre. Alors, tu veux que je te dise, nous sommes chômeurs.

Il jura.

— Mais tant mieux! *Herrgott*, j'aime mieux être chômeur toute ma vie que de travailler pour leur sacrée République!

Il mit ses deux larges mains derrière son dos, et regarda le paysage défiler. Au bout d'un moment, il sortit un petit papier et un crayon de sa poche, traça quelques lignes en s'appuyant sur la glace, et me tendit le papier.

— Tiens, c'est mon adresse. Si tu ne sais pas où aller, tu n'as qu'à venir chez moi. Je n'ai qu'une chambre, mais il y aura toujours de la place dans ma chambre pour un ancien du détachement Günther.

— Tu es certain de retrouver ta chambre?

Il se mit à rire.

— Oh pour ça, oui!

Puis il ajouta :

— Ma propriétaire est une veuve.

A H., je me rendis aussitôt chez l'oncle Franz. Il faisait noir, il tombait une petite pluie fine, je n'avais pas de manteau et j'étais mouillé des pieds à la tête.

La femme de l'oncle Franz vint m'ouvrir.

— Ah c'est toi, dit-elle comme si elle m'avait vu la veille, entre donc!

C'était une longue femme, sèche et triste, avec un soupçon de moustache, et des poils noirs sur les joues. Sous la lampe du vestibule, elle me parut très vieillie.

— Tes sœurs sont là.

Je dis :

— Et l'oncle Franz?

Elle me toisa du haut de sa haute taille, et dit sèchement :

— Tué en France.

Puis elle ajouta :

— Prends les patins. Tu vas salir partout.

Elle me précéda et ouvrit la porte de la cuisine. Deux jeunes filles étaient en train de coudre. Je savais que c'étaient mes sœurs, mais c'est à peine si je les reconnus.

— Entre donc, dit ma tante.

Les deux jeunes filles se levèrent et restèrent immobiles à me regarder.

— C'est votre frère Rudolf, dit ma tante.

Elles vinrent me serrer la main l'une après l'autre sans dire un mot, puis se rassirent.

— Eh bien, assieds-toi, dit la tante, ça ne coûte rien.

Je m'assis, je regardais mes sœurs. Elles s'étaient toujours un peu ressemblées, et maintenant, je n'arrivais plus à les distinguer. Elles s'étaient remises à coudre, et de temps en temps, elles me jetaient un coup d'œil furtif.

— Tu as faim? demanda la tante.

Sa voix sonna faux, et je dis :

— Non, Tante.

— Nous avons fini de manger, mais si tu avais eu faim...

— Merci, Tante.

Il y eut de nouveau un silence, et Tante dit :

— Mais comme tu es mal habillé, Rudolf!

Mes sœurs levèrent la tête et me regardèrent.

— C'est le veston avec lequel je suis parti.

Là-dessus, Tante hocha la tête d'un air de reproche, et reprit son ouvrage.

J'ajoutai :

— On n'a pas voulu nous laisser l'uniforme, parce que c'était une tenue coloniale.

Il y eut de nouveau un silence. Tante dit :

— Eh bien, te voilà!

— Oui, Tante.

— Tes sœurs ont grandi.

— Oui, Tante.

— Tu vas trouver du changement, ici. La vie est très dure. On n'a plus rien à manger.

— Je sais.

Elle soupira et se remit à son ouvrage. Mes deux sœurs avaient la tête penchée et cousaient sans dire un mot. Un long moment s'écoula. Puis tout d'un coup, le silence se figea. Il y eut une tension dans l'air, et je compris ce qui se passait. Ma tante attendait : Je devais parler de ma mère, et demander des détails sur sa maladie et sa mort. Alors, mes sœurs se mettraient à pleurer, ma tante ferait un récit pathétique, et sans m'accuser directement nulle part, il ressortirait de son récit que c'était moi qui avais causé la mort de Mère.

— Eh bien, dit Tante au bout d'un moment, tu n'es pas bavard, Rudolf.

— Non, Tante.

— On ne dirait pas que tu viens de passer deux ans loin de chez toi.

— Oui, Tante, deux ans.

— Tu n'as pas l'air de t'intéresser beaucoup à nous.

— Si, Tante.

Une boule se noua dans ma gorge, je pensai : « C'est le moment », je serrai les poings sous ma chaise, et je dis :

105

— Je voulais précisément vous demander...

Les trois femmes relevèrent la tête, et me regardèrent. Je m'interrompis. Il y avait dans leur attente quelque chose d'horrible et de joyeux qui me glaça, et je ne sais comment, au lieu de dire « comment Maman est morte », comme j'en avais l'intention, je dis :

— Comment l'oncle Franz est mort.

Il y eut un silence lourd, et mes sœurs regardèrent ma Tante.

— Ne me parle pas de ce vaurien, dit Tante d'une voix glacée.

Puis elle ajouta :

— Il n'avait qu'une idée en tête — comme tous les hommes. Se battre, se battre, toujours se battre — et courir les filles!

Après cela, je me levai. Tante me regarda.

— Tu pars déjà?

— Oui.

— Est-ce que tu as trouvé à te loger?

Je mentis :

— Oui.

Elle se redressa.

— Tant mieux. Ici, c'est trop petit. Et puis, j'ai déjà tes sœurs. Mais pour une nuit ou deux, on aurait pu s'arranger.

— Merci, Tante.

Elle me toisa et regarda mon costume.

— Tu n'as pas de manteau?

— Non, Tante.

Elle réfléchit.

— Attends. J'ai peut-être un vieux manteau à ton oncle.

Elle sortit et je restai seul avec mes sœurs. Elles cousaient sans relever la tête. Je les regardai l'une après l'autre, et je dis :

— Laquelle est Bertha?

106

— C'est moi.

Celle qui avait parlé leva le menton, nos regards se croisèrent, elle détourna le sien aussitôt. On ne devait pas dire du bien de moi dans la famille.

— Tiens, dit Tante en rentrant, essaye ça.

C'était un raglan vert, rapé, mité, élimé, et beaucoup trop grand pour moi. Je ne me rappelais pas avoir vu l'oncle Franz le porter. L'oncle Franz, en civil, était toujours très élégant.

— Merci, Tante.

Je l'endossai.

— Il faudra le faire raccourcir.

— Oui, Tante.

— Il est encore bon, tu sais. Si tu le soignes, il te fera de l'usage.

— Oui, Tante.

Elle souriait. Elle avait l'air fier et attendri. Elle m'avait donné un manteau. Je n'avais pas parlé de Mère, et pourtant, elle m'avait donné un manteau. Tous les torts étaient de mon côté.

— Tu es content?

— Oui, Tante.

— Tu es sûr que tu ne veux pas une tasse de café?

— Non, Tante.

— Tu peux rester encore un peu, si tu veux, Rudolf.

— Merci, Tante. Il faut que je parte.

— Eh bien, alors, je ne te retiens pas.

Bertha et Gerda se levèrent et vinrent me serrer la main. Elles étaient toutes les deux un peu plus grandes que moi.

— Reviens nous voir, quand tu voudras, dit Tante.

J'étais debout sur le seuil de la cuisine au milieu des trois femmes. Les épaules du manteau me tombaient sur le haut des bras et mes mains disparaissaient dans les manches. Tout d'un coup, les trois femmes me parurent très grandes, l'une d'elles tourna la tête de côté, il y eut comme un déclic, et j'eus l'impression que leurs pieds ne touchaient plus le sol et qu'elles dansaient dans l'air comme les pendus arabes d'Es Salt. Puis leurs visages s'effacèrent, les murs de la cuisine s'évanouirent, un désert immobile et glacé s'ouvrit devant moi, et dans l'étendue immense, il n'y eut plus, à perte de vue, que des mannequins pendus dans les airs, et qui virevoltaient sans arrêt.

— Eh bien, dit une voix, tu n'écoutes pas? Je te dis que tu peux revenir quand tu veux.

Je dis « Merci » et je marchai rapidement vers la porte d'entrée. Les pans du manteau me battaient presque les talons.

Mes sœurs restèrent dans la cuisine. Ma tante m'accompagna.

— Demain matin, dit-elle, il faudra que tu ailles voir le docteur Vogel. Demain sans faute. N'y manque pas.

— Non, Tante.

— Eh bien, au revoir, Rudolf.

Elle ouvrit la porte. Sa main était sèche et froide dans la mienne.

— Alors, tu es content d'avoir le manteau, Rudolf?

— Très content, Tante, merci.

Je me retrouvai dans la rue. Elle referma la porte aussitôt, et je l'entendis, à l'intérieur, qui la verrouillait. Je restai derrière la porte, j'écoutai ses pas décroître, et ce fut exactement comme si j'étais encore dans la maison. Je voyais Tante ouvrir la porte de la cuisine, s'asseoir, prendre son ouvrage, et le tic-tac de l'horloge sonnait sec et dur dans le silence. Puis, au bout d'un moment, Tante regarderait mes sœurs, et dirait en hochant la tête : « *Il n'a même pas parlé de sa mère!* » Alors, mes sœurs se mettraient à pleurer, Tante essuierait quelques larmes, et elles seraient heureuses ensemble toutes les trois.

108

La nuit était froide, il tombait une petite pluie fine, je ne connaissais pas bien le chemin, et il me fallut une demi-heure de marche pour arriver à l'adresse que m'avait donnée Schrader.

Je frappai, et au bout d'un moment, une femme ouvrit. Elle était grande, blonde, avec une forte poitrine.

— Frau Lipman?

— C'est moi.

— Je voudrais voir l'Unteroffizier Schrader.

Elle regarda mon manteau, et dit sèchement :

— C'est pour quoi?

— Je suis un de ses amis.

— Vous êtes un de ses amis?

Elle me dévisagea encore et dit :

— Entrez.

J'entrai et, de nouveau, elle regarda mon manteau.

— Suivez-moi.

Je suivis derrière elle un long couloir. Elle frappa à une porte, ouvrit sans attendre de réponse, et dit en pinçant les lèvres :

— Un de vos amis, Herr Schrader.

Schrader était en bras de chemise. Il se retourna, l'air ébahi.

— C'est toi! Déjà! Entre donc! Tu as une de ces têtes! Et quel manteau! Où as-tu décroché cette ordure? Entre donc! Frau Lipman, je vous présente l'Unteroffizier Lang du Détachement Günther! Un héros allemand, Frau Lipman!

Frau Lipman me fit un petit signe de tête, mais ne me serra pas la main.

— Mais entre! dit Schrader avec une gaieté soudaine. Entre donc! Et vous aussi, Frau Lipman! Et toi d'abord, ôte cette ordure! Là, tu es quand même mieux comme ça! Frau Lipman! Frau Lipman!

Frau Lipman roucoula :

— *Ja*, Herr Schrader ?

— Frau Lipman, est-ce que vous m'aimez ?

— *Ach !* dit Frau Lipman en lui jetant un regard ravi, vous dites de ces choses, Herr Schrader ! Et devant votre ami encore !

— Parce que, si vous m'aimez, vous allez tout de suite me chercher de la bière, et des tartines de... ce que vous trouverez... pour ce garçon, pour moi-même, et pour vous aussi, Frau Lipman ! Si du moins, Frau Lipman, vous me faites l'honneur de dîner avec moi !

Il leva ses épais sourcils, lui fit un clin d'œil coquin, l'enlaça, et fit quelques pas de valse avec elle dans la chambre en sifflotant.

— *Ach !* Herr Schrader ! dit Frau Lipman en riant d'un rire roucoulant, mais je suis trop vieille pour valser ! Les vieilles voitures ne tirent plus, vous savez bien !

— Quoi ! Trop vieille ? dit Schrader, vous ne connaissez donc pas le proverbe français ?

Il lui chuchota quelques mots à l'oreille et elle se mit à se trémousser en riant. Il la lâcha.

— Et puis, écoutez, Frau Lipman, vous allez m'apporter un matelas pour ce garçon. Il va coucher ici ce soir !

Frau Lipman cessa de rire et pinça les lèvres.

— Ici ?

— Allons, allons ! dit Schrader, c'est un orphelin, il ne va pas coucher dans la rue ! *Herrgott !* c'est un héros allemand ! Frau Lipman, il faut savoir faire quelque chose pour un héros allemand !

Elle fit la moue, et il se mit à crier :

— Frau Lipman ! Frau Lipman ! Si vous refusez, je ne sais pas ce que je vous ferais !

Il la prit dans ses bras, la souleva comme une plume, et

110

se mit à courir dans la pièce en criant : « Le loup l'emporte! le loup l'emporte! »

— *Ach! Ach!* Mais vous êtes fou! Herr Schrader, dit-elle en riant comme une petite fille.

— *Los, mein Schatz* [1] *!* dit-il en la posant à terre (assez rudement, me sembla-t-il). *Los, meine Liebe* [2] *! Los!*

— *Ach!* Mais c'est bien pour vous faire plaisir, Herr Schrader!

Et comme elle franchissait la porte, il lui donna une bonne claque sur les fesses. « *Ach!* Herr Schrader! » dit-elle, et on entendit son rire roucoulant décroître dans le couloir.

Elle revint au bout d'un moment. On but de la bière, et on mangea du saindoux sur du pain, et Schrader persuada Frau Lipman de nous apporter son Schnaps, et encore de la bière. On but de nouveau, Schrader parla sans arrêt, la veuve devenait de plus en plus rouge et roucoulante. Vers onze heures, Schrader s'esquiva avec elle, il revint seul une demi-heure plus tard, une poignée de cigarettes à la main.

— Tiens, dit-il d'un air sombre, en en jetant la moitié sur mon matelas, il faut savoir faire quelque chose pour un héros allemand!

Le lendemain après midi, je me rendis chez le docteur Vogel. Je donnai mon nom à la bonne, elle revint au bout d'un instant, et me dit que le Herr Doktor ne tarderait pas à me recevoir. J'attendis trois quarts d'heure environ dans le salon. Les affaires du docteur Vogel avaient dû prospérer depuis la guerre, car la pièce était devenue si luxueuse que je ne la reconnus pas.

Finalement, la bonne revint, et m'introduisit dans le bureau. Le docteur Vogel était assis derrière une table de

1. Vite, mon trésor!
2. Vite, mon amour!

travail immense et nue. Il avait grossi, blanchi, mais son visage était toujours aussi beau.

Il regarda mon manteau, me fit signe d'approcher, me serra la main d'un air froid et me désigna un fauteuil.

— Eh bien, Rudolf, dit-il en posant ses deux mains à plat sur son bureau, te voilà donc!

— *Ja*, Herr Doktor Vogel.

Il me regarda un bon moment. Son torse et ses mains étaient parfaitement immobiles. Son visage aux traits puissants et réguliers, son « visage d'empereur romain », disait Père, avait l'air d'un beau masque figé, à l'abri duquel ses petits yeux gris bleu bougeaient et furetaient sans arrêt.

— Rudolf, dit-il d'une voix grave et bien timbrée, je ne te ferai pas de reproche.

Il fit une pause et me regarda :

— Non, Rudolf, reprit-il en appuyant sur les mots, je ne te ferai pas de *reproche*. Ce que tu as fait, personne ne peut le défaire. La responsabilité que tu portes est assez *lourde*, sans que j'y ajoute rien. D'ailleurs, je t'ai écrit ce que je pensais de ta *désertion*, et des conséquences *irréparables* qu'elle a entraînées.

Il leva la tête d'un air douloureux et ajouta :

— J'estime que j'en ai dit assez.

Il souleva légèrement la main droite :

— Ce qui est passé est passé. Il s'agit maintenant de ton avenir.

Il me regarda d'un air grave comme s'il attendait une réponse, mais je ne dis rien.

Il pencha légèrement la tête en avant et il eut l'air de se recueillir.

— Tu connais les volontés de ton père. J'en suis maintenant le *dépositaire*. J'ai promis à ton père de faire tout ce qui serait en mon pouvoir, sur le plan moral comme sur le plan matériel, pour en assurer l'exécution.

112

Il releva la tête et me regarda dans les yeux :

— Rudolf, il me faut maintenant te poser une question. As-tu l'intention de *respecter* les volontés de ton père?

Il y eut un silence, il tapota la table du bout des doigt, et je dis : « Non. »

Le docteur Vogel ferma les yeux un quart de seconde, mais pas un muscle de son visage ne bougea.

— Rudolf, dit-il d'une voix grave, les volontés d'un *mort* sont sacrées.

A cela je ne répondis pas.

— Tu n'ignores pas, reprit-il, que ton père, sur ce point, était lui-même *lié* par un vœu.

Et comme je ne disais rien, il ajouta :

— *Par un vœu sacré.*

Je me tus encore, et au bout d'un moment, il reprit :

— Ton âme est endurcie, Rudolf, et sans doute, faut-il y voir la conséquence de ta faute. Mais tu vas le voir, Rudolf, la *Providence* fait vraiment bien les choses. Car, en même temps que pour te punir, elle faisait un désert de ton cœur, elle mettait, pour ainsi dire, le *remède* à côté du mal, et créait les conditions propices à ton *rachat*.

— Rudolf, reprit-il au bout d'un moment, quand tu as abandonné ta mère, le magasin marchait bien, votre situation financière était bonne...

— ... ou du moins, ajouta-t-il avec un air de hauteur, *suffisante*. A la mort de ta mère, j'ai fait appel à un gérant. C'est un homme travailleur et un bon catholique. Il est au-dessus de tout soupçon. Mais les affaires marchent vraiment très mal, et ce que rapporte le magasin maintenant, est à peine suffisant pour payer la pension de tes sœurs.

Il croisa les deux mains devant lui.

— J'ai jusqu'ici déploré cette pénible situation, mais je m'aperçois aujourd'hui que ce que je prenais pour un injuste malheur, n'était, en fait, qu'*un bienfait déguisé*. Oui,

113

Rudolf, la *Providence* fait bien les choses, et sa volonté m'apparaît bien clairement : *Elle te désigne ta voie.*

Il fit une pause et me regarda :

— Rudolf, reprit-il d'une voix plus forte, il faut que tu saches que tu n'as actuellement qu'un moyen, et *un seul*, de faire des études à l'Université, c'est d'obtenir, en tant qu'étudiant en théologie, une bourse épiscopale, et d'être nourri dans un foyer. Pour tout ce qui te sera, en plus, nécessaire, je t'en ferai *personnellement* l'avance.

Ses yeux bleus se mirent tout d'un coup à briller comme à son insu, et aussitôt il abaissa sur eux ses paupières. Puis il reposa ses deux mains soignées bien à plat sur son bureau, et attendit. Je regardai son beau visage impassible, et je me mis à le haïr de toutes mes forces.

Il reprit :

— Eh bien, Rudolf?

J'avalai ma salive, et je dis :

— Ne pouvez-vous pas me faire d'avances pour d'autres études que les études théologiques?

— Rudolf! Rudolf! dit-il en se permettant presque un demi-sourire, comment peux-tu me faire une pareille demande, Rudolf? Comment peux-tu me demander de t'aider à *désobéir* à ton père, quand je suis le *dépositaire* de ses dernières volontés?

A cela il n'y avait rien à dire. Je me levai. Il dit doucement :

— Assieds-toi, Rudolf, je n'ai pas fini.

Je me rassis.

— Tu es en pleine révolte, Rudolf, dit-il avec une note de tristesse dans sa belle voix grave, et tu ne veux pas voir *le signe* que te fait la *Providence*. Et pourtant, ce signe est clair : En te ruinant, en te jetant dans la pauvreté, elle te montre *la seule voie possible*, celle qu'elle désire pour toi, celle que ton père a choisie...

A cela non plus je ne répondis rien. Le docteur Vogel croisa les mains, se pencha légèrement en avant, et dit en me fixant de ses yeux pénétrants :

— Es-tu sûr, Rudolf, que cette voie n'est pas la tienne?

Puis il baissa le ton et dit doucement, presque tendrement :

— Es-tu sûr que tu n'es pas fait pour être prêtre? Examine-toi, Rudolf. N'y a-t-il rien en toi qui *t'appelle* à une vie de prêtre?

Il leva sa belle tête blanche.

— N'es-tu pas *tenté* d'être prêtre?

— Eh bien, tu ne réponds pas, Rudolf, dit-il au bout d'un moment, je sais que ton rêve, autrefois, était de devenir officier. Mais tu le sais, Rudolf, il n'y a plus d'armée allemande. Réfléchis, que peux-tu donc faire, maintenant? Je ne te comprends pas.

Il fit une pause, et comme je ne répondais toujours pas, il répéta avec une légère impatience :

— Je ne te comprends pas. Qu'est-ce qui *t'empêche* d'être prêtre?

Je dis :

— Mon père.

Le docteur Vogel rougit profondément, ses yeux étincelèrent, il se leva d'un bloc et cria :

— Rudolf!

Je me levai à mon tour. Il dit d'une voix étouffée :

— Tu peux te retirer!

Je traversai toute la pièce dans mon manteau trop long. Arrivé à la porte, j'entendis sa voix.

— Rudolf!

Je me retournai. Il était assis à son bureau, les mains posées à plat devant lui. Il avait remis de l'ordre dans son beau visage.

115

— Réfléchis. Tu peux revenir quand tu veux. Mes propositions restent *inchangées*.

Je dis :

— Merci, Herr Doktor Vogel.

Et je sortis. Dans la rue il tombait une petite pluie glaciale, je relevai le col de mon manteau, et je pensai : « Eh bien! C'est fini. C'est bien fini. »

Je partis au hasard, une auto me frôla, le chauffeur poussa un juron, et je m'aperçus que je marchais sur la chaussée comme un soldat en armes. Je montai sur le trottoir et je continuai ma route.

J'atteignis un quartier animé, des jeunes filles me dépassèrent en riant, et se retournèrent sur mon manteau. Un camion découvert passa. Il était bondé de soldats et d'ouvriers en bleus de travail. Tous portaient un fusil et un brassard rouge. Ils chantaient l'*Internationale*. Dans la foule, des voix la reprirent en chœur. Un homme mince, tête nue, le visage tuméfié, me dépassa. Il portait un uniforme *Feldgrau*, et à la teinte plus foncée du tissu sur chaque épaule, je compris que les insignes de son grade lui avaient été arrachés. Un autre camion passa, plein d'ouvriers, ils brandissaient des fusils et criaient : « Vive Liebknecht[1]! » La foule reprit en chœur : « Liebknecht! Liebknecht! » Elle était maintenant si compacte que je n'arrivais plus à avancer. Un remous me fit presque tomber, je me rattrapai au bras de mon voisin de droite, et je dis : « Excusez-moi, je vous prie. » L'homme leva la tête, il était assez vieux, très correctement vêtu, et ses yeux étaient tristes. Il dit « *Keine Ursache*[2] ». La foule avança, je tombai sur lui de nouveau, et je demandai : « Qui est Liebknecht? » Il me jeta un coup d'œil méfiant, regarda

1. Chef révolutionnaire allemand.
2. De rien.

116

autour de lui et baissa les yeux sans répondre. Puis on entendit des coups de feu, toutes les fenêtres se fermèrent et la foule se mit à courir. Elle me porta en avant, j'aperçus une rue perpendiculaire sur ma droite, je me dégageai, l'atteignis, et l'enfilai en courant. Au bout de cinq minutes, je m'aperçus que j'étais seul dans un dédale de petites rues que je ne reconnaissais pas. Je suivis l'une d'elles au hasard. La pluie s'était arrêtée. Une voix cria :

— Eh toi! le Petit juif là-bas!

Je me retournai. A dix mètres de moi, dans une rue qui s'ouvrait sur celle que je suivais, j'aperçus un piquet de soldats, et un sous-officier.

— Eh toi, là-bas!

— Moi?

— Oui, toi!

Je criai d'une voix furieuse :

— Je ne suis pas juif!

— *Ach was!* dit l'Unteroffizier, il n'y a qu'un juif pour porter un manteau pareil!

Les soldats se mirent à rire en me regardant. Je tremblai de rage.

— Je vous défends de m'appeler juif!

— Eh là, doucement, *Kerl*[1]! dit l'Unteroffizier, à qui crois-tu parler? Approche un peu qu'on voit tes papiers!

J'avançai, m'arrêtai à deux pas, me mis au garde à vous et dis :

— Unteroffizier Lang, D. B. Régiment 23, Asien Korps.

L'Unteroffizier leva les sourcils et dit brièvement :

— Tes papiers.

Je les lui tendis. Il les examina longuement et avec méfiance, puis son visage s'éclaira, et il me donna une grande tape dans le dos :

1. Le gars.

— Excuse-moi, dragon! C'est ton manteau, tu comprends. Tu avais une drôle de touche : Tu avais l'air d'un Spartakiste [1].

— Ce n'est rien.

— Et qu'est-ce que tu fais par ici?

— Je me promène.

Les soldats se mirent à rire, et l'un d'eux cria :

— C'est pas un temps à se promener!

— Il a raison, dit l'Unteroffizier, rentre chez toi. Il va y avoir du grabuge.

Je le regardai. Il y avait deux jours à peine, moi aussi je portais un uniforme, j'avais des hommes à commander, des chefs qui me donnaient des ordres.

Je me rappelai les cris de la foule, et je demandai :

— Peux-tu me dire qui est Liebknecht?

Les soldats se mirent à rire aux éclats et l'Unteroffizier sourit.

— Comment, dit-il, tu ne sais pas ça? D'où sors-tu donc?

— De Turquie.

— Ah c'est vrai! dit l'Unteroffizier.

— Liebknecht, dit un petit soldat brun, c'est le nouveau Kaiser!

Et tous se mirent à rire. Puis un grand blond au visage lourd me regarda, et dit lentement, et avec un fort accent bavarois :

— Liebknecht, c'est le salaud qu'est cause qu'on est ici.

L'Unteroffizier me regarda en souriant :

— Allons, dit-il, rentre chez toi.

— Et si tu rencontres Liebknecht, cria le petit soldat brun, dis-lui qu'on l'attend!

Et il brandit son fusil. Ses camarades se mirent à rire. C'était un rire de soldats, franc et joyeux.

1. Parti révolutionnaire allemand.

118

Je m'éloignai, j'entendis leurs rires décroître, et mon cœur se serra. J'étais un civil, j'avais un grabat chez Schrader, pas de métier, et dans la poche de quoi manger huit jours.

Je me retrouvai dans le centre, et je fus surpris de le voir si animé. Les magasins étaient fermés, mais les rues grouillaient, la circulation était intense, personne n'eut pu dire que dix minutes auparavant on avait tiré des coups de feu. Je marchais droit devant moi, mécaniquement, et tout d'un coup, la crise commença. Une femme passa tout près de moi. Elle rit. Sa bouche s'ouvrit toute grande, je vis ses gencives roses, ses dents brillantes, elles me parurent énormes, la peur m'étreignit, et les visages des passants se succédèrent, ils grandissaient et disparaissaient sans arrêt, et brusquement, ils s'arrondirent comme des cercles : les yeux, le nez, la bouche, la couleur, tout s'effaça, il n'y eut plus que des cercles blanchâtres comme des yeux d'aveugle, ils grossissaient en venant vers moi comme une gelée tremblotante, ils grandissaient encore, ils touchaient presque mon visage, je frémissais d'horreur et de dégoût, il y avait un claquement sec, tout disparaissait, puis un autre cercle mou et laiteux apparaissait à dix pas et venait droit sur moi en s'élargissant. Je fermai les yeux, je m'arrêtai, j'étais paralysé par la peur, et une main me serrait à la gorge comme pour m'étouffer.

La sueur m'inonda, je respirai profondément, je me calmai peu à peu. Je me remis à marcher sans but, droit devant moi. Les choses étaient pâles et floues.

Brusquement, malgré moi, et comme si quelqu'un avait crié : « Halte! » je m'arrêtai. En face de moi, il y avait un porche en pierre, et sous le porche, une très belle grille en fer forgé était ouverte.

Je traversai la rue, je franchis la grille et je commençai à gravir les marches. Un visage rude et familier apparut, et une voix dit :

119

— Que voulez-vous?

Je m'arrêtai, je regardai autour de moi, tout était flou et gris comme dans un rêve, et je dis d'une voix absente :

— Je voudrais voir le Père Thaler.

— Il n'est plus là.

Je répétai :

— Plus là?

— Non.

Je repris :

— Je suis un ancien élève.

— Il me semblait bien aussi, dit la voix. Attendez, vous n'êtes pas le petit qui s'est engagé à seize ans?

— Si.

— A seize ans! dit la voix.

Il y eut un silence. Tout était gris et sans forme. Le visage de l'homme paraissait flotter au-dessus de moi, comme un ballon. La peur me gagna de nouveau, je détournai les yeux et je dis :

— Est-ce que je peux entrer faire un tour?

— Bien sûr. Les élèves sont en étude.

Je dis « Merci » et j'entrai. Je traversai la cour des petits, puis la cour des moyens, et enfin ma cour apparut. Je la traversai en diagonale. Je vis un banc de pierre devant moi. C'était le banc où on avait couché Werner.

Je fis un crochet pour l'éviter, je continuai mon chemin, je gagnai le mur de la chapelle, puis je fis demi-tour, posai mes talons contre la base du mur, et je partis en comptant mes pas.

Un long moment s'écoula, et ce fut comme si quelqu'un de doux et de puissant m'avait pris dans ses bras et me berçait.

120

Juste au moment où nous n'avions plus que quelques Pfennigs, Schrader trouva de l'embauche pour nous deux dans une petite usine qui fabriquait des armoires métalliques. Schrader fut placé à l'atelier de peinture, ce qui lui valut un demi-litre de lait écrémé par jour.

Le travail qu'on me confia était facile. Je prenais les portes des armoires l'une après l'autre, et avec un marteau j'enfonçais un petit cylindre d'acier dans les pentures pour les mettre au gabarit des gonds. Un coup sur la tête du cylindre pour le faire entrer, deux petits coups de biais pour lui donner du jeu, et avec la main gauche, je le retirais. Je plaçais quatre portes l'une sur l'autre sur un établi. Quand une porte était finie, je la faisais glisser, et l'appuyais debout contre un pilier. Les quatre portes finies, je les portais contre un autre pilier à la gauche du monteur, qui les fixait sur les gonds des armoires.

Comme les portes étaient assez lourdes, au début, je n'en portais qu'une. Mais au bout d'une heure, le *Meister*[1] m'ordonna d'en prendre deux à la fois pour gagner du temps. J'obéis, mais c'est là que la difficulté commença. Le monteur — un vieux qu'on appelait Karl — allait beaucoup moins vite que moi, parce qu'après avoir fixé les portes sur les gonds, il devait encore manipuler les armoires, qui étaient lourdes et encombrantes, et les charger sur les chariots qui les emportaient à la peinture. Je finis donc par le gagner de vitesse, et les portes que j'avais revisées commencèrent à s'accumuler contre son pilier. Le Meister le remarqua et dit au vieux Karl d'aller plus vite. Celui-ci fit un effort, mais même alors, il n'arriva pas à étaler, et il commença à grommeler : « *Langsam, Mensch, langsam*[2] ! » chaque fois que je lui apportais de nouvelles

1. Contremaître.
2. Doucement, vieux, doucement!

portes. Mais je ne voyais pas comment je pouvais aller plus lentement en portant deux portes à la fois. Finalement, le tas de portes près du vieux Karl augmenta encore, et le *Meister* revint, et fit une deuxième observation d'un ton plus sec. Karl accéléra son rythme, il devint rouge et suant, mais rien n'y fit : Quand la sirène retentit, son retard n'avait pas diminué.

Je me lavai les mains et le visage aux lavabos du vestiaire. Le vieux Karl était à côté de moi. C'était un grand Prussien maigre et brun, à l'air réfléchi. Il pouvait avoir la cinquantaine. Il me dit :

— Attends-moi à la sortie. J'ai à te parler.

Je fis « oui » de la tête, j'enfilai mon manteau, remis ma fiche au contrôle, et franchis la grille. Le vieux Karl m'attendait. Il me fit signe, je le suivis, on marcha deux ou trois minutes en silence, puis il s'arrêta et me fit face.

— Écoute, *Junge*, je n'ai rien contre toi, mais ça ne peut pas durer comme ça. Tu me mets en défaut.

Il me regarda et répéta :

— Tu me mets en défaut. Et si je suis en défaut, le syndicat ne pourra pas me défendre.

Je ne dis rien, et il reprit :

— Tu n'as pas l'air de comprendre. Tu sais ce qui va arriver, si je suis en défaut?

— Non.

— D'abord des observations, puis des amendes, et finalement...

Il fit claquer ses doigts :

— La porte!

Il y eut un silence et je dis :

— Je n'y suis pour rien. J'ai fait ce que le Meister m'a dit.

Il me regarda un long moment.

— C'est la première fois que tu travailles en usine?

— Oui.

122

— Et avant, où étais-tu?

— A l'armée.

— Engagé volontaire?

— Oui.

Il hocha la tête et reprit :

— Écoute donc, il faut que tu ailles plus lentement.

— Mais je ne peux pas aller plus lentement. Vous avez bien vu vous-même...

— Et d'abord, coupa le vieux Karl, ne me dis pas « vous ». Qu'est-ce que c'est que ces manières!

Il reprit :

— Avec le camarade qui était là avant toi, tout allait très bien. Et lui aussi, il avait l'ordre de m'amener deux portes à la fois.

Il alluma une vieille pipe noire et ébréchée.

— Les pentures que tu mets au gabarit, combien tu en trouves qui sont si serrées que tu as du mal à retirer le cylindre?

Je réfléchis :

— Une sur quinze ou vingt.

— Et alors, tu perds du temps?

— Oui.

— Mais écoute donc, il y a aussi des pentures où ton cylindre entre sans marteau, comme dans du beurre?

— Oui.

— Et alors, tu gagnes du temps?

— Oui.

— Bon. Écoute-moi bien maintenant, *Junge*. Demain, tu vas avoir du mal avec une penture sur dix.

Je le regardai, stupéfait. Il dit :

— Tu ne comprends pas?

Je dis en hésitant :

— Vous voulez dire que je ferais semblant, une fois sur dix, d'avoir du mal à retirer le cylindre?

123

— Tu as compris! dit-il d'un ton satisfait. Mais c'est pas tout. Quand tu tomberas sur des pentures larges, tu enfonceras le cylindre avec le marteau, et tu l'enlèveras avec le marteau. Compris? Même si ça entre comme dans du beurre. Et tu verras, tout ira très bien. Mais il faut que tu cømmences dès demain, parce qu'aujourd'hui, j'ai bien monté cinq armoires de plus. Pour une fois, ça va. Les camarades de l'atelier de peinture ont réussi à les camoufler. Mais si ça continue, ça ne sera plus possible, tu comprends? Le Meister s'en apercevra, et s'il s'en aperçoit, c'est fichu! Il lui faudra ses cinq armoires de plus tous les jours! Et comme je ne tiendrai pas le coup, je me ferai vider.

Il ralluma sa pipe.

— Alors, tu as compris? Dès demain.

Il y eut un silence, et je dis:

— Je ne peux pas faire ça.

Il haussa les épaules.

— Faut pas avoir peur du Meister, *Junge*. Le camarade qui était là avant toi, il a fait ça pendant cinq ans, personne ne s'en est aperçu.

— Je n'ai pas peur du Meister.

Le vieux Karl me regarda d'un air étonné.

— Pourquoi tu ne veux pas, alors?

Je le regardai bien en face, et je dis :

— C'est du sabotage.

Le vieux Karl rougit profondément et ses yeux brillèrent de colère.

— Écoute donc, *Junge*, tu n'es plus dans l'armée, ici! Sabotage! Sabotage mon cul, oui! Je suis un bon ouvrier, moi, et je n'ai jamais rien saboté!

Il s'arrêta, il était incapable d'en dire plus. Il serra sa pipe dans sa main droite, et ses doigts se mirent à blanchir.

Au bout d'un moment, il me regarda et dit doucement :

124

— Ce n'est pas du sabotage, *Junge*, c'est de la solidarité.

Je ne répondis rien, et il reprit :

— Réfléchis. A l'armée, il y a les chefs, et il y a les ordres, et après, il n'y a plus rien. Mais ici, il y aussi les camarades. Et si tu ne tiens pas compte des camarades, tu ne seras jamais un ouvrier.

Il me regarda encore un moment. Puis il hocha la tête et dit :

— Réfléchis, *Junge*. Je verrai demain si tu as compris.

Il me tourna le dos et s'en alla. Je retournai chez Frau Lipman et je retrouvai Schrader dans sa chambre en train de se raser. Schrader se rasait toujours le soir.

En entrant, je vis, sur la table, la bouteille d'un demi-litre de lait écrémé qu'on lui avait donnée à l'usine. Elle était encore à moitié pleine.

— Tiens, dit Schrader en se retournant, et en pointant vers elle son rasoir, c'est pour toi.

Je regardais la bouteille : Le lait était bleuâtre, mais c'était quand même du lait. Je détournai la tête.

— Non merci, Schrader.

Il se retourna de nouveau :

— Je n'en veux plus.

Je pris une demi-cigarette dans ma poche et l'allumai.

— Non, Schrader. C'est ton lait. Pour toi, c'est un médicament.

— Écoutez-moi cet idiot! cria Schrader en levant son rasoir au ciel, puisque je te dis que je n'en veux plus! Allons prends, *Dummkopf!*

— Il n'en est pas question.

Il grommela : « Sacrée caboche de Bavarois », puis se mit torse nu, se pencha et se mit à souffler dans la cuvette en se rinçant.

Je m'assis et continuai à fumer. La bouteille de lait se

125

dressait devant moi. Au bout d'un moment je m'assis de côté pour ne plus la voir.

— Qu'est-ce qu'il t'a dit, le vieux Karl? dit Schrader en s'essuyant le torse avec sa serviette.

Je lui racontai tout. Quand j'eus fini, il renversa sa tête en arrière, sa lourde mâchoire saillit, et il se mit à rire :

— Ah! C'est donc ça! cria-t-il. A l'atelier de peinture, ils râlaient tous que le vieux Karl leur envoyait trop d'armoires. Et ce n'était pas le vieux Karl, c'était toi! C'était le petit Rudolf!

Il remit sa chemise, mais sans la rentrer dans son pantalon, et s'assit :

— Et toi, maintenant, tu vas faire ce que le vieux Karl t'a dit, bien sûr.

— Il n'en est pas question.

Il me regarda et la ligne noire de ses sourcils s'abaissa sur ses yeux.

— Et pourquoi il n'en est pas question?

— On me paye pour faire ce travail, et moi, c'est mon devoir de le faire bien.

— Ouais! dit Schrader, tu le fais bien, mais on te paye mal! Et est-ce que tu te rends compte qu'à cause de toi, ils vont vider le vieux Karl?

Il tapota la table du bout des doigts et reprit :

— Et évidemment, le vieux Karl ne peut pas aller dire au Meister : « Écoutez voir, avec le gars qui était là avant Rudolf, on a truqué pendant cinq ans, et c'est comme ça que ça a marché! »

Il me regarda, et comme je ne disais rien, il reprit :

— Il est salement coincé, le vieux Karl! Si tu ne l'aides pas, il va y passer.

— Je n'y peux rien.

Il frotta son nez cassé du dos de sa main.

126

— Et s'il y passe, les camarades, à l'usine, ils ne t'auront pas à la bonne.

— Je n'y peux rien.

— Mais si, tu y peux!

Il y eut un silence et je dis :

— Je fais mon devoir.

— Ton devoir! cria Schrader en se levant brusquement, et les pans de sa chemise volèrent autour de lui, tu veux savoir à quoi il aboutit, ton devoir! A faire cinq armoires de plus par jour pour que le père Säcke ait un peu plus d'argent dans ses poches, qui sont déjà pleines à craquer! Tu l'as vu, ce matin, le père Säcke entrer dans sa Mercedes! Avec sa sacrée gueule de cochon rose! Et son ventre! Tu peux être sûr qu'il ne couche pas sur un grabat, lui! Et le lait dans son café, le matin, il n'est pas écrémé non plus, tu peux être sûr! Ton sacré devoir, je vais te dire à quoi il rime, Rudolf! C'est le vieux Karl sur le pavé, et des marks pour le père Säcke!

J'attendis qu'il se calmât un peu et je dis :

— Je n'ai pas à entrer dans ces considérations. Pour moi, la question est claire. On me confie une tâche, et mon devoir est de la faire bien, et à fond.

Schrader fit quelques pas dans la pièce d'un air perplexe, puis revint vers la table.

— Le vieux Karl a cinq enfants.

Il y eut un silence, et je dis très vite, sèchement, et sans le regarder :

— Ça n'entre pas en ligne de compte.

— *Donnerwetter* [1]! cria Schrader en abattant son poing sur la table, tu me dégoûtes!

Je me levai, je cachai mes mains tremblantes dans ma poche et je dis :

1. Tonnerre!

127

— Si je te dégoûte, je peux partir.

Schrader me regarda et sa colère tomba instantanément.

— Ma parole, Rudolf, dit-il de sa voix habituelle, quelquefois je me demande si tu n'es pas fou.

Il remit les pans de sa chemise dans son pantalon, se dirigea vers l'armoire, et revint avec du pain, du saindoux et de la bière. Il posa le tout sur la table.

— *Zu Tisch! Zu Tisch* [1] *!* dit-il avec une fausse gaieté.

Je me rassis. Il fit une tartine et me la passa. Puis, il en fit une pour lui et se mit à manger. Quand il eut fini, il se versa un verre de bière, alluma une demi-cigarette, fit claquer la lame de son couteau, et remit le couteau dans sa poche, il avait l'air triste et fatigué.

— Tiens! dit-il au bout d'un moment, la vie civile, voilà ce que c'est! Tu es dans la merde jusqu'au cou, et personne pour te donner des ordres! Personne pour te dire ce qu'il faut faire! C'est toujours à toi de décider pour tout!

Je réfléchis un moment là-dessus et je pensai qu'il avait raison.

Le lendemain, quand je repris mon travail, je passai devant le vieux Karl, il me sourit, et me dit d'une voix cordiale : « *Na, Junge* [2] *?* » Je lui dis bonjour, et je me dirigeai vers mon établi. Mes genoux étaient sans force, et la sueur coulait dans mon dos entre mes omoplates. J'entassai quatre portes l'une sur l'autre. Le hall se mit à vibrer du ronflement des machines qui découpaient la tôle, je pris mon petit cylindre d'acier, mon marteau et je me mis au travail.

Je tombai sur des pentures difficiles, je perdis un peu de temps, et quand j'amenai les quatre premières portes à Karl, il me fit de nouveau un sourire et me glissa : « Ça va

1. A table!
2. Eh bien, jeune homme?

128

très bien comme ça, *Junge*. » Je rougis et ne répondis rien.

Les pentures suivantes furent également difficiles, et je me mis à espérer qu'elles le seraient toutes ce jour-là, et les jours suivants, et qu'ainsi le problème ne se poserait pas. Mais au bout d'une heure, toute difficulté cessa, et les pentures devinrent si larges que je n'avais plus besoin d'employer le marteau pour enfoncer le cylindre. Je sentis la sueur couler de nouveau dans mon dos. Je me forçai à faire le vide dans mon esprit. Au bout de quelques minutes, il y eut en moi un déclic, et je mis à travailler aveuglément, parfaitement, comme une machine.

Au bout d'une heure, quelqu'un se dressa devant mon établi, je ne levai pas les yeux. Je vis une main frôler mes portes, dans cette main il y avait une petite pipe noire et ébréchée, la pipe frappa deux petits coups secs sur le métal, et j'entendis la voix de Karl qui disait : « Qu'est-ce qui te prend? » Je présentai le cylindre devant l'ouverture d'une penture, je poussai, il entra sans difficulté. Je le retirai aussitôt, et le présentai devant la deuxième penture. Là aussi, il pénétra facilement. Je l'enlevai rapidement, et toujours sans lever les yeux, je fis glisser la porte et l'adossai contre le pilier. La main qui portait la pipe était toujours là. Elle tremblait légèrement. Puis tout d'un coup, il n'y eut plus rien, et j'entendis des pas qui s'éloignaient.

Les machines faisaient vibrer le vaste hall, je travaillais sans arrêt, j'étais actif et vide, j'avais à peine l'impression d'être là. Le chariot de l'atelier de peinture arriva en grinçant, les roues crièrent sur le ciment, et j'entendis le conducteur dire à Karl d'une voix furieuse : « Qu'est-ce qui te prend? Säcke t'a intéressé aux bénéfices? » Il y eut un silence, je tenais les yeux baissés, et je vis seulement la pipe de Karl se lever et pointer dans ma direction.

Au bout d'un moment, le chariot grinça de nouveau, une ombre passa sur mon établi, et la voix du Meister s'éleva, nette et rogue, dans la trépidation des machines : « Je n'y comprends rien. Qu'est-ce que vous avez? Vous dormez? » — « Restez seulement dix minutes à côté de moi », dit la voix de Karl, « et vous verrez si je dors! » Il y eut un silence, l'ombre repassa sur mon établi, et j'entendis le vieux Karl jurer à voix basse. Le Meister revint une demi-heure plus tard, mais cette fois, je réussis à ne pas entendre ce qu'il disait.

Après cela, j'eus un grand moment l'impression que le vieux Karl ne me quittait pas des yeux. Je lui jetai un coup d'œil rapide : Il n'en était rien. Il me tournait le dos, sa nuque était rouge, ses cheveux collés par la sueur, et il travaillait comme un fou. Il y avait maintenant tant de portes adossées contre son pilier qu'elles le gênaient dans ses mouvements.

La sirène annonça midi, les machines s'arrêtèrent, un brouhaha de voix emplit le hall. J'allai me laver les mains, j'attendis Schrader, et je me dirigeai avec lui vers la cantine. Son visage était de bois, et il dit sans me regarder :

— Les camarades de la peinture sont furieux.

Quand j'ouvris la porte de la cantine, le bruit des conversations cessa aussitôt, et je sentis tous les regards fixés sur moi. Je ne regardai personne, je marchai droit à une table, Schrader me suivit, et peu à peu les conversations reprirent.

La cantine était une grande pièce claire et propre, avec de petites tables ripolinées en rouge, et un bouquet d'œillets artificiels sur chaque table. Schrader s'assit à côté de moi, et au bout d'un moment, un grand ouvrier maigre et mince que j'avais entendu surnommer « Feuille à cigarette » se leva d'une table voisine et vint s'asseoir en face de nous. Schrader leva la tête et le dévisagea. « Feuille à cigarette » lui fit un petit salut de la main, et sans dire un mot et sans nous regarder, se mit à manger. La femme de la cantine vint avec des bols et nous versa de la tisane. Mon vis-à-vis tourna le torse vers elle, et je compris pourquoi on l'appelait « Feuille à cigarette ». Il était grand et large, mais quand on voyait son corps de profil, on avait l'impression qu'il était sans épaisseur. Je mangeais en fixant mes yeux au-dessus de sa tête, droit devant moi. Au milieu du mur ocre qui me faisait face, il y avait une grande tache rectangulaire d'un ocre plus foncé, et je regardais cette tache. De temps en temps, je jetais un coup d'œil à Schrader. Il mangeait en baissant la tête et la ligne noire de ses sourcils barrait ses yeux.

— *Junge*, dit « Feuille à cigarette ».

Je le regardai. Il avait des yeux sans couleur. Il souriait.

— C'est la première fois que tu travailles en usine?

— Oui.

— Qu'est-ce que tu faisais avant?

A son ton, il était évident qu'il le savait déjà.

— Sous-officier de dragon.

— Sous-officier? dit « Feuille à cigarette », et il siffla entre ses dents.

Schrader leva la tête, et dit sèchement :

— Moi aussi.

« Feuille à cigarette » sourit et entoura son bol de ses deux mains. Je levai la tête et je regardai la grande tache rectangulaire sur le mur. J'entendis Schrader faire claquer son couteau, et au mouvement de son coude contre ma hanche, je compris qu'il le remettait dans sa poche.

— *Junge!* dit « Feuille à cigarette », le vieux Karl est un bon camarade, et on n'aimerait pas qu'il soit vidé.

Je le regardai. Son sourire exaspérant reparut, et brusquement, l'envie me prit de lui jeter mon bol de tisane à la figure.

— Et s'il est vidé, dit « Feuille à cigarette » sans cesser de sourire, ce sera de ta faute.

Je regardai la tache rectangulaire sur le mur, je décidai

qu'il y avait eu là un tableau, autrefois, et je me demandai pourquoi on l'avait enlevé. Schrader me poussa du coude et je m'entendis répondre :

— Alors ?

— C'est bien simple, dit « Feuille à cigarette », tu vas faire ce que le vieux Karl t'a dit.

Schrader pianota sur la table du bout des doigts et je dis :

— Non.

Schrader cessa de pianoter et mit ses deux mains à plat sur la table. Je ne regardais pas « Feuille à cigarette », mais je sentais qu'il souriait.

— Espèce de petit salaud, dit-il doucement.

Et tout d'un coup je compris : Ce n'était pas un tableau qu'on avait enlevé du mur. C'était le portrait du Kaiser. La seconde d'après, il y eut un floc, un silence de mort se fit dans la salle, Schrader se dressa et agrippa mon bras.

— Tu es fou ! cria-t-il.

« Feuille à cigarette » était debout, il s'essuyait le visage avec sa manche : Je lui avais jeté mon bol, après tout.

« Feuille à cigarette » me regarda, ses yeux brillèrent, il se dégagea de sa chaise et vint sur moi. Je ne bougeai pas. Le bras de Schrader passa devant moi deux fois de suite en éclair, il y eut deux coups mats, et « Feuille à cigarette » s'écroula sur le sol. Tout le monde se leva, il y eut un grondement sourd, et il me sembla que la salle se refermait sur nous. Je vis les deux mains de Schrader se crisper sur sa chaise. La voix du vieux Karl cria : « Laissez-les sortir ! » Et tout à coup, un chemin s'ouvrit jusqu'à la porte. Schrader me prit par le bras et m'entraîna.

Schrader alla se laver les mains au lavabo. Ses phalanges saignaient. J'allumai un mégot. Quand Schrader eut fini, je lui tendis le mégot, il tira quelques bouffées et me le rendit. La sirène de l'usine retentit, mais on attendit encore deux ou trois minutes avant de sortir.

Schrader fit un détour pour me conduire jusqu'au hall. Je poussai la porte, et je m'arrêtai, stupéfait. Le hall était totalement vide. Schrader me regarda en hochant la tête. Je regagnai ma place et au bout d'un moment, Schrader me quitta.

Je plaçai quatre portes sur mon établi et je commençai à ouvrir les pentures. Puis je portai mes portes deux par deux contre le pilier du vieux Karl. Je regardai ma montre. Il y avait dix minutes que la sirène avait retenti. Le hall était immense et vide.

La porte vitrée du fond s'ouvrit, la tête du Meister passa, et il cria : « A la direction ! » Je posai le petit cylindre d'acier et le marteau sur l'établi, et je sortis.

A la porte de la Direction, je rencontrai Schrader. Il me poussa légèrement devant lui et j'ouvris la porte. Un petit rond-de-cuir à face de rat était debout derrière un comptoir. Il nous regarda venir en se frottant les mains.

— Vous êtes saqués ! dit-il avec un petit rire.

— Pourquoi ? dit Schrader.

— « Voies de fait contre un camarade. »

Les sourcils de Schrader s'abaissèrent sur ses yeux :

— Si vite ?

— Conseil d'ouvriers, dit Face-de-rat avec une grimace. Renvoi immédiat, ou grève.

— Et Säcke a cédé ?

— *Ja, ja*, Herr Säcke a cédé.

Il poussa deux enveloppes sur le comptoir.

— Voilà votre compte. Une journée et demie.

Puis il reprit :

— *Ja, ja*, Herr Säcke a cédé.

Il jeta un coup d'œil autour de lui et dit plus bas :

— Tu te crois encore au bon vieux temps ?

Puis il reprit sur le même ton :

— Alors, « Feuille à cigarette » en a pris un dans la gueule?

— Deux, dit Schrader.

Face-de-rat regarda une seconde fois autour de lui et dit dans un souffle :

— Bien fait pour ce salaud de Spartakiste!

Et il cligna de l'œil à Schrader.

— En pleine merde! dit-il. Voilà où nous en sommes! En pleine merde!

— Tu l'as dit! fit Schrader.

— Mais attends voir un peu, dit Face-de-rat en clignant de l'œil de nouveau, ces messieurs ne seront pas toujours dessus, et nous dessous!

— Salut! dit Schrader.

Dans la rue, la même petite pluie glaciale qui tombait depuis huit jours, nous accueillit. On fit quelques pas en silence et je dis :

— Tu n'étais pas forcé d'intervenir.

— Laisse donc, dit Schrader.

Il frotta son nez cassé du dos de la main.

— A mon avis, ça vaut beaucoup mieux comme ça.

On regagna sa chambre. Au bout d'un moment, on entendit le pas de Frau Lipman dans le couloir, Schrader sortit et referma la porte derrière lui.

Il y eut d'abord des rires, des bruits de claques, des roucoulements. Puis, brusquement, la voix de Frau Lipman s'éleva. Elle ne roucoulait plus du tout. Elle était criarde et perçante.

— *Nein! Nein! Nein!* J'en ai assez comme ça! Si vous ne trouvez pas de travail d'ici huit jours, votre ami devra partir!

J'entendis Schrader jurer, puis sa voix profonde s'éleva à son tour :

— Dans ce cas, moi aussi, je partirai!

Il y eut un silence et Frau Lipman parla longuement et à voix basse, puis tout d'un coup, elle eut un rire hystérique, et elle cria d'une voix stridente :

— Eh bien! C'est entendu, Herr Schrader, vous partirez!

Schrader rentra dans la chambre et claqua la porte. Il était rouge et ses yeux brillaient de colère. Il s'assit sur le lit et me regarda :

— Tu sais ce que cette sacrée sorcière vient de me dire?

— J'ai entendu.

Il se leva.

— Cette folle! dit-il les bras au ciel, cette folle! Elle n'a même pas la reconnaissance du bas-ventre!

Cette plaisanterie me choqua et je me sentis rougir. Schrader me regarda du coin de l'œil, son visage redevint jovial, il enleva sa chemise, prit son blaireau et commença à se savonner les joues en sifflotant. Puis il saisit son rasoir et souleva soigneusement son coude à la hauteur de son épaule. Il s'arrêta de siffler, et j'entendis le petit grattement faible et obstiné de la lame sur la peau.

Au bout d'une minute, il se retourna, le blaireau en l'air. Son visage, à l'exception du nez et des yeux, n'était plus qu'une mousse blanche, et il dit :

— Dis donc, ça n'a pas l'air de te tracasser beaucoup, toi, les femmes?

Je ne m'attendais pas à cela, et je dis : « Non » sans réfléchir. Aussitôt, je pensai avec angoisse : « Et maintenant, il va sûrement m'interroger. »

— Pourquoi? dit Schrader.

Je détournai la tête.

— Je ne sais pas.

Il recommença à promener la mousse sur son visage.

— *Ja, ja,* dit-il, mais tu as quand même essayé, *nicht wahr?*

— Oui, une fois. A Damas.

— Et alors? dit Schrader.

Et comme je ne répondais rien, il reprit :

— Allons, ne reste donc pas là sur ta chaise! Comme un hareng mort! A regarder dans le vide! Réponds donc! Parle un peu pour une fois! Ça t'a fait plaisir, oui ou non?

— Oui.

— Eh bien?

Je fis un effort violent et je dis :

— Ça ne m'a rien dit de recommencer.

Il se figea, le blaireau en main.

— Mais pourquoi? Elle était antipathique?

— Oh non.

— Elle avait une odeur?

— Non.

— Allons, parle! Elle n'était peut-être pas jolie?

— Si... je crois.

— Tu crois! dit Schrader en riant.

Puis il reprit :

— Alors, qu'est-ce qui n'a pas marché?

Il y eut un silence, et il répéta :

— Allons, parle! Parle!

— Eh bien, dis-je avec embarras, avec elle il fallait tout le temps parler. Je trouvais ça fatigant.

Schrader me regarda, ses yeux et sa bouche s'arrondirent, et il éclata de rire.

— *Herrgott!* dit-il, mais tu es un drôle de petit hareng, Rudolf!

La colère flamba tout d'un coup en moi, et je dis :

— Tais-toi!

— *Ach!* Mais tu es drôle, Rudolf! cria Schrader en riant de plus belle, et tu veux que je te dise, Rudolf! Je me demande si tu n'aurais pas mieux fait de te faire prêtre, après tout!

Je frappai du poing sur la table, et je hurlai :

136

— Tais-toi!

Au bout d'un moment, Schrader se retourna, son coude droit s'éleva lentement, et dans le silence, le grattement d'insecte recommença.

Frau Lipman n'eut pas à attendre le délai d'une semaine qu'elle nous avait fixé. Deux jours après notre renvoi de l'usine, Schrader entra en trombe dans la chambre et cria comme un fou : «*Los, Mensch, los!* On recrute des hommes pour les Corps francs! » Trois jours après, équipés et armés de neuf, nous quittions H.

Frau Lipman pleura beaucoup. Elle nous accompagna à la gare, elle agita son mouchoir sur le quai, et Schrader, debout derrière la glace du compartiment, dit entre ses dents : « Elle était folle, mais c'était pas la mauvaise fille. » J'étais assis sur la banquette, le train s'ébranla, je regardais mon uniforme et j'eus l'impression que je recommençais à vivre.

On nous versa au *Grenzschutz* [1] stationné à W., dans le détachement Rossbach. L'Oberleutnant Rossbach nous plut. Il était grand et mince avec des cheveux blond cendré qui s'éclaircissaient sur le devant. Il se tenait rigidement, comme un officier, mais en même temps, il y avait une espèce de grâce dans ses mouvements.

Il se consumait d'impatience et nous aussi. Il n'y avait rien à faire à W. : On attendait des ordres, et les ordres ne venaient pas. De temps en temps, on apprenait ce qui se passait en Lettonie, et on enviait les corps francs allemands qui se battaient contre les Bolcheviks. Vers la fin mai, on sut qu'ils avaient pris Riga, et pour la première fois,

1. Troupe de protection des frontières (*de l'ouest*).

on entendit parler du Lieutenant Leo Albert Schlageter qui, à la tête d'une poignée d'hommes, était entré le premier dans la ville.

La prise de Riga fut le dernier grand exploit des *Baltikumer* [1]. Les premiers échecs apparurent, et Rossbach nous expliqua le jeu de l'Angleterre : Tant que les Bolcheviks avaient occupé les provinces baltes, elle avait, malgré l'armistice, fermé les yeux sur la présence des corps francs allemands en Lettonie. Et « les Messieurs en redingote de la République allemande » fermèrent les yeux à leur tour. Mais une fois les Bolcheviks battus, l'Angleterre s'aperçut « avec étonnement » que les *Baltikumer* étaient, en somme, une violation flagrante de l'armistice. Sous sa pression, la République allemande rappela les *Baltikumer*. Mais ceux-ci ne revinrent pas. Chose curieuse, ils se transformèrent en corps de volontaires russes blancs. Il paraît même qu'ils se mirent à chanter en russe... Il y eut des rires, et Schrader se tapa sur les cuisses.

Peu après, on apprit avec stupeur que « les Messieurs en redingote » avaient signé le Diktat de Versailles. Mais Rossbach n'en toucha pas un mot. La nouvelle n'eut même pas l'air de le concerner. Il dit seulement que la vraie Allemagne n'était pas à Weimar, mais partout où les hommes allemands continuaient à se battre.

Malheureusement, les nouvelles des *Baltikumer* étaient de plus en plus mauvaises. L'Angleterre avait armé contre eux les Lithuaniens et les Lettons. Son or coulait à flot, sa flotte était ancrée devant Riga, et hissait le drapeau letton pour tirer sur nos troupes.

Vers la mi-novembre, Rossbach nous dit que les *Baltikumer* nous faisaient l'honneur de nous appeler à leur secours. Puis il fit une pause, et nous demanda s'il nous

---

1. Corps francs de la Baltique.

138

était égal d'être considérés comme des « rebelles » par des Messieurs en redingote. Il y eut des sourires, et Rossbach dit qu'il n'obligeait personne, et que ceux qui le voulaient, pouvaient rester. Personne ne pipa, Rossbach nous regarda, et ses yeux bleus étincelaient de fierté.

On se mit en route, et le gouvernement allemand envoya un détachement de l'Armée pour nous arrêter. Mais le détachement avait été mal choisi : Il se joignit à nous. Peu de temps après, le premier engagement eut lieu. Des troupes lithuaniennes se portèrent à notre rencontre. En moins d'une heure, on les balaya. Le soir, on campa en terre lithuanienne, et on chanta : « *Nous sommes les derniers hommes allemands à être restés devant l'ennemi.* » C'était le chant des *Baltikumer*. On en savait les paroles depuis plusieurs mois. Mais ce soir-là, pour la première fois, on se sentit en droit de les chanter.

Quelques jours plus tard, le détachement Rossbach, s'ouvrant un chemin dans les troupes lettones, délivra la garnison allemande encerclée dans Thorensberg. Mais aussitôt après, la retraite commença. La neige se mit à tomber sans arrêt sur les steppes et les marais de Courlande, un vent glacial souffla, on se battait nuit et jour, et je ne sais pas ce que le Lieutenant von Ritterbach aurait pensé, à nous voir traiter les Lettons exactement comme les Turcs avaient traité les Arabes.

On incendiait les villages, on pillait les fermes, on abattait les arbres, on ne faisait pas de différence entre les civils et les soldats, entre les hommes et les femmes, entre les adultes et les enfants : Tout ce qui était letton était voué à la mort. Quand on avait pris une ferme, et massacré ses habitants, on entassait les cadavres dans les puits, on jetait des grenades par-dessus, puis le soir, on sortait tous les meubles dans la cour de la ferme, on en faisait un feu de joie, et la flamme s'élevait haute et claire sur la neige.

Schrader me disait à voix basse : « Je n'aime pas ça », je ne répondais rien, je regardais les meubles noircir et se recroqueviller dans les flammes, et j'avais l'impression que les choses étaient bien réelles, puisque je pouvais les détruire.

Le détachement Rossbach était décimé, on reculait toujours. Près de Mitau, au début de novembre, dans un bois, il y eut un combat sanglant, puis les Lettons cessèrent de nous presser, il y eut un moment d'accalmie, c'est à peine si quelques balles sifflaient encore, Schrader se releva, s'adossa contre un sapin. Il était souriant et harassé, il rejeta son casque en arrière, et dit : « *Herrgott!* Cette petite vie ne me déplaît pas! » Au même instant, il se pencha légèrement en avant, me regarda avec surprise, glissa lentement sur les genoux, baissa les yeux d'un air gêné, et s'affala. Je m'agenouillai et le retournai sur le dos. Il y avait un trou vraiment très petit à la base du sein gauche, et à peine quelques gouttes de sang sur sa veste.

Là-dessus, l'ordre vint d'attaquer, on s'élança, le combat dura toute la journée, puis on se replia, et le soir, on campa de nouveau dans le bois. Des camarades qui étaient restés derrière nous pour organiser la position m'apprirent qu'ils avaient creusé une fosse pour Schrader. Le corps était gelé, et comme ils n'avaient pu déplier ses jambes, ils l'avaient enterré assis. Ils me remirent sa plaque. Elle était brillante et froide au creux de ma main. Les jours suivants, et à mesure qu'on reculait, je pensais à Schrader. Je le voyais assis sous terre, immobile. Et quelquefois, en rêve, je le voyais essayer désespérément de se redresser et de crever la terre dure et glacée au-dessus de sa tête. Malgré cela, je ne souffrais pas beaucoup de ne plus l'avoir à mes côtés.

Les *Baltikumer* revinrent en Prusse orientale par petites étapes. La République allemande voulut bien nous pardonner de nous être battus pour l'Allemagne. Elle nous expédia en garnison à S. Et ce fut de nouveau comme à W. : On n'avait rien à faire. On attendait. Finalement, comme une récompense, le jour du combat se leva. Les mineurs de la Ruhr, excités par les Juifs et les Spartakistes, se mirent en grève, la grève prit une allure insurrectionnelle, et on nous détacha pour la réprimer. Les Spartakistes étaient assez bien pourvus en armes légères, ils se battaient courageusement, et ils étaient passés maîtres dans le combat de rues. Mais la lutte était sans espoir pour eux, nous possédions des canons et des *Minenwerfer*, la répression fut impitoyable, tout homme porteur d'un brassard rouge était immédiatement fusillé.

Il n'était pas rare de découvrir, parmi les Spartakistes prisonniers, d'anciens camarades des Corps francs que la propagande juive avait égarés. Fin avril, à Dusseldorf, dans une douzaine d'ouvriers rouges confiés à ma garde, je retrouvai un nommé Henckel, qui avait combattu à mes côtés à Thorensberg et à Mitau. Il était adossé contre un mur avec ses camarades, le pansement qu'il portait autour de la tête était taché de sang, et il était très pâle. Je ne lui adressai pas la parole, et il me fut impossible de voir s'il m'avait reconnu. Le Lieutenant arriva en moto, sauta à terre, et sans s'approcher, enveloppa le groupe du regard. Les ouvriers étaient assis le long d'un mur, silencieux, immobiles, leurs mains ouvertes sur les genoux. Seuls, leurs yeux vivaient. Ils étaient fixés sur le Lieutenant. J'accourus, et je demandai les ordres. Le Lieutenant serra les lèvres et dit : « Comme d'habitude. » Je lui signalai qu'il y avait là un ancien de la Baltique. Il jura entre ses dents et me demanda de le lui désigner. Je ne voulus pas montrer Henckel de la main, et je dis : « C'est celui qui a le pansement à la tête. » Le Lieutenant le regarda et s'exclama à voix basse : « Mais c'est Henckel! » Et au bout d'un moment, il hocha la tête et dit très vite : « Quel dommage. Un si bon soldat. »

Puis il enfourcha sa moto, fit ronfler le moteur et démarra. Les ouvriers le suivirent des yeux. Quand il eut disparu au coin de la rue, sans même attendre mon ordre, ils se levèrent. Il était clair qu'ils avaient compris.

Je plaçai deux hommes en tête, deux en flanc-garde, et je me portai moi-même en serre-file. Henckel était seul au dernier rang, juste devant moi. Je donnai un ordre, la colonne s'ébranla. Pendant quelques mètres, machinalement, les ouvriers marchèrent au pas cadencé, puis je vis deux ou trois d'entre eux changer de pas presque en même temps, le rythme de la marche se cassa, et je compris qu'ils l'avaient fait exprès. Le flanc-garde de droite, tout en marchant, pivota sur son buste, et me consulta du regard. Je haussai les épaules. Le flanc-garde sourit, haussa les épaules à son tour, et se retourna.

Henckel s'était laissé un peu distancer. Il marchait maintenant à ma hauteur, et sur ma droite. Il était très pâle, et regardait droit devant lui. Puis j'entendis quelqu'un chantonner tout bas. Je tournai la tête, les lèvres de Henckel remuaient, je m'approchai légèrement, il me jeta un regard rapide, ses lèvres remuèrent de nouveau, et j'entendis, dans un murmure : « *Nous sommes les derniers hommes allemands à être restés devant l'ennemi.* » Je sentis qu'il me regardait, et je repris ma distance. On fit encore quelques mètres, je vis du coin de l'œil le visage de Henckel se lever nerveusement, et se tourner sans cesse vers la droite, et un peu en avant de nous. Je regardai dans la même direction, mais il n'y avait rien là qu'une petite rue qui s'ouvrait sur la nôtre. Henckel se laissa encore distancer, il était maintenant presque derrière moi, il chantonnait : « *Nous sommes les derniers hommes allemands...* » d'une voix basse et insistante, et je n'arrivais pas à me résoudre à lui adresser la parole pour lui dire d'aller plus vite et de se taire. Au même instant, un tram passa sur ma gauche dans un fracas de ferraille, machinalement je tournai la tête vers lui, au même instant, j'entendis un bruit de course sur ma droite, je me retournai, Henckel s'enfuyait en courant, il avait déjà presque atteint le coin de la petite rue, j'épaulai mon fusil et fis feu : Il pirouetta deux fois sur lui-même et s'affala sur le dos.

Je criai : « Halte! », la colonne s'arrêta, je courus vers Henckel, des frémissements parcouraient son corps, il me regardait fixement. Sans épauler, je tirai à moins d'un mètre en visant la tête, la balle frappa le trottoir. A deux mètres de moi, une femme sortit d'une maison : Elle s'arrêta net, clouée sur le seuil, les yeux hagards. Je tirai encore deux fois de suite, sans succès. La sueur coulait dans mon cou, mes mains tremblaient, Henckel me regardait fixement. Finalement, je posai le canon de l'arme contre son pansement, je dis à voix basse : « *Verzeihung, Kamerad* [1] » et j'appuyai sur la détente. J'entendis un cri strident, je tournai la tête, la femme tenait ses deux mains gantées de noir devant ses yeux, et hurlait comme une folle.

Après les combats dans la Ruhr, je me battis encore en Haute-Silésie contre le soulèvement polonais qui, aidé en sous-main par l'Entente, essayait d'arracher à l'Allemagne les territoires que le plébiscite lui avait laissés. Les Corps francs refoulèrent victorieusement les sokols, et la nouvelle ligne de démarcation établie par la Commission interalliée confirma l'avance de nos troupes. *Les derniers hommes allemands* n'avaient pas combattu pour rien.

Peu après, pourtant, on apprit que la République allemande, pour nous remercier d'avoir défendu la frontière de l'Est, réprimé une insurrection spartakiste, et conservé à l'Allemagne les deux tiers de la Haute-Silésie, nous jetait sur le pavé. Les Corps francs étaient dissous ; les réfrac-

1. Excuse-moi, camarade.

taires, arrêtés et menacés de prison. Je revins à H., on me démobilisa, et on me rendit mes effets civils, et le manteau de l'oncle Franz.

J'allai voir Frau Lipman et lui appris la mort de Schrader. Elle sanglota beaucoup et me retint à coucher. Mais dans les jours qui suivirent, elle prit l'habitude d'entrer à chaque instant dans ma chambre et de me parler de Schrader. Quand elle avait fini, elle essuyait ses larmes, restait un moment sans rien dire, puis tout d'un coup, elle éclatait d'un rire roucoulant, et se mettait à me faire des agaceries. Finalement, elle prétendait qu'elle était plus forte que moi, et qu'à la lutte, elle pourrait me faire toucher les épaules. Comme je ne relevai pas le défi, elle m'empoignait à bras le corps, je luttais pour me dégager, elle me serrait davantage, nous roulions sur le parquet, son souffle devenait rauque, ses seins et ses cuisses s'écrasaient contre mon corps, cela me répugnait et me plaisait à la fois. J'arrivais enfin à me dégager, elle se levait à son tour, elle était rouge et suante, elle me jetait un mauvais regard, elle m'insultait, et quelquefois même, elle essayait de me battre. Au bout d'un moment, je me mettais en colère, je lui rendais ses coups, elle s'agrippait à moi, son souffle devenait pressé et sifflant, et tout recommençait.

Un soir, elle apporta une bouteille de Schnaps et de la bière. J'avais couru toute la journée pour chercher du travail, j'étais triste et fatigué. Frau Lipman alla chercher de la viande; entre chaque bouchée elle me versait de la bière et du Schnaps, elle buvait à son tour, puis quand j'eus fini de manger, elle se mit à parler de Schrader, à pleurer et à boire du Schnaps. L'instant d'après, elle me proposait de lutter, elle me saisissait à bras le corps, et roulait par terre avec moi. Je lui donnai l'ordre de sortir de ma chambre. Elle se mit à rire comme une folle, elle était chez elle, et elle allait me faire voir si c'était à moi à lui donner des ordres. Là-dessus, les pugilats recommencèrent. Puis elle buvait du Schnaps, elle remplissait mon verre, elle pleurait, elle parlait de son défunt mari, de Schrader, d'un autre locataire qu'elle avait eu avant lui. Elle répétait que l'Allemagne était *kaputt*, tout d'ailleurs était *kaputt*, la religion aussi était *kaputt*, il n'y avait plus de morale, et le Mark ne valait plus rien. Quant à elle, elle était bonne pour moi, mais moi, j'étais tout à fait sans cœur, Schrader disait bien, j'étais un « hareng mort », il avait bien raison, je n'aimais rien ni personne, et le lendemain, elle allait sûrement me flanquer dehors. Là-dessus les yeux lui sortaient de la tête, et elle se mettait à crier : « *'Raus, mein Herr! 'Raus*[1] *!* » Puis, elle se précipitait sur moi pour me battre, elle me griffait et me mordait. Une fois de plus, nous roulions par terre, et elle me serrait contre elle à m'étouffer. La tête me tournait, il me semblait qu'il y avait des heures et des heures que je luttais avec cette furie, je vivais un cauchemar, je ne savais plus où j'étais, ni qui j'étais. Finalement, une colère folle me saisit, je me ruai sur elle, je la rouai de coups et je la pris.

Le lendemain, au petit jour, je quittai la maison comme un voleur, et je sautai dans le train pour M.

1. Dehors, Monsieur, dehors!

1922

A M. je fus successivement terrassier, manœuvre dans une usine, garçon-livreur, crieur de journaux. Mais ces métiers ne duraient jamais longtemps, et à intervalles de plus en plus fréquents, je retournais rejoindre la grande masse des chômeurs allemands. Je couchais dans les asiles, j'engageais ma montre, j'apprenais à avoir faim. Au printemps 1922, j'eus une chance inouïe : Je réussis à me faire embaucher comme manœuvre pour la construction d'un pont dont on prévoyait qu'il serait fini dans trois mois. Pendant ces trois mois par conséquent, j'étais à peu près sûr, si le Mark ne baissait pas davantage, de faire un repas sur deux.

Je déchargeai d'abord des wagons de sable, c'était un travail assez pénible, mais du moins pouvait-on souffler entre deux pelletées. Malheureusement, au bout de deux jours, on me transféra à l'une des bétonneuses, et dès la première heure, je me demandai avec angoisse si j'aurais la force de tenir. Un wagonnet nous amenait le sable, le déversait à l'arrière de la machine; à quatre, il fallait, à coups de pelle, nourrir sans fin une énorme vis qui entraînait le sable dans le mélangeur en même temps que le ciment. La bétonneuse tournait implacablement, il fallait l'alimenter sans arrêt, il n'y avait pas une seconde à perdre, dès que le métal de la vis apparaissait, le Meister se mettait à hurler.

J'avais l'impression atroce d'être pris dans un engrenage. Le moteur électrique ronflait au-dessus de nos têtes, le camarade qui le surveillait — un nommé Siebert — prenait de temps en temps un sac de ciment, le déchirait, déversait son contenu dans l'entonnoir. Aussitôt, la poussière de ciment volait sur nous, se collait à nous, nous aveuglait. Je pelletais sans arrêt, les reins me faisaient mal, mes jambes tremblaient continuellement, et je n'arrivais pas à trouver mon souffle.

Le Meister donna un coup de sifflet, et quelqu'un dit à mi-voix :

— Midi cinq. Ce cochon-là nous a encore volé cinq minutes.

Je jetai ma pelle, fis quelques pas en trébuchant, et m'affalai sur un tas de gravier.

— Ça ne va pas, *Kerl* [1] ? dit Siebert.

— Ça va.

Je sortis mon déjeuner de ma serviette : Du pain et un peu de saindoux. Je commençai à mâchonner. J'avais faim et mal au cœur en même temps. Mes genoux tremblaient.

Siebert s'assit à côté de moi. Il était très grand et très maigre, avec un long nez pointu, des lèvres minces et des oreilles décollées.

— Siebert, dit une voix, faudra que tu dises au Meister que midi, c'est midi.

— *Ja, ja,* « Peau de citron », dit Siebert en ricanant.

Ils parlaient tout près de moi, mais leurs voix paraissaient très lointaines.

— Le cochon sortira sa montre, et il dira : « Midi tout juste, *mein Herr !* »

1. Le gars.

148

Je levai les yeux. Le soleil sortait d'un nuage, il éclaira en plein la bétonneuse. Elle se dressait à quelques pas de moi. Elle était neuve, peinte en rouge vif. A côté d'elle un wagonnet était debout sur des rails. Puis, à terre, devant le wagonnet, il y avait des pelles plantées dans le sable. De l'autre côté de la bétonneuse s'élevait le tapis roulant qui amenait le béton frais juqu'au pont. J'avais mal au cœur, mes oreilles bourdonnaient, et je regardais tout cela vaguement, distraitement, en mâchonnant mon pain. Tout d'un coup, je sentis monter la peur, je baissai les yeux, c'était trop tard, le wagon, la bétonneuse, les pelles, étaient devenus petits et dérisoires comme des jouets, ils se mirent à reculer dans l'espace à une vitesse folle; un vide vertigineux se creusa; devant moi, derrière moi, il n'y avait plus que du vide, et dans ce vide, une *attente*, comme si quelque chose d'atroce allait survenir, bien plus terrible que la mort.

Une voix frappa mon oreille, je vis mes mains. Elles étaient étroitement croisées, mon pouce gauche frottait mon pouce droit sur toute sa longueur, je le regardai, je me mis à compter à voix basse : « 1, 2, 3, 4... », il y eut comme un spasme, tout se dénoua. A côté de moi, sur ma droite, je vis la grande oreille décollée de Siebert, quelqu'un parla :

— *Donnerwetter!* Tu sais ce qu'il fait ce cochon? Avant midi, il retarde sa montre de cinq minutes. Pourquoi tu ne lui dis pas, toi?

La voix passait à travers des épaisseurs de coton, mais c'était une voix, je comprenais ce qu'elle disait, j'écoutais avidement.

— *Ach!* S'il n'y avait pas la femme, et la *Mädchen* [1] qui est malade!

Ils étaient assis, je les regardai, je fis effort pour me rap-

1. Fille.

peler leurs noms. Siebert, « Peau de citron », Hugo, et le petit à côté de lui, pâle et brun, comment donc l'appelait-on? Une nausée violente me prit, je m'allongeai de tout mon long sur le sol. Au bout d'un moment, j'entendis :

— Faut bien que tu manges, *nicht wahr?*

— *Ja, ja.*

J'écoutai, je me raccrochai à leurs voix, j'avais peur qu'elles se taisent.

— Le Seigneur Dieu, il n'aurait pas dû nous faire un estomac à nous autres Allemands!

— Ou alors, un estomac à bouffer du sable comme cette sacrée machine!

Quelqu'un rit, je fermai les yeux et je pensai : « Le petit brun s'appelle Edmund. » Mes genoux tremblaient.

— Ça ne va pas, *Kerl?*

J'ouvris les yeux. Un long nez pointu était penché sur moi. Siebert. C'était Siebert. Je fis effort pour sourire, et je sentis craquer la croûte que la poussière de ciment et la sueur avaient formée sur mes joues.

— Ça va.

Et j'ajoutai :

— *Danke schön* [1].

— C'est gratuit, dit Siebert.

« Peau de citron » rit. Je refermai les yeux, un coup de sifflet strident déchira l'air, quelques secondes coulèrent, il y eut un blanc, et je sentis quelqu'un me secouer par les épaules.

— Allons viens! dit Siebert.

Je me levai en vacillant, repris ma pelle et dis à mi-voix :

— Je ne comprends pas. J'étais solide dans le temps.

— *Ach was!* dit « Peau de citron », c'est pas la force, c'est la soupe! Y a combien de temps que t'es chômeur?

1. Merci.

150

— Un mois.

— C'est bien ce que je disais, c'est la soupe. Regarde cette sacrée machine : Si tu lui donnes pas à manger, elle non plus, elle fonctionne pas. Mais elle, *Mensch*, elle! On la soigne! On la nourrit! Elle vaut de l'argent!

Siebert abaissa le bras gauche, le moteur ronfla, l'énorme vis, à nos pieds, se mit à tourner doucement. « Peau de citron » jeta dessus sa pelletée.

— Tiens! dit-il haineusement, bouffe!

— Tiens, putain! dit Edmund.

— Tiens! dit « Peau de citron », bouffe! Bouffe!

— Bouffe et crève! dit Edmund.

Les pelletées tombaient en pluie, furieusement. Je pensai : « Edmund, il s'appelle Edmund. » Il y eut un silence. Je jetai un coup d'œil à « Peau de citron ». Il passa le revers de son pouce au travers de son front et secoua sa main vers le sol.

— *Ach was!* fit-il d'un ton amer, c'est nous qui crèverons, oui!

Mes bras étaient sans force. Chaque fois que je soulevais la pelle, je vacillais. Il y eut un trou, je n'entendis plus rien, je me demandais anxieusement s'ils continuaient à parler.

— Hugo, dit « Peau de citron »...

Et ce fut exactement comme si on reposait l'aiguille sur un disque. J'écoutais, je ne voulais plus lâcher la voix.

— Combien ça vaut, une bétonneuse?

Hugo cracha.

— J'suis pas acheteur.

— 2 000 Marks! cria Siebert en déchirant un sac de ciment.

La poussière de ciment vola, nous enveloppa, et je me mis à tousser.

— Et nous, dit « Peau de citron », combien on vaut?

151

— La pièce?

— Oui.

Il y eut un silence. Mais est-ce que c'était un vrai silence? Est-ce que vraiment ils ne parlaient pas?

— 20 Pfennigs.

— Et c'est bien payé, dit Edmund.

« Peau de citron » lança rageusement sa pelletée.

— C'est pour dire.

— C'est pour dire quoi?

— L'homme, il est très bon marché.

Je répétai à voix basse : « L'homme, il est très bon marché », puis brusquement, je n'entendis plus rien.

J'enfonçai la pelle, elle buta, le manche m'échappa, je m'affalai de tout mon long, ma tête partit en arrière, et le soleil s'éteignit.

Quelqu'un dit :

— Lève-toi, *Hergott noch mal* [1]!

J'ouvris les yeux, tout était trouble, le visage jaune et flétri de « Peau de citron » dansait devant moi.

— Voilà le Meister! Lève-toi!

Une voix dit :

— Il va te saquer.

Ils pelletaient tous comme des fous. Je les regardais, je n'arrivais pas à bouger.

Le moteur cessa de ronfler, et « Peau de citron » s'assit tranquillement à côté de moi. Le gravier cria derrière lui, et je vis dans une brume, au niveau de mon visage, les bottes noires et luisantes du Meister.

— Qu'est-ce qu'il y a?

— Panne, dit la voix de Siebert.

Edmund s'assit et dit tout bas. « Tourne-lui le dos. Tu es tout blanc. »

1. Lève-toi, Bon Dieu!

152

— Encore?

— Mauvais contact.

— *Schnell, Mensch, schnell* [1] !

— Deux minutes.

Il y eut un silence, le gravier cria, et Hugo dit à mi-voix :

— Au revoir, salaud.

— Tiens, dit la voix de Siebert, avale ça.

Le Schnaps coula dans ma gorge.

— Siebert, dit Hugo, moi aussi, je me sens faible.

— Bouffe du sable.

Je réussis à me lever.

— Ça va? dit « Peau de citron ».

Je fis « oui » de la tête et je dis :

— C'est quand même heureux qu'il y ait eu une panne.

Ils se mirent à rire aux éclats, et je les regardais, l'un après l'autre, interloqué.

— *Junge!* cria « Peau de citron », t'es encore plus bête que le Meister!

Je regardai Siebert.

— Tu as fait ça?

« Peau de citron » se tourna vers Siebert et répéta avec un étonnement comique :

— Tu as fait ça?

Les rires redoublèrent. Siebert sourit de ses lèvres minces et hocha la tête.

Je dis sèchement :

— Tu as eu tort.

Les rires cessèrent. Hugo, Edmund, et « Peau de citron » me regardaient.

« Peau de citron » dit avec une fureur contenue :

1. Vite, vite!

153

— Et si je te foutais ma pelle à travers la gueule, j'aurais tort?

— Petit salaud, dit Edmund.

Il y eut un silence et Siebert dit :

— Ça va. Il a raison. Si on avait le régime qu'il faut, il n'y aurait pas à faire ça.

— Ton régime, dit « Peau de citron », tu sais où je me le mets.

Siebert se mit à rire en me regardant.

— Panne réparée?

— Vas-y! dit « Peau de citron » d'un air rageur, vas-y! Ne perdons surtout pas une minute! On pourrait faire tort au patron!

— Ça va, *Kerl?* dit Siebert en me regardant.

Je hochai la tête, il abaissa le bras gauche, le moteur ronfla, et la vis, à nos pieds, se remit à tourner avec une lenteur implacable.

Dans les jours qui suivirent, mes crises se multiplièrent. Mais il y eut en elles un changement notable. Les choses restaient ce qu'elles étaient. Il n'y avait plus de vide, mais seulement une attente. Quand on écoute un orchestre, et que le tambour se fait entendre, il y a dans ce coup net et sourd, quelque chose de mystérieux, de menaçant, de solennel. Voilà ce que j'éprouvais. La journée était pleine pour moi de ces coups de tambour. Quelque chose d'atroce s'annonçait, une boule se nouait dans ma gorge, et j'attendais, j'attendais, avec une angoisse folle, quelque chose qui ne venait pas. Les coups de tambour cessaient, j'avais l'impression de sortir d'un cauchemar, et tout d'un coup, c'était comme si le monde n'était plus vrai. On avait changé les choses derrière mon dos, elles portaient toutes un masque. Je regardai autour de moi, j'étais plein de méfiance et de peur. Le soleil qui brillait sur ma pelle mentait. Le sable mentait. La bétonneuse rouge mentait. Et derrière ces mensonges il y avait un sens cruel. Tout se liguait contre moi. Un silence lourd tombait. Je regardais les camarades, leurs lèvres remuaient, je n'entendais pas un seul mot, mais je comprenais bien qu'ils faisaient exprès de remuer leurs lèvres sans parler pour me faire croire que j'étais fou. J'avais envie de leur crier : « Je comprends votre jeu, salauds! » J'ouvrais la bouche, et tout d'un coup, une voix me parlait à l'oreille, elle était sourde et hachée, c'était la voix de Père.

Je maniais la pelle huit heures par jour. Même la nuit dans mon sommeil, je la maniais. Souvent, je rêvais que je ne pelletais pas assez vite, le métal blanc et brillant de la vis apparaissait, le Meister se mettait à hurler, je me réveillais trempé de sueur, les mains crispées sur un manche invisible. Quelquefois, je me disais : « Voilà ce que tu es devenu, maintenant : une pelle! Tu es une pelle! »

Quelquefois je réfléchissais que si j'avais pu, étant chômeur, manger le peu que je mangeais maintenant, cela m'eût suffi. Malheureusement, il me fallait travailler huit heures par jour pour avoir ce peu, et en travaillant, j'usais mes forces, et j'avais davantage d'appétit. Ainsi, je pelletais toute la journée dans l'espoir d'assouvir ma faim, et cela ne servait qu'à l'augmenter.

Quelques jours se passèrent ainsi, et je résolus de me tuer. Je décidai d'attendre le samedi, car, pour manger, j'avais emprunté à Siebert sur ma paye future, et je désirais rembourser mes dettes avant de mourir.

Le samedi vint, et je payai mes dettes. Il me restait de quoi manger trois jours en me modérant beaucoup. Je décidai de tout dépenser le jour même, et une dernière fois au moins avant de mourir, de manger à ma faim. Je pris le tram, et avant de monter dans ma chambre, j'achetai du lard, du pain et un paquet de cigarettes.

Je montai mes cinq étages, j'ouvris ma porte, je me souvins qu'on était au printemps. Le soleil entrait de biais par la petite fenêtre grande ouverte, et pour la première fois depuis un mois, je regardai ma chambre : une paillasse jetée sur un cadre en bois, une table de bois blanc, une cuvette, une armoire. Les murs étaient noirs de crasse. Je les avais lavés, mais cela n'avait servi à rien. Il aurait fallu les gratter. J'avais fait une tentative dans ce sens, mais je n'avais pas eu la force de continuer.

Je posai mon paquet sur la table, je balayai ma chambre, puis je sortis sur le palier prendre de l'eau au robinet d'étage, je rentrai, je me lavai la figure et les mains. Je sortis de nouveau vider mon eau sale, et quand je revins dans la chambre, je défis la couture de ma paillasse sur dix centimètres, plongeai la main dans l'ouverture et ramenai mon revolver.

Je défis les chiffons qui entouraient le Mauser, je vérifiai le magasin, je retirai le cran de sûreté, puis je posai l'arme sur la table. Je poussai la table en face de la fenêtre afin d'être en plein soleil, et je m'assis.

Je découpai huit tranches de pain assez minces et sur chacune d'elles, je plaçai une tranche de lard beaucoup plus épaisse. Je mastiquai sans hâte, méthodiquement. Tout en mangeant, je regardais les tranches de pain et de lard alignées sur la table, et chaque fois que j'en prenais une, je comptais celles qui restaient. Le soleil brillait sur mes mains, et je sentais sa chaleur sur mon visage. J'étais en bras de chemise, je ne pensais à rien, j'étais heureux de manger.

Quand j'eus fini, je ramassai les miettes sur ma table et je les jetai dans un vieux seau à confiture qui me servait de boîte à ordures. Puis je me lavai les mains. Comme je n'avais pas de savon, je les frottai longuement dans l'espoir de faire partir la graisse. Je pensai : « Tu as bien graissé la pelle, et maintenant tu vas la casser. » Et je ne sais pourquoi, j'eus envie de rire. Je m'essuyai les mains à une vieille chemise en loques que j'avais pendue à un clou, et que j'employais comme serviette de toilette. Puis je retournai à ma table, j'allumai une cigarette et j'allai me planter devant la fenêtre.

Le soleil brillait sur les toits d'ardoise. J'aspirai une bouffée, j'en rejetai une partie, et j'en respirai avidement l'odeur. Je me redressai, je me campai sur mes jambes, pour une fois je les sentais fermes et solides sous moi, et tout d'un coup, je me vis dans un film : J'étais debout devant la fenêtre, je fumais, je regardais les toits. Puis quand la cigarette serait finie, je prendrais le revolver, je l'appliquerais contre ma tempe, tout serait fini.

On frappa deux coups à ma porte, je regardai le revolver sur la table, mais avant que j'aie eu le temps de le cacher, la porte s'ouvrit : C'était Siebert.

Il s'arrêta sur le seuil et me fit un petit salut de la paume de la main. Je m'avançai rapidement et je me plaçai devant la table. Il dit :

— Je ne te dérange pas?

— Non.

— Je suis venu te dire un petit bonjour.

Je ne répondis rien, il attendit une seconde, puis ferma la porte et s'avança d'un pas dans la pièce.

— Ta logeuse a eu l'air surpris quand je t'ai demandé.

— Je ne reçois jamais de visite.

— *So!* dit-il.

Il sourit, son nez pointu s'allongea, et ses grandes oreilles eurent l'air de se décoller davantage. Il fit un second pas en avant, promena son regard dans la pièce, et grimaça. Puis il me jeta un coup d'œil et se dirigea vers la fenêtre.

157

Je contournai la table et je me plaçai entre la table et lui. Il mit les mains dans ses poches et regarda les toits.

— Tu as de l'air, au moins.

— Oui.

Il était beaucoup plus grand que moi et mes yeux étaient au niveau de sa nuque.

— Un peu froid l'hiver, *nicht wahr?*

— Je ne sais pas. Il n'y a que deux mois que je suis ici.

Il pivota sur ses talons et me fit face : Son regard passa au-dessus de ma tête et il cessa de sourire.

— *Hallo!* dit-il.

Je fis un mouvement, il m'écarta doucement du plat de la main, et saisit le revolver. Je dis vivement :

— Fais attention. Il est chargé.

Il me jeta un coup d'œil vif, saisit l'arme et vérifia le magasin. Il me regarda fixement :

— Et le cran de sûreté n'est pas mis.

Il y eut un silence, et il reprit :

— C'est ton habitude d'avoir un revolver chargé sur ta table?

Je ne répondis rien, il reposa l'arme, et s'assit sur la table. Je m'assis à mon tour.

— Je suis venu te voir, parce qu'il y a quelque chose que je ne comprends pas.

Je me tus, et au bout d'un moment, il reprit :

— Pourquoi as-tu voulu me payer tes dettes d'un seul coup?

— Je n'aime pas avoir des dettes.

— Tu aurais pu m'en payer la moitié. Et l'autre moitié, la semaine prochaine. Je te l'ai dit, ça ne me dérangeait pas du tout.

— Je n'aime pas traîner des dettes.

Il me regarda.

— *So!* dit-il en souriant, tu n'aimes pas traîner des

158

dettes, et maintenant, tu as de quoi manger trois jours, et la semaine a sept jours, *mein Herr!*

Je ne répondis rien, son regard se promena sur la table, tout d'un coup il haussa les sourcils et ses lèvres s'amincirent.

— Deux jours avec les cigarettes.

Il prit le paquet, le regarda attentivement, et siffla :

— Tu ne te refuses rien.

Je ne répondis pas, et il reprit d'un ton sarcastique :

— Ton tuteur t'a peut-être envoyé un mandat?

Je détournai la tête, je regardai dans le vide, et je dis sèchement et très vite :

— Tout cela ne te regarde pas.

— *Gewiss* [1], *mein Herr*, ça ne me regarde pas.

Je tournai la tête vers lui. Il me fixait :

— Bien entendu, ça ne me regarde pas. Tu veux à tout prix me payer tout ce que tu me dois : Ça ne me regarde pas. Tu n'as plus que de quoi manger trois jours : Ça ne me regarde pas. Tu achètes des cigarettes de millionnaire : Ça ne me regarde pas. Tu as un revolver chargé sur ta table : *Und auch das* [2], ça ne me regarde pas!

Il me fixait. Je détournai la tête, mais je sentais son regard sur moi. C'était comme si Père m'eût regardé. Je ramenai mes deux mains sous ma chaise, je serrai mes genoux l'un contre l'autre, et je me demandai avec angoisse si je n'allais pas me mettre à trembler.

Le silence dura un long moment, et Siebert articula avec une fureur contenue :

— Tu vas te tuer.

Je fis un violent effort, et je dis :

— C'est mon affaire.

1. Certainement.
2. Et ça aussi.

159

Il bondit sur ses pieds, me prit des deux mains par le devant de ma chemise, me souleva de ma chaise, et me secoua.

— Espèce de petit salaud! siffla-t-il entre ses dents, tu vas te tuer!

Ses yeux me brûlaient, je détournai la tête, je me mis à trembler, et je répétai à voix basse :

— C'est mon affaire.

— *Nein!* hurla-t-il en me secouant, ça n'est pas ton affaire, salaud! Et l'Allemagne?

Je baissai la tête et je dis :

— L'Allemagne est foutue.

Je sentis les doigts de Siebert lâcher ma chemise, et je sus ce qui allait se passer. Je levai le bras droit, c'était trop tard. Sa main claqua sur ma joue à toute volée. Le coup fut si fort que je chancelai, la main gauche de Siebert me rattrapa par ma chemise, et de nouveau, il me gifla. Puis il me poussa en arrière et je retombai sur ma chaise.

Mes joues étaient brûlantes, ma tête tournait, je me demandais si je n'allais pas me lever de ma chaise et me ruer sur lui. Je ne bougeai pas, une pleine seconde s'écoula, Siebert était debout devant moi, une torpeur heureuse m'envahit.

Siebert me regardait, ses yeux étincelaient, et je vis battre les muscles de sa mâchoire.

— Espèce de petit salaud, gronda-t-il.

Il fourra ses deux mains dans ses poches, et se mit à marcher dans la pièce en criant : « *Nein! Nein! Nein!* » à tue-tête. Puis il me regarda de ses yeux flamboyants :

— Toi! cria-t-il, toi! Toi, un ancien des Corps francs!

Il se retourna si furieusement que je crus qu'il allait se ruer sur moi.

— Écoute voir! L'Allemagne n'est pas foutue! Il n'y

a qu'un salaud de juif pour dire qu'elle est foutue. La guerre continue, tu comprends! Même après cette cochonnerie de Diktat de Versailles, elle continue!

Il se mit de nouveau à marcher dans la pièce comme un fou.

— *Herrgott!* cria-t-il, c'est pourtant clair!

Il cherchait ses mots, les muscles de sa mâchoire battaient sans arrêt, il ferma les poings, et tout d'un coup, il se mit à crier : « C'est clair! C'est clair! »

— Tiens! dit-il en sortant un journal de sa poche, moi, je ne suis pas un orateur, mais c'est écrit là-dessus, noir sur blanc!

Il me fourra le journal sous le nez.

— « *L'Allemagne paiera!* » voilà ce qu'ils ont trouvé! Ils vont nous prendre tout notre charbon! Voilà ce qu'ils ont trouvé, maintenant! Regarde donc, c'est écrit là-dessus, noir sur blanc! Ils veulent anéantir l'Allemagne!

Il se mit à rugir tout d'un coup :

— Et toi, espèce de petit salaud, tu veux te tuer!

Il brandit le journal dans sa main droite et m'en fouetta le visage.

— Tiens! cria-t-il, lis! lis! Lis tout haut!

Il pointa son index tremblant au milieu d'un article et je me mis à lire :

— « Non, l'Allemagne n'est pas vaincue... »

— Debout, salaud! cria Siebert, debout quand tu parles de l'Allemagne!

Je me levai.

— « L'Allemagne n'est pas vaincue. L'Allemagne vaincra. La guerre n'est pas finie. Elle a pris seulement d'autres formes. L'Armée est réduite à rien, et les Corps francs, dissous. Mais tout homme allemand, avec ou sans uniforme, doit encore se considérer comme un soldat. Il doit plus que jamais faire appel à son courage, à sa résolution inflexible. Quiconque se désintéresse du destin de la patrie, la trahit. Quiconque s'abandonne au désespoir, déserte devant l'ennemi. Le devoir de tout homme allemand est de lutter et de mourir, là où il se trouve, pour le peuple et pour le sang allemands! »

— *Donnerwetter!* cria Siebert, on dirait que c'est écrit pour toi!

Je regardai le journal, anéanti. C'était vrai : C'était écrit pour moi.

— C'est clair! dit Siebert, tu es soldat! Tu es encore soldat! Qu'importe l'uniforme? Tu es soldat!

Mon cœur se mit à battre à grands coups dans ma poitrine, et je restai debout, immobile, cloué sur place. Siebert me regarda attentivement, puis il sourit, la joie envahit son visage, il entoura mes épaules de son bras, une onde chaude me parcourut les reins, et il cria comme un fou : « C'est clair! »

Je dis à voix basse :

— Laisse-moi un peu.

— Bon Dieu! dit-il, tu ne vas pas t'évanouir?

— Laisse-moi un peu.

Je m'assis, je mis ma tête dans mes mains, et je dis :

— J'ai honte, Siebert.

Et un soulagement délicieux m'envahit.

— *Ach was!* dit Siebert d'un air gêné.

Il me tourna le dos, prit une cigarette, l'alluma et alla se planter devant la fenêtre; il y eut un long silence, puis je me levai, m'assis à la table, et saisis le journal d'une main tremblante. Je cherchai le titre : C'était le *Voelkischer Beobachter*.

En première page, une caricature me sauta aux yeux. Elle représentait « Le Juif international en train d'étrangler l'Allemagne ». Je détaillais presque distraitement la physionomie du juif, et tout d'un coup, ce fut comme un

162

choc d'une violence inouïe : Je la reconnus. Je reconnus ces yeux bulbeux, ce long nez crochu, ces joues molles, ces traits haïs et repoussants. Je les avais assez souvent contemplés, jadis, sur la gravure que Père avait fixée à la porte des cabinets. Une lumière éblouissante se fit dans mon esprit. Je compris tout : C'était lui. L'instinct de mon enfance ne m'avait pas trompé. J'avais eu raison de le haïr. Ma seule erreur avait été de croire, sur la foi des prêtres, que c'était un fantôme invisible, et qu'on ne pouvait le vaincre que par des prières, des jérémiades ou par l'impôt du culte. Mais je le comprenais maintenant, il était bien réel, bien vivant, on le croisait dans la rue. Le diable, ce n'était pas le diable. C'était le juif.

Je me levai, un frémissement me parcourait de la tête aux pieds. Ma cigarette me brûlait les doigts. Je la jetai. Puis j'enfonçai mes mains tremblantes dans mes poches, je me plaçai devant la fenêtre et je respirai à pleins poumons. Je sentais le bras de Siebert contre le mien, et sa force me pénétrait. Siebert avait les deux mains sur la barre d'appui. Il ne me regardait pas, ne bougeait pas. Le soleil, sur ma droite, se couchait dans une orgie de sang. Je me retournai, je saisis le Mauser, puis je l'élevai lentement jusqu'à l'horizontale, et je visai le soleil.

— C'est une bonne arme, dit Siebert, et sa voix était tendre et contenue.

Je dis « Ja, ja » à voix basse, et je reposai le Mauser sur la table. L'instant d'après, je le reprenais. Sa crosse était lourde et familière au creux de ma main, il avait un air dur et réel, son poids pénétrait dans ma paume, et je pensais : « Je suis soldat. Qu'importe l'uniforme ? Je suis soldat. »

Le lendemain était un dimanche et je dus attendre le lundi pour me rendre, après la sortie du travail, au bureau de l'état civil.

Derrière le comptoir, un employé avec une petite barbiche et des lunettes de fer était en conversation avec un homme aux cheveux blancs. J'attendis qu'il eût fini, et je dis :

— *Bitte*, pour une modification d'état civil?

L'employé aux lunettes de fer dit sans me regarder :

— De quoi s'agit-il?

— Sortie d'Église.

Les deux hommes levèrent les yeux en même temps. Au bout d'un moment, l'employé aux lunettes se tourna vers son collègue, et secoua légèrement la tête. Puis il me regarda de nouveau.

— Sous quelle confession étiez-vous déclaré?

— Catholique.

— Et vous n'êtes plus catholique?

— Non.

— Quelle religion voulez-vous déclarer?

— Aucune.

L'employé regarda l'homme aux cheveux blancs, et hocha la tête.

— Pourquoi n'avez-vous pas fait une déclaration en ce sens lors du dernier recensement?

— Je n'ai pas été recensé.

— Pourquoi?

— J'étais en Courlande, dans les Corps francs.

L'homme aux cheveux blancs prit une règle et s'en donna de petits coups sur la paume de la main gauche. L'employé dit :

— C'est tout à fait irrégulier. Vous auriez dû faire une déclaration. Et maintenant, vous êtes en faute.

164

— On n'a pas procédé au recensement dans les Corps francs.

L'employé secoua la tête d'un air fâché :

— Je signalerai le fait. C'est inadmissible. Le recensement est universel. Même les messieurs des Corps francs n'en étaient pas exempts.

Il y eut un silence et je dis :

— J'ai été recensé en 16.

L'employé me regarda et ses lunettes jetèrent des éclairs.

— Eh bien alors, pourquoi vous êtes-vous déclaré comme catholique?

— Ce sont mes parents qui m'ont déclaré.

— Quel âge aviez-vous?

— Seize ans.

Il me regarda.

— Vous avez donc vingt-deux ans.

Il poussa un soupir, se tourna vers son collègue et tous deux hochèrent la tête.

— Et maintenant, reprit l'employé, vous n'êtes plus catholique?

— Non.

Il releva ses lunettes sur son front.

— Pourquoi?

J'eus le sentiment qu'il sortait de son rôle en posant cette question, et je dis vite et sèchement :

— Mes convictions philosophiques ont changé.

L'employé regarda son collègue, et dit entre ses dents : « Ses convictions philosophiques ont changé! » L'homme aux cheveux blancs haussa les sourcils, ouvrit à demi la bouche, et secoua la tête de droite à gauche. L'employé se tourna vers moi.

— Eh bien, attendez le prochain recensement pour faire votre sortie d'Église.

— Je ne désire pas attendre deux ans.

— Pourquoi?

Comme je ne répondais pas, il reprit comme s'il mettait fin à l'entretien :

— Vous voyez, ce n'est pas tellement pressé.

Je compris que je devais donner à ma hâte un motif administratif et je dis :

— Il n'y a aucune raison que je paye encore l'impôt confessionnel pendant deux ans, puisque je n'appartiens plus à aucun culte.

L'employé se redressa sur sa chaise, regarda son collègue, et ses yeux, derrière ses lunettes, se mirent à briller.

— *Sicher, sicher, mein Herr* [1], vous ne paierez pas l'impôt confessionnel pendant deux ans, mais le règlement est formel...

Il fit une pause et pointa vers moi son index.

— Vous paierez un impôt de compensation supérieur à l'impôt confessionnel.

Il se recula sur sa chaise et me considéra d'un air triomphant. L'homme aux cheveux blancs sourit.

Je dis sèchement :

— Ça m'est tout à fait égal.

Les lunettes de l'employé jetèrent un éclair, il pinça les lèvres et regarda son collègue. Puis il se pencha, ouvrit un tiroir, y prit trois formulaires, et les posa, ou plutôt les jeta, sur le comptoir.

Je pris les formulaires et je les remplis soigneusement. Quand j'eus fini, je les tendis à l'employé. Il y jeta un coup d'œil, fit une pause, et lut tout haut en grimaçant :

— *Konfessionslos aber Gottgläubig* [2]. C'est bien ce que vous êtes?

— Oui.

1. Certes, certes, Monsieur.
2. Croyant en Dieu, mais en dehors de toute confession.

166

Il jeta un coup d'œil à son collègue.

— Ce sont... vos nouvelles convictions philosophiques?

— Oui.

— C'est bien, dit-il en pliant les feuilles.

Je le saluai de la tête. Il ne daigna pas me voir. Il regardait son collègue. Je pivotai sur mes talons et me dirigeai vers la sortie. Derrière mon dos, je l'entendis qui murmurait : « Encore un de la nouvelle engeance! »

Dans la rue, je sortis le *Voelkischer Beobachter* de ma poche, et je vérifiai l'adresse. C'était assez loin, mais il n'était pas question de prendre le tram.

Je marchai trois quarts d'heure environ. J'étais très essoufflé. La veille, j'avais dû me passer de repas. A midi, Siebert m'avait donné la moitié de son casse-croûte et prêté quelques Marks. En quittant le chantier, je m'étais acheté un morceau de pain. Mais la faim recommençait à poindre, et mes jambes étaient faibles.

La permanence du Parti était située au premier étage. Je sonnai, la porte s'entrouvrit, et un jeune homme brun se montra dans l'ouverture. Ses yeux noirs étaient brillants et attentifs.

— Vous désirez?

— M'inscrire au Parti.

La porte ne s'ouvrit pas davantage. Derrière le jeune homme brun, je vis le dos d'un autre jeune homme, debout devant une fenêtre. Le soleil faisait une auréole rousse autour de sa tête. Il se passa quelques secondes, puis le jeune homme roux pivota, fit un petit signe avec son pouce et dit :

— Ça va.

La porte s'ouvrit complètement et j'entrai. Une dizaine de jeunes gens en chemise brune me regardaient. Le jeune homme brun me prit par le bras et me dit d'une voix extraordinairement douce et polie :

— Venez, je vous prie.

Il me conduisit à une petite table, je m'assis, il me donna un formulaire, et je commençai à le remplir. Quand j'eus fini, je tendis le formulaire au jeune homme brun, il s'en saisit, et partit vers le fond de la pièce en zigzaguant entre les tables. Ses mouvement étaient vifs et gracieux. Il atteignit une porte grise et disparut.

Je regardai autour de moi. La salle était grande et claire. Avec ses fichiers, ses tables de secrétaire et ses deux machines à écrire, elle évoquait à première vue un bureau commercial quelconque. Mais l'atmosphère n'était pas celle d'un bureau.

Les jeunes gens portaient tous une chemise brune, un baudrier et des bottes. Ils fumaient et parlaient entre eux. L'un d'eux lisait un journal. Les autres ne faisaient rien de particulier, et pourtant, ils ne paraissaient pas désœuvrés. Ils avaient l'air d'attendre.

Je me levai, et il y eut comme une tension dans l'air. Je regardai les jeunes gens en chemise brune. Aucun d'eux ne parut faire attention à moi, et pourtant, j'avais l'impression que pas un de mes gestes ne leur échappait. Je me dirigeai vers la fenêtre, je posai mon front contre la vitre, et pendant une seconde mon estomac se creusa vertigineusement.

— Beau temps, *nicht wahr ?*

Je tournai la tête, le jeune homme roux se tenait tout près de moi, si près que son bras touchait ma hanche. Il souriait d'une oreille à l'autre, d'un air cordial, mais ses yeux étaient sérieux et attentifs. Je dis « Ja » et je regardai dans la rue. En bas, sur le trottoir, un jeune homme mince en chemise brune, le visage coupé d'une cicatrice, faisait les cent pas. Je ne l'avais pas remarqué en entrant. Sur l'autre trottoir, deux jeunes gens étaient arrêtés devant une vitrine. De temps en temps, ils se retournaient et jetaient un coup d'œil à leur camarade d'en face. Au bout d'un moment mon estomac se contracta et je me sentis la tête vide. Je pensai que je serais mieux assis, et je pivotai sur mes talons. Aussitôt, il y eut, dans l'air, cette même tension. Je regardai les jeunes gens tour à tour. Aucun n'avait les yeux fixés sur moi.

Je n'eus pas le temps de m'asseoir. La petite porte grise au fond de la pièce s'ouvrit brusquement, le jeune homme brun apparut, s'effaça d'un mouvement rapide et gracieux, et un homme d'une quarantaine d'années surgit. Il était court, trapu, apoplectique. Les jeunes gens claquèrent les talons et levèrent le bras droit. L'homme trapu leva le bras droit à son tour, le laissa retomber, et s'immobilisa sur le seuil de la porte en m'enveloppant d'un regard aigu et rapide comme s'il cherchait dans sa mémoire s'il m'avait déjà vu. Sa poitrine puissante gonflait sa chemise brune, il avait les cheveux coupés très court, et ses yeux disparaissaient dans les boursouflures de ses paupières.

Il s'approcha. Il marchait d'un pas lourd, presque en tanguant. Quand il fut à deux mètres de moi, deux jeunes gens se détachèrent du groupe, et sans dire un mot, m'encadrèrent.

— Freddie? dit l'homme trapu.

Le jeune homme brun claqua les talons.

— *Jawohl, Herr Obersturmführer* [1]?

— Formulaire.

Freddie lui tendit le formulaire. L'*Obersturmführer* le saisit dans son énorme poing, et posa dessus l'index de l'autre main.

— Lang?

Je me mis au garde à vous et je dis :

— *Jawohl, Herr Obersturmführer.*

1. Grade S. A. équivalent à celui de lieutenant.

Son doigt court, boudiné, carré du bout, parcourut les lignes du formulaire. Puis il leva la tête et me regarda. Les boursouflures de ses yeux ne laissaient qu'une mince fente à ses yeux. Il avait l'air lourd et endormi.

— Où travaillez-vous?

— Chantier Lingenfelser.

— Un de vos camarades du chantier est-il inscrit au Parti?

— Un, je crois.

— Vous n'en êtes pas sûr?

— Non. Cependant, il lit le *Voelkischer Beobachter*.

— Comment s'appelle-t-il?

— Siebert.

L'*Obersturmführer* se tourna vers Freddie. Il ne tourna pas le cou, mais tout le buste, comme si son cou avait été soudé à ses épaules.

— Vérifie.

Freddie s'assit à une table et consulta un fichier. L'*Obersturmführer* reposa son index boudiné sur le formulaire.

— Turquie?

— *Ja, Herr Obersturmführer.*

— Avec qui?

— Herr Rittmeister Günther.

Freddie se leva.

— Siebert est inscrit.

L'index boudiné sauta plusieurs lignes.

— Ah! Les Corps francs!

Et tout d'un coup il n'eut plus l'air endormi.

— Avec qui?

— *Oberleutnant* Rossbach.

L'*Obersturmführer* sourit, ses yeux se mirent à briller dans leurs fentes, et il avança sa lèvre d'un air gourmand:

— Baltique? Ruhr? Haute-Silésie?

— Tous les trois.

— *Gut!*

Et il me tapa sur l'épaule. Les deux jeunes gens qui m'encadraient s'écartèrent, et retournèrent s'asseoir. L'*Obersturmführer* se tourna d'un seul bloc vers Freddie.

— Prépare sa carte temporaire.

Les fentes de ses yeux s'amincirent. Il avait l'air de nouveau endormi.

— Vous serez d'abord aspirant S. A., puis, quand nous le jugerons utile, vous prêterez le serment au Führer, et vous serez reçu S. A. Avez-vous de quoi payer l'uniforme?

— Malheureusement non.

— Pourquoi?

— Il y a une semaine j'étais encore chômeur.

L'*Obersturmführer* se tourna d'un bloc vers la fenêtre.

— Otto!

Le jeune roux pivota sur lui-même, accourut en boitant légèrement et claqua les talons. Son visage maigre, semé de taches de rousseur, était fendu d'un sourire.

— Tu lui donneras l'uniforme de Heinrich.

Otto cessa de sourire, son visage devint grave et triste, et il dit :

— L'uniforme de Heinrich sera trop grand.

L'*Obersturmführer* haussa les épaules.

— Il le raccourcira.

Un silence tomba dans la pièce. L'*Obersturmführer* promena son regard sur les jeunes gens et dit d'une voix forte :

— Un Corps franc a le droit de porter l'uniforme de Heinrich.

Freddie lui tendit une carte pliée. Il l'ouvrit, y jeta un coup d'œil, la ferma et me la tendit.

— Pour le moment, tu as l'ordre de rester au chantier.

Je remarquai avec bonheur qu'il me disait « tu ».

— Donne ton adresse à Otto. Il te portera l'uniforme de Heinrich.

171

L'*Obersturmführer* pivota sur ses talons, puis se ravisa, et me fit face de nouveau.

— Un Corps franc a sûrement une arme?

— Revolver Mauser.

— Où l'as-tu caché?

— Dans ma paillasse.

Il haussa ses épaules puissantes.

— Enfantin.

Il se tourna d'un bloc vers le groupe des jeunes gens, cligna de l'œil et dit :

— Les paillasses n'ont pas de secret pour les Schupos.

Les jeunes gens se mirent à rire, et il resta impassible. Quand les rires eurent cessé, il reprit :

— Otto te montrera comment le cacher.

Freddie me toucha le bras.

— Tu peux te fier à Otto. Son revolver, il l'a si bien caché que lui-même n'arrive plus à le retrouver.

Les jeunes gens rirent de nouveau, et cette fois, l'*Obersturmführer* fit écho. Puis il saisit la nuque de Freddie dans sa main puissante et la plia plusieurs fois en avant en répétant en français :

— « *Petite canaille! Petite canaille!* »

Freddie se mit à se tortiller, mais sans faire beaucoup d'effort pour se dégager.

— *Petite canaille! Petite canaille!* dit l'*Obersturmführer*, et son visage devint apoplectique.

Finalement, d'une poussée, il lança Freddie dans les bras d'Otto qui, sous le choc, faillit tomber. Les jeunes gens se mirent à rire aux éclats.

— *Achtung* [1] / cria l'*Obersturmführer*.

Et tout le monde s'immobilisa. L'*Obersturmführer* posa la main sur mon épaule, son visage devint grave, et il dit :

1. Garde à vous!

172

— Aspirant S. A.!

Il fit une pause et je raidis mon garde à vous.

— Le *Führer* attend de toi un dévouement sans limites!
Je dis :

— *Jawohl, Herr Obersturmführer!*

L'*Obersturmführer* me lâcha, recula d'un pas, se mit au
garde à vous, leva le bras droit et cria d'une voix forte :

— *Heil Hitler!*

Les jeunes gens se figèrent, le bras tendu. Puis ils crièrent
à l'unisson, d'une voix rauque et forte, en scandant les
syllabes :

— *Heil Hitler!*

Leurs voix résonnèrent puissamment dans ma poitrine.
J'éprouvai un profond sentiment de paix. J'avais trouvé
ma route. Elle s'étendait devant moi, droite et claire. Le
devoir, à chaque minute de ma vie, m'attendait.

Les semaines passèrent, puis les mois, et malgré le dur
travail à la bétonneuse, la chute du Mark et la faim, j'étais
heureux. Le soir, dès que j'avais quitté le chantier, je me
hâtais de revêtir mon uniforme, je gagnais la permanence
du *Sturm* [1], et ma vraie vie commençait.

Les combats contre les communistes étaient incessants.
Nous sabotions leurs réunions et ils sabotaient les nôtres.
Nous prenions leurs locaux d'assaut et ils nous attaquaient
à leur tour. Il ne se passait guère de semaines sans engagement. Bien qu'en principe, nous fussions, de part et
d'autre, sans armes, il n'était pas rare, au cours de la mêlée,
d'entendre un revolver claquer. Heinrich, dont je portais
l'uniforme, avait été tué d'un coup en plein cœur, et j'avais

1. Unité de choc des S. A.

173

dû repriser, sur ma chemise brune, les deux déchirures que la balle avait faites.

Le 11 janvier fut pour les combattants du Parti une date décisive. Le gouvernement du Président Poincaré fit occuper la Ruhr. Il y expédia « *une simple mission d'ingénieurs* » — mission accompagnée de 60 000 soldats — mais dont les buts, selon une expression qui fit fortune parmi nous, étaient « *purement pacifiques* ». L'indignation, dans toute l'Allemagne, flamba comme une torche. Le Führer avait de tout temps proclamé que le Diktat de Versailles ne suffisait pas aux Alliés, et qu'ils voudraient, tôt ou tard, porter le coup de grâce à l'Allemagne. L'événement lui donnait raison, les adhésions au Parti se multiplièrent, elles atteignirent, au bout d'un mois, un chiffre sans précédent, et la catastrophe financière qui s'abattit ensuite sur notre malheureux pays ne fit qu'accélérer encore l'essor prodigieux du Mouvement. L'*Obersturmführer* disait souvent, en riant, qu'à regarder les choses en face, le Parti devrait élever une statue au Président Poincaré.

Bientôt, nous apprîmes que l'occupant français avait à faire front, dans la Ruhr, à une résistance beaucoup moins passive que celle proclamée par le Chancelier Cuno. Le sabotage des trains de marchandises qui emmenaient le charbon allemand vers la France s'organisait sur une vaste échelle. Les ponts sautaient, les locomotives sortaient des rails, les aiguillages étaient détruits. En comparaison de ces exploits, et des dangers qu'ils supposaient, nos combats quasi quotidiens avec les communistes perdaient de leur éclat. Nous savions que le Parti, parallèlement à d'autres groupements patriotiques, participait à la Résistance allemande dans la Ruhr, et nous fûmes trois — Siebert, Otto et moi — à demander, dès les premiers jours, une mission secrète pour la zone d'occupation française. La réponse vint sous la forme d'un ordre : Nous étions utiles à M., et

174

c'est à M. qu'il nous fallait rester. De nouveau, comme à W. avec les Corps francs, j'eus l'impression de moisir dans une garnison paisible, quand d'autres se battaient pour moi.

Ce qui ajouta encore à mon impatience fut d'apprendre que beaucoup des camarades et des chefs des Corps francs s'illustraient dans la résistance, notamment le Lieutenant Leo Albert Schlageter.

Le nom de Schlageter était un nom magique pour un ancien des Corps francs. C'était le héros de Riga. Son audace ne connaissait pas de limites, il s'était battu partout où l'on pouvait se battre. En Haute-Silésie, il avait été cerné trois fois par des groupes polonais, et trois fois, il avait réussi à s'échapper. Dans la Ruhr, nous apprîmes que, dédaignant de s'attaquer aux aiguillages, qu'il jugeait trop faciles, il détruisait les ponts de chemin de fer au nez des sentinelles françaises qui les surveillaient. Il agissait ainsi, disait-il avec humour, dans un but « *purement pacifique* ».

Le 23 mai, une terrible nouvelle jeta parmi nous la consternation. A la suite de la destruction d'un pont sur la ligne de chemin de fer de Duisburg à Düsseldorf, les Français avaient arrêté et fusillé Schlageter. Quelques jours plus tard, un groupement patriotique qui travaillait en liaison avec le Parti, et qui rassemblait les anciens du Détachement Rossbach, me fit savoir que Schlageter avait été dénoncé aux Français par un nommé Walter Kadow, maître d'école, et que j'avais été désigné, ainsi que deux de mes camarades, pour l'exécuter.

L'exécution eut lieu dans un bois près de P... On assomma Kadow à coups de gourdin et on enterra le corps. Celui-ci, cependant, fut retrouvé, peu après, par la police, on nous arrêta, on nous fit un procès, et je fus condamné, ainsi que mes compagnons, à dix ans de détention.

Je subis ma peine à la prison de D... La nourriture y était mauvaise, mais j'avais connu pis quand j'étais chômeur, et avec les colis du Parti, je mangeais à peu près à ma faim. Quant au travail — qui, la plupart du temps, consistait à coudre à la machine des effets militaires — il était infiniment moins dur que tout ce que j'avais connu jusque-là. Il s'effectuait, en outre, à l'intérieur de la cellule, et c'était un soulagement pour moi que de pouvoir travailler seul.

J'entendais quelquefois, à l'heure de l'exercice, des codétenus se plaindre à voix basse des gardiens, mais je pense qu'ils ne devaient pas y mettre assez du leur, car mes rapports avec eux étaient excellents. Il n'y avait pas grand mérite à cela : J'étais poli et déférent, je ne posais pas de question, je ne réclamais rien, et je faisais toujours instantanément tout ce qu'on me disait de faire.

Dans le formulaire que j'avais rempli en entrant en prison, j'avais indiqué que j'étais « *Konfessionslos aber Gottgläubig* ». Je fus donc étonné de recevoir la visite de l'aumônier protestant. Il déplora d'abord que j'eusse abandonné toute pratique. Puis il voulut savoir dans quel culte j'avais été élevé, et il parut assez satisfait d'apprendre que c'était la religion catholique. Là-dessus, il me demanda si je voulais lire la Bible. Je répondis affirmativement, il me donna un exemplaire et partit. Un mois après, la clef tourna dans la serrure, et le pasteur apparut. Il va sans dire que je me levai aussitôt. Il me demanda si j'avais commencé à lire la Bible et si j'avais trouvé cette lecture intéressante. Je lui répondis que oui. Il me demanda alors si je me repentais de mon crime. Je lui dis que je n'avais pas à m'en repentir, car ce Kadow était un traître, et c'était par amour de la patrie que nous l'avions exécuté. Il me fit remarquer que seul l'État avait le droit d'exécuter les traîtres. Je restai silencieux, car j'estimai que, là où je me trouvais, je n'avais pas à lui dire ce que je pensais de la République de Weimar. Mais il comprit mon silence, car il hocha tristement la tête, récita quelques versets et s'en alla.

Je ne mentais pas en répondant au pasteur que la Bible m'avait intéressé : Elle me confirmait tout ce que Père, le Rittmeister Günther et le Parti m'avaient appris à penser des Juifs : C'était un peuple qui ne faisait rien sans intérêt, qui employait systématiquement les ruses les plus déloyales, et qui témoignait, dans le cours ordinaire de la vie, d'une lubricité répugnante. En fait, ce n'était pas sans malaise que je lisais certains de ces récits, où il était sans cesse question, souvent dans les termes les plus crus, de concubines et d'incestes.

La troisième année, il y eut, dans ma vie de prisonnier, un événement extraordinaire : Je reçus une lettre. Je la retirai de l'enveloppe fébrilement. Elle était signée : Docteur Vogel, et elle disait :

« Mon cher Rudolf,

« Bien que je puisse légitimement me considérer comme délié de toute obligation à ton égard par ton abominable conduite, j'estime que je dois à la mémoire de ton père de ne pas t'abandonner au déshonneur qui est maintenant ton lot, mais te tendre, dans l'oubli des injures, une main secourable.

« Trois ans ont passé depuis que Dieu a appesanti sa main sur toi, afin que tu n'abuses pas plus longtemps de ta liberté pour commettre le mal. Ces trois années, j'en suis sûr, t'ont été salutaires. Tu as été la proie de tes remords. Tu as porté le poids de tes fautes.

« Je ne sais rien de ces fautes. Tu as pris soin de m'en dérober la connaissance en rompant tout contact avec moi. Mais quelle a dû être ta vie pour que, finalement, elle aboutisse au meurtre, quel horrible exemple de paresse et de sensualité débridée elle a dû donner autour d'elle, je ne l'imagine pas sans tristesse. C'est toujours le plaisir — et le plaisir de l'espèce la plus basse — qui détourne le jeune homme du dur chemin du devoir et de l'obéissance.

« Mais maintenant, mon cher Rudolf, l'inexorable châtiment s'est enfin abattu sur toi. Il est juste, et tu le sens. Mais Dieu, dans son indulgence infinie, est prêt à te pardonner.

« Il n'est plus possible, certes, d'exécuter maintenant, à la lettre, la volonté sacrée d'un mourant, et ton déshonneur exclut la grâce d'exercer jamais l'auguste ministère que ton père avait désiré pour toi. Mais il est des vocations plus humbles où tu pourras ensevelir ta faute, et pour lesquelles on ne demande rien qu'un cœur repentant et la ferme volonté de servir Dieu. Là est pour toi maintenant le salut, et ton père, qui du haut du ciel te regarde, n'en aurait pas décidé autrement.

« Si ton repentir, comme je l'espère, a dessillé tes yeux, si tu es prêt à plier ton orgueil, à renoncer à l'anarchie et aux désordres de ta vie, il me sera sans doute possible d'obtenir une réduction de ta peine. Je ne suis pas sans disposer de quelques appuis, et je viens d'apprendre que les parents du jeune W. — ton complice dans le crime — ont réussi, il y a quelques mois, à le faire amnistier. C'est là, pour toi, un précédent heureux, et dont il me sera sans doute possible de jouer, dans la mesure où je serais assuré que le châtiment a brisé ton cœur endurci, et te ramènera, repentant et docile, dans nos bras.

« Ta tante et tes sœurs ne m'ont chargé d'aucun message pour toi. Tu comprendras que ces femmes parfaitement honorables ne désirent pas, pour l'instant, avoir affaire à un détenu de droit commun. Mais elles savent que je t'écris, et prient sans cesse pour que ton cœur soit touché par le repentir. C'est aussi ce que, du plus profond de mon âme, je te souhaite.

« Docteur Vogel. »

Trois mois après avoir reçu cette lettre, la porte de ma cellule s'ouvrit, et le gardien chef entra, suivi d'un gardien, jeta un coup d'œil circulaire, et cria d'une voix de stentor : « Chez le directeur! *Schnell*[1]! » Il me fit passer devant lui, le gardien referma la porte, et le gardien chef cria : « *Schnell, Mensch, schnell!* » Je pressai le pas, on suivit d'interminables couloirs, mes jambes tremblaient.

Le gardien chef était un ancien sous-officier d'active. Il marchait d'un pas raide, en se tenant très droit, sa moustache à la Wilhelm toute blanche et bien cirée. Il me dominait de toute la tête, et je devais faire deux enjambées quand il n'en faisait qu'une. Il ralentit un peu, et dit à mi-voix : « Tu as peur, dragon? » Je dis : « Non, monsieur le gardien chef. » On fit encore quelques pas, je sentais qu'il me regardait, et au bout d'un instant il reprit : « Tu n'as pas à avoir peur. Tu n'as rien fait de mal. Si tu avais fait quelque chose de mal, je le saurais. » Je dis : « Merci, monsieur le gardien chef. » Il ralentit encore et ajouta à mi-voix : « Écoute voir, dragon. Fais bien attention à ce que tu diras au Herr Direktor. C'est un homme très savant, mais... » Il baissa encore la voix : « ... Il est un peu... » Il leva la main droite à la hauteur de sa ceinture et en présenta alternativement la paume et le dessus. « Et en plus de cela, reprit-il, il est un peu... » Il porta son index vers son front et me fit un clin d'œil. Il y eut un silence, il ralentit encore et il dit plus haut : « Alors, fais bien attention à lui faire les réponses qu'il faut. » Je le regardai, il me fit encore un clin d'œil et reprit :

1. Vite!

179

« ... Parce qu'avec lui, écoute voir, on ne sait jamais les réponses qu'il faut faire. » Je le regardai, il hocha la tête d'un air sage et entendu, s'arrêta, et me mit la main sur le bras : « Ainsi, tiens, un exemple Tu crois avoir dit une bêtise. Eh bien, pas du tout. Il est content. » Il ajouta : « Et inversement. » Il reprit sa marche, tira longuement sur sa moustache, et dit : « Alors, fais bien attention à tes réponses, dragon! » Il me donna une petite tape sur l'épaule et je dis : « Merci beaucoup, monsieur le gardien chef. »

Il y eut encore un long couloir, puis le carrelage fut remplacé par un plancher de chêne bien ciré, on passa une double porte, et j'entendis le cliquetis d'une machine à écrire. Le gardien chef passa devant moi, tira sur sa veste, frappa à une porte peinte en rouge, entra, se mit au garde à vous et cria d'une voix forte : « Le détenu Lang est là, *Herr Direktor!* » Une voix dit : « Faites entrer! » Le gardien chef me poussa devant lui. La pièce était très claire, et l'intense lumière des murs blancs m'éblouit.

Au bout d'un moment, j'aperçus le Directeur. Il était debout devant une grande fenêtre, un livre vert à la main. Il était petit, maigre, très pâle, avec un grand front et un regard très perçant derrière ses lunettes d'or.

Il me regarda, il dit « Lang? » et son visage fut parcouru de tics.

Le gardien chef me poussa légèrement dans le dos du plat de la main. Puis il relâcha sa pression. Je me trouvai à un mètre environ du bureau, le gardien chef à ma droite. Derrière le bureau, le mur était garni de livres du plancher jusqu'au plafond.

— Ah! Ah! dit le Directeur d'une voix aiguë et criarde.

Puis, d'où il était, il lança le livre vert sur son bureau. Mais il rata son coup. Le livre n'atteignit que le coin de la table, et tomba sur le parquet. Le gardien chef fit un mouvement.

— Halte! cria le Directeur d'une voix aiguë.

Ses yeux, son nez, son front, sa bouche, tout bougeait. Avec une vivacité incroyable, il pointa son index dans la direction du gardien chef et dit :

— C'est moi qui l'ai fait tomber. *Donc*, c'est à moi de le ramasser. Est-ce clair?

— C'est clair, *Herr Direktor*, dit le gardien chef.

Le Directeur sautilla rapidement jusqu'au bureau, ramassa le livre et le posa à côté d'un cendrier rempli de cigarettes à demi fumées. Puis il leva son épaule droite, me regarda, prit une règle sur la table, me tourna le dos, et se mit à sautiller autour de la pièce à une vitesse folle.

— *Donc*, c'est Lang! dit-il.

Il y eut un silence, et le gardien chef cria, assez inutilement à mon sens : « *Jawohl, Herr Direktor.* »

— Lang, dit le Directeur derrière mon dos, j'ai ici une plainte contre vous du Herr docteur Vogel.

Je l'entendis, derrière mon dos, qui frappait un objet mou avec sa règle.

— Il se plaint que vous n'ayez pas répondu à une lettre de lui dont il me joint la copie .

J'avalai ma salive et je dis :

— *Herr Direktor*, le docteur Vogel n'est plus mon tuteur. Je suis majeur.

Il était devant moi, sa règle brandie, grimaçant.

— Est-ce là la raison pour laquelle vous n'avez pas répondu à sa lettre?

— *Nein, Herr Direktor.* La raison, c'est que je ne veux pas faire ce qu'il veut.

— Si je comprends bien (coup de règle sur le bureau), la lettre que le docteur Vogel vous a écrite (coup de règle sur le dossier du fauteuil), une lettre, si je puis dire, très intéressante (coup de règle dans la paume de la main), la volonté de votre père était que vous deveniez prêtre?

181

— *Ja, Herr Direktor.*

— Pourquoi?

— Il en avait fait le vœu à la Sainte Vierge à ma naissance.

Il y eut plusieurs coups de règle, une cascade de « Ah! Ah! » très aigus, et il se remit à sautiller.

— Et vous n'étiez pas d'accord?

— *Nein, Herr Direktor.*

Derrière mon dos :

— L'avez-vous dit à votre père?

— Mon père ne me demandait pas mon avis.

Coup de règle sur le loquet de la fenêtre.

— Ah! Ah!

Devant moi :

— Est-ce la raison pour laquelle vous êtes devenu *konfessionslos?*

— *Nein, Herr Direktor.*

— Quelle est la vraie raison?

— J'avais l'impression que mon confesseur avait trahi le secret de ma confession.

Coup de règle sur le bureau, grimace, sautillement :

— A qui — dans cette hypothèse — (coup de règle sur le rayonnage des livres) l'avait-il révélé?

— A mon père.

Derrière mon dos :

— Et c'était vrai?

— *Nein, Herr Direktor,* ce n'était pas vrai. Mais je ne l'ai su que plus tard.

Toujours derrière mon dos :

— Mais vous n'avez pas retrouvé la foi?

— *Nein, Herr Direktor.*

Roulement de règle sur du bois. « Ah! Ah! » très aigus, et tout d'un coup, en criant très fort :

— Intéressant!

182

Grand coup de règle derrière mon dos sur un objet en bois.

— Gardien chef!

Le gardien chef dit sans se retourner :

— *Jawohl, Herr Direktor?*

— Intéressant!

— *Jawohl, Herr Direktor!*

Devant moi :

— J'ai lu dans la lettre du docteur Vogel...

Il souleva le papier du bout des doigts et le tint très loin de lui d'un air dégoûté.

— ... qu'il se faisait fort d'obtenir votre amnistie (coup de règle sur la lettre) si vous entriez dans ses vues. Pensez-vous qu'il le pourrait?

— Certainement, *Herr Direktor.* Le docteur Vogel est un savant, et il a beaucoup de...

Sourire, coups de règle sur la lettre, sautillement.

— *So!* Le Herr docteur Vogel est un savant? Et en quoi le Herr docteur Vogel est-il donc si savant?

— En médecine, *Herr Direktor.*

— *So!*

Derrière mon dos :

— Est-ce qu'il ne vous est pas venu à l'idée que vous pourriez feindre de vous soumettre au docteur Vogel, et une fois amnistié, de reprendre votre liberté?

— *Nein, Herr Direktor*, cela ne m'est pas venu à l'idée.

— Et maintenant, qu'est-ce que vous en pensez?

— Je ne le ferai pas.

— Ah! Ah!

Devant moi, un bout de la règle appuyé sur la table, et les deux mains pesant à l'autre bout :

— Pourquoi?

Je me tus un long moment, et le gardien chef dit d'un ton sévère : « Répondez donc au *Herr Direktor!* » Le

Directeur leva la règle et dit vivement : « Laissez-lui tout le temps ! » Il y eut encore un silence et je dis :

— Je ne sais pas.

Le Directeur grimaça, plissa les lèvres, jeta un regard furieux au gardien chef, donna un coup de règle à une petite statuette en bronze sur son bureau, puis se remit à sautiller autour de moi à toute vitesse.

— A part le docteur Vogel, connaissez-vous quelqu'un qui puisse faire des démarches pour obtenir votre amnistie ?

— *Nein, Herr Direktor.*

Derrière mon dos :

— Savez-vous que, dans votre cas, l'amnistie peut porter sur la moitié de la peine ? Vous feriez donc cinq ans au lieu de dix.

— Je ne le savais pas, *Herr Direktor.*

— Et maintenant que vous le savez, avez-vous l'intention de répondre à la lettre du docteur Vogel ?

— *Nein, Herr Direktor.*

— Vous préférez donc faire cinq ans de plus, plutôt que de faire semblant de vous soumettre au docteur Vogel ?

— *Ja, Herr Direktor.*

— Pourquoi ?

— Ce serait le tromper.

Devant moi, l'air grave, la règle pointée sur moi, et ses yeux perçants rivés sur les miens :

— Considérez-vous le Herr docteur Vogel comme un ami ?

— *Nein, Herr Direktor.*

— Avez-vous pour lui de l'affection et du respect ?

— Certainement pas, *Herr Direktor.*

J'ajoutai :

— Cependant, c'est un grand savant.

— Laissons le grand savant de côté.

Il reprit :

184

— Lang, est-il licite de tuer l'ennemi de la patrie?

— Certainement, *Herr Direktor.*

— Et d'employer contre lui le mensonge?

— Certainement, *Herr Direktor.*

— Et la ruse la plus déloyale?

— Certainement, *Herr Direktor.*

— Cependant, vous ne voulez pas employer la ruse envers le docteur Vogel?

— *Nein, Herr Direktor.*

— Pourquoi?

— Ce n'est pas la même chose.

— Pourquoi ce n'est pas la même chose?

Je réfléchis et je dis :

— Parce qu'il ne s'agit que de moi.

Il fit « Ah! Ah! » d'un ton aigu et triomphant, ses yeux brillèrent derrière ses lunettes d'or, il jeta la règle sur la table, il croisa les bras et il eut l'air profondément satisfait.

— Lang, dit-il, vous êtes un homme dangereux.

Le gardien chef tourna la tête et me dévisagea d'un air sévère.

— Et savez-vous pourquoi vous êtes un homme dangereux?

— *Nein, Herr Direktor.*

— Parce que vous êtes honnête.

Ses lunettes d'or étincelèrent et il reprit :

— Tous les hommes honnêtes sont dangereux. Seules, les canailles sont inoffensives. Et savez-vous pourquoi, gardien chef?

— *Nein, Herr Direktor.*

— Désirez-vous le savoir, gardien chef?

— Certainement, *Herr Direktor*, je désire le savoir.

— Parce que les canailles n'agissent que par intérêt, c'est-à-dire petitement.

Il s'assit, posa les bras sur les accoudoirs de son fau-

185

teuil, et il eut l'air de nouveau profondément satisfait.

— Lang, reprit-il, je suis heureux que cette lettre du savant docteur Vogel (il la souleva du bout des doigts) ait attiré mon attention sur votre cas. Il est peu probable que le savant docteur Vogel fasse maintenant (sourire) quelque chose pour vous. Mais moi, par contre...

Il se leva, sautilla vivement jusqu'aux rayonnages de livres, en prit un au hasard, et dit, le dos tourné :

— Par exemple, je peux demander, vu votre bonne conduite, une réduction de votre peine.

Il se tourna avec la vivacité d'un singe, pointa sa règle vers moi comme un escrimeur, ses yeux brillèrent, et subitement il cria d'une voix aiguë :

— *Et je le ferai!*

Il remit le livre en place, sautilla jusqu'à son bureau, s'assit, leva les yeux, et il eut l'air tout d'un coup très étonné de nous voir là. Il fit un petit geste impatient de la main.

— Emmenez le détenu!

Et sans transition, il se mit à crier :

— *Schnell! schnell! schnell!*

— *Los!* cria le gardien chef.

Et on sortit presque en courant.

Le directeur tint parole, bien qu'il me fallût encore attendre deux ans pour que l'effet s'en fît sentir. En 1929, j'appris que ma peine était réduite de moitié, et je sortis de prison, cinq ans presque jour pour jour après y être entré.

J'avais beaucoup grossi, et mes vêtements civils étaient de nouveau trop petits. Je me sentis toutefois satisfait qu'on fût presque en été déjà, et que la température fût douce, car de cette façon, je n'avais pas à porter le manteau de l'oncle Franz.

En plus de mon pécule, je reçus un ordre de transport

186

pour M. Dans le train, je me surpris à penser à ma cellule, et chose curieuse, à y penser avec regret. Je me tenais dans le couloir du wagon, je regardais par la vitre, les moissons défilaient, elles ondulaient légèrement sous le soleil, et je pensais : « Je suis libre. » C'était étrange de penser cela, et que c'était à la lettre du docteur Vogel, finalement, que je devais ma liberté.

Au bout d'un moment, je retournai m'asseoir. Mes mains vides pendaient à mes côtés, les minutes coulèrent une à une, il n'y avait plus personne pour me dire ce qu'il fallait faire, je m'ennuyais. Je retournai de nouveau dans le couloir et je regardai par la vitre. Les champs de blé étaient très beaux. Le vent faisait passer sur eux de petits frissons comme sur un lac.

A la prison, on m'avait donné cinq cigarettes, mais rien pour les allumer. J'entrai dans mon compartiment, je demandai du feu à un voyageur, et je sortis de nouveau dans le couloir. La cigarette n'avait aucun goût, et après quelques bouffées, je fis descendre la vitre, et la jetai le plus loin possible. Le vent la rabattit sur le wagon et une gerbe d'étincelles vola. Après cela, je refermai la vitre, et je regardai de nouveau les moissons. Après les moissons, je vis des prés en assez bon état, mais je ne vis pas de chevaux.

Au bout d'un moment, je pensai au Parti, et je me sentis heureux.

1929

Le Parti décida de « me mettre au vert » pendant un certain temps et il me trouva un emploi dans le haras du Colonel Baron von Jeseritz qui possédait un vaste domaine près de W., en Poméranie.

Mon nouveau travail m'enchanta. Les bêtes étaient belles, et bien tenues, les installations très modernes, et le Colonel Baron von Jeseritz — on l'appelait toujours « *Herr Oberst* » bien qu'il ne fût plus en service — faisait régner une discipline de fer. Il était grand et maigre, le visage tanné et plissé de rides, avec une mâchoire démesurément longue qui, chose bizarre, lui donnait l'air, lui aussi, d'un cheval. Les grooms, derrière son dos, l'appelaient « Gueule d'acier », et je n'ai jamais pu savoir si c'était à cause de sa mâchoire, ou de ses yeux. Ceux-ci, à première vue, n'avaient rien d'insolite. Ils étaient bleus, et c'était tout. Mais quand von Jeseritz les braquait brusquement sur vous, on aurait dit qu'il tournait un commutateur. Leur éclat était insoutenable.

J'étais à son service depuis trois mois déjà, il ne m'avait pas une seule fois adressé la parole, et je pensais, ayant été engagé par son homme de confiance, être tout à fait inconnu de lui, quand un après-midi, alors que j'étais

189

seul dans une prairie en train de réparer une clôture, je reconnus, derrière moi, le trot si caractéristique de sa jument, il y eut un claquement de langue, et tout d'un coup, la jument fut devant moi, haute et fine, les muscles saillant doucement sous sa belle robe noire.

— Lang!

Je me redressai, et au brusque mouvement que je fis pour me mettre au garde à vous, la jument pointa les oreilles. Von Jeseritz la caressa et dit sans me regarder, et comme s'il se parlait à lui-même :

— J'ai une petite ferme à Marienthal... Elle est complètement à l'abandon...

Il se tut et j'attendis.

— J'ai pensé, reprit-il d'un air absent, et comme si, en effet, il pensait tout haut, que je pourrais peut-être y mettre quelques chevaux, si la terre peut encore les nourrir.

Il abaissa le bout de sa cravache, la posa entre les deux oreilles de la jument, et la caressa doucement.

— Du temps de mon père, il y avait des chevaux là-bas. Mais personne n'a jamais voulu rester... C'est un sale coin. De l'eau partout. Les locaux sont dans un triste état. Les terres, aussi. Il faut tout retaper, ravoir les terres...

Il releva le bout de sa cravache et son regard bleu insoutenable se posa sur moi.

— Tu comprends?

— *Jawohl, Herr Oberst.*

Au bout d'un moment, il détourna les yeux, et je me sentis soulagé.

— J'ai pensé à toi.

Il se gratta derrière l'oreille avec le bout de sa cravache et dit sèchement :

— Voici les conditions : D'abord, je te donne deux hommes et tu essayes de tout retaper. Tu toucheras le salaire que tu touches maintenant. Si tu réussis, tu t'installes, et je mets quelques chevaux. En même temps, je te donne une truie, quelques poules et des semences. Il y a un labour. Tout ce que tu peux gratter sur le labour, le cochon, la volaille, et deux petits bois qui appartiennent à la ferme, c'est pour toi. La chasse aussi, c'est pour toi. Mais rappelle-toi, à partir du moment où tu t'installes, pas un Pfennig! Tu entends? Pas un Pfennig!

Il brandit sa cravache, son regard tranchant s'abattit sur moi, et il cria tout d'un coup d'une voix furieuse :

— Pas un Pfennig!

Je dis :

— *Ja, Herr Oberst*.

Il y eut un silence et il reprit d'une voix calme :

— Ne dis pas « Ja ». Prends un cheval et va voir. Quand tu auras vu, tu diras « Ja ».

— Maintenant, *Herr Oberst?*

— Maintenant. Et dis à Georg de te donner des bottes. Tu en auras besoin.

Il tourna bride et enleva sa jument. Je retournai au baraquement, et je dis à Georg que von Jeseritz m'envoyait à Marienthal. Georg me regarda en plissant les yeux, et en hochant la tête plusieurs fois. Puis il dit d'un air mystérieux :

— Alors, c'est toi?

Il sourit, les trous de sa dentition apparurent, et il eut l'air aussitôt plus âgé.

— *Ach*, il est malin, le Vieux! Il a misé sur le bon bourrin.

Il alla chercher des bottes, me regarda les essayer et dit lentement :

— Te réjouis pas trop vite. C'est un sale coin. Et dis pas « Ja », si tu juges que tu peux pas le faire.

Je dis merci, il me désigna une bête et je partis. Il y avait dix kilomètres du haras à Marienthal. Le ciel n'avait pas un nuage, mais bien qu'on fût seulement en septembre, l'air était extrêmement vif.

Au village, je me fis indiquer la direction de la ferme, et je fis encore trois ou quatre kilomètres dans un chemin très boueux, à moitié envahi par les bruyères. Je ne vis pas une maison, pas un labour. Tout était inculte et sauvage. Le chemin s'arrêta devant une barrière de bois complètement pourrie, je descendis de cheval, et l'attachai à un peuplier. Bien qu'il n'eût pas plu depuis huit jours, le sol était mou et spongieux.

Je fis quelques pas et je découvris la maison. Son toit était en partie défoncé, elle n'avait plus ni porte, ni volets, et entre les dalles disjointes, l'herbe poussait. J'en fis le tour, et je gagnai l'écurie : le toit tenait encore, mais un des murs s'était écroulé.

Georg m'avait donné un plan des terres, et je commençais sans hâte à les parcourir. Le bois était un taillis humide et maigre. A part le bois de chauffe et la chasse, il n'y avait rien à en tirer. Je reconnus en passant ce qui avait dû être un labour : La terre était pauvre et sableuse. Puis il y eut un petit bois de pins, et je comptai avec plaisir une centaine d'assez beaux sujets et à peu près autant d'arbres jeunes. Après cela, commençaient les prairies. J'en comptai cinq en tout, séparées par des haies ou des clôtures. Trois d'entre elles étaient envahies par les joncs. Les deux autres, en contrebas d'un sentier boueux, étaient complètement pourries. Il n'était pas question de m'y aventurer, même avec mes bottes. Je remontai le sentier et au bout d'un quart d'heure de marche, j'atteignis un étang et je compris ce qui s'était passé : L'étang avait dû être contenu par une digue qu'une crue avait emportée. L'eau avait noyé les deux prairies les plus basses et s'était infiltrée dans les autres, mais beaucoup plus lentement, parce qu'à cet endroit, une légère ondulation de terrain avait fait obstacle à sa course.

Je me déshabillai et j'entrai dans l'étang. L'eau était glacée, je pris une forte inspiration et plongeai. Au bout d'un moment je trouvai la digue, je m'y hissai et j'eus de l'eau jusqu'aux genoux. En tâtonnant avec le pied, je repérai la direction de la digue, et je me mis à marcher très lentement. L'eau était noire et boueuse, et je m'attendais à perdre pied là où la digue s'était rompue. Et en effet, je n'étais pas parvenu au milieu de l'étang que je dus me mettre à la nage pour retrouver, trois ou quatre mètres plus loin, le second tronçon de la digue. Je repris pied sur ce tronçon et gagnai le bord. Il n'y avait pas d'autre faille.

Je sortis de l'eau et je contournai l'étang en courant pour aller retrouver mes vêtements de l'autre côté. Je claquais des dents et à plusieurs reprises, j'enfonçai dans la vase jusqu'aux chevilles. Mais le vent de la course me sécha, et j'étais à peine humide quand je me rhabillai.

Je m'assis sur une grosse pierre en face de l'étang, le soleil baissait déjà, je frissonnai et je sentis la fatigue et la faim. Je tirai mon casse-croûte de ma poche et je me mis à mastiquer lentement en regardant l'étang. Il était ceinturé par une armée de joncs, et de derrière les joncs, à l'ouest, un gros nuage noir émergea et voila le soleil. L'obscurité tomba d'un seul coup, une odeur d'humidité pourrie sortit de terre, et tout devint d'une tristesse affreuse. Puis un rayon de soleil perça à travers le nuage, rasa l'eau noire, et une brume blanche commença à se rassembler dans les creux des prairies. La pierre sur laquelle j'étais assis plongeait à demi dans la vase, tout, autour de moi, était froid et visqueux, et j'eus l'impression d'être perdu dans un océan de boue.

Quand je revins au domaine, Georg prit ma bête par la bride et dit :

— Le Vieux t'attend dans son bureau. Va vite.

Puis il me regarda, et dit à mi-voix : « Alors? Qu'est-ce que tu en penses? L'hiver là-dedans, hein?... »

Dans le bureau il y avait un grand feu de bois, et devant le feu, von Jeseritz, une longue pipe à la main, était assis, ou plutôt couché sur un petit fauteuil, ses fesses maigres sur le bord du siège, et ses deux longues jambes bottées étendues devant lui. Il tourna la tête, ses yeux bleus me fixèrent et il cria :

— Alors?

Je me mis au garde à vous et je dis :

— Ja!

Il se leva, se campa solidement sur ses jambes, et je me sentis étonné : Jusque-là je ne l'avais jamais vu qu'à cheval.

— Tu as bien réfléchi?

— Jawohl, Herr Oberst.

Il se mit à marcher de long en large en tirant sur sa pipe.

— Crois-tu réussir? dit-il d'un ton contenu.

— Jawohl, Herr Oberst, si j'arrive à réparer la digue. Elle a une brèche de quatre mètres de long.

Il s'arrêta net et me dévisagea.

— Comment sais-tu qu'elle a quatre mètres de long?

— Je suis entré dans l'eau.

— Et il n'y a pas d'autre brèche?

— Nein, Herr Oberst.

Il reprit sa marche.

— Ça n'est pas si mauvais que je croyais.

Il s'arrêta et se gratta derrière l'oreille avec le tuyau de sa pipe.

— Ainsi, tu t'es mis à l'eau?

— Ja, Herr Oberst.

Il me regarda d'un air satisfait :

— Eh bien, tu es le premier qui a eu l'idée de faire ça!

Il s'assit, réunit ses deux jambes, et les étendit devant lui.

— Et après?

— Après, *Herr Oberst*, il faudrait drainer les deux prairies en contrebas. Pour les trois autres, il suffirait de les nettoyer et de combler les creux.

— Pour l'écurie et la maison, est-ce que tu peux réparer toi-même?

— *Jawohl, Herr Oberst.*

Il y eut un silence. Il se leva, s'adossa à la cheminée et dit :

— Écoute-moi bien maintenant.

— *Jawohl, Herr Oberst.*

— Pour moi, quelques chevaux, là-bas, c'est une bricole. Ça n'entre pas en ligne de compte. Ce qui est important...

Il fit une pause, se campa sur ses deux jambes, et dit solennellement :

— ... C'est qu'une parcelle de sol allemand soit rendu à la culture et qu'une famille allemande en vive. Tu comprends?

Je ne répondis pas tout de suite. J'étais interloqué de l'entendre dire « famille », alors que c'était à moi qu'il devait confier la ferme.

Il répéta avec impatience :

— Tu comprends?

Je dis :

— *Jawohl, Herr Oberst.*

— C'est bien. Tu commenceras demain. Georg te donnera les hommes et ce qu'il te faut. Ainsi, c'est entendu?

— *Jawohl, Herr Oberst.*

— C'est bien. Mais rappelle-toi! Dès que tu seras installé dans ton marais, pas un Pfennig! Même si tu crèves de faim, pas un Pfennig! Quoi qu'il arrive, pas un Pfennig!

Il me fallut un an pour mener à bien le travail que j'avais accepté. Même dans l'armée je n'avais rien connu de plus dur. Les conditions de vie étaient incroyables, et je me confirmai ce que j'avais déjà remarqué en Courlande : On se fait à la chaleur, et on se fait au froid, mais on ne s'habitue jamais à la boue.

La digue nous donna beaucoup de mal. Nous finissions à peine de la réparer qu'elle était emportée à un autre endroit. Avec cela, dès octobre, les orages se succédèrent sans arrêt, et toute la journée, on travaillait, les pieds dans l'étang et le corps fouetté par la pluie. Nous n'étions secs que le soir. Nous couchions sur les dalles de la maison dans des couvertures de cheval. Nous avions réparé la toiture, mais la cheminée tirait si mal que nous avions le choix entre grelotter de froid, ou être asphyxiés par la fumée. La digue, cependant, devenait plus solide, mais je compris que cette solidité ne serait jamais qu'apparente, et qu'il faudrait, dans la suite, y veiller constamment.

J'eus aussi quelques difficultés avec mes aides. Ils se plaignaient d'être menés trop rudement. Je demandai à von Jeseritz de renvoyer l'un d'eux pour l'exemple, et après cela, je n'eus plus aucun ennui. Cependant, l'homme qu'on me donna en remplacement attrapa une pneumonie et dut à son tour s'en aller. Moi-même j'eus un assez fort accès de malaria qui me terrassa quelques jours, et je faillis deux fois m'enliser.

Finalement, le jour arriva où je pus aller dire à von Jeseritz que la ferme était de nouveau en état. En entrant dans son bureau, je rencontrai le vieux Wilhelm. Il me fit un petit signe amical de la main, et je fus si étonné que je ne lui répondis pas. Le vieux Wilhelm était un fermier de von Jeseritz, et généralement les fermiers s'estimaient si au-dessus des grooms que l'idée ne leur serait même pas venue de leur adresser la parole.

Je trouvai von Jeseritz couché dans son petit fauteuil, sa longue pipe à la main, et ses deux jambes bottées étendues devant lui. A sa main droite, sur une petite table basse en bois sombre, s'alignaient six chopes de bière et six petits verres remplis de Schnaps.

— C'est fini, *Herr Oberst*.

— *Gut!* dit von Jeserizt en prenant un verre de Schnaps dans la main droite.

Il se leva, me le tendit, je dis « *Danke schön, Herr Oberst*», il en prit un à son tour, le vida d'un trait, prit une chope de bière et la vida également. Quand j'eus fini mon Schnaps, je reposai le verre sur la petite table, mais von Jeseritz ne m'offrit pas de bière.

— Ainsi, dit-il en passant sa manche sur ses lèvres, tu as fini?

— *Ja, Herr Oberst*.

Il me regarda, son visage se plissa et il eut un air malicieux.

— *Nein, nein*, dit-il enfin, en promenant le dos de sa main gauche sous son énorme mâchoire, tu n'as pas fini, il te reste encore quelque chose à faire.

— Quoi donc, *Herr Oberst?*

Ses yeux pétillèrent :

— Ainsi, tu as fini, *nicht wahr?* La maison est prête, tu peux t'installer?

— *Ja, Herr Oberst*.

— Ainsi, tu n'as pas de meubles, pas de draps, pas de vaisselle, mais tu veux quand même t'installer? Tu n'as pas pensé à cela, je parie?

— *Nein, Herr Oberst*.

— Ainsi, tu vois, tu n'as pas fini.

Il caressa le dessous de sa mâchoire et se mit à rire.

— Il va falloir que tu achètes tout cela. Mais certainement, tu as de l'argent, *nicht wahr?*

— *Nein, Herr Oberst.*

— *Was? Was?* dit-il d'un air étonné, pas d'argent? Pas d'argent? Mais ça ne va pas, *mein Freund*, ça ne ne va pas du tout. Il faut de l'argent pour acheter des meubles.

— Je n'ai pas d'argent, *Herr Oberst.*

— Pas d'argent, reprit-il en secouant la tête. *Schade! Schade* [1] *!* Pas d'argent, pas de meubles, c'est clair! Et pas de meubles, pas de ferme!

Il me regarda, ses yeux durcirent un quart de seconde, puis ils se remirent à pétiller, et je me sentis mal à l'aise.

— Je pourrais peut-être coucher dans une couverture de cheval, *Herr Oberst.*

— Quoi? dit-il d'un air moqueur, moi, Colonel Baron von Jeseritz, je laisserais mon fermier coucher sur la dure! *Nein, nein, mein Freund* [2] *!* Pas de meubles, pas de ferme, c'est clair!

Il me regarda d'un air malin et reprit :

— Ainsi, tu vois, tu n'as pas fini. Il te reste encore quelque chose à faire.

— Quoi donc, *Herr Oberst?*

Il se pencha, saisit un verre de Schnaps, le vida d'un trait, le reposa sur la table, prit une chope de bière et la vida. Après cela, il fit claquer sa langue, ses yeux pétillèrent, et il dit :

— Te marier.

Je balbutiai d'une voix tremblante :

— Mais, *Herr Oberst*, je ne désire pas me marier.

Son visage durcit aussitôt.

— *Was?* cria-t-il, tu ne veux pas te marier! Qu'est-ce que c'est cette satanée insolence? Tu veux être fermier, et tu ne veux pas te marier! Pour qui te prends-tu?

1. Dommage! dommage!
2. Mon ami!

198

— *Verzeihung* [1], *Herr Oberst*, je ne désire pas me marier...

— *Was!* cria-t-il.

Et il leva les bras au ciel.

— Me dire « Non! » à moi! A moi, un officier! A moi, qui t'ai tiré de la merde, pour ainsi dire.

Il fixa sur moi ses yeux perçants.

— Tu ne serais pas malade, au moins?

— *Nein, Herr Oberst.*

— *Herrgott*, tu ne serais pas par hasard un de ces... Je dis vivement :

— *Nein, Herr Oberst.*

Il se mit tout d'un coup à hurler :

— Alors, pourquoi?

Je ne dis rien, il me considéra un long moment, puis il se gratta derrière l'oreille avec le tuyau de sa pipe.

— Enfin, tu es normal, non?

Je le regardai.

— Enfin, je veux dire, tu n'es pas un hongre, j'espère? tu es entier?

— Certainement, *Herr Oberst*, je suis entier.

— Et tu peux avoir des enfants, *nicht wahr?*

— Je suppose, *Herr Oberst.*

Il éclata de rire subitement.

— Comment « tu supposes »?

Je me sentis horriblement gêné et je dis :

— Je veux dire que je n'ai jamais essayé d'avoir des enfants, *Herr Oberst.*

Il rit, pointa sa pipe vers moi, et je remarquai fugitivement que le devant du fourneau représentait une tête de cheval.

— Mais tu as quand même « *franchi le pas* », j'espère?

1. Excusez-moi.

199

— *Ja, Herr Oberst.*

Il rit encore aux éclats et reprit :

— Combien de fois?

Et comme je ne répondais rien, il répéta en hurlant :

— Combien de fois?

— Deux fois, *Herr Oberst.*

— *WAS?* cria-t-il.

Et il se mit à rire une bonne minute. Quand il eut fini, il vida coup sur coup un verre de Schnaps et une chope de bière, son teint hâlé rougit, et il me regarda avec des yeux pétillants.

— Attends voir! cria-t-il, il faut tirer cela au clair! Combien de fois, dis-tu?

— Deux fois, *Herr Oberst.*

— Avec la même?

— *Nein, Herr Oberst.*

Il leva sa pipe au ciel avec un effarement feint :

— Mais tu es un vrai... Comment dit-on cela?... Peu importe!... Un vrai... « Don Juan », je crois? Ainsi, une fois avec chaque! Une fois! Ha! Ha! Les pauvres! Qu'est-ce qu'elles t'avaient fait?

Je dis très vite en bredouillant :

— Eh bien, la première, elle parlait vraiment beaucoup, et la seconde, c'était ma logeuse.

— Comment cela! cria von Jeseritz en vidant de nouveau à toute vitesse un verre de Schnaps et une chope de bière, c'est très bien cela, une logeuse! Pas de dérangement au moins. Elle est sur place!

— Eh bien, dis-je d'une voix tremblante, c'est justement pour cela. J'avais peur... que cela devînt une habitude.

Il se mit à rire comme s'il n'allait jamais s'arrêter.

— *Herr Oberst,* dis-je d'une voix ferme, ce n'est pas ma faute, mais je ne suis pas sensuel.

200

Il me regarda. L'idée eut l'air de le frapper, et il s'arrêta de rire.

— Voilà! dit-il d'un air satisfait. J'allais le dire. Tu n'es pas sensuel. Voilà l'explication. Tu refuses la femelle. J'ai connu des chevaux comme ça.

Il s'adossa à la cheminée, ralluma sa pipe et me regarda d'un air satisfait.

— Mais tout ça, reprit-il au bout d'un moment, ne me dit pas pourquoi tu ne veux pas te marier.

Je le regardai, béant.

— Mais, *Herr Oberst*, il me semble...

— Ta, ta, ta, il ne te semble rien du tout. Quand tu seras marié, je n'irai pas compter tes saillies, *nicht wahr?* Et si tu fais l'amour une fois l'an pendant cinq ans, tu peux très bien avoir cinq enfants, et c'est tout ce que la patrie te demande! *Nein*, *nein*, tout ça ne me dit pas pourquoi tu ne veux pas te marier.

Il me fixa, je détournai la tête et je dis :

— C'est une idée, *Herr Oberst*.

— *Was!* cria-t-il en levant sa pipe au ciel, une idée! Voilà que tu as des idées à présent!

— Écoute donc, reprit-il, puisque tu aimes les idées, moi, je vais en fourrer deux dans ta sacrée caboche de Bavarois. Primo : Un bon Allemand doit faire souche. Secondo : Dans une ferme, il faut une femme! *Stimrat's* [1] ?

Et comme je ne répondais rien, il rugit :

— *Stimrat's?*

— *Jawohl, Herr Oberst.*

Et en effet, d'une manière générale, il avait certainement raison.

— Eh bien, dit-il comme si la discussion était close, voilà qui est entendu.

1. Est-ce vrai?

Il y eut un silence et je dis :

— Mais, *Herr Oberst*, même si je voulais me marier, vous savez bien que je ne connais personne ici.

Il se coucha sur son petit fauteuil et allongea ses longues jambes bottées devant lui.

— Ne t'en fais pas pour ça. J'ai tout arrangé.

Je le regardai, bouche bée.

— Certainement, dit-il en braquant sur moi ses yeux durs, tu ne crois pas que je vais te laisser installer n'importe quelle putain dans ma ferme? Pour qu'elle te fasse cocu, que tu te mettes à boire, et que tu laisses crever mes chevaux? Jamais de la vie.

Il secoua les cendres de sa pipe dans le feu, releva la tête et dit :

— C'est Elsie que je t'ai choisie.

Je balbutiai :

— Elsie ! La fille du vieux Wilhelm?

— Tu connais une autre Elsie dans le coin?

— Mais elle ne voudra pas de moi, *Herr Oberst!*

— Certainement elle voudra de toi.

Il me regarda en plissant les yeux :

— Après tout, tu es un peu petit, c'est vrai, mais tu n'es pas si vilain. Et puis tu es robuste. Évidemment, elle serait plutôt un peu grande pour toi. Mais tant mieux, ça compensera. Avec ton poitrail et ses longues pattes, vous ferez des enfants convenables. Remarque bien...

Il passa la main sous son énorme mâchoire.

— ... avec les croisements, on ne sait jamais. Peut-être les enfants tireront-ils tous de ton côté, finalement : Un bon poitrail mais les pattes courtes.

— Mais la question n'est pas là, reprit-il en se levant, et puis d'ailleurs, pour travailler la terre, il vaut mieux avoir les pattes courtes. Non, ce qui compte, c'est la race. Vous êtes de bons Allemands tous les deux et vous ferez de bons

Allemands, voilà ce qui compte! Il y a bien assez de ces sales Slaves comme ça en Poméranie!

Il y eut un silence, je raidis mon garde à vous, j'avalai ma salive et je dis :

— *Wirklich* [1], *Herr Oberst*, je ne désire pas me marier.

Il me regarda, la bouche ouverte, puis les veines de son front se gonflèrent, et il resta quelques secondes sans pouvoir parler, ses yeux bleus, insoutenables, fixés sur moi.

— *Du gottverdammtes Arschloch* [2]*!* hurla-t-il.

Il marcha sur moi, me saisit par les revers de ma veste, et me secoua comme un fou.

— Les meubles! hurla-t-il, les meubles! Le vieux Wilhelm te donne les meubles!

Il me lâcha, jeta sa pipe sur le bureau et se mit à marcher vers la porte en serrant ses mains derrière son dos.

— *Du Lump* [3]*!* cria-t-il en se retournant vers moi, je te donne une ferme impeccable! Je te donne une fille! Et toi...!

Il marcha sur moi et je crus qu'il allait me battre.

— *Du Schwein!* cria-t-il, tu ne veux pas te marier! Après tout ce que j'ai fait pour toi!

— Certainement, *Herr Oberst*, je vous suis très reconnaissant.

— Tais-toi! hurla-t-il.

Puis une nouvelle crise de fureur le secoua, et il se mit à bégayer en marchant de long en large, et en se frappant sur la poitrine :

— Il a... o... sé... en pré... sence... d'un of... ficier!...

Il atteignit le fond de la pièce, fit volte-face et rugit :

— LES MEUBLES!

Il marcha sur moi et brandit le poing sous mon nez :

1. Vraiment!
2. Maudit trou du cul!
3. Gredin!

— Une chambre à coucher en chêne, une table de cuisine, un buffet en bois blanc, six chaises en paille, quatre paires de draps, tu entends, des draps! Toi qui n'as jamais possédé qu'un mouchoir sale dans ta vie! Le tout d'une valeur totale de... de... de 600 Marks au moins! Et une jolie fille par-dessus le marché! Et toi!... Mais je vais te flanquer à la porte, moi, S. A. ou pas S. A.! Tu iras pourrir dans les asiles de nuit! Tu mangeras à la roulante comme un clochard! Tu entends, je te saquerai!

Il me jeta un regard terrible, j'eus dans un éclair la certitude qu'il le ferait, et mes jambes se mirent à trembler sous moi.

— *Da schlag doch einer...* [1]! reprit-il en me transperçant de ses yeux, ce petit Monsieur refuse Elsie! Une pouliche impeccable, souple à la main, franche du collier, et qui te ferait le travail de deux hommes! Et en plus, je te donne les meubles! Enfin, c'est son père, mais c'est tout comme, vu que pour le décider, il a fallu que je lui botte les fesses jusqu'à ce que l'eau de son cul se mette à bouillir! *Herrgott!* Je te fais mettre une excellente ferme en état, ça me coûte le salaire de trois grooms pendant un an, sans compter les matériaux, mais ne parlons pas de mes sacrifices, *Schweinhund!* Je te donne la ferme! Je te donne les meubles! Et tu refuses!

Il se calma d'un seul coup.

— Et puis, d'ailleurs, dit-il d'une voix sèche, je ne vois pas pourquoi je discute!

Il se recula de deux pas, se redressa de toute sa taille, et sa voix claqua comme un fouet :

— *Unteroffizier!*

Je me raidis.

— *Jawohl, Herr Oberst.*

1. Il y a de quoi tomber assis!

— Vous n'ignorez pas qu'un soldat doit demander à son chef la permission de se marier.

— *Ja, Herr Oberst.*

Il reprit en scandant les syllabes :

— *Unteroffizier*, je vous donne la permission d'épouser Elsie Brücker.

Il ajouta d'une voix tonnante :

— Et c'est un ordre!

Là-dessus, il me tourna le dos, ouvrit une petite porte à la droite de la cheminée, et cria « Elsie! Elsie! »

Je dis :

— Mais, *Herr Oberst...*

Il me regarda : C'étaient les yeux de Père. Une boule se noua dans ma gorge, je ne pouvais plus parler.

Elsie entra. Von Jeseritz pivota sur ses talons, lui donna une petite tape sur les fesses, et sortit sans se retourner. Elsie me fit bonjour de la tête, mais ne me tendit pas la main. Elle resta à côté de la cheminée, droite, immobile, les yeux baissés. Au bout d'un moment, elle leva les yeux, son regard se posa sur moi, et je me sentis petit et ridicule.

Il y eut un long silence et je dis :

— Elsie...

Je lui jetai un coup d'œil.

— Est-ce que je peux vous appeler Elsie?

— Certainement.

Je vis que sa poitrine se soulevait un peu, cela me gêna, et je regardai le feu.

— Elsie... Je voudrais vous dire... Si vous aimez quelqu'un d'autre, il vaudrait mieux dire non.

Elle dit :

— Il n'y a personne d'autre.

Puis, comme je me taisais, elle ajouta :

— C'est seulement que je suis un peu étonnée.

Elle bougea un peu et je repris ·

— Je voudrais vous dire aussi... Si je vous déplais, il faut dire non.

— Vous ne me déplaisez pas.

Je levai les yeux. Il n'y avait rien à lire sur son visage, je regardai de nouveau le feu et j'ajoutai avec honte :

— Je suis un peu petit.

Elle dit vivement :

— Je ne regarde pas à ça.

Elle reprit :

— J'estime que ce que vous avez fait là-bas, à la ferme, c'est très bien.

Un flot de fierté m'envahit. C'était une Allemande, une vraie Allemande.

Elle était droite, immobile, déférente. Elle attendait que je dise de nouveau quelque chose pour parler.

— Vous êtes sûre que je ne vous déplais pas?

— Non, dit-elle d'une voix nette, pas du tout. Vous ne me déplaisez pas du tout.

Je regardai le feu, je ne savais plus quoi dire. Et tout d'un coup, je pensai avec surprise : « Elle est à moi, si je veux. » Je ne pouvais pas arriver à savoir si cela me faisait plaisir ou non.

Je levai les yeux sur elle. Elle me regardait d'un air calme, sans ciller. Un engourdissement m'envahit, je n'arrivais plus à penser. Au bout d'un moment, je levai machinalement la main, je remis en place une mèche blonde à l'endroit où elle se détachait de l'oreille, elle sourit, pencha son visage sur ma main, et je compris que tout était décidé

La première année à la ferme fut très dure. Elsie avait reçu une petite somme qui lui venait de l'héritage de sa tante, et sans laquelle nous n'aurions pu nous installer.

Malgré cela, six mois ne s'étaient pas écoulés que je dus sacrifier le bois de pins. Ce fut un crève-cœur pour nous d'avoir à le couper si vite, car avec lui, notre unique réserve s'en allait.

Notre grand souci, pourtant, ce n'était même pas l'argent, c'était la digue. C'était d'elle que la ferme et par conséquent notre vie à tous deux, dépendait, et ce fut une lutte de tous les instants pour la préserver. Dès qu'il pleuvait un peu longtemps, nous nous regardions avec angoisse, et si un orage violent éclatait au milieu de la nuit, je me levais, enfilais mes bottes, prenais ma lanterne, et allais voir ce qui se passait. Quelquefois, j'arrivais juste à temps et je pataugeais dans l'eau deux ou trois heures à tenter de contenir la crue avec des moyens de fortune. Une fois ou deux, incapable d'arriver seul à boucher une faille qui menaçait de s'élargir, je dus retourner à la ferme chercher Elsie, qui, bien qu'elle fût alors enceinte, sortit de son lit sans une plainte, et travailla avec moi jusqu'au matin. Le jour se leva enfin, la pluie cessa, et c'est à peine si nous eûmes la force de nous traîner dans la boue jusqu'à la maison, et d'allumer du feu pour nous sécher.

Au printemps, von Jeseritz vint nous voir, il ne trouva rien à redire à l'état des chevaux et de la ferme, et après avoir accepté de boire un verre de bière avec nous, il me demanda si je désirais adhérer au *Bund der Artamanen*. Il m'expliqua que c'était un mouvement politique dont il s'occupait et qui se proposait la rénovation de la paysannerie allemande. J'avais, en fait, déjà entendu parler du *Bund*, et sa devise — *Blut, Boden und Schwert* [1] — m'avait frappé comme un résumé excellent des doctrines auxquelles le salut de l'Allemagne était attaché. Je répondis, cependant, à von Jeseritz, qu'étant membre du Parti national-

_____

1. La race, le sol et le glaive.

socialiste, je ne savais pas si je pouvais également adhérer au *Bund*. Là-dessus, il se mit à rire. Il connaissait tous les chefs S. A. de la région, et il pouvait m'assurer que la double appartenance était autorisée par le Parti. D'ailleurs, lui-même, je ne l'ignorais pas, était aussi membre du Parti, mais il ne voyait que des avantages à travailler sous l'égide du *Bund* plutôt que sous l'étiquette nationale-socialiste, parce que les paysans se méfiaient toujours un peu d'un Parti, tandis qu'ils étaient sensibles aux associations historiques que le *Bund* comportait.

Là-dessus, je donnai mon adhésion, et von Jeseritz me demanda aussitôt d'accepter le secrétariat de l'Association paysanne du village, car il était important que ce poste fût occupé par un membre du *Bund*. Je ne crus pas devoir refuser, car il m'assura qu'il comptait beaucoup sur moi pour agir politiquement sur les jeunes, auprès de qui ma qualité d'ancien sous-officier des Corps francs ferait plus que tous les discours.

L'été vint, le baromètre se mit au beau fixe, la digue cessa de me tracasser et je pus consacrer plus de temps à mes tâches nouvelles. Il y avait, au village, un petit groupe d'opposants qui me donna d'abord du fil à retordre, mais quand j'eus rassemblé autour de moi une poignée de jeunes gens résolus, j'appliquai contre eux la tactique de choc que le Parti avait lui-même héritée des Corps francs, et après quelques raclées exemplaires, l'opposition disparut. Je pus alors mener de front, tout à mon aise, l'instruction politique et militaire de mes jeunes. Les résultats furent excellents, et au bout de quelque temps, je pris l'initiative de former parmi eux un élément de milice montée qui me permit d'intervenir rapidement dans les villages voisins, quand le *Bund* local, ou le Parti, se trouvait en difficulté. En fait, ce peloton devint rapidement si aguerri que, pour être une vraie troupe, il ne lui manquait que des armes.

Cependant, j'étais sûr que ces armes existaient quelque part, et que lorsque « *le jour* » se lèverait pour l'Allemagne, nous n'aurions rien à désirer de ce côté-là.

Sa grossesse fatiguait beaucoup Elsie. Elle se traînait à son travail, les traits tirés, le souffle court. Un soir, après dîner, j'étais assis devant le poêle de la cuisine, occupé à bourrer ma pipe (je m'y étais mis depuis peu) et elle tricotait, à côté de moi, sur une chaise basse, quand subitement, elle cacha sa tête dans les mains, et éclata en sanglots.

Je dis doucement :

— Eh bien, Elsie?

Ses sanglots redoublèrent. Je me levai, pris les pincettes, cueillis un petit morceau de braise dans le poêle et le posai sur mon tabac. Quand il fut allumé, je secouai légèrement la pipe au-dessus du feu pour faire tomber la braise.

Les sanglots cessèrent, je me rassis, et je jetai un coup d'œil à Elsie. Elle se tamponnait les joues avec son mouchoir. Quand elle eut fini, elle le roula en boule, le mit dans la poche de son tablier, et reprit son tricot.

Je dis doucement :

— Elsie.

Elle leva les yeux et je repris :

— Peux-tu m'expliquer?

Elle dit :

— Oh, c'est rien.

Je la regardai sans rien dire, et elle répéta :

— C'est rien.

Et je crus qu'elle allait se remettre à pleurer. Je la regardai. Elle dut comprendre que je désirais vraiment une explication, car, au bout d'un moment, elle dit sans lever les yeux et sans cesser de tricoter :

209

— C'est seulement que j'ai l'impression que tu n'es pas content de moi.

Je dis vivement :

— Mais quelle idée, Elsie! Je n'ai rien à te reprocher, tu le sais bien!

Elle renifla comme une petite fille, puis sortit de nouveau son mouchoir de la poche de son tablier, et se moucha.

— Oh! je sais bien que pour le travail, je fais tout ce que je peux. Mais ce n'est pas ça que je veux dire.

J'attendis, et au bout d'un moment, elle dit sans lever les yeux :

— Tu es si loin.

Je la regardai, et finalement, elle leva la tête et nos regards se croisèrent.

— Qu'est-ce que tu veux dire, Elsie?

— Tu es tellement silencieux, Rudolf.

Je réfléchis à cela et je dis :

— Mais toi non plus, tu n'es pas bavarde, Elsie.

Elle posa son tricot sur ses genoux, et se renversa sur le dossier de sa chaise en avançant son corps en avant comme si son ventre la gênait.

— Moi, ce n'est pas la même chose. Je me tais parce que j'attends que tu parles.

Je dis doucement :

— Je ne suis pas bavard, voilà tout.

Il y eut un silence et elle reprit :

— *Ach!* Rudolf, ne crois surtout pas que je veuille te faire des reproches. J'essaye seulement d'expliquer.

Je me sentis gêné par son regard, je baissai les yeux, et je fixai ma pipe.

— Eh bien, explique, Elsie.

Elle reprit :

— Ce n'est pas tant que tu ne parles pas, Rudolf...

210

Elle s'arrêta, j'entendis sa respiration siffler, et elle dit avec passion :

— Tu es si loin, Rudolf! Quelquefois, quand tu es à table, et que tu regardes dans le vide avec tes yeux froids, j'ai l'impression que je ne compte pas du tout.

« Mes yeux froids », Schrader aussi parlait de mes yeux froids. Je dis avec effort :

— C'est ma nature.

— *Ach*, Rudolf! dit-elle sans paraître entendre, si tu savais comme c'est terrible pour moi d'avoir l'impression d'être à l'écart. Pour toi, il y a la digue, les chevaux, le *Bund*. Et quelquefois, quand tu t'attardes dans l'écurie à soigner tes chevaux, tu les regardes si gentiment que j'ai l'impression que c'est eux que tu aimes...

Je me forçai à rire.

— Oh voyons, quelle bêtise, Elsie! Naturellement, je t'aime. Tu es ma femme.

Elle me regarda et ses yeux étaient pleins de larmes.

— Tu m'aimes vraiment?

— Mais oui, Elsie, naturellement.

Elle me regarda une pleine seconde, puis brusquement elle se jeta à mon cou et me couvrit le visage de baisers. Je la laissai-faire patiemment, puis je lui pris la tête, la posai sur ma poitrine, et me mis à lui caresser les cheveux. Elle resta ainsi sans bouger, pelotonnée contre moi, et au bout d'un moment, je m'aperçus que je ne pensais déjà plus à elle.

Peu après la naissance de mon fils, un groom de von Jeseritz vint à cheval me prévenir que son maître me réclamait d'urgence. Je sellai ma jument et je partis. La jument avait un bon trot et je fis rapidement les dix kilomètres qui me séparaient du domaine. Je frappai à la porte du bureau, la voix de von Jeseritz cria « Entrez! » et je pénétrai dans la pièce.

Une âcre fumée de cigare me prit à la gorge, et c'est à peine si je pus distinguer, autour du bureau de von Jeseritz, une demi-douzaine de messieurs encadrant un homme en uniforme SS.

Je fermai la porte, je me mis au garde à vous et saluai.

— Assieds-toi là, dit von Jeseritz.

Et il me montra une chaise derrière lui. Je m'assis, la conversation reprit et je m'aperçus que je connaissais tous les messieurs qui étaient là. C'étaient de grands propriétaires des environs, tous membres du *Bund*. Quant au SS, le dos de von Jeseritz me le cachait, et je n'osais me pencher de côté pour regarder son visage. Je ne voyais que ses mains : C'étaient des mains petites et grasses, qu'il croisait et décroisait sans cesse sur la table dans un geste machinal.

L'un des propriétaires présentait un rapport des progrès du *Bund* dans la région, et citait le chiffre des adhérents. Quand il eut fini, il y eut plusieurs interventions assez animées, puis les petites mains grasses frappèrent sur la table, le silence se fit, et je compris que c'était le SS qui parlait. Sa voix était terne et sans timbre, mais il parlait d'abondance, sans une hésitation, sans un arrêt, absolument comme s'il lisait dans un livre. Il brossa un portrait de la situation politique du pays, analysa les chances du Parti de s'emparer du pouvoir, cita lui aussi des chiffres d'adhérents, et invita les membres du *Bund* à oublier les particularismes locaux et les questions de personnes pour travailler davantage en liaison avec les chefs nationaux-socialistes de la région. Après cela, il y eut une courte discussion, puis ces messieurs levèrent la séance, et il parut tout d'un coup y avoir beaucoup de monde et de bruit dans la pièce.

Von Jeseritz me dit :

— Reste là. J'ai besoin de toi.

Je cherchai le SS des yeux. Il marchait vers la porte, entouré par un groupe de propriétaires. A un moment donné, il tourna la tête et je vis qu'il portait un pince-nez.

Von Jeseritz me dit de mettre une bûche dans le feu et j'obéis. La porte claqua, le silence tomba dans la pièce, et comme je relevais la tête, l'homme en uniforme SS revenait vers nous. Je vis les feuilles de chêne sur son col et je reconnus ses traits : C'était Himmler.

Je claquai les talons et levai le bras droit. Mon cœur battait.

— Voici Lang, dit von Jeseritz.

Himmler me rendit mon salut. Puis il prit un manteau de cuir noir sur le dossier d'une chaise, l'enfila, boutonna méthodiquement tous les boutons, ajusta la ceinture, et enfila des gants noirs. Quand il eut fini, il se tourna vers moi, pencha légèrement la tête de mon côté, et me fixa. Son visage était sans expression.

— Vous avez participé à l'exécution de Kadow, n'est-ce pas?

— *Jawohl*, Herr...

Il dit vivement :

— Ne me donnez pas mon titre.

Puis il reprit :

— Vous avez servi cinq ans à la prison de Dachau?

— *Ja.*

— Et avant cela, en Turquie?

— *Ja.*

— En qualité de sous-officier de dragons?

— *Ja.*

— Vous êtes orphelin?

— *Ja.*

— Et vous avez deux sœurs mariées?

J'hésitai un quart de seconde et je dis :

— Je ne savais pas que mes sœurs fussent mariées.

— Ha! Ha! dit von Jeseritz en riant, le Parti est bien renseigné!

Sans l'ombre d'un sourire, sans bouger la tête d'un millimètre, Himmler reprit :

— Je suis heureux de vous apprendre que vos deux sœurs sont mariées.

Puis il dit :

— Vous avez organisé dans votre secteur un peloton de miliciens du *Bund?*

— *Jawohl.*

— C'est...

Il fit une pause, sans raison apparente.

— C'est une excellente idée. Je vous recommande de pousser votre activité dans ce domaine, et je vous charge, dès à présent, en liaison avec les chefs du *Bund* et du Parti, de former un escadron.

Tout en parlant, il fixait, au-dessus de ma tête, un point déterminé de l'espace, et j'eus l'impression bizarre qu'il y lisait ce qu'il avait à me dire.

Il fit une pause, je dis « *Jawohl!* » et il reprit aussitôt :

— Il conviendra de préparer l'esprit de vos miliciens à l'idée d'être transformés, le cas échéant, en cavaliers SS. Cependant, vous vous abstiendrez de leur parler de ma visite. Elle ne doit être connue que des chefs du *Bund* et de vous-même.

Il posa ses deux mains à plat sur son manteau de cuir et glissa ses deux pouces dans sa ceinture.

— Il importe de trier vos cavaliers sur le volet. Vous me ferez parvenir un rapport sur leurs capacités physiques, leur pureté raciale et leurs convictions religieuses. Il est indiqué de barrer à priori ceux qui prennent leur religion trop au sérieux. Nous ne voulons pas de SS avec des conflits de conscience.

Von Jeseritz se mit à rire aux éclats. Himmler resta

impassible. Sa tête était légèrement penchée sur le côté droit, son regard fixé sur le même point de l'espace. Il avait l'air d'attendre patiemment que von Jeseritz eût fini de rire pour reprendre son discours exactement où il l'avait laissé.

— *Nein! Nein!* rugit von Jeseritz en riant, nous ne voulons pas de SS avec des conflits de conscience!

Puis il se tut.

— Il importe, reprit aussitôt Himmler, que vous preniez aussi le plus grand soin de la formation morale de vos hommes. Il faut qu'ils comprennent qu'un SS doit être prêt à exécuter sa propre mère, si l'ordre lui en est donné.

Il fit une pause et boutonna ses gants noirs. Il y avait trois boutons à chaque gant, et il les boutonna tous les trois. Puis il releva la tête et son binocle jeta un éclair :

— Je vous rappelle que tout ceci est secret.

Il fit encore une pause et dit :

— C'est tout.

Je saluai, il me rendit impeccablement mon salut, et je sortis.

Après le garçon, deux filles naquirent, et je sentis s'accroître mes responsabilités. Elsie et moi travaillions très dur, mais finalement, je compris que le marais nous permettait à la rigueur de vivre, mais qu'il ne comportait d'avenir, ni pour nous, ni pour nos enfants. Si les chevaux avaient été à nous, ou si von Jeseritz nous avait intéressés, si peu que ce fût, à l'élevage, nous aurions pu nous en tirer. Mais ce n'est pas ce que les cochons, la volaille et le labour rapportaient, qui pourrait, plus tard, quand les enfants grandiraient, nous permettre de les élever honorablement.

Cependant, je n'envisageais pas pour autant de renoncer

au travail de la terre. Bien au contraire, il y avait pour moi, dans le fait d'être fermier, quelque chose de vraiment merveilleux : J'avais la certitude de manger toujours à ma faim.

C'était un sentiment qu'Elsie ne pouvait pas comprendre, parce qu'elle avait toujours vécu dans une ferme. Mais moi, j'avais connu une autre vie, et la nuit, je rêvais parfois avec terreur que von Jeseritz me renvoyait (comme il m'en avait menacé quand j'avais refusé de me marier) et que je marchais de nouveau dans les rues de M., sans travail et sans abri, les jambes faibles, et l'estomac torturé par les crampes. Je me réveillais, tremblant, baigné de sueur, et même alors, il me fallait un bon moment pour me rendre compte que j'étais dans ma chambre du Marais et qu'Elsie était à mes côtés. Le jour venait, je soignais mes bêtes, mais ces rêves me laissaient un souvenir pénible. Je réfléchissais alors que von Jeseritz avait refusé de m'accorder un bail, et qu'il pouvait, par conséquent, nous mettre à la porte du jour au lendemain. J'en parlais souvent à Elsie, et au début, elle me rassurait en disant qu'il était peu probable que von Jeseritz nous renvoyât, car il ne trouverait certainement personne pour s'occuper des chevaux comme je faisais, et accepter, en même temps, les dures conditions qu'il nous avait faites. Mais finalement, je revins si souvent à la charge que ma peur la gagna, elle aussi, et il fut décidé qu'on mettrait de l'argent de côté afin de pouvoir, un jour, acheter une petite ferme, et être ainsi tout à fait tranquille pour l'avenir.

« Mettre de côté » avec le peu que nous gagnions, cela voulait dire regarder au moindre Pfennig, et nous priver du nécessaire. C'est, pourtant, ce qu'on résolut de faire, et à partir de ce jour, commença, pour tous deux et pour nos enfants, un régime de restriction d'une sévérité inouïe. Pendant trois ans, nous n'y fîmes pas une seule entorse.

Certainement, nous menions une vie très austère, mais pourtant, à chaque privation nouvelle (même quand il me fallut, par exemple, renoncer au tabac) j'éprouvais un vif plaisir à penser que nous nous rapprochions peu à peu du but, et qu'un jour viendrait où 'aurais une terre qui serait bien à moi, et pourrais enfin me dire, avec une certitude absolue, que jamais plus je ne souffrirais de la faim.

Elsie trouvait que l'Association paysanne et le *Bund* me prenaient beaucoup de temps, et finalement, comme je ne voulais pas non plus négliger la ferme, elle se plaignait de me voir me surmener d'un bout de l'année à l'autre. Moi-même, d'ailleurs, je sentais, par moments, tout le poids de mes tâches, et je m'avouais à moi-même, non sans honte, que je ne trouvais pas à mon activité de militant autant de plaisir qu'autrefois. Ce n'est pas que mon zèle patriotique, ou ma fidélité au Führer, se fût le moins du monde relâché. Mais le désir d'acheter une petite ferme, de m'y enraciner, et d'y établir ma famille, était devenu si fort en moi que, parfois, je regrettais presque l'engrenage où mon activité politique passée avait engagé ma vie. Il me paraissait évident, par exemple, que si je n'avais pas combattu dans les Corps francs, ni milité dans la S. A., ni exécuté Kadow, jamais von Jeserizt, ou Himmler, n'aurait pensé à me recruter pour le *Bund*, ou la formation d'un escadron SS. Et l'idée me venait quelquefois que plus j'avais donné à ma foi politique dans le passé, et plus je devrais lui donner dans l'avenir; qu'il n'y avait plus moyen d'en sortir, et qu'ainsi je compromettais peut-être, pour moi-même et les miens, les chances d'une vie paisible.

Cependant, je luttais contre ces idées, je comprenais clairement qu'elles m'étaient dictées par l'égoïsme, et que mon rêve d'améliorer ma condition n'était qu'une ambition mesquine eu égard au destin de l'Allemagne. Chose curieuse, c'est dans l'exemple de Père que je puisais alors la force de mater ces défaillances. Je me disais, en effet, que si Père avait trouvé le courage de faire, quotidiennement, d'incroyables sacrifices à un Dieu qui n'existait pas, moi qui croyais à un idéal visible, incarné dans un homme de chair et d'os, je devais, à plus forte raison, me donner tout entier à ma foi, sans ménager mon intérêt, ni, s'il le fallait, ma vie.

Malgré cela, il me resta dans l'esprit une impression pénible, et qui fut renforcée encore par un accident stupide qui survint en avril 1932.

Depuis quelque temps, le *Bund* d'un village voisin du nôtre, voyait ses progrès arrêtés par la propagande d'un maréchal-ferrant nommé Herzfeld qui jouissait d'une grande autorité auprès des paysans, tant à cause de sa force physique que de ses plaisanteries et de sa facilité de parole. Il avait pris le *Bund* pour cible, se moquait ouvertement de ses chefs, et en général, se répandait en propos subversifs et antipatriotiques. Le *Bund* local, impuissant à le réduire au silence, m'appela à l'aide. J'en référai à mes chefs et ils me donnèrent carte blanche. Je tendis donc un guet-apens à Herzfeld, il y tomba, et une douzaine de mes jeunes, armés de gourdins, se jetèrent sur lui. Il se battit comme un lion, mit à mal deux d'entre eux, et les autres, furieux de voir tomber les leurs, frappèrent alors comme des fous. Quand j'intervins, c'était trop tard : Herzfeld était à terre, le crâne fracassé.

Il fut impossible, dans ces conditions, d'éviter l'enquête. Mais les chefs du Parti et du *Bund* se démenèrent, la police poussa sa tâche très mollement, on trouva des témoins pour affirmer qu'il s'agissait d'une rixe, en état d'ivresse, au sujet d'une fille, et l'affaire fut classée.

La police, deux mois plus tôt, avait fait preuve de rigueur à l'égard d'un camarade S. A. compromis dans des circonstances similaires, et son attitude plus conciliante

218

à notre égard n'était évidemment pas sans rapport avec le succès triomphal du Führer qui, quinze jours plus tôt, aux élections présidentielles, s'était placé immédiatement après le Maréchal Hindenburg, avec le magnifique total de 14 millions de voix. Je réfléchis, à cet égard, que si la mort de Herzfeld s'était produite *avant* les élections, il est probable que la police aurait alors poussé les choses plus loin, auquel cas il y aurait eu un procès, et j'aurais été en prison. En ce qui me concernait, j'étais prêt à affronter de nouveau n'importe quelle épreuve pour une cause juste, mais je me demandais avec angoisse ce que ma femme aurait fait dans ce cas-là, seule dans une ferme avec trois enfants en bas âge. Elle n'aurait certainement rien pu attendre du vieux Wilhelm, et quant à von Jeseritz, je le connaissais trop pour espérer qu'il serait revenu sur sa détermination de ne pas nous aider d'un Pfennig « quoi qu'il arrivât ».

Elsie sentait bien qu'il se passait quelque chose en moi, et me posait sans cesse des questions auxquelles je me gardais bien de répondre. Mais en réalité, tout cela entraînait pour moi de gros soucis. Quelquefois, j'avais même la faiblesse d'imaginer quel soulagement ce serait pour moi que de trouver un emploi dans une région où mon activité politique passée n'aurait pas été connue, et où les chefs du Parti, par conséquent, m'auraient laissé tranquille. Mais je me rendais bien compte que c'était là, de ma part, un pur enfantillage. Il était presque impossible, dans l'Allemagne d'alors, de trouver du travail, et je savais bien que si je n'avais pas été un militant connu pour sa fidélité, jamais le Parti ne m'aurait recommandé à von Jeseritz, et jamais von Jeseritz ne m'aurait engagé, ni, dans la suite, confié une ferme.

Je réussis, non sans mal, à mettre sur pied l'escadron de miliciens que Himmler m'avait ordonné de former. Avec le plein assentiment de mes hommes, j'adressai, pour chacun, à Himmler, un dossier de candidature SS. Ces dossiers m'avaient pris du temps et je m'étais donné beaucoup de peine, notamment dans l'établissement de la généalogie des candidats, que j'avais minutieusement étudiée moi-même dans les bureaux d'état civil, et pour laquelle j'étais remonté le plus loin possible, sachant quelle importance le Parti attachait, pour le recrutement des SS, à la pureté raciale. Cependant, j'avais noté, en appendice à mon rapport, que je n'avais pas cru bon d'ajouter mon dossier à ceux de mes hommes, car je savais que je ne remplissais malheureusement pas les conditions physiques demandées : La SS exigeait, en effet, que les candidats eussent au moins une taille de 1,80m et de ce côté-là du moins, j'étais bien loin du compte.

C'est exactement le 12 décembre que je reçus la réponse de Himmler. Il acceptait les candidats que j'avais proposés, me félicitait du soin que j'avais mis à la constitution des dossiers — et m'annonçait qu'en considération des services rendus, il avait décidé de faire exception, en ma faveur, aux normes physiques requises, et qu'en conséquence, il m'admettait dans la troupe d'élite du Führer avec le grade d'*Oberscharführer* [1].

J'étais debout devant la table de la cuisine, les lignes de la lettre de Himmler dansaient devant mes yeux, ma vie entière prenait un sens nouveau.

J'eus beaucoup de mal à faire comprendre à Elsie quel bonheur inespéré c'était pour moi que d'être admis dans la SS. Et nous eûmes, pour la première fois dans notre vie commune, quelques discussions assez vives, surtout quand je dus puiser dans l'argent si péniblement économisé pour la ferme, afin de me faire faire un uniforme. J'expli-

1. Grade SS correspondant approximativement à celui de sous-officier.

quai patiemment à Elsie que l'idée d'acheter une terre était maintenant dépassée, que je n'avais jamais eu, à bien voir, d'autre vocation que le métier des armes, et que je devais saisir l'occasion qui m'était offerte de le reprendre. Elle m'objectait que la SS n'était pas l'armée, que d'ailleurs je ne recevrais pas de solde, que personne, surtout, ne pouvait assurer que la victoire du Parti était chose certaine, et qu'en fait, j'avais moi-même reconnu qu'aux élections qui avaient suivi les élections présidentielles, le Parti avait perdu beaucoup de voix. Mais là-dessus, je la fis taire sévèrement, ne pouvant tolérer qu'elle pût mettre en doute, un seul instant, le succès du Mouvement.

Ce succès, que j'appelais alors avec plus de foi que de conviction, vint plus tôt que je n'aurais osé l'espérer. Un mois ne s'était pas écoulé depuis cette discussion que le Führer devenait Chancelier du Reich, et quelques semaines plus tard le Parti, brisant ou bousculant toute opposition, s'installait en maître au pouvoir.

1934

En juin, je reçus l'ordre de me rendre à S. avec mon
escadron pour participer à une revue de cavaliers SS. Le
défilé, dans les rues décorées de drapeaux et de croix gam-
mées, se déroula, conformément au plan, dans un ordre
magnifique, et au milieu de l'enthousiasme exemplaire de
la population. Himmler, après nous avoir minutieusement
inspectés, fit un discours qui produisit sur moi une impression profonde. A vrai dire, les idées qu'il exposa m'étaient,
comme à tout SS, depuis longtemps familières. Mais les
entendre, en cette fête solennelle, de la bouche même du
Reichsführer, m'apparut comme une confirmation écla-
tante de leur vérité.

Le *Reichsführer* rappela d'abord les mois difficiles qui
avaient précédé, pour les SS et le Parti, la prise de pouvoir, alors que « les gens nous tournaient le dos et que
beaucoup des nôtres connaissaient la prison ». Mais grâce
à Dieu, le Mouvement et les SS avaient dominé l'épreuve.
Et maintenant, la volonté de l'Allemagne nous avait donné
la victoire.

Cette victoire, affirma solennellement le *Reichsführer*, ne
changerait rien, et ne devait rien changer, à l'état d'esprit
du Corps noir. Les SS resteraient dans les jours ensoleillés

ce qu'ils avaient été pendant l'orage : Des soldats que l'honneur seul inspirait. De tout temps, ajouta-t-il, et depuis l'époque reculée des Chevaliers teutoniques, l'honneur avait été considéré comme l'idéal suprême du soldat. Mais on savait mal alors ce qu'était l'honneur. Et dans la pratique, les soldats éprouvaient souvent des difficultés à choisir, entre plusieurs voies, celle qui leur paraissait la plus honorable. Ces difficultés, le *Reichsführer* était heureux de le dire, n'existaient plus pour les SS. Notre Führer Adolf Hitler avait défini une fois pour toutes l'honneur SS. Il avait fait de cette définition la devise de sa troupe d'élite : « *Ton honneur* », avait-il dit, « *c'est ta fidélité* ». Désormais, par conséquent, tout était parfaitement simple et clair. On n'avait plus de cas de conscience à se poser. Il suffisait seulement d'être fidèle, c'est-à-dire d'obéir. Notre devoir, notre unique devoir était d'obéir. Et grâce à cette obéissance absolue, consentie dans le véritable esprit du Corps noir, nous étions sûrs de ne plus jamais nous tromper, d'être toujours dans le droit chemin, de servir inébranlablement, dans les bons et les mauvais jours, le principe éternel : L'Allemagne, l'Allemagne au-dessus de tout.

Après son discours, Himmler reçut les chefs du Parti et de la SS. Étant donné la modestie de mon grade, je fus surpris qu'il voulût bien me faire appeler.

Il se tenait dans un salon de l'hôtel de ville, debout derrière une grande table vide.

— *Oberscharführer Lang*, vous avez participé à l'exécution de Kadow, n'est-ce pas ?

— *Jawohl, Herr Reichsführer*.

— Vous avez servi cinq ans à la prison de Dachau ?

— *Jawohl, Herr Reichsführer*.

— Et avant cela, en Turquie ?

— *Jawohl, Herr Reichsführer*.

— En qualité de sous-officier ?

224

— *Jawohl, Herr Reichsführer.*

— Vous êtes orphelin?

— *Jawohl, Herr Reichsführer.*

Je me sentis déçu, stupéfait. Himmler se souvenait parfaitement de ma fiche, mais il ne se souvenait plus s'en être déjà servi.

Il y eut un silence, il me regarda attentivement, et reprit :

— Je vous ai rencontré il y a deux ans chez le Colonel Baron von Jeseritz?

— *Jawohl, Herr Reichsführer.*

— Le Colonel Baron von Jeseritz vous emploie comme fermier?

— *Jawohl, Herr Reichsführer.*

Son binocle, brusquement, jeta un éclair, et il dit d'une voix dure :

— Et je vous ai déjà posé toutes ces questions?

Je balbutiai :

— *Jawohl, Herr Reichsführer.*

Son regard, derrière son binocle, me transperça.

— Et vous pensiez que je ne m'en souvenais plus?

Je dis avec effort :

— *Jawohl, Herr Reichsführer.*

— Vous aviez tort.

Mon cœur battit, je raidis mon garde à vous jusqu'à ce que tous les muscles me fissent mal, et j'articulai nettement et avec force :

— J'avais tort, *Herr Reichsführer.*

Il dit doucement :

— Un soldat ne doit pas douter de son chef.

Après cela, il y eut un long silence. Je me sentais pétrifié de honte. Il importait peu que l'objet de mon doute fût insignifiant. J'avais douté. L'esprit juif de critique et de dénigrement s'était insinué dans mes veines : J'avais osé juger mon chef.

225

Le *Reichsführer* me regarda attentivement et reprit :

— Cela n'arrivera plus.

— *Nein, Herr Reichsführer.*

Il y eut encore un silence, et il dit doucement et simplement :

— Par conséquent, nous n'en parlerons plus.

Et je compris avec un frémissement qu'il me redonnait sa confiance. Je regardais le *Reichsführer*. Je regardais ses traits sévères, inflexibles, et un sentiment de sécurité m'envahit.

Le *Reichsführer* fixa ses yeux impassibles sur un point de l'espace un peu au-dessus de ma tête, et il reprit comme s'il lisait :

— *Oberscharführer*, j'ai eu l'occasion de me former une opinion sur vous en relation avec votre activité SS. Je suis heureux de vous dire que cette opinion est favorable. Vous êtes calme, modeste, positif. Vous ne vous mettez pas en avant, mais vous laissez les résultats parler pour vous. Vous obéissez ponctuellement, et dans la marge qui vous est laissée, vous êtes capable d'initiative et d'organisation. J'ai particulièrement apprécié, à cet égard, les dossiers que vous m'avez envoyés sur vos hommes. Ils témoignent d'une véritable minutie allemande.

Il articula avec force :

— *Ihre besondere Stärke ist die Praxis* [1].

Il abaissa son regard sur moi et ajouta :

— Je suis heureux de vous dire que votre expérience de la vie de prison peut être utile à la SS.

Ses yeux se fixèrent de nouveau au-dessus de ma tête, et sans hésitation, sans arrêt, sans jamais chercher un seul mot, il reprit :

— Le Parti est en train de mettre au point, dans diffé-

1. Votre point fort, c'est la pratique.

226

rentes parties de l'Allemagne, des camps de concentration qui ont pour but de régénérer les criminels par le travail. Dans ces camps, nous serons également contraints d'enfermer les ennemis de l'État national-socialiste, afin de les protéger contre l'indignation de leurs concitoyens. Là aussi, le but sera, avant tout, éducatif. Il s'agit, par la vertu d'une vie simple, active, disciplinée, d'éduquer et de redresser des esprits.

— Je me propose, reprit-il, de vous confier un poste de début dans l'administration du *Konzentrationslager* [1] de Dachau. Vous recevrez le traitement correspondant à votre grade, ainsi que diverses indemnités. Vous serez en outre, logé, chauffé et nourri. Votre famille vous accompagnera.

Il fit une pause.

— Une vie de famille vraiment allemande me paraît être un élément précieux de stabilité morale pour tout SS occupant dans un KL un poste administratif.

Il me regarda :

— Cependant, vous ne devez pas considérer ceci comme un ordre, mais seulement comme une proposition. Il vous appartient de l'accepter ou de la refuser. Je pense personnellement que c'est dans un poste de ce genre que votre expérience de prisonnier, et les qualités qui vous sont propres, seront le plus utiles au Parti. Toutefois, en raison des services rendus, je vous laisse le choix de présenter d'autres vœux.

J'hésitai un peu et je dis :

— *Herr Reichsführer*, je désire vous signaler que je suis engagé par lettre, pour une période de dix ans, avec le Colonel Baron von Jeseritz.

— L'engagement est-il réciproque ?

— *Nein, Herr Reichsführer*.

1. Camp de concentration.

— Vous n'avez donc, de votre côté, aucune garantie de conserver votre emploi?

— *Nein, Herr Reichsführer.*

— Dans ce cas, il me semble que vous ne perdrez rien en le quittant?

— *Nein, Herr Reichsführer.* Si du moins Herr von Jeseritz le permet.

Il eut un demi-sourire :

— Il vous le permettra, soyez-en sûr.

Il reprit :

— Réfléchissez et écrivez-moi votre réponse sous huit jours.

Il tapa légèrement sur la table du bout des doigts :

— C'est tout.

Je le saluai, il me rendit mon salut et je sortis.

Je ne retournai au Marais que le lendemain soir. Les enfants étaient couchés. Je dînai avec Elsie, puis je bourrai ma pipe, l'allumai, et allai m'asseoir sur le banc de la cour. Il faisait doux, et la nuit était extrêmement claire.

Au bout d'un moment, Elsie me rejoignit et je la mis au courant de la proposition de Himmler. Quand j'eus fini, je la regardai. Elle avait les deux mains à plat sur ses genoux et sa tête était immobile. Je repris au bout d'un moment :

— Au début, les conditions matérielles ne seront pas tellement meilleures qu'ici — sauf que tu auras moins de travail.

Elle dit sans bouger la tête :

— Il n'est pas question de moi.

Je repris :

— La situation s'améliorera quand je serai officier.

— Est-ce que tu peux être nommé officier?

— Oui. Je suis un vieux du Parti maintenant, et mes services de guerre comptent aussi.

228

Elsie tourna la tête vers moi et je vis qu'elle avait l'air étonné.

— Officier, c'est ce que tu as toujours voulu être, n'est-ce pas?

— Oui.

— Pourquoi hésites-tu, alors?

Je rallumai ma pipe et je dis :

— Ça ne me plaît pas.

— Qu'est-ce qui ne te plaît pas?

— Une prison, c'est toujours une prison. Même pour le gardien.

Elle posa ses mains l'une sur l'autre.

— Eh bien, dans ce cas, c'est clair : Il faut refuser.

Je ne répondis pas, et au bout d'un moment, Elsie reprit :

— Est-ce que le *Reichsführer* t'en voudra, si tu dis nón?

— Certainement pas. Quand un chef laisse le choix à un soldat, il ne peut pas lui en vouloir de sa décision.

Je sentis qu'Elsie me regardait, et je demandai :

— Et toi, est-ce que ça te plaît?

Elle répondit sans hésiter :

— Non. Ça ne me plaît pas. Ça ne me plaît pas du tout.

Elle ajouta aussitôt :

— Mais tu n'as pas à tenir compte de ce que je pense.

Je tirai plusieurs bouffées de ma pipe, puis je me penchai, je ramassai une poignée de cailloux et je les fis sauter dans la paume de la main.

— Le *Reichsführer* pense que c'est dans un KL que je serai le plus utile au Parti.

— Un KL?

— *Konzentrationslager*.

— Pourquoi pense-t-il cela?

— Parce que j'ai été cinq ans prisonnier.

Elsie s'accota contre le dossier du banc et regarda devant elle :

— Ici aussi, tu es utile.

Je dis lentement :

— Certainement. Ici aussi, je suis utile.

— Et c'est un travail que tu aimes.

Je réfléchis un instant là-dessus et je dis :

— Cela n'entre pas en ligne de compte. Si je suis plus utile au Parti dans un KL, c'est dans un KL que je dois aller.

— Mais peut-être es-tu plus utile ici?

Je me levai.

— Le *Reichsführer* ne le pense pas.

Je jetai mes petits cailloux un à un contre la margelle du puits, je tapai ma pipe contre ma botte pour la vider de sa cendre, et je rentrai dans la maison. Je commençai à me déshabiller, et au bout d'un moment, Elsie me rejoignit. Il était tard, j'étais très fatigué, mais je n'arrivais pas à dormir.

Le lendemain, après le repas de midi, Elsie coucha les enfants avant de laver la vaisselle. Je m'installai sur ma chaise en face de la fenêtre à demi ouverte et j'allumai ma pipe. Elsie me tournait le dos et j'entendais les assiettes tinter doucement l'une contre l'autre dans la cuvette. En face de moi, les deux peupliers de chaque côté de la barrière brillaient sous le soleil.

J'entendis la voix d'Elsie :

— Qu'est-ce que tu décides?

Je tournai la tête de son côté. Je ne vis que son dos. Elle était penchée sur l'évier.

— Je ne sais pas.

Je remarquai que son dos avait tendance à se voûter. Les assiettes tintèrent doucement, et je pensai : « Elle en fait trop. Elle se fatigue. » Je tournai la tête et je regardai de nouveau les peupliers.

Elsie reprit :

230

— Pourquoi ne t'engages-tu pas dans l'Armée?

— Un SS ne s'engage pas dans l'Armée.

— Est-ce que tu peux avoir un autre poste dans la SS?

— Je ne sais pas. Le *Reichsführer* n'en a pas parlé.

Après cela, il y eut un silence, et je dis :

— Dans l'Armée, on tient beaucoup compte de l'instruction pour l'avancement.

— Et dans la SS?

— C'est surtout l'esprit de corps qui compte. Et la pratique.

Je me tournai à moitié vers elle et j'ajoutai :

— *Meine besondere Stärke ist die Praxis* [1].

Elsie décrocha un torchon, et se mit à essuyer la vaisselle. Elle commençait toujours par les assiettes et les rangeait, au fur et à mesure, dans le buffet.

— Pourquoi ça ne te plaît pas d'aller dans un KL?

Je l'entendais aller et venir derrière moi. Elle avait enlevé ses sabots et glissait doucement sur le plancher. Je dis sans me retourner :

— C'est un métier de garde-chiourme.

J'ajoutai au bout d'un moment :

— Et puis, il n'y aura pas de chevaux là-bas.

— *Ach!* dit Elsie, tes chevaux!

Une assiette tinta en venant prendre sa place sur la pile, les chaussons d'Elsie glissèrent sur le plancher. Elle s'arrêta.

— On est logé?

— Oui, et chauffé. Et nourri. Moi, du moins. En plus, il y a les primes. Et tu pourras rester à la maison.

— Oh ça! dit Elsie.

1. Mon point fort, c'est la pratique.

Je me retournai. Elle était devant le buffet. Elle me tournait le dos.

— Je te trouve l'air fatigué, Elsie.

Elle me fit face et redressa le buste :

— Je me sens très bien.

Je repris ma position. Le montant de la fenêtre me cachait à demi le peuplier de droite, et je remarquai que la barrière avait besoin d'être repeinte.

Elsie reprit :

— Est-ce qu'on maltraite les détenus dans les KL?

Je dis sèchement :

— Certainement pas. Dans l'État national-socialiste, ce genre de choses n'est plus possible.

J'ajoutai :

— Les KL ont un but éducatif.

Une pie s'abattit lourdement sur le faîte du peuplier de droite. Je poussai la fenêtre pour mieux la voir. Ma main laissa une trace sur la vitre et je me sentis contrarié. Je dis tout haut :

— Père aussi voulait être officier. Mais on n'a pas voulu de lui. Il avait quelque chose aux bronches.

Et tout d'un coup, ce fut comme si j'avais douze ans de nouveau : Je lavais les grandes fenêtres du salon, et de temps en temps, je glissais un coup d'œil aux portraits des officiers. Ils étaient là, rangés par ordre hiérarchique croissant, de gauche à droite. L'oncle Franz ne figurait pas parmi eux. L'oncle Franz, lui aussi, aurait voulu être officier, mais il n'était pas assez instruit.

— Rudolf, dit la voix d'Elsie.

Et j'entendis les deux portes du placard claquer l'une après l'autre.

— Officier, c'est ton rêve, *nicht wahr?*

Je dis avec impatience :

— Mais pas comme ça. Pas dans un camp.

— Eh bien, refuse alors!

Elsie posa son torchon sur le dossier de ma chaise. Je me retournai à moitié. Elle me regardait, et comme je ne disais rien, elle répéta :

— Refuse, alors.

Je me levai.

— Le *Reichsführer* pense que c'est dans un KL que je serai le plus utile.

Elsie ouvrit le tiroir de la table, et se mit à ranger les fourchettes. Elle les posait de champ afin de les emboîter l'une dans l'autre. Je la regardais faire un moment en silence, puis je pris le torchon sur le dossier de ma chaise, et j'essuyai la trace que ma main avait laissée sur la vitre de la fenêtre.

Trois jours se passèrent encore, et un matin, après le repas de midi, j'écrivis au *Reichsführer* que j'acceptais sa proposition. Je fis lire ma lettre à Elsie avant de la cacheter. Elle la lut lentement, puis la remit dans l'enveloppe, et posa l'enveloppe sur la table.

Un peu plus tard, elle me rappela que je devais aller à Marienthal pour faire ferrer la jument.

Le temps passa vite, et paisiblement, à Dachau. Le camp était organisé d'une façon exemplaire, les détenus, soumis à une discipline rigoureuse, et je retrouvais, avec un profond sentiment de contentement et de paix, la routine inflexible de la vie de caserne. Le 13 septembre 1936, deux ans à peine après mon arrivée au KL, j'eus la joie d'être nommé *Untersturmführer* [1]. A partir de cette date, mes

1. *Untersturmführer* : sous-lieutenant; *Obersturmführer* : lieutenant; *Hauptsturmführer* : capitaine.

233

promotions se succédèrent rapidement. En octobre 1938, je fus promus *Obersturmführer*, et en janvier 1939, *Hauptsturmführer*.

Pour moi-même et pour les miens, je pouvais désormais envisager l'avenir avec confiance. En 1937, Elsie m'avait donné un fils que j'appelai Franz en souvenir de mon oncle. Cela portait à quatre le nombre de mes enfants : Karl, l'aîné, avait sept ans, Katherina, cinq ans, et Hertha, quatre. Quand je fus nommé officier, au lieu d'une moitié de villa où nous vivions très à l'étroit, nous eûmes une villa entière, beaucoup plus confortable et bien mieux située. La solde d'officier me permit aussi une vie plus large, et après toutes ces longues années de privation, ce fut un grand soulagement que de ne plus avoir à regarder à un Pfennig près.

Quelques mois après ma promotion au grade de *Hauptsturmführer*, nos troupes pénétrèrent en Pologne. Le jour même, je demandai à partir pour le front.

La réponse vint, huit jours après, sous la forme d'une circulaire du *Reichsführer*. Il remerciait les nombreux officiers SS des KL qui, dans le véritable esprit du Corps noir, s'étaient portés volontaires pour la campagne de Pologne. Cependant, ils devaient comprendre que le *Reichsführer* ne pouvait, sans désorganiser les camps, faire droit à tous ces vœux. Il leur demandait donc de s'abstenir à l'avenir de les renouveler, et de lui laisser le soin de désigner lui-même pour la *Waffen-SS* ceux dont l'administration des camps pourrait à la rigueur se passer.

En ce qui me concernait, c'était me laisser bien peu d'espoir pour l'avenir. Car j'étais dans l'administration des camps depuis cinq ans déjà, j'en avais gravi tous les échelons, j'en connaissais tous les rouages, et il y avait peu de chances, par conséquent, pour que le choix du *Reichsführer* tombât sur moi. Je me résignais mal, cependant, à

234

cette vie de fonctionnaire qui était maintenant la mienne, quand je pensais à ceux de mes camarades qui se battaient sur le Front.

La Pologne, comme on s'y attendait, fut rapidement liquidée, puis la guerre s'endormit, le printemps 1940 arriva, on parlait de plus en plus d'offensive foudroyante, et le Führer prononça, au début mai, au *Reichstag*, un important discours. Il déclara que maintenant que la Pologne avait cessé d'exister, et que Dantzig avait fait retour à la Mère-Patrie, les Démocraties n'avaient plus aucune raison de ne pas chercher avec le *Reich* un règlement pacifique des problèmes de l'Europe. Si elles ne le faisaient pas, c'est que leurs maîtres juifs s'y opposaient. La conclusion était claire : la juiverie mondiale avait cru le moment favorable pour dresser contre le *Reich* une coalition, et entreprendre un règlement de comptes définitif avec le National-Socialisme. Dans ce combat, l'Allemagne était contrainte, une fois de plus, de jouer son destin. Mais les Démocraties et la Juiverie mondiale se trompaient lourdement, si elles pensaient que la honte de 1918 se répéterait jamais. Le IIIe *Reich* entreprenait la lutte avec une volonté inflexible, et le *Führer* déclarait solennellement que les ennemis de l'État national-socialiste seraient vite et durement châtiés. Quant aux juifs, partout où ce serait possible, et partout où nous les rencontrerions sur notre route, ils seraient exterminés.

Trois jours après ce discours, je reçus du *Reichsführer SS* l'ordre de me rendre en Pologne, et de transformer un ancien casernement d'artilleurs polonais en camp de concentration. Ce nouveau KL devait s'appeler Auschwitz du nom du bourg le plus proche.

Je décidai qu'Elsie et les enfants resteraient pour le moment à Dachau, et je partis avec l'*Obersturmführer* Setzler, l'*Hauptscharführer* [1] Benz et un chauffeur. J'arrivai à Auschwitz au milieu de la nuit, je couchai dans une maison réquisitionnée, et le lendemain, je visitai l'ancien camp. Il était situé environ à trois kilomètres du bourg. Mais le KL devait s'étendre beaucoup plus loin que les casernes des artilleurs polonais, et devait comprendre également un autre *Lager* [2], enfermé dans une enceinte distincte, près de la localité de Birkenau. Autour des deux camps, une vaste zone, d'une superficie de huit mille hectares, avait été expropriée, pour être soumise à une culture intensive ou recevoir des installations industrielles.

Je la parcourus d'un bout à l'autre. Le pays était parfaitement plat, coupé de marécages et de bois. Les chemins étaient en mauvais état, à peine tracés, et se perdaient dans les friches. Les maisons étaient rares, et dans cette plaine sans bornes, paraissaient petites et perdues. Tout le temps que dura ma tournée, je ne rencontrai pas âme qui vive. Je fis arrêter la voiture, et je fis seul, à pied, quelques centaines de mètres pour me dégourdir les jambes. L'air était fade, imprégné d'une odeur pourrie de marécage. Un silence total régnait. L'horizon s'étendait, pour ainsi dire, au ras du sol. Il formait une ligne noire, à peine coupée, çà et là, par quelques bouquets d'arbres. Malgré la saison, le ciel était bas et pluvieux, et au-dessus de l'horizon, s'étirait une ligne grise de nuages. Si loin que la vue portait, il n'y avait pas une seule ondulation de terrain. Tout était plat, désert, immense. Je revins sur mes pas, et je me sentis heureux de remonter en auto.

Les casernes polonaises étaient infestées de vermine, et

1. Adjudant.
2. Camp.

mon premier soin fut de les faire nettoyer. La fabrique d'insecticide Weerle et Frischler de Hambourg m'expédia, sous forme de cristaux, une quantité assez considérable de *Giftgas* [1]. Comme ces cristaux étaient d'un maniement très dangereux, elle m'envoya aussi deux aides techniques qui procédèrent eux-mêmes à la désinfection, en s'entourant de toutes les précautions voulues. Un *Kommando* de prisonniers de guerre polonais fut mis à ma disposition pour dresser les barbelés et les miradors des deux camps qui, comme je l'ai dit, devaient rester distincts, Auschwitz recevant des détenus juifs, et Birkenau des prisonniers de guerre. Peu après, les troupes SS arrivaient et prenaient possession des casernes, les premières villas d'officiers commençaient à s'élever, et le jour même où la glorieuse campagne de France prenait fin, le premier transport de détenus juifs arriva. Ils reçurent aussitôt la tâche de construire leur propre camp.

En août, je pus faire venir Elsie et les enfants. Les villas d'officiers tournaient le dos au camp, et donnaient sur le bourg d'Auschwitz, dont l'église, avec ses deux clochers élégants, se détachait. Dans ce pays si plat, ces deux clochers soulageaient l'œil, et c'est pourquoi j'avais orienté les maisons de leur côté. Celles-ci étaient de vastes et confortables chalets de bois, élevés sur des soubassements de pierre de taille, et agrémentées de terrasses orientées au midi, et de jardins. Elsie fut très heureuse de sa nouvelle demeure, et elle apprécia particulièrement les installations très modernes de chauffage central et d'eau chaude dont je l'avais fait doter. Elle trouva sans peine une bonne à Auschwitz, et je mis à sa disposition deux détenus pour les plus gros travaux.

Selon les ordres du *Reichsführer*, je devais assurer, outre

1. Gaz toxique.

la construction du camp, l'assèchement des marécages et des espaces inondés qui s'étendaient de chaque côté de la Weichsel, afin de les livrer à l'agriculture. Je reconnus vite qu'il fallait faire en plus grand ce que j'avais fait déjà pour les terres de von Jeseritz, et qu'aucun drainage ne serait efficace, si les eaux de la Weichsel n'étaient pas contenues par un barrage. Je fis dresser des plans, et calculant au plus juste avec la main-d'œuvre dont je disposais, j'annonçai au *Reichsführer* qu'il me faudrait trois ans pour achever l'ouvrage. Quatre jours après, la réponse du *Reichsführer* arriva : il me donnait un an.

Le *Reichsführer* punissait, ou même exécutait, des SS pour de si petites fautes que je n'avais guère d'illusions sur le sort qui m'attendrait, si le barrage n'était pas terminé au jour dit. Cette pensée me donna des forces surhumaines. Je m'installai à demeure sur le chantier, je ne laissai pas une minute de répit à mon état-major, je fis travailler les détenus jour et nuit. La mortalité, parmi ceux-ci, s'éleva à un taux effrayant, mais cela, fort heureusement, n'entraîna aucun inconvénient pour nous, parce que de nouveaux transports comblaient automatiquement les vides. Mes SS, eux aussi, payèrent leur tribu à l'œuvre entreprise : Plusieurs d'entre eux furent cassés de leurs grades pour des fautes qu'en d'autres circonstances j'eusse jugées vénielles, et deux *Scharführer*, à la suite d'une négligence plus grave, furent passés par les armes.

Finalement, l'ouvrage d'art fut terminé vingt-quatre heures avant la date limite, le *Reichsführer* en personne vint l'inaugurer, et en présence des cadres de maîtrise et des officiers du KL, prononça un discours. Il dit que nous devions nous considérer comme les « pionniers de l'*Ostraum* [1] », nous félicita de la rapidité exemplaire de cette

1. Espace oriental.

« magnifique réalisation », et déclara que l'État national-socialiste gagnerait la guerre, parce qu'il avait su, dans la conduite des opérations, comme dans l'effort économique, reconnaître clairement l'importance primordiale du « facteur temps ». Dix jours après la visite du *Reichsführer*, je reçus avis de ma nomination au grade de *Sturmban-führer* [1].

Le barrage, malheureusement, se ressentit quelque peu, par la suite, de la hâte qu'on avait mise à le construire. Deux semaines après la visite inaugurale de Himmler, des pluies abondantes tombèrent sur toute la région, la Weichsel eut une crue subite, et une section du splendide ouvrage d'art fut littéralement balayée. Il fallut demander de nouveaux crédits, et entreprendre de nouveaux travaux, en principe pour le « consolider », en fait pour le refaire en partie. Et encore le résultat ne fut-il que des plus médiocres, car pour être vraiment solide, tout le travail eût dû être repris à la base.

Sous mon impulsion le KL de Birkenau-Auschwitz était devenu une gigantesque ville. Mais si vite que le camp s'accrût, il était encore trop petit pour recevoir l'afflux de plus en plus massif des détenus. J'envoyai à la direction SS lettre sur lettre pour qu'on modérât le rythme des envois. Je représentais que je n'avais pas assez de baraques, ni de nourriture, pour loger et nourrir tant de monde. Toutes ces lettres restaient sans réponse, et les transports affluaient toujours. En conséquence, la situation du *Lager* devint effroyable, les épidémies faisaient rage, il n'y avait pas de moyens pour les combattre, et le taux de la mortalité montait en flèche. Je me sentais de plus en plus impuissant à faire face à l'incroyable situation créée par l'arrivée quasi quotidienne des transports. Tout ce que je pouvais faire,

1. Commandant.

c'était de maintenir l'ordre dans la masse des détenus de toute origine qui encombraient le camp. Mais cela aussi était difficile, car, à mesure que la guerre se prolongeait, les jeunes et splendides volontaires des Unités « *Têtes de mort* » avaient été appelés au front, et j'avais reçu, en remplacement, des gens plus âgés de l'*Allgemeine SS* [1]. Parmi ceux-ci, on comptait malheureusement des éléments assez douteux, et les abus et la corruption où ils se laissèrent vite entraîner, compliquèrent singulièrement ma tâche.

Quelques mois passèrent ainsi, puis le 22 juin, le Führer lança la *Wehrmacht* contre la Russie; le 24, je reçus une circulaire du *Reichsführer* m'informant qu'il permettait dorénavant aux officiers des KL de demander leur départ pour le front, le soir même je me portai volontaire, et six jours après, j'étais mandé à Berlin par Himmler.

Je m'y rendis par le train, conformément aux instructions récentes qui commandaient d'économiser sévèrement l'essence. La capitale était fiévreuse, les rues, pleines d'uniformes, les trains, bondés de troupes. On annonçait les premières victoires allemandes contre les Bolcheviks.

Le *Reichsführer* me reçut dans la soirée. Son officier d'ordonnance me fit entrer dans son bureau, et sortit en refermant soigneusement derrière lui la double porte. Je saluai, et quand le *Reichsführer* m'eut rendu mon salut, je m'avançai vers lui.

La pièce n'était éclairée que par une lampe à pied de bronze qui se dressait sur son bureau. Le *Reichsführer* se tenait debout, immobile, et son visage était dans l'ombre.

Il fit un petit geste de la main droite et dit avec courtoisie :

— Prenez place, je vous prie.

1. La SS générale.

240

Je m'assis, le cercle de la lampe m'illumina, et j'eus le sentiment que mon visage était nu.

Au même instant, le téléphone sonna, Himmler décrocha l'écouteur, et me fit signe de l'autre main de rester où j'étais. J'entendis le *Reichsführer* parler d'un nommé Wulfslang et du KL Auschwitz, je me sentis confus d'avoir surpris cela, et je cessai d'un seul coup d'écouter. Je baissai les yeux, et je m'attachai à détailler la célèbre garniture de bureau en marbre vert sculpté qui ornait sa table. C'était un cadeau du KL Buchenwald pour la *Julfest*. Ils avaient des artistes vraiment étonnants à Buchenwald. Je pris note de rechercher s'il n'y avait pas aussi des artistes parmi mes juifs.

L'écouteur claqua sur son socle et je levai les yeux :

— *Sturmbannführer*, dit Himmler aussitôt, je suis heureux de vous dire que l'Inspecteur des Camps *Gruppenführer* [1] Goertz m'a adressé un excellent rapport sur votre activité de *Lagerkommandant* [2] au KL Auschwitz.

— D'autre part, reprit-il, j'apprends que vous m'avez adressé une demande pour partir sur le front.

— C'est exact, *Herr Reichsführer*.

— Dois-je comprendre que vous obéissez à un sentiment patriotique, ou que vos fonctions au KL Auschwitz vous déplaisent ?

— J'obéis à un sentiment patriotique, *Herr Reichsführer*.

— J'en suis heureux. Il n'est pas question de changer votre affectation. Eu égard à certains projets, je considère votre présence à Auschwitz comme indispensable.

Il y eut un silence et il dit :

— Ce que je vais vous dire maintenant est secret. Je

1. Général.
2. Commandant de camp.

vous demande de jurer sur votre honneur que vous garderez là-dessus le silence le plus absolu.

Je le regardai. Tant de choses, dans la SS, étaient confidentielles, le secret faisait tellement partie de notre routine qu'il ne paraissait pas exiger, à chaque fois, un serment.

— Vous devez comprendre, reprit Himmler, qu'il ne s'agit pas d'un simple secret de service, mais (il détacha les mots) d'un véritable secret d'État.

Il recula légèrement dans l'ombre et dit d'une voix sévère :

— *Sturmbannführer*, voulez-vous me jurer sur votre honneur d'officier SS que vous ne révélerez ce secret à personne?

Je dis sans hésiter :

— Je le jure sur mon honneur d'officier SS.

— Je vous signale, reprit-il au bout d'un moment, que vous êtes tenu de ne le révéler à personne, pas même à votre supérieur hiérarchique *Gruppenführer* Goertz.

Je me sentis mal à l'aise. Les camps dépendant directement du *Reichsführer*, il n'était pas anormal qu'il me donnât des instructions, sans passer par Goertz. Mais il était, par contre, tout à fait étonnant qu'il le fît à son insu.

— Vous ne devez pas vous étonner de ces dispositions, reprit Himmler comme s'il lisait dans ma pensée. Elles ne témoignent d'aucune méfiance à l'égard de l'Inspecteur des Camps *Gruppenführer* Goertz. Celui-ci sera mis ultérieurement au courant, au moment que j'aurai choisi.

Le *Reichsführer* bougea la tête, et le bas de son visage s'éclaira. Ses lèvres minces, rasées de près, étaient serrées l'une contre l'autre.

— Le *Führer*, dit-il d'une voix nette, a ordonné la solution définitive du problème juif en Europe.

Il fit une pause et ajouta :

242

— Vous avez été choisi pour exécuter cette tâche.

Je le regardai. Il dit sèchement :

— Vous avez l'air effaré. Pourtant, l'idée d'en finir avec les juifs n'est pas neuve.

— *Nein, Herr Reichsführer.* Je suis seulement étonné que ce soit moi qu'on ait choisi...

Il me coupa :

— Vous saurez les raisons de ce choix. Elles vous honorent.

Il reprit :

— Le Führer pense que si nous n'exterminons pas les juifs *maintenant,* ceux-ci extermineront plus tard le peuple allemand. Voici donc comment le problème se pose : C'est eux ou nous.

Il articula avec force :

— *Sturmbannführer,* au moment où les jeunes hommes allemands se battent contre le Bolchevisme, avons-nous le droit de laisser le peuple allemand courir ce risque?

Je répondis sans hésiter :

— *Nein, Herr Reichsführer.*

Il posa ses deux mains bien à plat sur son ceinturon, et dit avec un air de satisfaction profonde :

— Pas un Allemand ne pourrait répondre autrement.

Il y eut un silence, puis ses yeux impassibles se fixèrent sur un point au-dessus de ma tête, et il reprit comme s'il lisait :

— J'ai choisi le KL Auschwitz comme lieu d'exécution, et vous-même comme agent. J'ai choisi le KL Auschwitz, parce qu'étant situé à la jonction de quatre voies ferrées, il est d'un accès facile pour les transports. En outre, la région est isolée, peu peuplée, et offre, par conséquent, des circonstances favorables au déroulement d'une opération secrète.

Il abaissa sur moi son regard :

243

— Je vous ai choisi, vous, à cause de votre talent d'organisateur...

Il bougea légèrement dans l'ombre et articula avec netteté :

— ... et de vos rares qualités de conscience.

— Vous devez savoir, enchaîna-t-il aussitôt, qu'il existe déjà en Pologne trois camps d'extermination : Belzek, Wolzek et Treblinka. Ces camps ne donnent pas satisfaction. Premier point : Ils sont petits et leur emplacement ne permet pas de les étendre. Deuxième point : Ils sont mal desservis. Troisième point : Les méthodes employées sont vraisemblablement défectueuses. D'après le rapport du *Lagerkommandant* de Treblinka, il n'a pu, en six mois, liquider plus de 80 000 unités.

Le *Reichsführer* fit une pause et dit d'un air sévère :

— Ce résultat est ridicule.

— Dans deux jours, reprit-il, l'*Obersturmbannführer* [1] Wulfslang viendra vous voir à Auschwitz, et vous indiquera le rythme et l'importance des transports pour les mois à venir. Après sa visite, vous vous rendrez au Lager de Treblinka, et eu égard aux résultats médiocres qu'on y obtient, vous vous livrerez à une critique constructrice des méthodes employées. Dans quatre semaines...

Il se reprit :

— ... dans quatre semaines exactement, vous me ferez tenir un plan précis à l'échelle de la tâche historique qui vous incombe.

Il fit un petit signe de la main droite. Je me levai.

— Avez-vous des objections ?

— *Nein, Herr Reichsführer.*

— Avez-vous des remarques à présenter ?

— *Nein, Herr Reichsführer.*

1. Lieutenant-colonel.

244

— C'est bien.

Il articula avec netteté, mais sans élever la voix :

— *Das ist ein Befehl des Führers* [1] !

Il ajouta :

— Vous avez maintenant la dure mission d'exécuter cet ordre.

Je me mis au garde à vous et je dis :

— *Jawohl, Herr Reichsführer!*

Ma voix me parut faible et enrouée dans le silence de la pièce.

Je saluai, il me rendit mon salut, je fis demi-tour et je me dirigeai vers la porte. Dès que j'eus quitté le cercle de lumière de la lampe, l'ombre de la pièce se referma sur moi, et je ressentis une bizarre impression de froid.

Je repris le train dans la nuit. Il était bondé de troupes qu'on dirigeait vers le front russe. Je trouvai un compartiment de première, il était plein, mais un *Obersturmführer* me laissa aussitôt sa place. La lumière était en veilleuse en prévision d'attaques aériennes, et les stores, soigneusement tirés. Je m'assis, le train démarra brutalement et se mit à rouler avec une lenteur exaspérante. Je me sentais fatigué, mais je n'arrivais pas à dormir.

L'aube se leva enfin, et je m'assoupis un peu. Le voyage traînait, coupé d'arrêts nombreux. Parfois, le train s'immobilisait pendant deux ou trois heures, puis repartait très lentement, s'arrêtait, repartait encore. Vers midi, il y eut une distribution de vivres et de café chaud.

Je sortis dans le couloir fumer une cigarette. Je vis l'*Obersturmführer* qui m'avait cédé sa place. Il dormait, assis sur son sac. Je le réveillai et l'invitai à aller s'asseoir à son tour dans le compartiment. Il se leva, se présenta, et

1. C'est un ordre du Führer!

nous causâmes quelques minutes. Il était *Lagerführer* [1] au KL Buchenwald et on l'avait versé, sur sa demande, dans la *Waffen-SS*. Il allait rejoindre son régiment en Russie. Je lui demandai s'il était content. Il me dit : « *Ja, Sehr* [2] *!* » en souriant. Il était grand, blond, bien découplé, avec une taille très mince. Il pouvait avoir vingt-deux ans. Il avait fait la campagne de Pologne, il avait été blessé, et à sa sortie d'hôpital, on l'avait transféré au KL Buchenwald, où il « s'était beaucoup ennuyé ». Mais maintenant, tout allait bien, il allait de nouveau « bouger et se battre ». Je lui offris une cigarette et j'insistai pour qu'il entrât se reposer un moment.

Le train prit de la vitesse et pénétra en Silésie. La vue de ce paysage si familier me serra le cœur. Je me rappelai les combats des Corps francs, avec Rossbach à notre tête, contre les Sokols polonais. Comme on s'était battu alors ! Et quelle splendide équipe on était ! Moi aussi, je ne demandais qu'à « *bouger et me battre* ». J'avais vingt ans aussi. C'était étrange de se dire qu'il y avait si longtemps déjà et que tout cela était fini.

A la gare d'Auschwitz, je téléphonai au camp pour qu'on m'envoyât une voiture. Il était neuf heures. Je n'avais pas mangé depuis midi et j'avais faim.

L'auto arriva cinq minutes plus tard et me conduisit chez moi. La veilleuse brûlait dans la chambre des garçons, je ne sonnai pas, j'ouvris la porte avec mon passe. Je posai ma casquette sur la console du vestibule et je me dirigeai vers la salle à manger. Je sonnai la bonne, elle apparut

1. Chef de camp.
2. Beaucoup !

246

aussitôt et je lui dis de m'apporter ce qu'elle avait.

Je m'aperçus que j'avais conservé mes gants, je les retirai et je retournai les poser dans le vestibule. Comme j'arrivais devant la console, j'entendis un bruit de pas, je levai la tête, Elsie descendait l'escalier. Quand elle me vit, elle s'arrêta net, me regarda, pâlit, et s'appuya en chancelant contre le mur.

— Est-ce que tu pars? dit-elle d'une voix éteinte.

Je la regardai, étonné.

— Est-ce que je pars?

— Pour le Front?

Je détournai les yeux.

— Non.

— C'est vrai? C'est vrai? dit-elle en balbutiant. Ainsi, tu ne pars pas?

— Non.

La joie illumina son visage, elle descendit les marches quatre à quatre, et se jeta dans mes bras.

— Allons! dis-je.

Elle m'embrassait le visage à petits coups. Elle souriait et des larmes brillaient dans ses yeux.

— Ainsi, tu ne pars pas? dit-elle.

— Non.

Elle leva la tête et dit avec un accent de joie calme et profonde.

— *Gott sei Dank*[1] !

Une fureur sans nom me saisit, et je criai :

— Tais-toi!

Puis je pivotai brusquement sur mes talons, lui tournai le dos et pénétrai dans la salle à manger.

La bonne achevait de mettre le couvert et de disposer les plats. Je m'assis.

1. Dieu soit loué!

Au bout d'un moment, Elsie entra, prit place à côté de moi, et me regarda manger. Quand la bonne fut sortie, elle dit doucement :

— Naturellement, je comprends que pour un officier, c'est très dur de ne pas partir pour le Front.

Je la regardai.

— Ce n'est rien, Elsie. Je regrette pour tout à l'heure. Je suis seulement un peu fatigué.

Il y eut un silence, je mangeai sans relever la tête. Je vis Elsie tirer un pli de la nappe et le lisser ensuite du plat de la main.

Elle dit d'une voix hésitante :

— *Ach!* Ces deux jours, Rudolf!...

Je ne répondis pas, et elle reprit :

— C'est pour te dire que tu ne partais pas que le *Reichsführer* t'a fait venir à Berlin?

— Non.

— Qu'est-ce qu'il te voulait?

— Questions de service.

— C'est important?

— Assez.

Elsie tira de nouveau la nappe, et dit d'une voix assurée :

— Enfin, l'essentiel, c'est que tu restes.

Je ne répondis rien, et elle reprit au bout d'un moment :

— Mais toi, tu aurais préféré partir, *nicht wahr?*

— Je croyais que c'était mon devoir. Mais le *Reichsführer* pense que je suis plus utile ici.

— Pourquoi pense-t-il cela?

— Il dit que j'ai un talent d'organisateur et de rares qualités de conscience.

— Il a dit cela? dit Elsie d'un air heureux. Il a dit « rares qualités de conscience » ?

Je fis « oui » de la tête.

248

Je me levai, je pliai soigneusement ma serviette et je l'enfermai dans son enveloppe.

Deux jours après comme le *Reichsführer* me l'avait annoncé, je reçus la visite de l'*Obersturbannführer* [1] Wulfslang. C'était un gros homme roux, rond et jovial, qui fit honneur au repas qu'Elsie lui servit.

Après le repas, je lui offris un cigare, je l'emmenai à la *Kommandantur*, et m'enfermai avec lui dans mon bureau. Il posa sa casquette sur ma table, s'assit, allongea ses jambes, et son visage rond et rieur se ferma.

— *Sturmbannführer*, dit-il d'un ton officiel, vous devez savoir que mon rôle est uniquement d'établir une liaison orale entre le *Reichsführer* et vous-même.

Il fit une pause.

— A ce stade, je n'ai que peu de choses à vous dire. Le *Reichsführer* a insisté particulièrement sur deux points. Premier point : Pour les six premiers mois, vous devez prendre vos dispositions pour un chiffre global d'arrivages se montant environ à 500 000 unités.

J'ouvris la bouche, il agita son cigare devant lui, et dit vivement :

— *Einen Moment, bitte* [2]. A chaque transport, vous pratiquerez une sélection parmi les arrivés, et vous mettrez les personnes aptes au travail à la disposition des industries et entreprises agricoles de Birkenau-Auschwitz.

Je fis signe que je voulais parler, mais il agita de nouveau impérieusement son cigare et reprit :

— Deuxième point : Vous me ferez parvenir, pour

1. Lieutenant-colonel.
2. Une minute, je vous prie.

chaque transport, un état statistique des inaptes soumis par vous au traitement spécial. Cependant, vous ne devrez pas conserver un double de ces états. En d'autres termes, le chiffre global des gens traités par vous pendant toute la durée de votre commandement, doit vous rester inconnu.

Je dis :

— Je ne vois pas comment cela est possible. Vous avez vous-même parlé de 500 000 unités pour les premiers six mois.

Il agita son cigare avec impatience :

— *Bitte! bitte!* Le chiffre cité par moi de 500 000 unités comprend à la fois les aptes au travail et les inaptes. Vous aurez à les séparer à chaque convoi. Vous voyez donc que vous ne pouvez pas connaître d'avance le chiffre total des inaptes à traiter. Et ce sont ceux-là dont nous parlons.

Je réfléchis et je dis :

— Si je comprends bien, je dois vous faire connaître, pour chaque transport, le chiffre des inaptes soumis au traitement spécial, mais je ne dois pas garder trace de ce chiffre, et je dois ignorer, par conséquent, le chiffre global des inaptes traités par moi pour l'ensemble des transports?

Il fit un signe d'approbation avec son cigare :

— Vous avez parfaitement compris. Selon l'ordre exprès du *Reichsführer*, ce chiffre global ne doit être connu que de moi. En d'autres termes, c'est à moi, et à moi seul, qu'il incombe d'additionner les chiffres partiels fournis par vous, et d'en dresser pour le *Reichsführer* une statistique complète.

Il reprit :

— C'est tout ce que j'ai à vous communiquer pour le moment.

Il y eut un silence et je dis :

— Puis-je présenter une remarque sur votre premier point?

250

Il mit son cigare entre ses dents, et articula brièvement :
— *Bitte* [1].

— Si je me base sur le chiffre global de 500 000 unités pour les six premiers mois, j'aboutis à une moyenne de 84 000 unités environ par mois, soit environ 2 800 unités à soumettre par 24 heures au traitement spécial. C'est un chiffre énorme.

Il enleva son cigare de sa bouche et leva la main qui le tenait :

— Erreur. Vous oubliez que sur ces 500 000 unités, il y aura un nombre probablement assez élevé d'aptes au travail que vous n'aurez pas à traiter.

Je réfléchis là-dessus et je dis :

— A mon avis, cela ne fait que reculer le problème. D'après mon expérience de *Lagerkommandant* [2], la durée moyenne d'utilisation au travail d'un détenu est de trois mois. Après quoi, il devient inapte. A supposer, par conséquent, que sur un transport de 5 000 unités, 2 000 soient déclarées aptes au travail, il est évident que ces 2 000 me reviendront au bout de trois mois, et qu'il faudra alors les traiter.

— *Gewiss* [3]. Mais vous aurez au moins gagné du temps. Et tant que votre installation ne sera pas au point, ce répit vous sera sans doute très précieux.

Il mit son cigare dans sa bouche et croisa sa jambe droite sur sa jambe gauche.

— Vous devez savoir qu'après les six premiers mois, le rythme des transports sera considérablement augmenté.

Je le regardai, incrédule. Il sourit, et son visage redevint rond et riant.

1. Je vous prie.
2. Commandant de camp.
3. Certainement.

Je dis :

— Mais c'est tout bonnement impossible!

Son sourire s'accentua. Il se leva et commença à enfiler ses gants.

— *Mein Lieber* [1], dit-il d'un air jovial et important, Napoléon a dit qu'« *impossible* » n'était pas un mot français. Depuis 34, nous essayons de prouver au monde que ce n'est pas un mot allemand.

Il regarda sa montre.

— Je pense qu'il serait temps que vous me raccompagniez à la gare.

Il saisit sa casquette. Je me levai :

— *Herr Obersturmbannführer, bitte.*

Il me regarda.

— *Ja?*

— Je voulais dire que c'était *techniquement* impossible.

Son visage se figea.

— Permettez, dit-il d'un ton glacé. C'est à vous, et à vous seul qu'incombe le côté technique de la tâche. Je n'ai pas à connaître cet aspect de la question.

Il releva la tête, baissa à demi les paupières, et me regarda de haut en bas d'un air distant :

— Vous devez comprendre que je n'ai rien à voir avec le côté pratique de la chose. Je vous prierai donc à l'avenir de ne pas m'en parler, même par allusion. Les chiffres, seuls, sont de mon ressort.

Il pivota, mit la main sur la poignée de la porte, se retourna à demi, et ajouta d'un air hautain :

— Mon rôle est purement statistique.

1. Mon cher.

252

Le lendemain, je partis pour le camp de Treblinka avec l'*Obersturmführer* [1] Setzler. Le camp était situé au nord-est de Varsovie, non loin de la rivière Bug. L'*Haupsturm-führer* [2] Schmolde le commandait. Comme il ne devait rien savoir des projets concernant Auschwitz, Wulfslang lui avait présenté ma visite comme une mission d'inspection et d'information. Il vint me chercher à la gare en auto. C'était un homme entre deux âges, gris et maigre. Son regard était curieusement vide.

Il nous fit déjeuner à la cantine des officiers SS, dans une pièce à part, s'excusant de ne pouvoir nous recevoir chez lui, sa femme étant souffrante. Le repas était excellent, mais Schmolde n'ouvrit la bouche que de loin en loin, et seulement, me sembla-t-il, par déférence pour moi. Sa voix était lasse et sans timbre, et on avait l'impression que cela lui coûtait d'émettre un son. Quand il parlait, il humectait continuellement ses lèvres avec sa langue.

Après le repas, on servit le café. Au bout d'un moment, Schmolde regarda sa montre, tourna vers moi ses yeux vides, et dit :

— Il faudrait de longues explications pour décrire l'action spéciale. C'est pourquoi je préfère vous montrer comment nous procédons. Je pense que vous vous rendrez mieux compte.

Setzler s'immobilisa, et tourna vivement la tête de mon côté. Je dis :

— Certainement. C'est une très bonne idée.

Schmolde s'humecta les lèvres et reprit :

— C'est à deux heures.

On parla encore quelques minutes, Schmolde regarda sa montre, et je regardai la mienne à mon tour. Il était

1. Lieutenant.
2. Capitaine.

deux heures moins cinq. Je me levai. Schmolde se leva à son tour, lentement, et comme à regret. Setzler se souleva à demi sur sa chaise et dit :

— Excusez-moi, je n'ai pas fini mon café.

Je regardai sa tasse. Il n'y avait pas encore touché. Je dis sèchement :

— Vous nous rejoindrez quand vous aurez fini.

Setzler fit « oui » de la tête et s'assit. Son crâne chauve rougit lentement et il évitait mon regard.

Schmolde s'effaça pour me laisser passer.

— Cela vous ennuie-t-il d'aller à pied? Ce n'est pas loin.

— Pas du tout.

Il faisait un très beau soleil. Au milieu de l'allée que nous suivions, une bande cimentée s'allongeait, sur laquelle deux personnes pouvaient marcher de front.

Le camp était parfaitement désert, mais en passant devant les baraques, j'entendis des bruits de voix à l'intérieur. J'aperçus quelques visages à travers les vitres, et je compris que les détenus étaient consignés.

Je remarquai aussi qu'il y avait deux fois plus de tours de garde qu'à Auschwitz, bien que le camp fût plus petit, et je notai que l'enceinte barbelée était électrifiée. Les fils étaient soutenus par de lourds poteaux de béton, qui, à leur extrémité, se recourbaient vers l'intérieur. De cette façon, les fils supérieurs surplombaient d'au moins 60 centimètres le réseau vertical entre deux poteaux. Il était évidemment impossible, même pour un acrobate, de franchir cet obstacle sans le toucher.

Je me tournai vers Schmolde :

— Le courant passe constamment?

— La nuit. Mais nous le mettons quelquefois dans la journée, quand les détenus sont nerveux.

— Vous avez quelquefois des ennuis?

— Souvent.

Schmolde s'humecta les lèvres et reprit de sa voix lente et apathique :

— Vous comprenez, ils savent ce qui les attend.

Je réfléchis là-dessus et je dis :

— Je ne vois pas comment ils peuvent le savoir.

Schmolde fit la moue :

— En principe, c'est archi-secret. Mais tous les détenus du camp sont au courant. Et quelquefois, même ceux qui arrivent le savent.

— D'où viennent-ils?

— Du Ghetto de Varsovie.

— Tous?

Schmolde inclina la tête :

— Tous. A mon avis, même dans le Ghetto, il y a des gens qui le savent. Le camp est trop près de Varsovie.

Après la dernière baraque, il y eut un grand espace vide, puis un *Posten* [1] en arme nous ouvrit une barrière de bois, et on s'engagea dans une allée caillouteuse, flanquée, de droite et de gauche, d'une double rangée de barbelés. Puis il y eut une autre porte, gardée par une dizaine de SS. Elle débouchait sur un rideau d'arbustes. On en fit le tour, et une baraque très longue apparut en contrebas. Ses volets étaient hermétiquement clos. Une trentaine de SS, armés de mitraillettes, et accompagnés de chiens, l'entouraient.

Quelqu'un cria « *Achtung!* » Les SS se figèrent, et un *Untersturmführer* [2] vint nous saluer. Il était blond, avec un visage carré et des yeux d'alcoolique.

Je regardai autour de moi. Une double rangée de barbelés électrifiés entourait complètement la baraque, et formait une seconde enceinte dans l'enceinte du Lager.

1. Sentinelle.
2. Sous-lieutenant.

255

De l'autre côté des barbelés, des arbustes et des sapins bouchaient la vue.

— Voulez-vous jeter un coup d'œil? dit Schmolde.

Les SS s'écartèrent, et nous nous dirigeâmes vers la baraque. La porte était en chêne massif, armée de fer, et close par un lourd loquet métallique. A sa partie supérieure, elle comportait un hublot en verre très épais. Schmolde tourna un commutateur qui se trouvait encastré dans le mur, et essaya de relever le loquet. Il n'y parvint pas et l'*Untersturmführer* se précipita pour l'aider.

La porte s'ouvrit. J'eus l'impression, en entrant, que le plafond me tombait sur la tête : J'aurais pu le toucher du plat de la main. Trois puissantes lampes grillagées éclairaient la pièce. Elle était totalement vide. Le sol était en ciment. De l'autre côté de la pièce, s'ouvrait une autre porte, qui donnait sur l'arrière du bâtiment, mais celle-ci ne comportait pas de hublot.

— Les fenêtres, dit Schmolde, n'ont évidemment pas de vitres. Comme vous le voyez, elles sont pleines...

Il s'humecta les lèvres.

— ... hermétiques, et ferment de l'extérieur.

A côté d'une des lampes grillagées, je remarquai un petit orifice circulaire de 5 centimètres de diamètre environ.

J'entendis un bruit de course, des cris aigus, et des commandements rauques. Les chiens aboyèrent.

— C'est eux, dit Schmolde.

Il me précéda. Bien que sa casquette fût encore à quelques centimètres du plafond, il baissa la tête en traversant la pièce.

Comme je sortais, la colonne des détenus déboucha en courant du rideau d'arbustes. Des SS et des chiens les accompagnaient. Les hurlements, mêlés aux aboiements des chiens, déchiraient l'air. Un tourbillon de poussière s'éleva, et les SS entrèrent en action.

256

Quand l'ordre fut rétabli, et la poussière dissipée, je pus mieux voir les détenus. Il y avait parmi eux quelques hommes valides, mais la majorité de la colonne était composée de femmes et d'enfants. Plusieurs juives portaient des bébés sur les bras. Tous les détenus étaient en civil et aucun n'avait les cheveux coupés.

— En principe, dit Schmolde à voix basse, on ne doit pas avoir d'ennuis avec ceux-là. Ils viennent à peine d'arriver.

Les SS rangeaient les détenus par cinq. Schmolde fit un petit geste de la main et dit :

— *Bitte, Herr Sturmbannführer* [1]...

On gagna le rideau d'arbustes. Nous étions ainsi un peu à l'écart, et la pente nous permettait d'embrasser d'un coup d'œil l'ensemble de la colonne.

Deux *Hauptscharführer* et un *Scharführer* se mirent à compter les détenus. L'*Untersturmführer* blond était devant nous, immobile. Un détenu juif, en uniforme rayé et le crâne rasé, se tenait à sa droite et un peu en retrait. Il portait un brassard à son bras gauche.

Un des deux *Hauptscharführer* accourut, se mit au garde à vous devant l'*Untersturmführer*, et cria :

— 204!

L'*Untersturmführer* dit :

— Faites sortir des rangs les quatre derniers et raccompagnez-les aux baraques.

Je me tournai vers Schmolde :

— Pourquoi fait-il cela?

Schmolde s'humecta les lèvres :

— Pour donner confiance aux autres.

— *Dolmetscher* [2], dit l'*Untersturmführer*.

1. S'il vous plaît, mon commandant.
2. Interprète.

257

Le détenu au brassard s'avança d'un pas, se mit au garde à vous et cria quelque chose en polonais, face à la colonne.

Les trois derniers détenus (deux femmes et un homme au chapeau noir bosselé) se séparèrent sans difficulté de la colonne. Le quatrième était une petite fille d'une dizaine d'années. Un *Scharführer* la saisit par le bras. Aussitôt, une détenue se précipita, la lui arracha des mains, la pressa contre elle farouchement, et se mit à pousser des cris. Deux SS s'avancèrent, et toute la colonne se mit à gronder.

L'*Untersturmführer* hésitait.

— Laissez-lui l'enfant! cria Schmolde.

Les deux SS rentrèrent dans le rang. La juive les regarda s'éloigner sans comprendre. Elle étreignait toujours sa fille.

— *Dolmestcher*, dit Schmolde, dites-lui donc que le *Kommandant* permet à sa fille de rester avec elle.

Le détenu au brassard cria une longue phrase en polonais. La juive posa sa fille à terre, me regarda, et regarda Schmolde. Puis un sourire éclaira son visage sombre, et elle cria quelque chose dans notre direction.

— Que raconte-t-elle? dit Schmolde avec impatience.

Le *Dolmetscher* pivota réglementairement, nous fit face, et dit dans un allemand parfait :

— Elle dit que vous êtes bon et qu'elle vous remercie.

Schmolde haussa les épaules. Les trois détenus qu'on renvoyait dans les baraques passèrent devant nous, suivis d'un *Scharführer*. Les deux femmes ne nous accordèrent pas un regard. L'homme nous regarda, hésita, puis enleva son chapeau noir bosselé d'un geste large et emphatique. Il y eut deux ou trois rires parmi les détenus, et les SS firent écho.

Schmolde se pencha de mon côté.

— Je pense que tout ira bien.

258

L'*Untersturmführer* se tourna vers le *Dolmetscher* et dit d'un air fatigué :

— Comme d'habitude.

Le *Dolmetscher* s'avança d'un pas, se mit au garde à vous, et fit un long discours en polonais.

Schmolde se pencha vers moi.

— Il leur dit de se déshabiller, et de faire un paquet de leurs effets. On enverra les paquets à la désinfection, et en attendant qu'ils leur soient rendus, les détenus seront enfermés dans la baraque.

Aussitôt que le *Dolmetscher* cessa de parler, des cris et des murmures éclatèrent sur toute l'étendue de la colonne.

Je me tournai vers Schmolde et le regardai. Il secoua la tête de droite à gauche :

— Réaction normale. C'est quand ils ne disent rien qu'il faut se méfier.

L'*Untersturmführer* leva la main dans la direction du *Dolmetscher*. Le *Dolmetscher* se mit de nouveau à parler. Au bout d'un moment, quelques femmes commencèrent à se déshabiller. Puis toutes, peu à peu, s'y mirent. Une ou deux minutes s'écoulèrent, et les hommes les imitèrent, lentement et honteusement. Trois ou quatre SS se détachèrent des rangs et aidèrent à dévêtir les enfants.

Je regardai ma montre. Il était deux heures et demie. Je me tournai vers Schmolde.

— Voudriez-vous envoyer quelqu'un chercher l'*Obersturmführer* Setzler ?

J'ajoutai :

— Il a dû se perdre.

Schmolde fit signe à un *Scharführer*, et lui décrivit Setzler. Le *Scharführer* partit en courant.

Une odeur humaine, lourde et désagréable, envahit la cour. Les détenus étaient immobiles sous le soleil, gauches et gênés. Quelques jeunes filles étaient assez belles, selon leur type.

L'*Untersturmführer* leur donna l'ordre d'entrer dans la salle, et leur promit d'ouvrir les fenêtres quand ils seraient tous entrés. Le mouvement se fit lentement et avec ordre. Quand le dernier détenu fut entré, l'*Untersturmführer* ferma lui-même la porte de chêne et rabattit le loquet. On vit aussitôt apparaître plusieurs visages derrière la glace du hublot.

Setzler arriva, rouge et suant. Il se mit au garde à vous :

— A vos ordres, *Herr Sturmbannführer!*

Je dis sèchement :

— Pourquoi arrivez-vous si tard?

J'ajoutai, à cause de Schmolde :

— Vous êtes-vous perdu?

— Je me suis perdu, *Herr Sturmbannführer.*

Je fis un signe, et Setzler se plaça à ma gauche. L'*Untersturmführer* tira un sifflet de sa poche et siffla par deux fois. Il y eut un silence, puis un moteur d'auto, quelque part, se mit en marche. Les SS passèrent négligemment la courroie de leurs mitraillettes par-dessus l'épaule.

— *Bitte, Herr Sturmbannführer*, dit Schmolde.

Il avança, les SS s'écartèrent et nous contournâmes le bâtiment. Setzler marchait derrière moi.

Un gros camion stationnait, l'arrière tout près de la baraque. Un tuyau, fixé à son pot d'échappement, s'élevait verticalement, puis faisait un coude et pénétrait dans la baraque à hauteur du plafond. Le moteur tournait.

— Le gaz d'échappement, dit Schmolde, pénètre dans la salle par l'orifice situé à côté de la lampe centrale.

Il écouta un instant le moteur, fronça les sourcils, et se dirigea vers la cabine du conducteur. Je le suivis.

Un SS était au volant, une cigarette aux lèvres. Quand il

vit Schmolde, il retira sa cigarette, et se pencha par la portière.

— N'appuyez donc pas tant sur l'accélérateur! dit Schmolde.

Le régime du moteur diminua. Schmolde se tourna vers moi.

— Ils appuient à fond pour en finir plus vite. La conséquence, c'est qu'ils étouffent les patients au lieu de les endormir.

Une odeur fade et désagréable flottait dans l'air. Je regardai autour de moi. Je ne vis rien qu'une vingtaine de détenus en uniforme rayé, rangés sur deux lignes, à quelques mètres du camion. Ils étaient jeunes, bien rasés, et paraissaient vigoureux.

— Le *Sonderkommando* [1], dit Schmolde. Il est chargé d'enterrer les morts.

Quelques-uns étaient blonds, athlétiques. Leur garde à vous était impeccable.

— Ce sont des juifs?

— Certainement.

Setzler se pencha en avant :

— Et ils vous aident à... Cela paraît à peine croyable! Schmolde haussa les épaules d'un air las.

— Tout est possible ici.

Il se tourna vers moi et dit :

— *Bitte, Herr Sturmbannführer...*

Je le suivis. On s'éloigna du bâtiment. Au fur et à mesure qu'on marchait, la puanteur devenait plus forte. On parcourut environ cent mètres, puis une fosse large et très profonde s'ouvrit sous nos pieds. Des centaines de corps y étaient entassés sur trois rangs parallèles. Setzler recula brusquement, et tourna le dos au charnier.

1. Kommando spécial.

— Le gros problème, dit Schmolde de sa voix apathique, c'est le problème des cadavres. Nous n'aurons bientôt plus de place pour les fosses. C'est pourquoi nous sommes obligés de creuser des fosses très profondes, et d'attendre qu'elles soient pleines pour les fermer. Mais même ainsi, je n'aurai bientôt plus de terrain.

Il promena ses yeux vides autour de lui, fit la moue, et reprit d'une voix découragée :

— Les cadavres sont encombrants.

Après cela, il y eut un silence, puis il dit :

— *Bitte, Herr Sturmbannführer...*

Je fis demi-tour, je laissai prendre un peu d'avance à Schmolde et je rejoignis Setzler. Son visage était gris. Je dis sèchement et à voix basse :

— Maîtrisez-vous, je vous prie.

Je rattrapai Schmolde. Le moteur du camion ronronnait doucement. Quand on fut arrivé près de la baraque, Schmolde s'approcha de la cabine, et le SS se pencha par la portière.

— Appuyez maintenant, dit Schmolde.

Le régime du moteur s'éleva brutalement, et le capot se mit à trembler.

On contourna le bâtiment. Il n'y avait plus qu'une dizaine de SS dans la cour. Schmolde dit :

— Voulez-vous jeter un coup d'œil?

— Certainement.

On se dirigea vers la porte, et je regardai par le hublot. Les détenus étaient couchés en grappes sur le ciment. Leurs visages étaient paisibles, et sauf qu'ils avaient les yeux grands ouverts, ils paraissaient seulement endormis. Je regardai ma montre. Il était 3 h 10. Je me retournai vers Schmolde.

— Quand ouvrez-vous les portes?

— C'est très variable. Tout dépend de la température.

Quand il fait sec comme aujourd'hui, l'opération est assez rapide.

Schmolde regarda à son tour par le hublot.

— C'est fini.

— A quoi voyez-vous cela?

— A la coloration de la peau : Blême avec une teinte rosée sur les pommettes.

— Vous êtes-vous déjà trompé?

— Au début, oui. Les gens se ranimaient quand on ouvrait les fenêtres. Il fallait recommencer.

— Pourquoi ouvrez-vous les fenêtres?

— Pour aérer et permettre au *Sonderkommando* d'entrer. J'allumai une cigarette et je dis :

— Qu'est-ce qui se passe ensuite?

— Le *Sonderkommando* sort les cadavres derrière le bâtiment. Un groupe les charge sur le plateau du camion. Celui-ci les transporte jusqu'à la fosse, et les y bascule. Un autre groupe arrange les corps au fond de la fosse. Il faut les arranger très soigneusement pour qu'ils prennent le moins de place possible.

Il ajouta d'une voix lasse :

— Je n'aurai bientôt plus de terrain.

Il se tourna vers Setzler :

— Désirez-vous regarder?

Setzler hésita, ses yeux glissèrent rapidement sur moi, et il dit d'une voix faible :

— Certainement.

Il jeta un coup d'œil par le hublot et s'écria :

— Mais ils sont nus!

Schmolde dit de sa voix apathique :

— Nous avons l'ordre de récupérer les vêtements.

Il ajouta :

— Il faudrait beaucoup de temps pour les dévêtir, si on les tuait habillés.

Setzler regardait par le hublot. Il faisait de l'ombre avec sa main droite pour mieux voir.

— En outre, dit Schmolde, quand les chauffeurs appuient très fort sur l'accélérateur, ils meurent étouffés, ils souffrent beaucoup, et ils sont couverts d'excréments. Les vêtements seraient souillés.

— Ils ont des visages si paisibles, dit Setzler, le front collé contre le hublot.

Schmolde se tourna vers moi :

— Voulez-vous voir la suite?

— Ce n'est pas utile, puisque vous l'avez décrite.

Je pivotai sur mes talons et Schmolde m'emboîta le pas. Au bout de quelques mètres, je me retournai et je dis :

— Vous venez, Setzler?

Setzler s'arracha au hublot et nous suivit. Schmolde regarda sa montre.

— Votre train part dans une heure. Peut-être avons-nous le temps de nous rafraîchir?

J'inclinai la tête et on fit le reste du chemin en silence. Dans la petite pièce de la cantine, une bouteille de vin du Rhin et des gâteaux secs nous attendaient. Je n'avais pas faim mais le vin fut le bienvenu.

Je dis au bout d'un moment :

— Pourquoi ne pas les fusiller?

— C'est coûteux, dit Schmolde, et ça prend du temps, et beaucoup d'hommes.

Il ajouta :

— Cependant, nous le faisons, quand nos camions tombent en panne.

— Cela arrive?

— Souvent. Ce sont de vieux camions pris aux Russes. Ils en ont vu de dures, et nous n'avons pas de pièces de rechange. Et quelquefois, c'est l'essence qui manque. Ou

264

l'essence est mauvaise, et le gaz n'est pas suffisamment toxique.

Je tournai mon verre dans mes mains et je dis :

— A votre avis, le procédé n'est donc pas sûr?

— Non, dit Schmolde, il n'est pas sûr.

Il y eut un silence, et Setzler dit :

— En tout cas, il est humain. Les gens s'endorment, voilà tout. Ils glissent tout doucement dans la mort. Vous avez remarqué, ils ont des visages si paisibles.

Schmolde haussa les épaules :

— Quand je suis là.

Setzler le regarda d'un air intrigué et Schmolde reprit :

— Quand je suis là, le chauffeur n'accélère pas à fond.

Je dis :

— Est-ce qu'on ne pourrait pas mettre deux camions au lieu d'un seul pour gazer? Les choses iraient plus vite.

— Non, dit Schmolde, j'ai dix chambres à gaz de 200 personnes, mais je n'ai jamais plus de quatre camions en état de marche. Si je mets un camion par chambre, je gaze 800 personnes en une demi-heure. Si je mets deux camions par chambre, je gazerais peut-être — peut-être! — 400 personnes en un quart d'heure. Mais en fait, je ne gagnerais pas de temps. Car après cela, il m'en restera encore 400 à gazer.

Il ajouta :

— Il va sans dire qu'on ne me donnera jamais de camions neufs.

Je repris au bout d'un moment :

— Il faudrait un moyen plus sûr et plus simple. Un gaz asphyxiant, par exemple, comme en 17.

— Je ne sais pas si on en fabrique encore, dit Schmolde. On n'en a pas employé dans cette guerre.

Il vida son verre d'un trait et alla vers la table pour l'emplir à nouveau.

— En fait, le gros problème, ce n'est pas gazer, c'est enterrer. Je ne peux pas gazer plus vite que je n'enterre. Et enterrer prend du temps.

Il but un peu et reprit :

— Mon rendement par vingt-quatre heures n'a jamais atteint 500 unités.

Il secoua la tête.

— Bien entendu, le *Reichsführer* est fondé à trouver ce résultat médiocre. D'un autre côté, c'est un fait que je n'ai jamais pu obtenir de camions neufs.

Il promena ses yeux vides autour de la pièce et reprit de sa voix apathique :

— Nous avons aussi des révoltes. Vous comprenez, ils savent ce qui les attend. Quelquefois, ils refusent tout bonnement d'entrer dans la salle. Quelquefois même, ils se jettent sur nos hommes. Bien entendu, nous en venons à bout. Mais cela perd encore du temps.

Il y eut un silence et je dis :

— A mon avis, s'ils se révoltent, c'est que la préparation psychologique n'est pas bonne. Vous leur dites : « On va épouiller vos vêtements, et pendant ce temps, vous attendrez dans cette salle. » Mais en réalité, ils savent bien que les choses ne se passent nulle part comme ça. Normalement, quand on épouille vos effets, on vous donne une douche. Il faut se mettre à leur place. Ils savent bien qu'on ne va pas les laisser remettre des vêtements épouillés, alors qu'ils sont eux-mêmes pleins de poux. Ça n'a pas de sens. Même un enfant de dix ans comprendrait qu'il y a quelque chose de louche là-dedans.

— Certainement, *Herr Sturmbannführer*, dit Schmolde, il y a là un point intéressant. Mais le gros problème...

Il vida son verre d'un trait, le posa sur la table, et dit :

— Mais le gros problème, c'est celui des cadavres.

Il me jeta un regard significatif et ajouta :

— Vous verrez.

Je dis sèchement :

— Je ne saisis pas le sens de votre remarque. Je ne suis ici que pour information.

Schmolde détourna la tête et dit d'un ton neutre :

— Certainement, *Herr Sturmbannführer*. C'est bien ainsi que je le comprends. Je me serais mal exprimé.

Après cela, il y eut un long silence, et Setzler dit tout d'un coup :

— Est-ce qu'on ne pourrait pas du moins épargner les femmes?

Schmolde secoua la tête.

— Il va sans dire que c'est surtout elles qu'il faut détruire. Comment peut-on supprimer une espèce, si l'on conserve les femelles?

— *Richtig, richtig* [1], dit Setzler.

Puis il ajouta d'une voix basse et indistincte :

— N'empêche, c'est assez horrible.

Je le regardai. Son grand corps voûté était cassé en deux. Sa cigarette brûlait toute seule dans sa main droite.

Schmolde s'approcha de la table d'un pas raide et se versa un verre de vin.

Je passai la semaine qui suivit dans une angoisse terrifiante : Le rendement de Treblinka était de 500 unités par 24 heures, celui d'Auschwitz devait être, selon le programme, de 3 000 unités; dans quatre semaines à peine, je devais remettre au *Reichsführer* un plan d'ensemble sur la question, et je n'avais pas une idée.

J'avais beau tourner et retourner le problème sous toutes

1. C'est juste.

267

ses faces, je n'arrivais même pas à entrevoir sa solution. J'avais vingt fois par jour la gorge douloureusement serrée par la certitude de l'échec, et je me répétais avec terreur que j'allais lamentablement échouer, dès l'abord, dans l'accomplissement du devoir. Je voyais bien, en effet, que je devais obtenir un rendement six fois plus élevé qu'à Treblinka, mais je ne voyais absolument aucun moyen de l'obtenir. Il était facile de construire six fois plus de salles qu'à Treblinka, mais cela n'aurait servi à rien : Il eût fallu avoir aussi six fois plus de camions, et là-dessus, je ne me faisais aucune illusion. Si Schmolde, en dépit de toutes ses demandes, n'avait pas reçu de dotation supplémentaire, il allait de soi que je n'en recevrais pas non plus.

Je m'enfermais dans mon bureau, je passais des après-midi à essayer de me concentrer, je n'y parvenais pas, l'envie irrésistible me venait de me lever, de sortir de ce bureau dont les quatre murs m'étouffaient; je me forçais à me rasseoir, mon esprit était un blanc total, et j'éprouvais un profond sentiment de honte et d'impuissance à la pensée que j'étais si inférieur à la tâche que le *Reichsführer* m'avait confiée.

Finalement, un après-midi, l'idée me vint que je n'arriverais jamais à rien, si je continuais à tourner ainsi en plein vide, sans rien de concret pour fixer mes idées, et je décidai de reproduire, dans mon propre camp, l'installation de Treblinka, comme une sorte de station expérimentale qui me permettrait de mettre au point les méthodes nouvelles que je cherchais. Dès que ces mots : « station expérimentale » surgirent dans mon esprit, ce fut tout d'un coup comme si un voile se déchirait, la peur de l'échec se dissipa, et un sentiment d'énergie, d'importance et d'utilité entra en moi comme une flèche.

Je me levai, je pris ma casquette, sortis de mon bureau, entrai en coup de vent dans celui de Setzler, et dis rapidement : « Venez, Setzler, j'ai besoin de vous. » Sans attendre de réponse, je sortis, je dévalai les marches du perron, m'engouffrai dans l'auto, le chauffeur se précipita au volant, je dis : « Attendez! » Setzler apparut, il s'assit à côté de moi, je dis : « Birkenau, les fermes expropriées. » « — *Herr Sturmbannführer*, dit le chauffeur, c'est un vrai marécage par là. » Je dis sèchement : « Faites ce qu'on vous dit. » Il démarra, je me penchai en avant, criai : « Plus vite! » et l'auto bondit en avant. J'avais l'impression d'agir à un haut degré de vitesse et d'efficacité, comme une machine.

L'auto s'enlisa dans la boue à deux cents mètres des fermes, en plein bois. J'écrivis un billet pour le *Lagerführer* [1] de service et je donnai l'ordre au chauffeur de le porter au camp. Il partit en courant, j'essayai de gagner les fermes dont je voyais vaguement les toits d'ardoise entre les arbres. Je dus m'arrêter au bout de quelques mètres. Mes bottes s'enfonçaient jusqu'aux mollets.

Vingt minutes plus tard, deux camions pleins de détenus et de SS arrivèrent, des commandements retentirent, les détenus sautèrent à terre, et se mirent à couper des branches et à faire un chemin de fascines jusqu'aux fermes. Ma voiture fut dégagée et le chauffeur retourna au camp chercher deux autres camions. Je donnai l'ordre à Setzler de presser le travail. Les SS entrèrent en action, il y eut des coups sourds, et les détenus se mirent à se démener comme des fous.

La nuit tombait quand le chemin de fascines toucha aux fermes. Setzler s'occupa d'installer des projecteurs, qu'il fallut relier au poteau électrique le plus proche. Je visitai soigneusement les deux fermes. Quand je sortis, je fis appeler Setzler; un *Scharführer* partit en courant, deux minutes après, Setzler apparut. Je lui montrai les fermes, et je lui

1. Chef de camp (*adjoint du commandant de camp*).

expliquai le travail. Quand j'eus fini, je le regardai, et je dis :
« Trois jours. » Il me fixa, ouvrit la bouche et je répétai
avec force : « Trois jours! »

Je ne quittai le chantier que pour manger et dormir,
Setzler me relaya, on poussa le travail avec une hâte inouïe,
et le soir du troisième jour, deux petites salles de 200 personnes étaient prêtes.

A vrai dire, je n'avais rien résolu. Mais ma tâche avait
reçu un commencement d'exécution, et je disposais maintenant d'une station expérimentale grâce à laquelle je pourrais mettre quotidiennement mes idées à l'épreuve des faits.

J'apportai immédiatement une amélioration notable au
système de Treblinka. Je fis inscrire sur les deux bâtiments :
« *Salle de désinfection* », et je fis installer, à l'intérieur, des
pommes de douche et des tuyauteries en trompe-l'œil, pour
donner l'impression aux détenus qu'on les amenait là pour
se laver. Toujours dans le même esprit, je donnai à l'*Untersturmführer* de service les instructions suivantes : Il
devait annoncer aux détenus qu'après la douche, du café
chaud leur serait servi. Il devait, en outre, entrer avec eux
dans la « salle de désinfection », et circuler de groupe en
groupe en plaisantant (et en s'excusant de ne pouvoir
distribuer du savon) jusqu'à ce que tout le monde fût entré.

Je fis immédiatement fonctionner l'installation, et l'expérience montra l'efficacité de ces dispositions. Les détenus
ne montrèrent aucune répugnance à pénétrer dans la salle,
et je pouvais, en conséquence, considérer comme éliminés
les retards et les ennuis causés par les révoltes.

Restait le problème du gazage. Dès le début, j'avais
envisagé l'emploi des camions comme un pis-aller, et dans
les deux semaines qui suivirent, je cherchai fiévreusement
un procédé plus rapide et plus sûr. Reprenant une idée que
j'avais suggérée à Schmolde, je fis demander au *Reichsführer*, par l'intermédiaire de Wulfslang, s'il ne serait pas

possible de me faire allouer une certaine quantité de gaz asphyxiant. On me répondit que la *Wehrmacht* en conservait des stocks (pour pouvoir se livrer à des représailles au cas où l'ennemi en ferait usage le premier), mais que la SS ne pouvait demander une dotation de ce genre sans éveiller la curiosité, toujours plus ou moins malveillante, de la *Wehrmacht* sur les activités SS.

Je désespérais presque de trouver une solution à cette difficulté majeure quand un hasard providentiel me la fournit. Une semaine avant la date fixée par le *Reichsführer* pour la remise du plan, je fus averti officiellement de la visite de l'Inspecteur des Camps *Gruppenführer* Goertz. En conséquence, je fis procéder à un grand nettoyage des locaux du KL, et la veille de l'inspection, je les inspectai moi-même avec la plus grande minutie. Je tombai ainsi sur une petite pièce où était entassé un monceau de petites boîtes cylindriques marquées : « *Giftgas* [1] » et au-dessous : « *Cyclon B* ». C'était le reliquat du matériel que la firme Weerle et Frischler avait apporté, un an auparavant, de Hambourg, pour débarrasser de leur vermine les casernes des artilleurs polonais. Ces boîtes pesaient un kilo, elles étaient hermétiquement closes, et quand on les ouvrait, je me rappelai qu'elles révélaient des cristaux verts qui, au contact de l'oxygène de l'air, dégageaient aussitôt leur gaz. Je me souvenais aussi que Weerle et Frischler nous avaient envoyé deux aides techniques, que ceux-ci avaient mis des masques à gaz, et pris toutes sortes de précautions avant d'ouvrir les boîtes, et j'en conclus que ce gaz était tout aussi dangereux pour l'homme que pour la vermine.

Je décidai immédiatement de mettre ses propriétés à l'épreuve. Je fis percer dans le mur des deux installations provisoires de Birkenau un trou du diamètre convenable,

1. Gaz toxique.

et je le munis d'une soupape extérieure. Des inaptes, au nombre de 200, ayant été rassemblés dans la salle, je fis déverser le contenu d'une boîte de « *Cyclon B* » par cette ouverture. Aussitôt, des hurlements s'élevèrent, et la porte et les murs résonnèrent de coups violents. Puis, les cris faiblirent, les coups se firent moins violents, et au bout de cinq minutes, un silence total régna. Je fis mettre leurs masques à gaz aux SS, et je donnai l'ordre d'ouvrir toutes les ouvertures pour établir un courant d'air. J'attendis encore quelques minutes et je pénétrai le premier dans la salle. La mort avait fait son œuvre.

Le résultat de l'expérience dépassait mon espoir : Il avait suffi d'une boîte d'un kilo de *Cyclon B* pour liquider, en dix minutes, 200 inaptes. Le gain de temps était considérable, puisqu'avec le système de Treblinka, il fallait une demi-heure, sinon davantage, pour atteindre le même résultat. Par ailleurs, on n'était pas limité par le nombre des camions, les pannes mécaniques, ou le manque d'essence. Le procédé, enfin, était économique, puisque le kilo de *Giftgas* — comme je le vérifiai aussitôt — ne coûtait que 3 marks 50.

Je compris que je venais de trouver la solution du problème. J'aperçus du même coup la conséquence capitale qui en découlait. Il allait de soi, en effet, qu'il fallait abandonner le système des petites salles de 200 personnes que j'avais emprunté à Treblinka. La médiocre contenance de ces chambres ne se justifiait que par la faible quantité de gaz qu'un moteur de camion pouvait produire, car il n'y avait, en fait, que des désavantages à fractionner un convoi de 2 000 inaptes en petits groupes de 200 unités, et à les acheminer vers des salles différentes. Le procédé demandait du temps, exigeait un service d'ordre compliqué, et en cas de révoltes simultanées, posait même de graves problèmes.

A ces inconvénients, l'emploi du *Cyclon B*, de toute évidence, remédiait. Puisqu'on n'était plus limité par la faible productivité en gaz d'un camion, il était clair, en effet, qu'on pourrait, en utilisant le nombre requis de boîtes de *Cyclon B*, gazer, dans une salle unique, la totalité d'un convoi.

En envisageant la construction d'une salle de dimensions aussi grandioses, je compris que je concevais, pour la première fois, des moyens à l'échelle de la tâche historique qui m'incombait.

Il ne fallait pas seulement aller vite. Il fallait voir grand, et dès l'abord. En y réfléchissant, je me convainquis que cette salle devait être souterraine, et construite en béton, tant pour résister à l'assaut désespéré d'un nombre aussi imposant de victimes que pour étouffer leurs cris. Il découlait aussi de là que, ne disposant plus de fenêtres pour aérer la salle après gazage, il fallait prévoir un système artificiel de ventilation. Il paraissait également souhaitable, à la réflexion, de faire précéder cette salle d'une salle de déshabillage (équipée de bancs, de porte-manteaux ou de cintres) qui compléterait un décor propre à rassurer les patients.

Je dirigeai ensuite mon attention sur la question du personnel, et ici, il m'apparut que Schmolde avait commis une grave erreur, en ne prévoyant pas que le *Kommando* spécial des SS et le *Kommando* spécial des détenus devaient être, l'un et l'autre, logés sur les lieux mêmes, et soigneusement isolés du reste du camp. Il allait de soi, pourtant, que cette disposition gagnait du temps, et conservait à l'opération le secret absolu qu'elle réclamait.

Je compris aussi qu'il fallait mettre les chambres à gaz en relation avec la gare, et construire une voie ferrée qui amènerait les transports devant leur porte, tant pour éviter les pertes de temps que pour cacher le contenu des trains à la population civile d'Auschwitz.

273

Ainsi, peu à peu, l'idée prenait corps dans mon esprit, avec une précision grisante, d'une gigantesque installation industrielle, directement desservie par le rail, et dont les superstructures, s'élevant sur d'immenses salles souterraines, comprendraient des cantines pour le personnel, des cuisines, des dortoirs, des *Beutekammer* [1], ainsi que des salles de dissection et d'études pour les savants nationaux-socialistes.

Quarante-huit heures avant la date limite fixée par Himmler, je téléphonai à l'*Obersturmbannführer* Wulfslang que le plan destiné au *Reichsführer* serait prêt au jour dit, et je le tapai moi-même à la machine du commencement jusqu'à la fin. Cela me prit beaucoup de temps. A huit heures du soir, je téléphonai à Elsie de ne pas m'attendre, je téléphonai ensuite à la cantine de m'apporter sur place un repas froid, je l'avalai hâtivement, et je continuai mon travail. A onze heures, je relus soigneusement les feuillets, y apposai ma signature, et les mis dans une enveloppe que je fermai de cinq cachets de cire. Je mis l'enveloppe dans la poche intérieure de ma vareuse et j'appelai ma voiture.

Je pris place sur le siège arrière, le chauffeur démarra, je laissai aller ma tête sur le dossier, et je fermai les yeux.

Il y eut un coup de frein brutal, je m'éveillai, une lampe électrique était braquée sur moi, et l'auto était entourée de SS. Nous étions sous la tour d'entrée du *Lager*.

— Excusez-moi, *Herr Sturmbannführer*, dit une voix, mais d'habitude, vous allumez le plafonnier.

1. Chambres de butin.

274

— *Macht nichts* [1], *Hauptscharführer.*

— L'intérieur de l'auto était sombre, et j'ai voulu voir qui c'était. Excusez-moi encore, *Herr Sturmbannführer.*

— *Schon gut* [2]... On a toujours raison de se méfier.

Je fis un signe, le *Hauptscharführer* claqua les talons, la double porte barbelée s'ouvrit en grinçant, et l'auto démarra. Je savais qu'il y avait encore une patrouille SS quelque part sur la route, et j'allumai le plafonnier.

J'arrêtai le chauffeur à 500 mètres de la villa, et je le renvoyai au camp. Je craignais que le bruit du moteur ne réveillât les enfants.

Je m'aperçus en marchant qu'il y avait quelques trous sur la route, et je pris note mentalement d'envoyer le lendemain une équipe de détenus pour la réparer. J'étais très fatigué, mais ces quelques pas me firent plaisir. C'était une belle nuit d'août, tiède et lumineuse.

J'ouvris la porte avec mon passe, je la refermai doucement, je déposai ma casquette et mes gants sur la console du vestibule, et je gagnai mon bureau. J'appelais ainsi une petite pièce qui s'ouvrait en face de la salle à manger, et où je dormais quand je rentrais tard du camp. Elle comportait une table, une chaise en paille, un petit lavabo, un lit de camp, et au-dessus de la table, un rayonnage en bois blanc avec quelques livres reliés. Elsie disait que c'était une vraie cellule de moine, mais elle me plaisait ainsi.

Je m'assis, je tâtai machinalement le côté gauche de ma vareuse pour m'assurer que le rapport était toujours là, j'enlevai mes bottes, et je me mis à marcher sans bruit dans la pièce sur mes chaussettes. J'étais très fatigué, mais je n'avais plus sommeil.

On frappa deux petits coups à la porte, je dis « Entrez »,

1. Ce n'est rien.
2. C'est bon.

et Elsie apparut. Elle portait la plus jolie de ses deux robes de chambre, et je m'aperçus avec étonnement qu'elle s'était même parfumée.

— Je ne te dérange pas?

— Mais non, entre donc.

Elle referma la porte derrière elle, et je l'embrassai sur la joue. Je me sentis gêné parce que je n'avais pas mes bottes, et qu'ainsi, j'étais plus petit qu'elle.

Je dis sèchement :

— Assieds-toi donc, Elsie.

Elle prit place sur le lit de camp et dit avec embarras :

— Je t'ai entendu entrer.

— J'ai fait doucement.

— Oui, oui, dit-elle, tu fais toujours très doucement.

Il y eut un silence et elle reprit :

— Je voudrais te parler.

— Maintenant?

Elle dit d'une voix hésitante :

— Si tu veux bien.

Elle ajouta :

— Tu comprends, je ne te vois plus beaucoup en ce moment.

— Je ne fais pas ce que je veux.

Elle leva les yeux sur moi et reprit :

— Tu as l'air très fatigué, Rudolf. Tu travailles trop.

— *Ja, ja.*

Je repris :

— Tu avais à me parler, Elsie?

Elle rougit légèrement et dit d'une voix pressée :

— Il s'agit des enfants.

— *Ja?*

— C'est au sujet de leurs études. Quand on retournera en Allemagne, ils seront très en retard.

Je fis « oui » de la tête et elle reprit :

276

— J'en ai parlé à Frau Bethmann et à Frau Pick. Leurs enfants sont dans le même cas, et elles se font aussi du souci...

— *Ja?*...

— Alors, j'ai pensé...

— *Ja?*

— ... que peut-être nous pourrions faire venir une institutrice allemande pour les enfants des officiers.

Je la regardai.

— Mais c'est une très bonne idée, Elsie. Fais-la venir immédiatement. J'aurais dû y penser plus tôt.

— Il y a aussi, dit Elsie en hésitant, que je ne sais pas où la loger...

— Mais chez nous, naturellement.

Je tâtai machinalement le côté gauche de ma vareuse, et je dis :

— Eh bien, voilà une affaire réglée.

Elsie resta assise. Elle avait les yeux baissés et les deux mains ouvertes sur ses genoux. Il y eut un silence, elle leva la tête et dit avec effort :

— Ne veux-tu pas t'asseoir à côté de moi, Rudolf?

Je la regardai.

— Mais certainement.

Je m'assis à ses côtés, et je sentis de nouveau son parfum. Cela ressemblait si peu à Elsie de se parfumer.

— Tu as encore quelque chose à me dire, Elsie?

— Non, dit-elle d'un ton hésitant. Je voudrais seulement bavarder.

Elle me prit la main, je détournai la tête légèrement.

— Je ne te vois plus beaucoup en ce moment, Rudolf.

— J'ai beaucoup de travail.

— Oui, dit-elle d'une voix triste, mais au Marais aussi, tu travaillais beaucoup, et moi aussi, je travaillais beaucoup, et ce n'était pas la même chose.

Il y eut un silence et elle reprit :

— Au Marais, on n'avait pas d'argent, pas de confort, pas de bonne, pas d'auto, et malgré cela...

— Ne reviens donc pas là-dessus, Elsie!

Je me levai brusquement et je dis avec violence :

— Si tu ne crois pas que moi aussi...

Je m'interrompis, je fis quelques pas dans la pièce, et je repris d'une voix plus calme :

— Je suis ici, parce que c'est ici que je suis le plus utile.

Au bout d'un moment, Elsie reprit :

— Ne veux-tu pas te rasseoir, Rudolf?

Je m'assis sur le lit de camp, elle se rapprocha légèrement de moi, et me prit de nouveau la main.

— Rudolf, dit-elle sans me regarder, est-ce que c'est vraiment nécessaire que tu couches ici tous les soirs?

Je détournai les yeux.

— Mais tu sais bien, je rentre à des heures impossibles. Je ne veux pas réveiller les enfants.

Elle dit doucement :

— Tu fais si peu de bruit. Et je pourrai mettre tes chaussons dans le vestibule.

Je dis sans la regarder :

— Mais ce n'est pas seulement cela. Je dors très mal en ce moment. Je me tourne et me retourne dans mon lit. Et quelquefois, je me relève pour fumer une cigarette, ou pour boire un verre d'eau. Je ne veux pas te déranger.

Je sentis davantage son parfum, et je compris qu'elle se penchait vers moi.

— Tu ne me dérangerais pas.

Elle mit la main sur mon épaule.

— Rudolf, dit-elle à voix basse, tu n'es jamais resté si longtemps...

Je dis vivement :

— Ne parle donc pas de ces choses, Elsie. Tu sais bien que ça me gêne...

Il y eut un long silence, je regardai dans le vide, et je dis :

— Tu sais bien que je ne suis pas sensuel.

Sa main se serra sur la mienne.

— Ce n'est pas cela : Je trouve seulement que tu es changé. Depuis ton voyage à Berlin, tu es changé.

Je dis vivement :

— Tu es folle, Elsie!

Je me levai, je me dirigeai vers ma table et j'allumai une cigarette.

J'entendis sa voix anxieuse derrière moi :

— Tu fumes beaucoup trop.

— *Ja, ja...*

Je portai la cigarette à mes lèvres, et je passai la main sur mes reliures.

— Qu'est-ce que tu as donc, Rudolf?

— Mais rien! Rien!

Je me tournai vers elle :

— Faut-il aussi que tu me tourmentes, Elsie?

Elle se leva, les yeux pleins de larmes, et se jeta dans mes bras.

— Mais je ne veux pas te tourmenter, Rudolf. C'est seulement que je pense que tu ne m'aimes plus.

Je lui caressai les cheveux et je dis avec effort :

— Naturellement, je t'aime.

Elle dit au bout d'un moment :

— Au Marais, à la fin, on était vraiment heureux. Tu te rappelles, on mettait de l'argent de côté pour la ferme, c'était le bon temps...

Elle se serra plus fort contre moi, je m'écartai et l'embrassai sur la joue.

— Va te coucher maintenant, Elsie.

Elle dit au bout d'un moment :

279

— Est-ce que tu ne veux pas dormir en haut cette nuit?
Je dis avec impatience :

— Pas ce soir, Elsie. Pas en ce moment.

Elle me regarda une pleine seconde, rougit, ses lèvres bougèrent, mais elle ne prononça pas une parole. Elle m'embrassa sur la joue et sortit.

Je refermai la porte, puis j'écoutai les marches de l'escalier craquer sous son pas. Quand je n'entendis plus rien, je poussai doucement le verrou.

J'ôtai ma vareuse, je la posai sur le dossier de la chaise, et je passai la main dans la poche intérieure pour vérifier si l'enveloppe était toujours là. Puis je pris mes bottes, je les examinai soigneusement, et constatai que le fer du talon droit était usé. Je pris note de le faire remplacer dès le lendemain. Je passai ma main sur la tige. Le cuir était fin et souple. Je n'avais jamais laissé à personne d'autre le le soin de le cirer.

J'allai prendre mon nécessaire dans le tiroir de la table, je passai un peu de pâte, je l'étendis avec soin, puis je me mis à frotter. Je frottai longtemps et légèrement, les bottes se mirent à briller, ma main allait et venait d'un geste lent et machinal, quelques minutes s'écoulèrent. Une onde chaude de contentement m'envahit.

Le surlendemain — un jeudi — l'*Obersturmbannführer* [1] Wulfslang arriva en auto, je lui remis mon rapport, il refusa assez brusquement mon invitation à déjeuner et repartit aussitôt.

Au début de l'après-midi, Setzler demanda à me voir. Je donnai l'ordre au planton de l'introduire. Il entra, claqua

1. Lieutenant-colonel.

280

les talons et salua. Je lui rendis impeccablement son salut, et le priai de s'asseoir. Il ôta sa casquette, la posa sur une chaise à côté de lui, et passa sa longue main maigre sur son crâne chauve. Il avait l'air soucieux et fatigué.

— *Herr Sturmbannführer*, c'est au sujet de la Station expérimentale. Il y a quelques points qui me tracassent... Un surtout.

— *Ja?*

— Est-ce que je peux vous présenter un rapport d'ensemble sur son fonctionnement?

— Certainement.

Il passa de nouveau sa longue main sur son crâne :

— En ce qui concerne la préparation psychologique, il n'y a que peu de choses à dire. Cependant comme on leur promet du café chaud après la « douche », j'ai pris sur moi de faire amener une vieille roulante sur les lieux...

Il eut un demi-sourire :

— ... pour compléter le décor, pour ainsi dire.

J'inclinai la tête et il reprit :

— Pour le gazage, je me permets de vous signaler qu'il prend quelquefois plus de dix minutes. Pour deux raisons : l'humidité de l'atmosphère, et l'humidité de la salle.

— L'humidité de la salle?

— J'ai donné l'ordre au *Sonderkommando* d'arroser les corps après gazage. Ils sont couverts d'excréments. Bien entendu, l'eau est ensuite rejetée à l'extérieur, mais il en reste toujours un peu.

Je pris une feuille de papier, décapuchonnai mon stylo, et je repris :

— Que proposez-vous?

— Donner une pente au ciment et pratiquer des rigoles d'écoulement.

Je réfléchis un instant et je dis :

— *Ja*, mais ce n'est pas suffisant. Il faut prévoir un chauffage, et en plus, un ventilateur puissant. Le ventilateur servira également à chasser les gaz. Combien de temps aérez-vous la salle après gazage?

— Précisément, *Herr Sturmbannführer*, je voulais vous en parler : Vous aviez prévu dix minutes d'aération. Mais c'est un peu juste. Les hommes du *Sonderkommando* qui pénètrent dans la salle pour dégager les corps, se plaignent de maux de tête et de malaises, et le rendement s'en trouve ralenti.

— Pour l'instant, donnez tout le temps nécessaire. Les ventilateurs vous permettront d'abréger.

Setzler toussa :

— Autre point, *Herr Sturmbannführer*. Les cristaux sont jetés à même le sol de la salle et, bien entendu, quand les patients s'écroulent, ils s'empilent dessus, et comme ils sont très nombreux, ils empêchent une partie du gaz de se dégager.

Je me levai, fis tomber la cendre de ma cigarette dans mon cendrier, et regardai par la fenêtre :

— Que proposez-vous?

— Rien pour l'instant, *Herr Sturmbannführer*.

Je pris note sans me rasseoir puis je fis signe à Setzler de continuer.

— Les hommes du *Sonderkommando* éprouvent aussi beaucoup de mal à dégager les corps. Ceux-ci sont humides par suite de l'arrosage, et les hommes n'ont pas de prise.

Je pris note et je regardai Setzler. J'avais l'impression qu'il avait quelque chose de plus important à m'apprendre, et qu'il retardait le moment de m'en faire part. Je dis avec impatience :

— Continuez.

Setzler toussa, et ses yeux se détournèrent :

— Encore... un petit détail... *Herr Sturmbannführer*. Sur la dénonciation d'un camarade, j'ai fait fouiller un

282

homme du *Sonderkommando*. On a trouvé sur lui une vingtaine d'alliances dérobées aux cadavres.

— Qu'est-ce qu'il voulait en faire?

— Il a dit qu'il ne pouvait pas faire ce genre de travail sans alcool. Il voulait troquer ces bagues contre du *Schnaps*.

— Avec qui?

— Avec les SS. J'ai fait fouiller les SS, je n'ai rien trouvé. Quant au juif, bien entendu, il a été fusillé.

Je réfléchis là-dessus et je dis :

— Dorénavant, vous ferez collecter toutes les alliances après gazage. Il va de soi que les biens des patients sont la propriété du Reich.

Il y eut un silence et je regardai Setzler. Son crâne chauve rougit lentement et il détourna les yeux. Je me mis à marcher de long en large et je dis :

— Est-ce tout?

— *Nein, Herr Sturmbannführer*, dit Setzler.

Il toussa. Je continuai ma promenade sans le regarder. Quelques secondes s'écoulèrent, sa chaise craqua, il toussa de nouveau, et je dis :

— Eh bien?

Et une inquiétude subite m'étreignit. Je n'avais jamais brusqué Setzler : Ce n'était donc pas de moi qu'il avait peur.

Je le regardai du coin de l'œil. Il tendit le cou en avant et dit tout d'une traite :

— Quant au rendement global, *Herr Sturmbannführer*, je regrette de dire qu'il n'est pas supérieur à celui de Treblinka.

Je m'arrêtai net et le fixai. Il passa sa longue main maigre sur son crâne et reprit :

— Bien entendu, nous avons fait de gros progrès sur Treblinka. Nous avons pratiquement éliminé les révoltes, le gazage est sûr et rapide, et avec nos deux petites salles,

nous pouvons, dès maintenant, gazer 5.000 unités par
24 heures.

Je dis sèchement :

— Eh bien?

— Mais nous ne pouvons pas en enterrer plus de 500.

— En fait, reprit-il, tuer n'est rien. C'est enterrer qui
prend du temps.

Je m'aperçus que mes mains tremblaient. Je les cachai
derrière mon dos et je dis :

— Doublez le *Sonderkommando*.

— Excusez-moi, *Herr Sturmbannführer*. Cela ne servirait
à rien. On ne peut pas faire sortir plus de deux ou trois
cadavres en même temps par les portes. Et quant aux
hommes qui sont dans les fosses pour recevoir les corps,
il y a aussi un chiffre qu'on ne peut pas dépasser. Sans cela,
ils se gênent entre eux.

— Pourquoi avez-vous des hommes dans les fosses?

— Il faut arranger les corps très soigneusement pour
gagner de la place. Comme dit l'*Untersturmführer* Pick,
il faut qu'ils soient « comme des sardines à l'huile dans une
boîte ».

— Creusez des fosses plus profondes.

— J'ai essayé, *Herr Sturmbannführer*, mais les fouilles
prennent alors beaucoup plus de temps, et le gain de place
n'est pas en rapport avec le temps dépensé. A mon avis,
la profondeur optima est de trois mètres.

Setzler détourna légèrement la tête et reprit :

— Autre point : Les fosses prennent énormément de
terrain.

Je dis sèchement :

— Nous ne sommes pas à Treblinka, le terrain ne
manque pas ici.

— *Nein*, *Herr Sturmbannführer*, mais je vois surtout
autre chose : Au fur et à mesure que nous creusons de nou-

284

velles fosses, nous nous éloignons nécessairement des chambres à gaz, et le transport des corps depuis les chambres jusqu'aux fosses finira par poser un problème, et ralentira encore le rendement.

Il y eut un long silence. Je me raidis et je dis en articulant avec soin :

— Avez-vous des suggestions à faire?

— Aucune, malheureusement, *Herr Sturmbannführer*. Je dis vite et sans le regarder :

— C'est bien, Setzler, vous pouvez disposer.

Ma voix avait tremblé, malgré tout. Il prit sa casquette, se leva, et dit d'un ton hésitant :

— Naturellement, *Herr Sturmbannführer*, je vais encore réfléchir. En fait, depuis trois jours, je me tracasse beaucoup pour ces satanées fosses. Si je vous en ai parlé, c'est parce que je ne vois pas de solution.

— Nous la trouverons, Setzler. Ce n'est pas votre faute. Je fis un violent effort sur moi-même et j'ajoutai :

— Je suis heureux de vous dire que, dans l'ensemble, j'apprécie beaucoup votre zèle.

Il salua, je lui rendis son salut, et il sortit. Je m'assis, je regardai la feuille sur laquelle j'avais pris des notes, je me pris la tête à deux mains, et j'essayai de les relire. Au bout d'un instant, ma gorge se noua, je me levai, et j'allai me planter devant la fenêtre : Le plan grandiose que j'avais envoyé au Reichsführer était nul. Le problème restait entier. Je n'avais rien résolu. J'avais totalement échoué dans ma tâche.

Les deux journées qui suivirent furent atroces. Le dimanche arriva, le *Hauptsturmführer* Hageman m'invita chez lui à un « *musikalischer Tee* [1] », je dus m'y rendre par courtoisie, la moitié des officiers du camp étaient là avec leurs

1. Thé musical.

femmes, mais heureusement, je n'eus pas beaucoup à parler. Frau Hageman se mit aussitôt au piano, et à part un court entracte pendant lequel on servit des rafraîchissements, les musiciens jouèrent morceau sur morceau. Du temps passa, je m'aperçus que je prêtais vraiment attention à la musique, et même que j'y prenais du plaisir. Setzler jouait un solo de violon. Son grand corps voûté se recourbait sur l'archet, sa couronne de cheveux gris luisait sous la lampe, et je savais d'avance les passages qui l'émouvaient, parce que son crâne chauve, quelques secondes avant, se mettait à rougir.

Après le solo, Hageman apporta une grande carte du front russe et la posa sur la table, on se rassembla autour d'elle, et on ouvrit la radio. Les nouvelles étaient magnifiques, les *Panzer* avançaient partout, Hageman déplaçait sans arrêt sur sa carte ses petits drapeaux à croix gammée, et quand le communiqué fut fini, il y eut un silence plein de recueillement et de joie.

Je renvoyai ma voiture et je fis le chemin à pied avec Elsie. Il n'y avait pas une lumière dans le bourg, les deux flèches de l'église d'Auschwitz se détachaient en noir sur un coin de ciel, et je retrouvai avec accablement le sentiment de ma défaite.

Le lendemain, Berlin téléphona pour m'annoncer la visite de l'*Obersturmbannführer* Wulfslang. Il arriva vers midi, refusa de nouveau mon invitation à déjeuner, et ne resta que quelques minutes. Il était évident qu'il entendait se cantonner strictement dans son rôle de courrier.

Wulfslang parti, je fermai à double tour la porte de mon bureau, je m'assis et j'ouvris d'une main tremblante la lettre du *Reichsführer*.

Elle était rédigée en termes si prudents que nul autre que moi, ou Setzler, aurait pu comprendre de quoi il s'agissait. Le *Reichsführer* approuvait chaleureusement mon idée d'un vaste édifice où « tous les services nécessaires à l'opération spéciale seraient rassemblés », et me félicitait de l'ingéniosité que j'avais déployée dans la mise au point de « certains détails pratiques ». Cependant, il me signalait que je n'avais pas vu assez grand encore, et qu'il fallait prévoir au moins quatre édifices de ce genre, « le rendement de pointe devant atteindre, en 1942, 10.000 unités par jour ». « Quand à la section V de mon rapport », il rejetait totalement la solution proposée, et m'ordonnait de me rendre sans retard au Centre expérimental de Culmhof, où le *Stendartenführer* [1] Kellner me donnerait les directives nécessaires.

Je lus cette dernière phrase avec un tressaillement de joie : « La section V de mon rapport » avait trait à l'enfouissement des corps. Il était clair que le *Reichsführer*, avec sa géniale intelligence, avait d'emblée aperçu la difficulté majeure où je me débattais, et qu'il me dirigeait sur Culmhof pour me faire bénéficier d'une solution qu'un autre de ses chercheurs avait trouvée.

Conformément aux ordres, je brûlai la lettre du *Reichsführer*, puis je téléphonai à Culmhof, et pris rendez-vous pour le lendemain.

Je m'y rendis en auto avec Setzler. Je n'avais pas voulu prendre de chauffeur, et Setzler conduisit lui-même la voiture. La matinée était très belle, et au bout de quelques minutes, on décida de s'arrêter pour décapoter. C'était un plaisir de sentir le vent de la vitesse vous fouetter le visage sous le beau soleil de juillet. Après toutes ces semaines de tourment et de surmenage, j'étais heureux de m'échapper un peu du camp et de respirer l'air pur du dehors, tout en ayant la quasi-certitude que je touchais enfin au bout de mes peines. Je mis Setzler au courant de

1. Colonel.

la communication du *Reichsführer* SS, je lui exposai le but de notre voyage, son visage s'éclaira, et il se mit à conduire si vite que je dus le modérer dans la traversée des villes.

On s'arrêta pour déjeuner dans un bourg assez important, et là, il y eut un accident assez comique : Dès qu'on sortit de l'auto, et que les paysans polonais virent notre uniforme, ils se mirent à fuir devant nous et à fermer précipitamment leurs volets. Nous n'étions pourtant que deux, mais apparemment, ces villageois avaient déjà eu maille à partir avec les SS.

En arrivant au Centre expérimental, je fus désagréablement surpris par l'odeur écœurante qui y régnait : Elle nous saisit avant même d'être arrivés à la tour de garde, elle ne fit qu'empirer, au fur et à mesure que nous avancions dans le camp, et ne nous quitta même pas, quand la porte de la Kommandantur se fut refermée sur nous. On aurait dit qu'elle imprégnait les murs, les meubles, nos vêtements. C'était une odeur graisseuse et âcre que je n'avais jamais respirée nulle part, et qui n'avait rien de commun avec la puanteur fade d'un cheval mort, ou d'un charnier humain.

Au bout de quelques minutes, un *Hauptscharführer* nous introduisit dans le bureau du Kommandant. La fenêtre était grande ouverte, et en entrant, une bouffée de cette même odeur graisseuse me souleva le cœur. Je me mis au garde à vous et saluai.

Le *Standartenführer* était assis derrière son bureau. Il me rendit nonchalamment mon salut et me désigna un fauteuil. Je me présentai, je présentai Setzler, et je m'assis. Setzler s'assit à ma droite, et légèrement en retrait, sur une chaise.

— *Sturmbannführer*, dit Kellner d'une voix courtoise, je suis heureux de vous recevoir ici.

Il tourna la tête vers la fenêtre et resta un moment immobile. Il était blond, avec un profil de médaille et un monocle. Pour un *Standartenführer*, il paraissait extrêmement jeune.

— Je dois vous dire, reprit-il, le visage toujours tourné vers la fenêtre, quelques mots sur ma propre mission.

Il me regarda, prit un étui en or sur son bureau, l'ouvrit, et me le tendit. Je pris une cigarette, il alluma son briquet et m'en présenta la flamme. Je me penchai en avant. Ses mains étaient blanches et soignées.

— Le *Reichsführer*, reprit Kellner de sa voix courtoise, m'a donné l'ordre de retrouver tous les charniers dans l'ensemble de l'*Ostraum*[1]. Il s'agit des charniers civils, bien entendu...

Il s'interrompit :

— Je vous demande pardon, dit-il en s'adressant à Setzler, je ne vous ai pas offert de cigarette.

Il ouvrit de nouveau son étui, se pencha par-dessus son bureau, et tendit l'étui à Setzler. Setzler remercia, et Kellner lui alluma sa cigarette.

— Je dois donc, reprit Kellner en regardant de nouveau la fenêtre, rechercher tous les charniers de l'*Ostraum*, c'est-à-dire non seulement ceux de la campagne de Pologne...

Il fit un petit geste de la main.

— ... et les suites... mais aussi ceux laissés par l'avance de nos troupes en Russie... Vous me comprenez : Juifs, civils, partisans, actions spéciales.

Il eut de nouveau un petit geste négligent de la main.

— ... et toutes ces choses.

Il fit une pause, le visage toujours tourné vers la fenêtre.

1. L'Espace oriental.

— Je dois donc découvrir ces charniers, les ouvrir... et faire disparaître les corps.

Il me regarda et leva légèrement la main droite.

— ... et les faire disparaître — selon l'expression du *Reichsführer* — de façon si *totale* que personne, plus tard, ne puisse savoir le nombre de gens que nous avons liquidés...

Il sourit d'un air courtois.

— C'était un ordre... comment dire?... un peu difficile. Heureusement, j'obtins du *Reichsführer* un sursis... pour étudier la question. D'où...

Petit geste de la main :

— ... le Centre expérimental.

Il regarda la fenêtre et, de nouveau, son profil parfait apparut.

— Vous comprenez, rien de commun avec Treblinka... ou ces affreux petits camps du même genre... Bien entendu, je gaze aussi les gens, mais c'est uniquement pour avoir les corps.

Il fit une pause.

— J'ai procédé à diverses expériences. Par exemple, j'ai essayé les explosifs.

Il regarda par la fenêtre et fronça légèrement les sourcils :

— *Du lieber Himmel* [1] *!* dit-il à mi-voix, quelle odeur!

Il se leva, fit quelques pas rapides, et ferma la fenêtre.

— Vous m'excusez, dit-il d'un ton courtois.

Il se rassit. L'odeur était toujours là, âcre, graisseuse, écœurante. Il reprit :

— Les explosifs, *Sturmbannführer*, furent une déception. Les corps étaient déchiquetés, et c'était tout. Et comment faire disparaître les débris? Ce n'était

1. Ciel!

pas là, la disparition *totale* que le *Reichsführer* exigeait.

Il leva légèrement la main droite :

— Bref, une seule solution : Brûler les corps...

Les fours. Comment n'avais-je pas pensé aux fours? Je dis tout haut :

— Les fours, *Herr Standartenführer?*

— Bien entendu. Mais remarquez bien, *Sturmbann-führer*, cette méthode ne convient pas toujours. Si je découvre un charnier à cinquante kilomètres d'ici dans un bois, il va sans dire que je ne peux pas y transporter mes fours. Il fallait donc trouver autre chose...

Il se leva et me sourit d'un air courtois :

— J'ai trouvé.

Il mit son étui en or dans sa poche, prit sa casquette et dit :

— *Bitte.*

Je me levai et Setzler m'imita. Kellner ouvrit la porte, nous fit passer devant lui et la ferma. Puis il dit de nouveau « *Bitte* », nous précéda et fit signe à un *Haupschar-führer* de nous suivre.

Une fois dehors, Kellner plissa le nez, renifla légèrement, et me jeta un coup d'œil :

— Évidemment, dit-il avec un demi-sourire, ce n'est pas une cure d'air ici.

Il haussa les épaules et ajouta en français :

— *Que voulez-vous?*

Je marchai à sa droite. Le soleil éclairait en plein son visage : Il était couvert d'un réseau de rides. Kellner avait au moins cinquante ans.

Il s'arrêta devant un garage et le fit ouvrir par le *Haupt-scharführer*.

— Le camion-gazeur, dit-il en passant sa main gantée sur l'aile arrière.

— Vous voyez, reprit-il, le gaz d'échappement est capté

291

par le tuyau et conduit à l'intérieur. Supposez maintenant que la *Gestapo* arrête une trentaine de partisans et les mette aimablement à ma disposition, le camion va les chercher, et quand il arrive ici, ils sont morts.

Il sourit.

— Vous comprenez, on fait d'une pierre deux coups, pour ainsi dire : L'essence sert à la fois au transport et au gazage. D'où...

Il fit un petit geste de la main :

— ... Économie.

Il fit un signe, le *Hauptscharführer* ferma le garage, et on se remit à marcher.

— Remarquez, reprit-il, c'est là un procédé que je ne recommande à personne. Il n'est pas sûr. Au début, on ouvrait les portes du camion, on croyait recevoir des cadavres, mais les gens étaient seulement évanouis, et quand on les jetait dans les flammes, ils poussaient des cris.

Setzler fit un mouvement, et je dis :

— *Herr Standartenführer*, c'est à la coloration de la peau qu'on reconnaît que c'est fini : Ils sont blêmes avec une teinte rosée sur les pommettes.

— Le gazage, reprit Kellner d'un air imperceptiblement dédaigneux, ne m'intéresse pas. Comme je vous l'ai dit, je ne gaze les gens que pour avoir les corps. Seuls, les corps m'intéressent.

Un long bâtiment en parpaings apparut, flanqué d'une haute cheminée d'usine en briques rouges.

— C'est là, dit Kellner.

Il s'effaça devant la porte courtoisement. Le bâtiment était vide.

— Les fours, reprit-il, sont jumelés.

Il manœuvra lui-même la lourde porte métallique d'un des fours, et nous montra l'intérieur.

— La contenance est de trois corps, et le chauffage se fait au coke. De puissants ventilateurs amènent en peu de temps le feu à la température voulue.

Il referma la porte et je dis :

— *Bitte, Herr Standartenführer*, combien de fours faudrait-il pour brûler 2 000 unités en 24 heures?

Il se mit à rire.

— 2 000! *mein lieber Mann* [1], mais vous voyez les choses en grand!

Il sortit un calepin et un porte-mine en or de sa poche et jeta rapidement quelques chiffres sur le papier.

— Huit fours jumelés.

Je jetai un coup d'œil à Setzler. Kellner reprit :

— Moi-même, je n'ai que deux fours jumelés.

Il leva son sourcil droit, son monocle tomba, il le rattrapa dans le creux de la main comme un prestidigitateur, et ajouta :

— Mais je ne les considère que comme des moyens auxiliaires.

— *Bitte*, dit-il.

Il remit son monocle et nous précéda. Je laissai Setzler passer devant moi, et je lui donnai une petite tape sur l'épaule.

La voiture du *Standartenführer* nous attendait devant la porte. Setzler monta à côté du chauffeur, et je m'installai, à la gauche de Kellner, sur le siège arrière.

L'odeur graisseuse et âcre devint plus forte. L'auto roulait vers un bouquet d'arbres d'où sortaient des volutes de fumée noire.

Kellner fit arrêter la voiture. Une aimable clairière s'ouvrait devant nous. Tout au fond, une épaisse fumée s'échappait de terre sur une cinquantaine de mètres envi-

1. Mon cher Monsieur.

ron. Dans la fumée, des silhouettes indistinctes de SS et de détenus s'agitaient. Quelquefois, des flammes émergeaient du sol et les silhouettes devenaient rouges. L'odeur était intolérable.

On approcha. La fumée et les flammes sortaient d'une large fosse où des corps nus des deux sexes étaient entassés. Sous l'effet des flammes, les corps se tordaient et se détendaient avec de brusques sursauts, comme s'ils avaient été en vie. Un grésillement de friture crépitait continuellement dans l'air avec une force inouïe. Les flammes, hautes et noires, dégageaient par moments une lumière rouge claire, vive et irréelle, comme un feu de Bengale. Sur le bord de la fosse, des monceaux de cadavres nus s'élevaient à intervalles réguliers, et les détenus du *Sonder* s'affairaient autour de ces monceaux. La fumée cachait en partie leurs gestes, mais de temps en temps, des deux côtés et sur toute la longueur de la fosse, des corps nus étaient projetés dans les airs, s'illuminaient brusquement et retombaient dans le feu.

A dix mètres de moi, je vis un *Kapo* [1] tourner la tête, sa bouche s'ouvrit toute grande, il devait hurler un ordre, mais je n'entendis rien, le grésillement de friture couvrait tout.

Le visage de Kellner était rougi par la lumière. Il tenait un mouchoir contre son nez.

— Venez! hurla-t-il, la bouche presque collée à mon oreille.

Je le suivis. Il m'amena à l'extrémité de la fosse. A trois mètres environ, au-dessous de moi, un liquide épais bouillonnait dans un réservoir ménagé entre les parois de la fosse. Sa surface crevait constamment en cloques, et une fumée fétide s'en échappait. Un détenu fit descendre un

1. Contremaître détenu.

seau au bout d'une corde, puisa dans le liquide, et remonta le seau.

— La graisse! hurla Kellner à mon oreille.

D'où nous étions, je pouvais embrasser d'un coup d'œil toute l'étendue de la fosse. Les détenus autour de nous s'agitaient comme des déments. Un mouchoir, noué au-dessous des yeux, leur couvrait le nez et la bouche, de sorte qu'ils paraissaient être sans visage. Un peu plus loin, ils disparaissaient dans d'épaisses volutes de fumée, et les corps nus qu'ils projetaient dans la fosse paraissaient sortir du néant. Ils volaient de droite et de gauche sans arrêt, pirouettaient dans l'air comme des pantins, une lumière intense les éclairait brièvement par en dessous, ils retombaient, ils étaient comme escamotés par les flammes.

Un détenu s'approcha avec un seau, la corde se déroula, et le seau plongea de nouveau dans le liquide. Le grésillement était assourdissant.

— Venez! hurla Kellner à mon oreille.

On regagna l'auto. Setzler nous attendait, appuyé contre la portière. En me voyant, il rectifia sa position.

— Excusez-moi, dit-il, je vous ai perdu dans la fumée.

On prit place dans la voiture. Il n'y eut pas un mot échangé. Kellner était immobile. Il se tenait très droit et son profil de médaille se détachait sur la vitre de l'auto.

— Vous voyez, dit-il en s'asseyant de nouveau derrière son bureau, le procédé est simple... mais il a fallu beaucoup tâtonner pour le mettre au point... En premier lieu, la fosse doit avoir... Comment dire?... des dimensions optima.

Il leva son sourcil droit, son monocle tomba, il le rattrapa au vol, et se mit à le balancer entre le pouce et l'index.

— J'ai trouvé qu'une bonne fosse devait avoir 50 mètres de long, 6 mètres de large, et 3 mètres de profondeur.

Il leva la main qui tenait le monocle :

— Second point, et qui m'a donné beaucoup de mal : La disposition des fagots et des corps. Vous comprenez, elle ne doit pas se faire au hasard. Voici comment je procède : Je mets une première couche de fagots sur le sol. Sur cette couche je place une centaine de corps, et — c'est là le point important, *Sturmbannführer !* — *entre les corps* je place d'autres fagots. J'allume ensuite avec des chiffons imbibés de pétrole, et quand le feu est bien pris, et alors seulement, j'ajoute des fagots, je jette de nouveaux corps...

Il fit un petit geste de la main :

— Et ainsi de suite...

Il leva son monocle :

— Troisième point : La graisse.

Il me regarda.

— Vous devez savoir, reprit-il, qu'au début, la combustion était gênée par l'énorme quantité de graisse qui se dégageait des corps. J'ai cherché une solution...

Il eut un petit rire courtois :

— ... et j'ai trouvé. Je donne une pente à la fosse, je perce des rigoles d'écoulement, et je récupère la graisse dans un réservoir.

Je dis :

— *Herr Standartenführer*, les détenus qui puisaient cette graisse dans les seaux...

Il eut un petit sourire de triomphe.

— Précisément.

Il mit ses deux mains à plat sur la table, et me regarda d'un air fin :

— Ils en arrosent les corps. C'est toute l'astuce. J'arrose les corps avec une partie de la graisse qu'ils dégagent... Pourquoi?

Il leva la main droite :

— Beaucoup de graisse gêne la combustion, mais un peu de graisse l'active. Par temps de pluie, par exemple, l'arrosage est précieux.

Il ouvrit son étui en or, me le tendit, le tendit à Setzler, et nous donna du feu. Puis il prit une cigarette, éteignit son briquet, le ralluma, et présenta sa cigarette à la flamme.

Je dis :

— *Herr Standartenführer*, quel est le rendement par 24 heures d'une fosse de ce genre?

Il eut un petit rire :

— Par 24 heures! Mais vous voyez décidément les choses en grand!

Il me jeta un regard de côté, son visage redevint sérieux, et il reprit :

— Vous comprenez, le rendement par 24 heures ne se pose pas pour moi. Je n'ai jamais de telles quantités à traiter. Cependant, je puis vous dire mon rendement par heure. Il est de 300 à 340 unités; 340 par temps sec, et 300 par temps de pluie.

Je fis le calcul et je dis :

— 8 000 corps par 24 heures!

— Je suppose.

— Naturellement, dis-je au bout d'un moment, la même fosse peut servir indéfiniment?

— Naturellement.

Il y eut un silence, et je regardai Setzler.

La période de tâtonnements et d'angoisse était close. Je pouvais regarder l'avenir avec confiance. J'étais sûr désormais d'atteindre, et même de dépasser, le rendement prévu par le plan.

297

En ce qui me concernait, je pouvais presque me contenter des fours. En en prévoyant 32 pour l'ensemble des quatre grands établissements que je devais construire, je pouvais arriver à un rendement global de 8 000 corps par 24 heures, chiffre qui n'était inférieur que de 2 000 unités au « rendement de pointe » prévu par le Reichsführer. Une seule fosse auxiliaire, par conséquent, suffirait à brûler, le cas échéant, les 2 000 unités restantes.

A vrai dire, je n'aimais pas beaucoup les fosses. Le procédé me paraissait grossier, primitif, indigne d'une grande nation industrielle. J'avais conscience, en optant pour les fours, de choisir une solution plus moderne. Les fours avaient, de plus, l'avantage de garantir mieux le secret, puisque la crémation était effectuée, non pas en plein air, comme pour les fosses, mais à l'abri des vues. En outre, il m'avait paru souhaitable, dès le début, d'enfermer dans un même édifice tous les services nécessaires à l'action spéciale. Je tenais beaucoup à cette conception, et j'avais pu voir, par la réponse du Reichsführer, qu'elle l'avait également séduit. Il y avait, en fait, quelque chose de satisfaisant pour l'esprit dans la pensée qu'à partir du moment où les portes du vestiaire se refermeraient sur un convoi de 2 000 juifs jusqu'au moment où ces juifs seraient réduits en cendres, toute l'opération se déroulerait, sans heurt, dans un même lieu.

En creusant davantage cette idée, je vis qu'il fallait, comme dans une usine, mettre en place une chaîne continue qui conduirait les personnes à traiter, du vestiaire à la chambre à gaz, et de la chambre à gaz aux fours, dans un minimun de temps. Comme la chambre à gaz était souterraine, et que la chambre des fours devait être située à l'étage supérieur, je conclus que le transport des corps, de celle-là à celle-ci, n'était concevable que par des moyens mécaniques. On imaginait mal, en effet, les hommes du

298

Sonderkommando [1] traînant plusieurs centaines de corps par un escalier, ou même par un plan incliné. La perte de temps serait énorme. Je remaniai donc mon plan primitif, et je décidai d'y ménager les emplacements nécessaires à quatre puissants ascenseurs, chacun d'une contenance de 25 corps environ. Je calculai que de cette façon, il faudrait seulement 20 voyages pour évacuer les 2 000 corps de la chambre à gaz. Ce dispositif devrait être complété, à l'étage au-dessus, par des chariots, qui prendraient livraison des corps à la sortie des ascenseurs, et les mèneraient jusqu'aux fours.

Mon plan étant ainsi modifié, je rédigeai un nouveau rapport pour le *Reichsführer*. L'*Obersturmbannführer* Wulfslang servit, une fois de plus, d'intermédiaire, et 48 heures plus tard, m'apporta la réponse d'Himmler : Mon plan était intégralement accepté, des crédits importants m'étaient ouverts, et je pouvais me considérer comme prioritaire pour tous les matériaux de construction.

La note du *Reichsführer* ajoutait que deux des quatre établissements devaient être en état de fonctionner « au plus tard le 15 juillet 1942 », les deux autres, au 31 décembre de la même année. J'avais donc un peu moins d'un an pour mener à bien la première tranche des travaux.

J'ouvris immédiatement les chantiers. En même temps, les deux installations provisoires de Birkenau continuèrent à fonctionner sous la direction de Setzler, et je lui confiai également le soin de rouvrir les anciennes fosses et d'en brûler les occupants.

L'odeur nauséabonde, que nous avions respirée à Culmhof, s'étendit aussitôt sur le camp tout entier, et je remarquai qu'elle était perceptible, même lorsque le vent soufflait de l'ouest. Quand il soufflait de l'est, elle se répandait plus

---

1. Kommando spécial (*des détenus*).

loin encore, jusqu'au bourg d'Auschwitz, et au-delà même, jusqu'à Bobitz. Je fis circuler le bruit qu'une usine de tannerie s'était montée dans la région, et que c'était d'elle que provenaient ces exhalaisons. Mais je n'avais guère d'illusion à me faire sur le succès de cette légende. Le relent des peaux en décomposition n'avait vraiment rien de commun avec la puanteur de graillon, de chair brûlée et de cheveux roussis qui se dégageait des fosses. Je réfléchis avec inquiétude que ce serait pis encore, quand les hauts fourneaux de mes quatre crématoires géants cracheraient, sur toute la région, 24 heures sur 24, leur fumée pestilentielle.

Cependant, je n'avais guère de temps à perdre à ces considérations. J'étais constamment sur les chantiers, et Elsie recommençait à se plaindre de ne plus me voir à la maison. Et en effet, j'en partais à 7 heures le matin, et n'en revenait qu'à 10 ou 11 heures du soir pour me jeter aussitôt sur le lit de camp de mon bureau, et m'endormir.

Ces efforts portèrent leur fruit. Noël 41 approchait, et le gros œuvre des deux bâtisses était déjà assez avancé pour me laisser bon espoir de les finir à temps. Cependant, je ne relâchais pas mon effort, et au milieu de tous les soucis que me donnaient l'extension continuelle des deux Lagers, l'arrivée quasi quotidienne de nouveaux transports, et la discipline des *Allgemeine SS* (qui me faisaient regretter de plus en plus mes splendides « Têtes de mort » d'autrefois), je trouvais chaque jour le temps de faire plusieurs apparitions sur le chantier.

Au début décembre, un de mes *Lagerführer* de Birkenau, le *Hauptsturmführer* [1] Hageman, demanda à me parler. Je le fis aussitôt entrer. Il me salua et je le fis asseoir. Sa face rouge et lunaire exprimait l'embarras.

— *Herr Sturmbannführer*, dit-il de sa voix essoufflée,

1. Capitaine.

300

j'ai quelque chose... à vous dire... concernant Setzler...

Je répétai :

— Setzler?

J'avais marqué de la surprise, et Hageman eut l'air encore plus mal à l'aise.

— Précisément, *Herr Sturmbannführer*... Étant donné... que l'*Obersturmführer* Setzler n'est pas sous mes ordres... mais directement sous les vôtres... peut-être, en effet... serait-il plus correct...

Il fit mine de se lever.

— Est-ce une question de service?

— Certainement, *Herr Sturmbannführer*.

— Dans ce cas, vous n'avez pas de scrupule à avoir.

— Certainement, *Herr Sturmbannführer*, c'est ce que je me suis dit, finalement... D'un autre côté, c'est assez délicat... Setzler (il souffla plus fort) est un ami personnel... J'apprécie beaucoup ses qualités d'artiste...

Je dis sèchement :

— Cela n'entre pas en ligne de compte. Si Setzler a commis une faute, votre devoir est de me la faire connaître...

— C'est ce que je me suis dit, *Herr Sturmbannführer*, dit Hageman.

Et il eut l'air un peu soulagé.

— Naturellement, reprit-il, je ne blâme pas personnellement Setzler... Il a un service très dur, et j'imagine qu'il a besoin de l'égayer... Mais pourtant, c'est une faute... Vis-à-vis des hommes c'est certainement... Comment dirais-je?... une grave faute de dignité... Bien entendu, de la part d'un simple *Scharführer*, cela n'aurait pas tellement d'importance... mais chez un Off-i-cier!...

Il leva les deux mains, son visage lunaire eut un air important et choqué, et il dit tout d'une traite :

— C'est pourquoi j'ai pensé qu'il était correct, finalement...

— Eh bien? dis-je avec impatience.

Hageman passa son gros doigt boudiné à l'intérieur de son col, et regarda dans la direction de la fenêtre :

— J'ai entendu dire... Naturellement, *Herr Sturmbannführer*, je ne me suis pas permis de... me livrer à une enquête sans votre permission... Setzler n'étant pas sous mes ordres... Cependant, vous comprenez, je n'ai aucun doute... quant à moi...

— Bref, souffla-t-il, voici les faits. Quand un convoi se déshabille devant l'installation provisoire... Setzler... Naturellement, il est là pour les besoins du service... Il n'y a rien à redire à cela... Bref, il fait mettre à part... une jeune fille juive... la plus jolie généralement... et quand tout le convoi est entré... il entraîne la jeune fille... la fille est nue, remarquez bien... ce qui rend la chose encore moins correcte... Il l'entraîne dans une pièce à part... et là...

Il passa de nouveau son doigt à l'intérieur de son col.

— ... là, il l'attache... par les poignets, à deux cordes qu'il a fait fixer au plafond... J'ai vu les cordes, *Herr Sturmbannführer*... Bref, la fille est nue, les poignets attachés aux cordes... et Setzler tire dessus à coups de pistolet... Bien entendu, tous les SS sont au courant...

Il souffla d'un air choqué et malheureux.

— ... Ils entendent les cris de la fille et les coups de feu... Et Setzler prend tout son temps, pour ainsi dire...

Hageman souffla.

— A la rigueur, vous comprenez, de la part d'un simple *Scharführer*...

J'appuyai sur un des boutons de mon standard, je décrochai l'écouteur et je dis :

— C'est vous, Setzler? J'ai à vous parler.

Hageman se leva d'un bond, la consternation peinte sur son visage lunaire.

302

— *Herr Sturmbannführer*, est-ce que je dois vraiment... devant lui...

Je dis doucement :

— Vous pouvez vous retirer, Hageman.

Il salua hâtivement et sortit. Une minute s'écoula, et on frappa à la porte. Je criai : « Entrez! » Setzler apparut, referma la porte et salua. Je le regardai fixement, et son crâne chauve se mit à rougir.

Je dis sèchement :

— Écoutez, Setzler, je ne vous fais pas de reproches, et je ne vous demande pas d'explications. Mais quand vous êtes en service à l'Installation provisoire, je vous demande, sauf en cas de révolte, de ne pas utiliser votre pistolet.

La couleur quitta son visage.

— *Herr Sturmbannführer*...

— Je ne vous demande pas d'explications, Setzler. Je considère simplement la pratique en question comme incompatible avec votre dignité d'officier, je vous donne l'ordre d'y mettre fin, et c'est tout.

Setzler passa sa longue main maigre sur son crâne, et dit d'une voix basse et sans timbre :

— C'est pour ne pas entendre les cris des autres que je fais ça.

Il pencha la tête en avant, et ajouta d'un air de honte :

— Je n'en puis plus.

Je me levai. Je ne savais que penser.

Setzler reprit :

— Mais c'est surtout cette abominable odeur de chair brûlée. Je l'ai continuellement sur moi. Même la nuit. Quand je me réveille, il me semble que mon oreiller empeste. Bien entendu, ce n'est qu'une illusion...

Il releva la tête et dit avec un brusque éclat de voix :

— Et les cris! Dès qu'on jette les cristaux... Et les coups

contre les murs!... Je ne pouvais pas supporter ça... Il fallait que je fasse quelque chose.

Je regardais Setzler. Je ne le comprenais pas. A mon avis, sa conduite n'était qu'un tissu de contradictions.

Je dis d'un ton patient :

— Ecoutez, Setzler, vous seriez seulement *Scharführer*... Mais comprenez donc, vous êtes officier, c'est inacceptable, les hommes en parlent sûrement entre eux...

Je détournai la tête et ajoutai avec gêne :

— ... si encore la fille était habillée...

Sa voix s'éleva brusquement :

— Mais vous ne comprenez pas, *Herr Sturmbannführer*... Je ne peux pas rester là, simplement, à les écouter hurler...

Je dis sèchement :

— Il n'y a rien à comprendre. Vous ne devez pas faire ça.

Setzler rectifia la position, se redressa et dit d'une voix plus ferme :

— Est-ce un ordre, *Herr Sturmbannführer?*

— Certainement.

Il y eut un silence. Setzler était immobile au garde à vous, le visage rigide.

— *Herr Sturmbannführer*, dit-il d'une voix neutre et officielle, je vous demanderais de bien vouloir transmettre au *Reichsführer* ma demande d'affectation à une unité du front.

J'étais stupéfait. Je détournai vivement les yeux et m'assis. Je pris mon stylo et je traçai quelques croix sur mon bloc-notes. Au bout d'un moment, je relevai la tête et je fixai Setzler :

— Y a-t-il un rapport entre l'ordre que je viens de vous donner et la demande d'affectation que vous comptez me présenter?

304

Ses yeux glissèrent sur moi, se fichèrent sur la lampe de mon bureau, et il dit à voix basse :

— *Ja.*

Je posai mon stylo :

— Il va sans dire que je maintiens mon ordre.

Je le fixai.

— Quant à votre demande d'affectation, c'est mon devoir de la transmettre, mais je ne vous cache pas que je la transmettrai avec avis défavorable.

Setzler fit un mouvement et je levai la main :

— Setzler, vous avez été avec moi, dans toute cette affaire, dès le début. Vous seul ici, à part moi, avez la compétence nécessaire pour diriger l'Installation provisoire. Si vous partiez, il faudrait que je dresse personnellement un autre officier, que je l'instruise...

Je repris avec force :

— Je n'en ai pas le temps. Je dois me consacrer entièrement aux chantiers jusqu'en juillet.

Je me levai :

— D'ici là vous m'êtes indispensable.

Il y eut un silence et j'ajoutai :

— A cette date, si la guerre dure encore — ce qui d'ailleurs ne me paraît pas probable — vous pourrez faire une demande. Je l'appuierai.

Je me tus. Setzler était immobile, le visage rigide et glacé. Au bout d'un moment, je repris :

— C'est tout.

Il salua avec raideur, pivota réglementairement et sortit.

Quelques minutes après, Hageman apparut, rouge, lunaire, essoufflé. Il me donna des papiers à signer. Les papiers n'avaient rien d'urgent. Je pris mon stylo et je dis :

— Il n'a pas nié.

Hageman me regarda et son visage s'épanouit.

305

— Naturellement... c'est un homme si franc... si loyal...

— Mais il a pris la chose très à cœur.

— *Ach!* Vraiment! dit-il d'un air étonné, vraiment!...
Mais c'est un artiste, *nicht wahr?* C'est même peut-être ce
qui explique...

Il me regarda en soufflant.

— Si je puis exprimer une hypothèse... *Herr Sturmbannführer*... Certainement, c'est un artiste, c'est ce qui
explique tout...

Il eut un air pieux et choqué.

— Quand on y pense!... Un off-i-cier, *Herr Sturmbannführer!* Quelle incroyable fantaisie! C'est un artiste, voilà
la raison...

— Et remarquez bien, *Herr Sturmbannführer*, reprit-il
en levant ses mains grasses d'un air de triomphe, il « a pris
la chose très à cœur »... comme vous avez bien voulu
remarquer... *Er ist eben Künstler...* [1]

Je recapuchonnai mon stylo.

— Hageman, je compte sur vous pour que l'affaire ne
s'ébruite pas.

— Bien entendu.

Je me levai, je pris ma casquette et je partis inspecter
les chantiers.

L'*Obersturmführer* Pick se porta à ma rencontre. C'était
un petit homme brun, calme et froid.

Je lui rendis son salut.

— Avez-vous procédé aux sondages parmi les détenus?

— *Jawohl, Herr Sturmbannführer*. Il en est bien comme
vous pensiez. Ils n'ont aucune idée de la destination de
l'ouvrage.

— Les SS?

— Ils pensent qu'il s'agit d'abris anti-aériens. Ils appel-

1. Justement, c'est un artiste!

lent les deux établissements des « *Bunkers* », ou encore, comme ils sont identiques, les « *Bunker* jumeaux ».

— C'est une très bonne idée. Nous les appellerons ainsi désormais.

Pick reprit au bout d'un moment :

— Un petit ennui, *Herr Sturmbannführer*. Sur le plan, les quatre grands ascenseurs qui amènent les gens de la « Salle de douches » aboutissent à une grande salle — la future salle des fours. Et cette salle, évidemment, ne comporte pas d'issue. Un des architectes s'en est étonné. Bien entendu, il ne sait pas que cette salle doit comporter des fours, et que c'est par là...

Pick eut un demi-sourire :

— ... que les gens sortiront.

Je dis au bout d'un moment :

— Que lui avez-vous répondu ?

— Que je ne comprenais pas non plus, mais que c'était les ordres.

J'inclinai la tête, je lançai à Pick un regard significatif, et je dis :

— Si cet architecte pose encore des questions, n'oubliez pas de me le signaler.

Pick me rendit mon regard, et je m'approchai des chantiers. On était en train de couler les cheminées en béton qui mettaient en communication les chambres à gaz souterraines avec l'air libre.

Ces cheminées devaient déboucher dans la cour intérieure de l'établissement et recevoir une calotte hermétique. Dans ma pensée, voici comment les choses devaient se passer : Une fois les détenus enfermés dans la chambre à gaz, les préposés SS se rendaient dans la cour avec les boîtes de *Giftgas*, mettaient leurs masques à gaz, ouvraient les boîtes, dévissaient les calottes des cheminées, déversaient les cristaux à l'intérieur, et revissaient les calottes.

Après cela, il ne leur restait plus qu'à ôter leurs masques, et à fumer une cigarette, s'ils le désiraient.

— L'ennui, dit Pick, c'est que les cristaux seront jetés à même le sol. Vous vous rappelez certainement, *Herr Sturmbannführer*, que l'*Obersturmführer* Setzler s'en est plaint pour l'Installation provisoire.

— Je me souviens.

— La conséquence, c'est que les gens, atteints par les vapeurs, s'écroulent sur les cristaux, et le gaz se dégage moins bien.

— C'est exact.

Il y eut un silence, Pick rectifia légèrement sa position, et dit :

— *Herr Sturmbannführer*, puis-je présenter une suggestion?

— Certainement.

— On pourrait prolonger les cheminées par des colonnes de tôle perforée qui prendraient appui sur le sol des chambres à gaz. De cette façon, les cristaux, jetés par les cheminées, tomberaient à l'intérieur des colonnes, et les vapeurs de gaz se dégageraient par les trous de la tôle. Elles ne seraient donc plus contrariées par l'amoncellement des corps. Je vois deux avantages à ce dispositif. Primo : Accélération du gazage. Secundo : Économie de cristaux.

Je réfléchis et je dis :

— Votre idée me paraît excellente. Demandez à Setzler d'expérimenter ce dispositif dans une des deux salles de l'Installation provisoire, l'autre restant inchangée. Cela nous permettra, par comparaison, de chiffrer l'économie de cristaux et le gain de temps.

— *Jawohl, Herr Sturmbannführer*.

— Il va sans dire que si l'économie est appréciable, nous adopterons votre dispositif pour les *Bunkers*.

Je regardai Pick. Il était un peu plus petit que moi. Il

308

ne parlait que lorsqu'on lui adressait la parole. Il était calme, correct, positif. Peut-être n'avais-je pas apprécié Pick tout à fait à sa valeur jusqu'ici.

Je dis au bout d'un moment :

— Que faites-vous pour Noël, Pick?

— Rien de particulier, *Herr Sturmbannführer*.

— Ma femme et moi, nous donnons une petite soirée. Nous serions très heureux de vous avoir, ainsi que Frau Pick.

C'était la première fois que je l'invitais chez moi. Son teint pâle se colora légèrement, et il dit :

— Certainement, *Herr Sturmbannführer*, nous serons très...

Je vis qu'il ne savait pas comment finir sa phrase, et j'ajoutai avec bonté :

— Nous comptons donc sur vous.

La veille de Noël, au début de l'après-midi, Setzler demanda à me parler. Depuis notre dernière entrevue, nos rapports, en apparence, étaient restés normaux. Mais je l'avais, en fait, très peu vu, et seulement pour les besoins du service.

Il salua, je lui rendis son salut, et je le priai de s'asseoir. Il fit un geste de refus.

— Si vous permettez, *Herr Sturmbannführer*, j'ai très peu de choses à vous dire.

— Comme vous voulez, Setzler.

Je le regardai. Il avait beaucoup changé. Son dos s'était voûté davantage, et ses joues étaient creuses. L'expression de ses yeux me frappa :

Je dis doucement :

— Eh bien, Setzler?

Je vis sa poitrine se soulever, il ouvrit la bouche comme si l'air lui manquait, et ne dit rien. Il était extrêmement pâle.

Je dis :

— Vous ne voulez pas vous asseoir, Setzler?

Il fit signe que « non » de la tête, et ajouta à voix basse :

— Merci, *Herr Sturmbannführer*.

Quelques secondes s'écoulèrent. Il était parfaitement immobile, grand et voûté, ses yeux fiévreux fixés sur moi. Il avait l'air d'un fantôme.

Je dis :

— Eh bien?

Sa poitrine se souleva, sa mâchoire se contracta et il dit d'une voix blanche :

— *Herr Sturmbannführer*, j'ai l'honneur de vous demander de bien vouloir transmettre au *Reichsführer SS* ma demande d'affectation à une unité du front.

Il prit un papier dans sa poche, le déplia, fit deux pas en avant comme un automate, déposa le papier sur mon bureau, fit deux pas en arrière, et se figea au garde à vous.

Je ne touchai pas au papier. Quelques secondes s'écoulèrent et je dis :

— Je transmettrai votre demande avec avis défavorable.

Ses yeux cillèrent plusieurs fois, sa pomme d'Adam remonta dans son cou maigre et ce fut tout.

Il claqua les talons, salua, fit un demi-tour réglementaire et se dirigea vers la porte.

— Setzler.

Il se retourna.

— A ce soir, Setzler.

Il me regarda avec des yeux hagards.

— Ce soir?

— Ma femme vous a invité chez nous, *nicht wahr?* Ainsi que Frau Setzler? Vous savez bien, pour l'arbre de Noël.

Il répéta :

— Pour l'arbre de Noël?

Et il eut un petit rire.

— Certainement, *Herr Sturmbannführer*, je me souviens.

— Nous comptons sur vous dès que votre service de nuit sera fini.

Il inclina la tête, me salua de nouveau et sortit.

J'allai inspecter les chantiers. Le vent soufflait de l'est et la fumée des fosses de Birkenau imprégnait le camp. J'attirai Pick à l'écart.

— Que disent-ils de l'odeur?

Pick fit la grimace.

— Ils s'en plaignent, *Herr Sturmbannführer*.

— Je ne vous demande pas ça.

— Eh bien, dit Pick avec embarras, nos SS répètent que c'est une tannerie, mais je ne sais pas s'ils le croient.

— Et les détenus?

— *Herr Sturmbannführer*, je n'ose pas trop questionner les *Dolmetscher* [1]. Cela pourrait leur donner l'éveil.

— *Gewiss*, mais vous pouvez bavarder avec eux.

— Précisément, *Herr Sturmbannführer*, dès que je fais allusion à l'odeur, ils deviennent muets comme des carpes.

— Mauvais signe.

— C'est ce que je me permets de penser, *Herr Sturmbannführer*, dit Pick.

Je le quittai. J'étais inquiet et mécontent. Il était évident que l'action spéciale, du moins à l'intérieur du camp, ne resterait pas bien longtemps secrète.

Je me dirigeai vers la place d'appel. J'avais donné l'ordre, pour Noël, d'y ériger un sapin pour les détenus.

Hageman vint à ma rencontre, gros, grand, important. Les plis gras de son menton reposaient sur son col.

— Pour le sapin, j'ai pris le plus grand que j'ai trouvé... Étant donné les dimensions de la place d'appel...

1. Les interprètes.

Il souffla.

— ... un petit sapin aurait fait ridicule, *nicht wahr?*
Je fis « oui » de la tête et j'approchai. L'arbre était couché à terre. Deux détenus, sous la direction d'un *Kapo*, creusaient un trou. Le *Rapportführer* et deux *Scharführer* regardaient. Dès qu'il me vit, le *Rapportführer* cria : « *Achtung!* », les deux *Scharführer* se mirent au garde à vous, le Kapo et les détenus enlevèrent rapidement leurs coiffures et se figèrent.

— Continuez.

Le *Rapportführer* cria « *Los! Los!* » et les détenus se mirent à travailler comme des fous. Leurs traits ne me parurent pas particulièrement sémites. Mais peut-être cette impression était-elle due à leur extrême maigreur.

Je regardai l'arbre, je supputai approximativement sa longueur et son poids et je me tournai vers Hageman :

— Quelle profondeur donnez-vous au trou?

— Un mètre, *Herr Sturmbannführer.*

— Pour plus de sûreté, creusez donc à 1, 30m. Le vent peut se lever ce soir.

— *Jawohl, Herr Sturmbannführer.*

Je regardai les détenus travailler une ou deux minutes, puis je fis demi-tour, Hageman répéta mon ordre au *Rapportführer*, et me rattrapa. Il soufflait pour se maintenir à ma hauteur.

— Nous aurons de la neige... je crois...

— *Ja?*

— Je le sens... dans mes jointures, dit-il avec un petit rire discret.

Puis il toussa. On marcha encore quelques minutes, et il reprit :

— Si je puis me permettre... une hypothèse, *Herr Sturmbannführer...*

— *Ja?*

312

— Les détenus auraient peut-être préféré... une double ration de soupe, ce soir.

Je dis sèchement :

— Préféré à quoi?

Hageman rougit et se mit à souffler. Je repris :

— Où trouverez-vous la double ration, pouvez-vous me le dire?

— *Herr Sturmbannführer*, dit Hageman précipitamment, ce n'était pas une suggestion... Je me serais mal exprimé... En fait, je n'ai rien suggéré du tout... C'était une simple hypothèse... une hypothèse d'ordre psychologique, pour ainsi dire... Le sapin est sûrement un beau geste... même si les détenus ne l'apprécient pas...

Je dis avec impatience :

— Leur opinion ne m'intéresse pas. Nous avons fait ce qui est convenable, c'est l'essentiel.

— Certainement, *Herr Sturmbannführer*, dit Hageman, nous avons fait ce qui est convenable.

Mon bureau sentait un peu le renfermé. Je retirai mon manteau, le suspendis à la patère avec ma casquette et ouvris la fenêtre toute grande. Le ciel était gris et cotonneux. J'allumai une cigarette et je m'assis. La demande de Setzler s'étalait à l'endroit où il l'avait placée. Je l'attirai à moi, la lus, décapuchonnai mon stylo et écrivis en bas et à droite : « *Avis défavorable.* »

La neige se mit à tomber et quelques flocons volèrent dans la pièce. Ils se posaient légèrement sur le parquet et fondaient aussitôt. Au bout d'un moment, je sentis le froid m'envahir. Je relus la demande de Setzler, je soulignai : « *Avis défavorable* » d'un trait, et j'écrivis au-dessous : « *Spécialiste indispensable* (*Installation provisoire*) » et je signai.

Une bouffée de vent projeta des flocons jusque sur ma table, et je vis, en relevant la tête, qu'il y avait une petite flaque d'eau devant la fenêtre. Je mis la demande de Setzler sous enveloppe, et l'enveloppe dans ma poche. Puis j'attirai à moi une pile de papiers. Mes mains étaient bleues de froid. J'écrasai ma cigarette sur mon cendrier, et je me mis à travailler.

Au bout d'un moment, je levai les yeux. Comme si elle eût attendu ce signal, la neige cessa. Je me levai, me dirigeai vers la fenêtre, saisis le loquet, emboîtai les deux battants l'un dans l'autre, et les repoussai de la main. Au même instant, je vis Père, noir et raide, les yeux brillants : La pluie avait cessé, il pouvait donc fermer la fenêtre.

La main droite me fit mal. Je m'aperçus que je tournais le loquet à contresens de toutes mes forces. Je donnai une légère pression en sens inverse, et il y eut un petit bruit sourd et glissant. Je contournai mon bureau, je branchai rageusement le radiateur électrique, et je me mis à marcher de long en large.

Au bout d'un moment, je me rassis, j'attirai à moi une feuille de papier et j'écrivis : « Mon cher Setzler, voudriez-vous me prêter votre pistolet? » Je sonnai le planton, lui remis le billet, et au bout de deux minutes, il revint avec le pistolet et une note : « Avec les compliments de l'*Obersturmführer* Setzler. » L'arme de Setzler tirait remarquablement juste, et les officiers du KL la lui empruntaient souvent pour s'exercer.

Je commandai ma voiture et je me fis conduire au stand. Je tirai un quart d'heure environ, à distances variables, sur cibles fixes et cibles mobiles. Je remis le pistolet dans son étui, je me fis apporter la boîte où l'on conservait mes cartons, et je comparai la nouvelle série aux séries précédentes : J'avais encore baissé.

Je sortis et je m'arrêtai sur le seuil du stand. La neige s'était remise à tomber et je me demandai si je n'allais pas retourner à mon bureau. Je regardai ma montre. Il était

7 h 30. Je remontai dans la voiture et je dis à Dietz de me conduire chez moi.

La maison était brillamment illuminée. J'entrai dans mon bureau, posai mon ceinturon sur la table, et suspendis mon manteau et ma casquette à la patère. Puis je me lavai les mains et je gagnai la salle à manger.

Elsie, Frau Müller et les enfants étaient à table. Seuls, les enfants mangeaient. Frau Müller était l'institutrice que nous avions fait venir d'Allemagne. C'était une femme d'âge moyen, grise et convenable.

Je m'arrêtai sur le seuil et je dis :

— Je vous apporte la neige.

Le petit Franz regarda mes mains et dit de sa voix claire et gentille :

— Où elle est?

Karl et les deux filles se mirent à rire.

— Papa l'a laissée à la porte, dit Elsie, elle était trop froide pour entrer.

Karl rit de nouveau. Je m'assis à côté de Franz et je le regardai manger.

— Ach! dit Frau Müller, un Noël sans neige...

Elle s'interrompit et jeta un regard gêné autour d'elle, comme si elle était sortie de son rôle.

— Mais est-ce qu'il y a des Noëls sans neige? dit Hertha.

— Sicher [1]! dit Karl, en Afrique il n'y a pas de neige du tout.

Frau Müller toussa :

— Sauf dans les montagnes, naturellement.

Karl répéta avec assurance :

— Naturellement.

— Je n'aime pas la neige, dit Katherina.

1. Sûrement.

315

Le petit Franz leva sa cuiller, tourna la tête vers moi, et dit d'un air étonné :

— Katherina n'aime pas la neige.

Dès qu'il eut fini de manger, Franz me prit par la main pour me montrer le beau sapin du salon. Elsie éteignit le lustre, brancha un fil, et des petites étoiles s'allumèrent dans l'arbre. Les enfants regardèrent un bon moment.

Puis Franz se souvint de la neige, et demanda à la voir. Je jetai un coup d'œil à Elsie, et elle dit d'un air ému :

— Sa première neige, Rudolf...

J'allumai l'ampoule de la terrasse et j'ouvris les volets de la porte-fenêtre. Les flocons étaient blancs et brillants autour de la lampe.

Après cela, Franz voulut voir les préparatifs de la réception, et je les fis tous entrer un instant dans la cuisine. La grande table était tout entière couverte d'un amoncellement de sandwiches, de pâtisseries et de crèmes.

On leur donna à chacun un gâteau, et ils montèrent se coucher. Il était convenu qu'on les réveillerait à minuit pour avoir une part de crème et chanter « *O Tannenbaum* » avec les grandes personnes.

Je montai aussi, et je changeai d'uniforme. Puis je redescendis, je gagnai mon bureau, je m'y enfermai, et je feuilletai un livre sur l'élevage des chevaux que Hageman m'avait prêté. Au bout d'un moment, je me mis à penser au Marais, et je sentis la tristesse m'envahir. Je fermai le livre et je me mis à me promener de long en large dans la pièce.

Un peu plus tard, Elsie vint me chercher, et nous prîmes une collation légère sur un coin de table dans la salle à manger. Elsie était en robe de soirée et ses épaules étaient nues. Quand on eut fini, on passa dans le salon, elle alluma des bougies un peu partout, éteignit le lustre, et se mit au piano. Je l'écoutai. Elsie avait commencé à prendre des leçons de piano à Dachau, quand j'avais été nommé officier.

A dix heures moins dix, j'expédiai ma voiture chez les Hageman, et à dix heures, ponctuellement, les Hageman et les Pick arrivèrent. Puis la voiture repartit pour aller chercher les Bethman, les Schmidt et Frau Setzler. Quand tout le monde fut là, j'envoyai la bonne dire à Dietz de venir se chauffer dans la cuisine.

Elsie emmena les dames dans sa chambre, et les messieurs se débarrassèrent de leurs manteaux dans mon bureau. Puis je les emmenai boire dans le salon en attendant les dames. On parla des événements de Russie, et Hageman dit :

— N'est-ce pas curieux ?... En Russie, l'hiver a commencé très tôt... et ici, pas du tout...

Là-dessus on discuta un peu sur l'hiver russe et les opérations, et on tomba d'accord pour dire qu'on en finirait au printemps prochain.

— Si vous permettez, dit Hageman, voici comment je vois les choses... Pour la Pologne, un printemps... Pour la France, un printemps... Et pour la Russie, comme elle est plus grande, deux printemps...

Après cela, tout le monde parla à la fois.

— *Richtig !* dit Schmidt de sa voix pointue, l'étendue ! Le véritable ennemi, c'est l'étendue !

Pick dit :

— Le Russe est très primitif.

Bethman affermit son pince-nez sur son nez maigre :

— C'est pourquoi l'issue du conflit ne fait pas de doute. Racialement, un Allemand vaut dix Russes. Et je ne parle pas de la culture.

— *Sicherlich* [1], souffla Hageman, cependant... si je puis me permettre une remarque...

Il sourit, leva ses mains grasses, et attendit que la bonne fût sortie.

1. Certainement.

— ...on me dit que dans les régions occupées, nos soldats... ont les plus grandes difficultés... à avoir des rapports sexuels avec les femmes russes. Elles ne veulent absolument rien savoir... Comprenez-vous cela?... Ou alors, il faut une longue amitié... Mais...

Il agita la main et reprit à voix basse :

— ... pour la passe... Vous saisissez?... Rien à faire...

— C'est extraordinaire, dit Bethman avec un petit rire de gorge, elles devraient se sentir honorées...

Les dames entrèrent, on se leva, et tout le monde prit place. Hageman s'assit à côté de Frau Setzler.

— Si vous permettez... je vais profiter de ce que vous êtes veuve, ce soir... pour vous faire un petit peu la cour, pour ainsi dire...

— C'est la faute du Kommandant, si je suis veuve, dit Frau Setzler.

Et elle me menaça gentiment du doigt. Je dis :

— Mais pas du tout, *gnädige Frau*, je n'y suis pour rien. C'était seulement son tour de service.

— Il sera sûrement là avant minuit, dit Hageman.

Elsie et Frau Müller firent circuler les sandwiches et les rafraîchissements, puis, quand les propos commencèrent à languir, Frau Hageman s'installa au piano, les messieurs allèrent chercher leurs instruments qu'ils avaient déposés dans l'entrée, et ils se mirent à jouer.

Au bout d'une heure, il y eut un entracte, les pâtisseries furent servies, on parla musique, et Hageman raconta des anecdotes sur les grands musiciens. A 11 h 30, j'envoyai Frau Müller réveiller les enfants, et un moment après, on les aperçut par la grande porte vitrée qui séparait le salon de la salle à manger. Ils s'installaient autour de la table. Ils avaient l'air solennel et endormi. On les observa un instant à travers le voilage de la porte, et Frau Setzler,

318

qui n'avait pas d'enfant, dit d'une voix émue : « *Ach!* Qu'ils sont donc gentils! »

A minuit moins dix, j'allai les chercher. Ils firent le tour du salon et saluèrent les invités très correctement. Puis la bonne et Frau Müller apparurent avec un grand plateau, des coupes et deux bouteilles de champagne. Je dis : « Le champagne est dû à Hageman », il y eut un brouhaha joyeux, et Hageman sourit à la ronde.

Quand les coupes furent en main, on se leva, Elsie éteignit le lustre, éclaira l'arbre de Noël, et on se rangea en demi-cercle autour de l'arbre en attendant minuit. Un silence tomba, tous les yeux étaient fixés sur les petites étoiles de l'arbre, et je sentis une petite main me saisir la main gauche. C'était Franz. Je me penchai et je lui dis qu'il allait y avoir beaucoup de bruit, parce que tout le monde se mettrait à chanter en même temps.

Quelqu'un me toucha légèrement le bras. Je me retournai. C'était Frau Müller. Elle dit tout bas : « On vous appelle au téléphone, Herr Kommandant. » Je dis à Franz d'aller retrouver sa mère, et je me retirai du groupe.

Frau Müller m'ouvrit la porte du salon et disparut dans la cuisine. Je m'enfermai dans mon bureau, posai ma coupe sur la table, et je saisis l'écouteur.

— *Herr Sturmbannführer*, dit une voix, c'est l'*Untersturmführer* Lueck.

La voix était lointaine et très distincte.

— Eh bien?

— *Herr Sturmbannführer*, je ne me permets de vous déranger que pour un motif grave.

Je répétai avec impatience :

— Eh bien?

Il y eut un temps, puis la voix lointaine reprit :

— L'*Obersturmführer* Setzler est mort.

— Comment?

La voix reprit :

— L'*Obersturmführer* Setzler est mort.

— Vous dites bien. Il est mort?

— *Ja, Herr Sturmbannführer.*

— Avez-vous prévenu le *Lagerarzt* [1]?

— Précisément, *Herr Sturmbannführer*, c'est assez bizarre... Je ne sais pas si je devais...

— Je viens, Lueck. Attendez-moi devant la tour d'entrée.

Je raccrochai, sortis dans le vestibule et poussai la porte de la cuisine. Dietz se leva. La bonne et Frau Müller me regardèrent d'un air étonné.

— Nous partons, Dietz.

Dietz commença à enfiler sa capote. Je dis :

— Frau Müller.

Et je lui fis signe de me suivre. Elle me rejoignit dans mon bureau.

— Frau Müller, je suis obligé d'aller au camp. Quand je serai parti, prévenez ma femme.

— *Ja, Herr Kommandant.*

J'entendis les pas de Dietz dans le vestibule. Je mis mon ceinturon, j'enfilai mon manteau par-dessus, et saisis ma casquette. Frau Müller me regardait.

— Mauvaises nouvelles, *Herr Kommandant?*

— *Ja.*

J'ouvris la porte et je me retournai :

— Prévenez ma femme discrètement.

— *Ja, Herr Kommandant.*

Je prêtai l'oreille : le salon était parfaitement silencieux.

— Pourquoi ne chantent-ils pas?

— Ils vous attendent probablement, *Herr Kommandant.*

— Dites à ma femme qu'on ne m'attende pas.

Je franchis rapidement le vestibule, dévalai les marches

1. Le médecin du camp.

320

du perron, et m'engouffrai dans l'auto. Il ne neigeait plus et l'air était glacial.

— Birkenau.

Dietz démarra. Un peu avant d'arriver à la tour d'entrée, j'allumai le plafonnier. La sentinelle ouvrit la porte barbelée en tournant nerveusement la tête dans la direction du corps de garde. Des éclats de rires et des brides de chants me parvinrent.

La silhouette athlétique de Lueck sortit de l'ombre. Je le fis monter dans la voiture.

— C'est à la Kommandantur, *Herr Sturmbannführer*. J'ai...

Je posai ma main sur son bras et il se tut.

— Kommandantur, Dietz.

— Pour le corps de garde, dit Lueck, je m'excuse, mais je n'ai pas cru devoir... Naturellement, ils sont en faute...

— *Ja, ja.*

A la Kommandantur, je descendis et je dis à Dietz d'aller m'attendre à la tour d'entrée. Il démarra et je me tournai vers Lueck.

— Où est-il?

— Je l'ai transporté dans son bureau.

Je montai les marches et traversai rapidement le couloir. La porte de Setzler était fermée.

— Permettez, *Herr Sturmbannführer*, dit Lueck, j'ai cru bon de verrouiller la porte.

Il ouvrit et je fis de la lumière. Setzler était étendu sur le sol. Ses paupières retombaient à demi sur ses yeux, son visage était paisible et il avait l'air endormi. Je n'eus pas besoin de le regarder deux fois pour savoir comment il était mort. Je fermai la porte, j'allai baisser le store de la fenêtre et je dis :

— Je vous écoute.

Lueck rectifia sa position.

— Un instant, Lueck.

J'allai m'asseoir derrière le bureau de Setzler, je pris une feuille de papier et l'insérai dans la machine à écrire. Lueck dit :

— A onze heures, en sortant de la Kommandantur, j'entendis un moteur d'auto tourner au ralenti dans le garage n° 2...

— Moins vite...

Il attendit quelques secondes et reprit :

— ... Le rideau de fer était fermé... Je n'y prêtai pas attention... J'allai à la cantine, et je pris un verre...

Je fis signe à Lueck de s'arrêter, je gommai « verre », et tapai à la place « rafraîchissement ».

— Continuez.

— ... en écoutant des disques... Quand je revins à la Kommandantur, le moteur tournait toujours... Je regardai ma montre... Il était onze heures et demie. Je trouvai la chose bizarre...

Je levai la main, je tapai « onze heures et demie », et je dis :

— Pourquoi?

— Il me paraissait bizarre que le chauffeur fît tourner le moteur si longtemps.

Je tapai : « Je trouvai bizarre que le chauffeur fît tourner le moteur si longtemps. » Je fis un petit signe et Lueck reprit :

— ... J'essayai de remonter le rideau de fer. Il était verrouillé de l'intérieur... Je fis le tour par le couloir de la Kommandantur, et j'ouvris la porte qui mène au garage... L'*Obersturmführer* Setzler était affaissé derrière le volant... Je coupai le contact... Puis je sortis le corps de la voiture... et je le transportai ici...

Je levai la tête.

— Seul?

322

Lueck carra ses larges épaules :

— Seul, *Herr Sturmbannführer*.

— Continuez.

— ... Je pratiquai ensuite la respiration artificielle...

— Pourquoi?

— Il était clair que l'*Obersturmführer* Setzler avait succombé à une intoxication par les gaz d'échappement...

Je tapai cette phrase, je me levai, je fis quelques pas dans la pièce et je regardai Setzler. Il était étendu de tout son long sur le dos, les jambes un peu écartées. Je levai les yeux :

— Que pensez-vous de cela, Lueck?

— C'est une intoxication, comme je l'ai dit, Herr...

Je dis sèchement :

— Ce n'est pas ce que je veux dire.

Je le regardai, ses yeux bleu clair se troublèrent, et il dit :

— Je ne sais pas, *Herr Sturmbannführer*.

— Vous avez bien une idée?

Il y eut un silence, et Lueck dit lentement :

— Eh bien, il y a deux hypothèses : c'est un suicide ou un accident.

Il reprit encore plus lentement :

— Quant à moi, je pense...

Il s'arrêta net et je dis :

— ... que c'est un accident.

Il dit hâtivement :

— C'est bien ce que je pense, en effet, *Herr Sturmbannführer*.

Je me rassis, je t apai : « A mon avis, c'est un accident », et je dis :

— Voulez-vous signer votre rapport?

Lueck contourna le bureau, je lui tendis mon stylo, et il signa, sans même prendre le temps de lire. Je décrochai l'écouteur.

— *Kommandant*. Dites à mon chauffeur de venir ici.

Je raccrochai et Lueck me rendit mon stylo :

— Vous allez prendre l'auto et vous irez chercher l'*Hauptsturmführer* Hageman et le *Lagerarzt*. L'*Hauptsturmführer* Hageman est chez moi. Ne parlez pas de l'affaire dans l'auto.

— *Jawohl, Herr Sturmbannführer*.

Il était déjà à la porte. Je le rappelai.

— Avez-vous fouillé le corps?

— Je ne me serais pas permis, *Herr Sturmbannführer*.

Je fis un signe et il sortit. Je me levai pour aller verrouiller la porte derrière lui. Puis je me baissai, et je fouillai Setzler. Dans la poche gauche de sa vareuse, je trouvai une enveloppe adressée à mon nom. Je l'ouvris. La lettre était tapée à la machine et disposée selon les formes réglementaires :

> *Le SS-Obersturmführer Setzler,*
> *KL Auschwitz*
> *au SS-Sturmbannführer Lang,*
> *Kommandant du KL Auschwitz*

Je me tue, parce que je ne peux plus supporter cette abominable odeur de chair brûlée.

> *R. Setzler*
> *SS-Ostuf.*

Je vidai le cendrier dans la corbeille à papiers, je posai la lettre et l'enveloppe sur le cendrier, et j'approchai une allumette. Quand le tout fut consumé, je relevai le store, j'ouvris la fenêtre, et je dispersai les cendres.

Je me rassis derrière le bureau, un moment s'écoula, puis je pensai au pistolet de Setzler, je le sortis de mon étui, et je le plaçai dans l'un des tiroirs. Après cela, je me mis à fouiller tous les tiroirs l'un après l'autre, et je trouvai finalement ce que je cherchais : Une bouteille de Schnaps. Elle était à peine entamée.

Je me levai et j'allai en vider les deux tiers dans le lavabo, puis j'arrosai la vareuse de Setzler sur le devant, et juste au-dessous du cou. Je fis couler un peu d'eau dans le lavabo, puis je refermai la bouteille et la plaçai sur le bureau. Elle contenait encore deux doigts de Schnaps.

Je déverrouillai la porte, j'allumai une cigarette, je m'assis derrière le bureau et j'attendis. D'où j'étais placé, je ne pouvais pas voir le corps de Setzler. Mes yeux se posèrent sur son manteau. Il était suspendu à un cintre, et le cintre était accroché à une patère, à droite de la porte. Entre les deux épaules, l'étoffe faisait une bosse à l'endroit où Setzler était voûté.

J'entendis des pas dans le couloir. Hageman entra le premier, le visage pâle et bouleversé. Le *Lagerarzt Hauptsturmführer* Benz le suivait. Lueck était derrière lui, le dominant de toute une tête.

Hageman dit en bredouillant :

— Mais comment?... Comment?... Je ne puis comprendre...

Benz se baissa, souleva les paupières du mort, et secoua la tête. Après cela, il se redressa, enleva ses lunettes, les essuya, les remit, lissa ses cheveux blancs brillants du plat de la main, et s'assit sans dire un mot.

Je dis :

— Vous pouvez vous retirer, Lueck. Je vous appellerai en cas de besoin.

Lueck sortit. Hageman était debout, immobile. Il regardait le corps. Je dis :

— Naturellement, c'est un affreux malheur.

Je repris :

— Je vais vous lire le rapport de Lueck.

Je m'aperçus que j'avais conservé ma cigarette à la main,

je me sentis gêné, me détournai, et l'écrasai rapidement dans le cendrier.

Je lus le rapport de Lueck, puis je me tournai vers Benz.

— Comment voyez-vous les choses, Benz?

Benz me regarda. Il était clair qu'il avait compris.

— A mon avis, dit-il lentement, c'est un accident.

— Mais comment?... Comment?... dit Hageman d'un air hagard.

Benz désigna du doigt la bouteille de Schnaps.

— Il avait célébré un peu trop. Il est allé mettre le moteur en marche. Le froid l'a saisi, il a eu une syncope, et il ne s'est pas réveillé.

— Mais je ne comprends pas, dit Hageman, il buvait à peine d'ordinaire...

Benz haussa les épaules.

— Vous n'avez qu'à le sentir.

— Mais si je puis me permettre, dit Hageman en soufflant, il y a quand même quelque chose... d'assez bizarre... Pourquoi Setzler n'a-t-il pas appelé un chauffeur comme cela se fait toujours? Il n'avait aucune raison de mettre lui-même le moteur en marche...

Je dis vivement :

— Vous savez bien que Setzler ne faisait rien comme tout le monde.

— *Ja, ja*, dit Hageman, c'était un artiste, pour ainsi dire...

Il me regarda et dit hâtivement :

— Naturellement, moi aussi, je pense que c'est un accident.

Je me levai.

— Je vous charge de ramener Frau Setzler chez elle et de la prévenir. Prenez l'auto. Benz, j'aimerais avoir votre rapport dès demain matin pour le joindre au mien.

Benz se leva et inclina la tête. Ils sortirent, je téléphonai à l'Infirmerie de m'envoyer une ambulance, je m'assis derrière le bureau et je commençai à taper mon rapport.

Dès que les infirmiers eurent enlevé le corps, j'allumai une cigarette, j'ouvris la fenêtre toute grande et je me remis à taper.

Un peu plus tard, je décrochai l'écouteur, et j'appelai l'*Obersturmführer* Pick à son domicile. Une voix de femme me répondit. Je dis :

— *Sturmbannführer* Lang. Pourriez-vous appeler votre mari, Frau Pick?

J'entendis le bruit de l'écouteur qu'elle reposait sur la table, puis des bruits de pas. Les pas diminuèrent, une porte claqua quelque part, il y eut un silence, puis tout d'un coup, une voix froide et calme dit tout près de moi :

— *Obersturmführer* Pick.

— Je ne vous ai pas réveillé, Pick?

— Pas du tout, *Herr Sturmbannführer*. Nous venions de rentrer.

— Vous êtes au courant?

— Je suis au courant, *Herr Sturmbannführer*.

Je repris :

— Pick, je vous attends demain matin à 7 heures dans mon bureau.

— J'y serai, *Herr Sturmbannführer*.

J'ajoutai :

— J'envisage de vous changer de service.

Il y eut un petit silence, et la voix reprit :

— A vos ordres, *Herr Sturmbannführer*.

Les deux grands crématoires jumeaux furent prêts quelques jours avant la date limite, et le 18 juillet 1942, le *Reichsführer* en personne vint les inaugurer.

Les voitures officielles devaient arriver à Birkenau à 2 heures de l'après-midi. A 3 heures et demie, elles n'étaient pas encore là, et ce retard faillit faire naître un incident sérieux.

Je désirais évidemment que l'action spéciale se déroulât sans heurt en présence du *Reichsführer*. Pour cette raison, je n'avais pas voulu utiliser comme patients les inaptes du camp. Ils étaient, en effet, plus difficiles à traiter que les personnes étrangères au camp, du fait que la destination des Crémas leur était maintenant bien connue. Je m'étais donc arrangé pour faire venir d'un Ghetto polonais un convoi de deux mille juifs. Celui-ci était arrivé en assez bon état un peu avant midi, et je l'avais parqué, sous la garde des SS et des chiens, dans la grande cour intérieure du Créma I. A 2 heures moins dix, on avait annoncé à ces juifs qu'ils allaient prendre un bain, mais comme le *Reichsführer* n'arrivait toujours pas, et que l'attente se prolongeait, les juifs, que la chaleur torride de la cour incommodait beaucoup, devinrent nerveux et inquiets, se mirent à réclamer à boire et à manger, et bientôt même, à s'agiter et à pousser des cris.

Pick ne perdit pas son sang-froid. Il me téléphona, et haranguant la foule d'une des fenêtres du Créma, il lui expliqua, par le truchement d'un interprète, que la chaudière des douches était en panne et qu'on était en train de la réparer. J'arrivai sur ces entrefaites, je fis immédiatement apporter des seaux d'eau pour faire boire les juifs, je leur promis qu'on leur distribuerait du pain après la douche, et je téléphonai à Hageman de faire venir son orchestre de détenus. Quelques minutes après, il était là, les musiciens s'installèrent dans un coin de la cour, et se mirent à jouer des airs viennois et polonais. Je ne sais si c'est la musique seule qui les calma, ou si également le fait qu'on leur jouât des airs les rassurait sur nos intentions, mais peu à peu, le tumulte s'apaisa, les juifs cessèrent de s'agiter, et je compris que lorsque Himmler arriverait, ils ne feraient pas de difficultés pour descendre dans le vestiaire souterrain.

J'étais moins rassuré en ce qui concernait le passage du vestiaire à la « salle de douche ». Depuis que les Crémas jumeaux étaient achevés, j'avais fait procéder à plusieurs répétitions de l'action spéciale, et trois ou quatre fois, j'avais observé, au moment où la foule pénétrait dans la « salle de douche », un vif mouvement de recul — qu'il avait fallu naturellement faire cesser à coups de crosse et en lâchant les chiens. La queue du troupeau s'était alors ruée en avant, des femmes et des enfants avaient été piétinés, et tout cela s'était accompagné de hurlements et de coups.

Il eût été évidemment fâcheux qu'un incident de ce genre troublât la visite du *Reichsführer*. Cependant, je me sentis d'abord impuissant à le prévenir, car je ne voyais pas à quoi attribuer ce mouvement de recul, sinon à un instinct obscur, car la « salle de douche », avec sa grosse tuyauterie en trompe-l'œil, ses rigoles d'écoulement, et ses nombreuses pommes de douche, n'avait absolument rien qui pût éveiller les soupçons.

Finalement, je décidai que le jour de la visite de Himmler, des *Scharführer* entreraient avec les juifs dans la « salle de douche » et leur distribueraient des petits pains de savon. Je donnai l'ordre, en même temps, aux *Dolmetscher* de répandre la nouvelle dans le vestiaire pendant que les détenus se déshabillaient. Je n'ignorais pas, en effet, que pour les détenus, le plus petit morceau de savon était un trésor inestimable, et je comptais là-dessus pour les appâter.

Le stratagème eut plein de succès : Dès que Himmler fut arrivé, des *Scharführer* traversèrent la foule avec de grandes boîtes de carton, les *Dolmetscher* crièrent l'annonce dans les haut-parleurs, il y eut un murmure de contentement, le déshabillage se fit dans un temps record, et tous les juifs, avec un empressement joyeux, se précipitèrent dans la chambre à gaz.

Les *Scharführer* sortirent un à un, ils se comptèrent, et Pick referma la lourde porte de chêne sur le convoi. Je demandai au *Reichsführer* s'il désirait jeter un coup d'œil par le hublot. Il inclina la tête, je m'écartai, et au même moment, les cris et les coups sourds contre les murs commencèrent. Himmler regarda sa montre, fit de l'ombre sur le verre avec sa main, et regarda un bon moment. Son visage était impassible. Quand il eut fini, il fit signe aux officiers de sa suite qu'ils pouvaient voir.

Après cela, je le conduisis dans la cour du Créma, et je lui montrai les cheminées en béton par lesquelles les cristaux venaient d'être jetés. La suite de Himmler nous rejoignit, j'entraînai le groupe à la chaufferie, et je continuai mes explications. Au bout d'un moment, une sonnerie stridente retentit, et je dis : « C'est Pick qui demande le ventilateur, *Herr Reichsführer*. Le gazage est fini. » Le préposé abaissa une manette, un ronflement sourd et puissant ébranla l'air, et Himmler regarda de nouveau sa montre.

On regagna la chambre à gaz. Je montrai au groupe les colonnes de tôle perforée, sans oublier de mentionner que c'était à Pick que je les devais. Des détenus du *Sonderkommando*, chaussés de hautes bottes de caoutchouc, dirigeaient de puissants jets d'eau sur les grappes de cadavres. J'en expliquai la raison à Himmler. Derrière mon dos, un officier de sa suite chuchota d'une voix moqueuse : « Eh bien, on leur donne quand même une douche, après tout ! » Il y eut deux ou trois rires étouffés. Himmler ne tourna pas la tête, et son visage resta impassible.

On remonta au rez-de-chaussée et on gagna la salle des fours. L'ascenseur n° 2 arrivait au même moment, la grille

330

s'ouvrit automatiquement, et les détenus du *Sonder* commencèrent à placer les corps sur les chariots. Ceux-ci passèrent ensuite devant un Kommando qui récupérait les bagues, un Kommando de coiffeurs qui coupaient les cheveux, et un Kommando de dentistes qui arrachaient les dents en or. Un quatrième Kommando enfournait les corps. Himmler observa toute l'opération, phase après phase, sans dire un mot. Il marqua un temps d'arrêt un peu plus long devant les dentistes : Leur dextérité était remarquable.

Je menai ensuite Himmler dans les salles de dissection et de recherches du Créma I. Le goût très vif du *Reichsführer* pour les sciences m'était connu, j'avais apporté là tous mes soins et l'ensemble des salles et des laboratoires eût honoré, en fait, l'Université la plus moderne. Le *Reichsführer* regarda tout très soigneusement, écouta attentivement mes explications, mais là encore, il ne fit aucune remarque, et son visage ne révéla rien.

Quand on sortit du Créma, le *Reichsführer* se mit à presser le pas, et je compris qu'il n'avait pas l'intention de visiter le camp. Il marchait si vite que son état-major fut distancé, et que j'avais moi-même quelque peine à le suivre.

Arrivé devant sa voiture, il s'arrêta, me fit face, ses yeux se fixèrent sur un point de l'espace un peu au-dessus de ma tête, et il dit d'une voix lente et mécanique :

— C'est une dure tâche, mais nous devons l'accomplir.

Je rectifiai ma position, et je dis :

— *Jawohl, Herr Reichsführer.*

Je saluai, il me rendit mon salut, et s'engouffra dans l'auto.

Douze jours après, le 30 juillet exactement, je reçus de Berlin la lettre suivante :

Suivant communication du Chef de l'Amtsgruppe D, le

331

Reichsführer SS, à la suite de sa visite du 18 juillet 1942 au KL Auschwitz, a promu le Lagerkommandant SS- Sturmbannführer Rudolf Lang au grade de SS-Obersturmbannführer [1], avec effet à partir du 18 juillet.

J'ouvris immédiatement les chantiers des deux autres Crémas. Grâce à l'expérience acquise en construisant leurs prédécesseurs, j'étais sûr de les finir bien avant la date fixée. Le besoin, d'ailleurs, s'en faisait sentir, car aussitôt après la visite du Reichsführer, le RSHA commença à m'envoyer des transports à un rythme si accéléré que c'est à peine si les Crémas jumeaux suffisaient à la tâche. Comme seuls les inaptes étaient gazés, le reste allait grossir l'effectif déjà trop élevé du camp, les détenus s'entassaient dans des baraquements trop étroits, l'hygiène et la nourriture devenaient chaque jour plus déplorables, et les épidémies — notamment la scarlatine, la diphtérie et le typhus — se succédaient sans arrêt. La situation était sans espoir, parce que les usines qui commençaient à pousser comme des champignons dans la région — attirées par la main-d'œuvre abondante et économique que leur fournissaient les détenus — n'absorbaient encore, à cette date, que des effectifs infimes par rapport à l'énorme population des camps.

Je demandai donc de nouveau, et à plusieurs reprises, au RSHA qu'on m'envoyât moins de transports, mais toutes mes représentations restèrent sans effet, et j'appris, par l'indiscrétion d'un bureau, que, selon l'ordre formel du *Reichsführer*, tout chef SS qui aurait, volontairement ou involontairement, ralenti, si peu que ce fût, le programme d'extermination, serait passé par les armes. En fait, les convois de juifs devaient être considérés partout comme

1. Lieutenant-colonel.

prioritaires, et passer même avant les transports d'armes et de troupes pour le Front russe.

Il n'y avait plus qu'à s'incliner. Ce n'était pas, cependant, sans dégoût que je voyais les camps que j'avais, dans les débuts, organisés de façon exemplaire, devenir, de semaine en semaine, un indescriptible chaos. Les détenus mouraient comme des mouches, les épidémies tuaient presque autant de monde que les chambres à gaz, et les corps s'entassaient si vite devant les baraques que les équipes spéciales qui les amenaient aux Crémas étaient débordées.

Le 16 août, un coup de téléphone de Berlin m'apprit que le *Standartenführer* Kellner était autorisé à visiter, pour information, les installations du KL Birkenau, et le lendemain, en effet, tôt dans la matinée, Kellner arrivait en auto, je lui fis les honneurs du lieu, il se montra très intéressé par l'Action spéciale et l'organisation des Crémas, et à midi, je l'emmenai déjeuner chez moi.

On prit place dans le salon en attendant que la bonne nous annonçât que nous étions servis. Au bout d'un moment, Elsie apparut. Kellner se leva rapidement, claqua les talons, escamota son monocle, se cassa en deux, et lui baisa les doigts. Après quoi, il se rassit aussi vite qu'il s'était levé, tourna son visage vers la fenêtre, son profil parfait apparut, et il dit :

— Et comment trouvez-vous Auschwitz, *gnädige Frau ?*
Elsie ouvrit la bouche. Il enchaîna aussitôt :

— *Ja, ja,* naturellement, il y a cette odeur déplaisante...
Il fit un petit geste :

— ... et toutes ces choses. Mais nous avons les mêmes petits désagréments à Culmhof, je vous assure...

Il remit son monocle et regarda autour de lui d'un air vif et aimable.

333

— Mais vous êtes bien installée... Vous êtes remarquablement bien installée, *gnädige Frau*...

Il jeta un coup d'œil dans la salle à manger par la porte vitrée.

— ... Et je constate que vous avez un buffet sculpté...

— Voulez-vous voir, *Standartenführer?* dit Elsie.

On entra dans la salle à manger, Kellner se campa devant le buffet et regarda longuement les sculptures.

— Sujet religieux... dit-il en plissant les yeux, ... beaucoup d'angoisse... conception judéo-chrétienne de la mort...

Il eut un petit geste de la main :

— ... Et toutes ces vieilleries... Bien entendu, la mort n'a d'importance que si on suppose, comme eux, un au-delà... Mais quel fini, *mein Lieber!* Quelle exécution!...

Je dis :

— C'est un juif polonais, *Herr Standartenführer*, qui a fait ça.

— *Ja, ja,* dit Kellner, il doit néanmoins avoir une petite dose de sang nordique dans les veines. Sans cela, il n'aurait jamais pu exécuter cette merveille. Les juifs 100 pour 100 sont incapables de créer, nous savons cela depuis longtemps.

Il passa légèrement et amoureusement ses mains soignées sur les sculptures.

— Ah! reprit-il, travail caractéristique de détenus... Ils ne savent pas s'ils survivront d'un jour à leur œuvre... Et pour eux, naturellement, la mort a de l'importance... Ils ont dans la vie cet ignoble espoir...

Il fit la moue, et je demandai avec embarras :

— Estimez-vous, *Herr Standartenführer*, que j'aurais dû interdire à ce juif de traiter un sujet religieux?

Il se tourna vers moi et se mit à rire :

1. Chère Madame.

334

— Ha! Ha! Lang, dit-il d'un air de malice, vous ne vous doutiez pas que votre buffet était si contraire à la doctrine...

Il regarda encore le meuble en plaçant sa tête de côté, et soupira :

— Vous avez de la chance, Lang, avec votre camp. Dans le nombre, vous avez forcément de vrais artistes.

On prit place à table et Elsie dit :

— Mais je pensais que vous commandiez aussi un camp, *Standartenführer*?

— C'est différent, dit Kellner en dépliant sa serviette, je n'ai pas, comme votre mari, des détenus permanents. Les miens sont tous...

Il eut un petit rire :

— de passage.

Elsie le regarda d'un air étonné, et il enchaîna aussitôt :

— La mère patrie ne vous manque pas trop, j'espère, *gnädige Frau*. La Pologne est un pays triste, *nicht wahr?* Mais nous n'en avons plus pour trop longtemps, je pense. A l'allure où vont nos troupes, elles seront avant peu dans le Caucase, et la guerre ne va pas traîner.

Je dis :

— Cette fois-ci, nous en aurons fini avant l'hiver. C'est ce que tout le monde pense ici, *Herr Standartenführer*.

— Dans deux mois, dit Kellner d'une voix nette.

— Encore un peu de viande, *Standartenführer*, dit Elsie.

— Non, merci, *gnädige Frau*. A mon âge...

Il eut un petit rire :

— Il faut commencer à veiller à sa ligne.

— Oh! Mais vous êtes encore jeune, *Standartenführer*, dit Elsie d'un air aimable.

Il tourna son profil parfait vers la fenêtre :

— Précisément, dit-il d'une voix mélancolique, je suis *encore* jeune...

Il y eut un silence et il reprit :

335

— Et vous, Lang, que ferez-vous après la guerre? Il n'y aura pas toujours des camps, espérons-le.

— Je compte demander au Reich une terre dans l'*Ostraum, Herr Standartenführer*.

— Mon mari, dit Elsie, a été fermier du Colonel Baron von Jeseritz en Poméramie. Nous cultivions un peu de terre et nous élevions des chevaux.

— Ah, vraiment! dit Kellner en escamotant son monocle et en me regardant d'un air entendu, l'Agriculture! l'Élevage! Vous avez plus d'une corde à votre arc, Lang!

Il tourna son visage vers la fenêtre et ses traits devinrent nobles et sévères :

— C'est très bien, dit-il d'une voix grave, c'est très bien, Lang. Le Reich aura besoin de colons, quand les Slaves...

Il eut un petit rire :

— ... auront disparu. Vous serez... Quelle est donc la phrase du *Reichsführer*?... L'exemplaire pionnier allemand de l'*Ostraum*.

— D'ailleurs, ajouta-t-il, je crois bien que c'est de vous qu'il a dit ça.

— Vraiment? dit Elsie, les yeux brillants, il a dit cela de mon mari?

— Mais oui, *gnädige Frau*, dit Kellner d'une voix courtoise, je crois bien qu'il s'agissait de votre mari. J'en suis même sûr, maintenant que j'y réfléchis. Le *Reichsführer* est un bon juge.

— Oh! dit Elsie, je suis contente pour Rudolf! Il travaille tant! Il est tellement consciencieux pour tout!

Je dis :

— Voyons, Elsie!

Kellner se mit à rire, nous regarda l'un après l'autre d'un air attendri, et leva en l'air ses mains soignées :

— Comme cela fait plaisir de se retrouver dans une vraie famille allemande, *gnädige Frau!*

336

— Je suis célibataire, reprit-il d'un air mélancolique. Pas eu la vocation, en quelque sorte. Mais à Berlin, j'ai des amis mariés tout à fait charmants...

Il laissa traîner la fin de sa phrase. On se leva et on alla au salon prendre le café. Le café était du vrai café qu'Hageman avait reçu de France, et dont il avait donné un paquet à Elsie.

— Extraordinaire! dit Kellner, vous vivez vraiment comme des coqs en pâte à Auschwitz! La vie des camps a du bon... Si seulement il n'y avait pas...

Il eut une moue dégoûtée :

— ... toute cette laideur.

Il tournait sa cuiller dans sa tasse d'un air absorbé.

— Voilà le gros inconvénient des camps : La laideur! Je me faisais cette réflexion ce matin, Lang, quand vous me montriez l'action spéciale. Tous ces juifs...

Je dis vivement :

— Excusez-moi, *Herr Standartenführer*. Elsie, voudrais-tu aller chercher les liqueurs?

Elsie me regarda d'un air étonné, se leva et passa dans la salle à manger. Kellner ne leva pas la tête. Il tournait toujours sa cuiller. Elsie laissa la porte vitrée à demi ouverte derrière elle.

— Comme ils sont laids! continua Kellner, les yeux fixés sur sa tasse. Je les ai bien regardés quand ils sont entrés dans la chambre à gaz. Quel spectacle! Quelles nudités! Les femmes surtout...

Je le fixais désespérément. Il ne levait pas les yeux.

— Et ces enfants... si maigres... avec leurs petits visages de singes... gros comme mon poing... Quelles anatomies! Vraiment, ils étaient affreux... Et quand le gazage a commencé...

Je regardai Kellner et je regardai la porte, éperdu. La sueur coulait le long de mes flancs, je n'arrivais pas à parler.

— Quelles postures ignobles! reprit-il en tournant lentement et machinalement sa cuiller. Un tableau de Breughel, vraiment! Rien que pour être si laids, ils méritent la mort. Et penser...

Il eut un petit rire :

— ... penser qu'ils sentent encore plus mauvais après la mort que de leur vivant!

J'eus un geste d'une audace inouïe : Je lui touchai le genou. Il sursauta, je me penchai vivement, je lui montrai de la tête la porte entrouverte, et je dis très vite et dans un souffle : « Elle ne sait rien. »

Il ouvrit la bouche, et resta un moment en suspens, la cuiller au bout des doigts, stupéfait. Il y eut un silence, et ce silence était pire que tout.

— Breughel, reprit-il d'une voix fausse, connaissez-vous Breughel, Lang? Pas Breughel le vieux... non, ni l'autre... mais Breughel d'Enfer, comme on l'appelait... précisément parce qu'il peignait l'Enfer...

Je regardais ma tasse. Il y eut un bruit de pas, la porte vitrée claqua, et je fis un violent effort pour ne pas lever les yeux.

— Il aimait peindre l'Enfer, figurez-vous, continua Kellner d'une voix trop forte. Il avait une sorte de talent pour le macabre...

Elsie posa le plateau de liqueurs sur la petite table basse, et je dis avec une politesse exagérée :

— Merci, Elsie.

Il y eut un silence et Kellner me jeta un coup d'œil.

— Oh! Oh! dit-il avec un enjouement forcé, encore de bonnes choses! Et même des liqueurs françaises, je vois.

Je fis effort pour parler :

— C'est l'*Hauptsturmführer* Hageman qui les reçoit, *Herr Standartenführer*. Il a des amis en France.

Ma voix avait sonné faux, malgré tout. Je glissai un

338

coup d'œil à Elsie. Elle avait les yeux baissés et son visage ne reflétait rien. La conversation tomba de nouveau.

Kellner regarda Elsie et dit :

— Merveilleux pays, la France, *gnädige Frau*.

— Cognac, *Standartenführer?* dit Elsie d'une voix tranquille.

— Un peu seulement, *gnädige Frau*, le cognac doit se déguster...

Il leva la main :

— ... à la française. Un peu à la fois, et lentement. Nos lourdauds, là-bas, doivent en avaler des rasades...

Il eut un petit rire que je jugeai forcé, puis il me jeta un coup d'œil et je compris qu'il avait envie de s'en aller.

Elsie le servit, puis remplit à demi mon verre. Je dis :

— Merci, Elsie.

Elle ne leva pas la tête. Il y eut de nouveau un silence.

— Chez *Maxim's*, reprit Kellner, ils le boivent dans de grands verres ronds et renflés à la base... comme ceci...

Il dessina la forme du verre dans l'air des deux mains. Il y eut encore un silence, et il reprit d'un air gêné :

— Merveilleux, Paris, *gnädige Frau*. Je dois avouer...

Il eut un petit rire :

— ... que j'envie beaucoup Herr Abetz, parfois.

Il parla encore un petit moment de *Maxim's* et de Paris, puis se leva et prit congé. Je remarquai qu'il n'avait même pas fini son verre. On laissa Elsie au salon, je descendis le perron avec Kellner, et je le mis dans sa voiture.

Elle démarra, je regrettai de ne pas avoir pris ma casquette sur la console : Je serais parti aussitôt.

Je remontai lentement le perron, je poussai la porte d'entrée, et traversai doucement le vestibule. Je vis avec étonnement que ma casquette n'était plus sur la console.

J'ouvris la porte de mon bureau, et je m'arrêtai, stupéfait. Elsie était là, droite et blanche, la main gauche appuyée sur une chaise. Je fermai machinalement la porte derrière moi et je détournai la tête. Ma casquette était sur ma table.

Il se passa une pleine seconde, je saisis ma casquette et je tournai les talons. Elsie dit :

— Rudolf.

Je me retournai. Son regard était effrayant.

— Ainsi, dit-elle, c'est ce que tu fais!

Je détournai la tête :

— Je ne sais pas ce que tu veux dire.

Je voulus faire demi-tour, sortir, couper court. Mais j'étais là, figé, paralysé. Je ne pouvais même pas la regarder.

— Ainsi, dit-elle à voix basse, tu les gazes!... Et cette horrible odeur, c'est eux!

J'ouvris la bouche, je n'arrivai pas à parler.

— Les cheminées! reprit-elle... Je comprends tout maintenant.

Je regardai à terre et je dis :

— Bien entendu, nous brûlons les morts. On a toujours brûlé les corps en Allemagne, tu le sais bien. C'est une question d'hygiène. Il n'y a rien à redire à cela. Surtout avec les épidémies.

Elle cria :

— Tu mens! Tu les gazes!

Je relevai la tête, stupéfait.

— Je mens? Elsie! Comment oses-tu?

Elle reprit sans m'entendre :

— Les hommes, les femmes, les enfants... tous pêle-mêle... nus... et les enfants ressemblent à des petits singes...

Je me raidis :

— Je ne sais pas ce que tu racontes.

Je fis un violent effort et je réussis à bouger. Je me retournai et je fis un pas vers la porte Aussitôt, avec une

340

vitesse stupéfiante, elle me dépassa, se jeta contre la porte et s'adossa à elle :

— Toi! dit-elle, toi!

Elle tremblait de tout son corps. Ses yeux immenses, étincelants, étaient fixés sur moi. Je criai :

— Si tu crois que j'aime ça!

Et aussitôt un flot de honte me submergea : J'avais trahi le *Reichsführer*. J'avais révélé à ma femme un secret d'État.

— C'est donc vrai, cria Elsie, tu les tues!

Elle répéta en hurlant :

— Tu les tues!

Avec la rapidité de l'éclair, je la pris par les épaules, je posai la paume de ma main sur sa bouche, et je dis :

— Plus bas, Elsie, je te prie, plus bas!

Ses yeux cillèrent, elle se dégagea, je retirai ma main, elle tendit l'oreille, et nous restâmes un moment à écouter les bruits de la maison, immobiles, silencieux, complices.

Elle dit d'une voix basse et normale :

— Frau Müller est sortie, je crois.

— La bonne?

— Elle fait la lessive au sous-sol. Et les enfants font la sieste.

On écouta encore un moment en silence, puis elle tourna la tête, me regarda, et ce fut comme si elle se souvenait tout d'un coup qui j'étais : L'horreur envahit de nouveau ses traits et elle se rencogna contre la porte.

Je dis au prix d'un énorme effort :

— Écoute, Elsie. Il faut que tu comprennes. Ce sont seulement des inaptes. Et on n'a pas de nourriture pour tout le monde. Il vaut beaucoup mieux pour eux...

Ses yeux durs, implacables étaient fixés sur moi. Je poursuivis :

— ... les traiter ainsi... que les laisser mourir de faim.

— Voilà donc, dit-elle à voix basse, ce que tu as imaginé!

— Mais ce n'est pas moi! Je n'y suis pour rien! C'est un ordre!...

Elle dit avec mépris :

— Qui aurait pu donner un ordre pareil?

— Le *Reichsführer*.

L'angoisse me serra le cœur : Une fois de plus, je le trahissais.

— Le *Reichsführer!* dit Elsie.

Ses lèvres se mirent à trembler et elle dit d'une voix éteinte :

— Un homme... vers qui les enfants allaient avec tant de confiance!

Elle balbutia :

— Mais pourquoi? pourquoi?

Je levai les épaules :

— Tu ne peux pas comprendre. Ces questions-là t'échappent complètement. Les juifs sont nos pires ennemis, tu le sais bien. Ce sont eux qui ont déclenché la guerre. Si nous ne les liquidons pas maintenant, ce sont eux, plus tard, qui extermineront le peuple allemand.

— Mais c'est stupide! dit-elle avec une vivacité inouïe. Comment pourront-ils nous exterminer, puisque nous allons gagner la guerre?

Je la regardai, béant. Je n'avais jamais réfléchi à cela, je ne savais plus que penser. Je détournai la tête et je dis au bout d'un moment :

— C'est un ordre.

— Mais tu pouvais demander une autre mission.

Je dis vivement :

— Je l'ai fait. J'étais volontaire pour le front, tu te souviens. Le *Reichsführer* n'a pas voulu.

342

— Eh bien! dit-elle à voix basse et avec une incroyable violence, il fallait refuser d'obéir.

Je criai presque :

— Elsie!

Et pendant une seconde, je fus incapable de trouver mes mots.

— Mais, dis-je, la gorge serrée, mais Elsie!... Ce que tu dis là, c'est... c'est contraire à l'honneur!

— Et ce que tu fais?

— Un soldat, refuser d'obéir! Et d'ailleurs, ça n'aurait rien changé! On m'aurait dégradé, torturé, fusillé... Et toi, qu'est-ce que tu serais devenue? Et les enfants?...

— Ah! dit Elsie, tout! Tout! Tout!...

Je l'interrompis :

— Mais cela n'aurait servi à rien. Si j'avais refusé d'obéir, quelqu'un d'autre l'aurait fait à ma place!

Ses yeux étincelèrent :

— Oui, mais toi, dit-elle, toi, tu ne l'aurais pas fait!

Je la regardai, stupéfait, stupide. Mon esprit était un vide total.

— Mais Elsie, dis-je...

Je n'arrivais plus à penser. Je me raidis jusqu'à ce que tous les muscles me fissent mal, je fixai mes yeux droit devant moi, et sans regarder Elsie, sans la voir, sans rien voir, j'articulai avec force :

— C'est un ordre.

— Un ordre! dit Elsie avec dérision.

Et brusquement elle se cacha la tête dans ses mains. Au bout d'un moment, je m'approchai et je la pris par les épaules. Elle tressaillit violemment, me repoussa de toutes ses forces, et dit d'une voix blanche :

— Ne me touche pas!

Mes jambes se mirent à trembler sous moi et je criai :

— Tu n'as pas le droit de me traiter ainsi! Tout ce

que je fais dans le camp, je le fais par ordre! Je n'en suis pas responsable!

— C'est toi qui le fais!

Je la regardai, désespéré :

— Tu ne comprends pas, Elsie. Je ne suis qu'un rouage, rien de plus. Dans l'armée, quand un chef donne un ordre, c'est lui qui est responsable, lui seul. Si l'ordre est mauvais, c'est le chef qu'on punit, jamais l'exécutant.

— Ainsi, dit-elle avec une lenteur écrasante, voilà la raison qui t'a fait obéir : Tu savais que si les choses tournaient mal, tu ne serais pas puni.

Je criai :

— Mais je n'ai jamais pensé à cela! C'est seulement que je ne peux pas désobéir à un ordre. Comprends donc! Ça m'est physiquement impossible!

— Alors, dit-elle avec un calme effrayant, si on te donnait l'ordre de fusiller le petit Franz, tu le ferais!

Je la fixai, stupéfait.

— Mais c'est de la folie! Jamais on ne me donnera un ordre pareil!

— Et pourquoi pas? dit-elle avec un rire sauvage. On t'a bien donné l'ordre de tuer des petits enfants juifs! Pourquoi pas les tiens? Pourquoi pas Franz?

— Mais voyons, jamais le *Reichsführer* ne me donnerait un ordre pareil! Jamais! C'est...

J'allais dire : « C'est impensable! » et tout à coup, les mots se bloquèrent dans ma gorge. Je me rappelai avec terreur que le *Reichsführer* avait donné l'ordre de fusiller son propre neveu.

Je baissai les yeux. C'était trop tard.

— Tu n'en es pas sûr! dit Elsie avec un mépris horrible, tu vois, tu n'en es pas sûr! Et si le *Reichsführer* te disait de tuer Franz, tu le ferais!

Elle découvrit à demi les dents, elle parut se replier sur

344

elle-même, et ses yeux se mirent à briller d'une lueur farouche, animale. Elsie si douce, si calme... Je la regardais, paralysé, cloué au sol par tant de haine.

— Tu le ferais! dit-elle avec violence, tu le ferais!

Je ne sais ce qui se passa alors. Je jure que je voulais répondre : « Naturellement pas », je jure que j'en avais l'intention la plus nette et la plus formelle, et au lieu de cela, les mots s'étouffèrent brusquement dans ma gorge, et je dis :

— Naturellement.

Je crus qu'elle allait se jeter sur moi. Un temps interminable s'écoula. Elle me regardait. Je ne pouvais plus parler. Je désirais désespérément me reprendre, m'expliquer... Ma langue était collée contre mon palais.

Elle se retourna, ouvrit la porte, sortit, et je l'entendis qui montait rapidement l'escalier.

Au bout d'un moment, j'attirai lentement le téléphone à moi, je fis le numéro du camp, je commandai la voiture, et je sortis. Mes jambes étaient molles et sans force. J'eus le temps de marcher quelques centaines de mètres avant d'être rejoint par l'auto.

J'étais dans mon bureau depuis quelques minutes à peine quand la sonnerie du téléphone retentit. Je décrochai.

— *Herr Obersturmbannführer*, dit une voix froide.

— *Ja?*

— Pick, Créma II. Je rends compte, *Herr Obersturmbannführer*. Les juifs du convoi 26 se sont révoltés.

— Quoi?

— Les juifs du convoi 26 se sont révoltés. Ils se sont jetés sur les *Scharführer* qui surveillaient le déshabillage, ont pris leurs armes, et arraché les câbles électriques. Les gardes de l'extérieur ont ouvert le feu et les juifs ont riposté..

— Après?

— Il est difficile de les réduire. Ils sont dans le vestiaire, et ils tirent sur l'escalier qui descend au vestiaire, dès qu'ils voient une paire de jambes.

— C'est bien, Pick, j'arrive.

Je raccrochai, sortis rapidement, et me jetai dans l'auto.

— Créma II.

Je me penchai :

— Plus vite, Dietz.

Dietz inclina la tête et l'auto bondit en avant. J'étais atterré : Jamais je n'avais eu de révolte jusque-là.

Les freins crièrent sur les graviers de la cour du Créma. Je sautai de l'auto. Pick était là, il se mit à ma gauche, et je marchai rapidement avec lui dans la direction du vestiaire.

— Combien de *Scharführer* ont-ils désarmés?

— Cinq.

— Comment les *Scharführer* étaient-ils armés?

— Mitraillettes.

— Les juifs ont tiré beaucoup?

— Pas mal, mais il doit leur rester des munitions. J'ai réussi à faire fermer les portes du vestiaire.

Il ajouta :

— J'ai deux tués et quatre blessés. Je ne compte pas les cinq *Scharführer*, évidemment. Ceux-là...

Je le coupai :

— Quelles mesures proposez-vous?

Il y eut un silence et Pick dit :

— Nous pourrions avoir les juifs par la faim.

Je dis sèchement :

— Il n'en est pas question. Nous ne pouvons pas immobiliser le Créma si longtemps. Il doit tourner.

Je promenai mon regard sur les forts cordons SS qui entouraient le vestiaire.

— Les chiens?

— J'ai essayé... Mais les juifs ont arraché les câbles,

346

le vestiaire est plongé dans l'obscurité, et les chiens ne veulent pas entrer.

Je réfléchis et je dis :

— Faites apporter un projecteur.

Pick cria un ordre. Deux SS partirent en courant. Je repris :

— Le Kommando d'attaque comprendra sept hommes. Deux hommes ouvriront rapidement la porte et la rabattront sur eux. Ceux-là ne courent aucun danger. Au centre, un homme tiendra le projecteur. A sa droite, deux tireurs d'élite cueilleront les juifs armés. A sa gauche, deux autres tireurs mitrailleront au jugé. Le but est de détruire les juifs armés et d'empêcher les autres de ramasser les armes. Il vous appartient de prévoir dès maintenant un second Kommando pour remplacer le premier.

Il y eut un silence et Pick dit de sa voix froide :

— L'homme qui tiendra le projecteur, je ne donne pas cher de sa peau.

Je repris :

— Choisissez vos hommes.

Les deux SS revinrent en courant avec le projecteur. Pick le brancha lui-même sur la prise extérieure et déroula le câble.

Je dis :

— Le câble doit être assez long. Si l'attaque réussit, il faut pouvoir pénétrer dans le vestiaire.

Pick inclina la tête. Deux hommes étaient déjà postés derrière la porte. Cinq autres étaient alignés sur la première marche de l'escalier. Celui du centre, un *Scharführer*, tenait le projecteur contre sa poitrine. Les cinq hommes étaient immobiles, le visage tendu.

Pick cria un ordre, ils descendirent l'escalier avec un ensemble parfait, et le câble électrique se déroula derrière eux comme un serpent. Ils s'arrêtèrent à 1,50m environ de la porte. Cinq autres SS prirent aussitôt leur place sur la première marche. Le silence tomba sur la cour.

Pick se pencha sur l'escalier, parla à voix basse au *Scharführer* qui tenait le projecteur, et leva la main.

Je dis :

— Un instant, Pick.

Il me regarda et laissa retomber sa main. Je me dirigeai vers l'escalier, les hommes du Kommando n° 2 s'écartèrent, et je descendis les marches.

— Donnez-moi ça.

Le *Scharführer* me regarda, stupéfait. La sueur coulait sur son visage. Au bout d'une seconde, il se ressaisit, et dit :

— *Jawohl, Herr Obersturmbannführer.*

Il me donna le projecteur et je dis :

— Vous pouvez disposer.

Le *Scharführer* me regarda, claqua les talons, fit demi-tour, et commença à monter les marches.

J'attendis qu'il fût remonté et je regardai les hommes du Kommando l'un après l'autre.

— Quand je dirai « Ja », vous ouvrirez les portes, nous avancerons de deux pas, vous vous coucherez, et vous commencerez à tirer. Les tireurs d'élite prendront tout leur temps.

— *Herr Obersturmbannführer!* dit une voix.

Je me retournai et levai la tête. Pick regardait d'en haut. Son visage était bouleversé.

— *Herr Obersturmbannführer*, mais c'est... impossible! C'est...

Je le regardai fixement et il se tut. Je me retournai, je regardai droit devant moi et je dis :

— *Ja!*

Les deux battants de la porte se rabattirent en arrière. Je serrai le projecteur contre ma poitrine, je fis deux pas, les hommes se jetèrent à terre, et les balles commencèrent à siffler autour de moi. De petits morceaux de béton tombèrent à mes pieds, et les mitraillettes de mes hommes entrèrent en action. Je promenai lentement mon projecteur de gauche à droite, et les tireurs d'élite à mes pieds tirèrent deux fois. Je ramenai le faisceau lentement vers la gauche, les balles sifflèrent rageusement, et je pensai : « C'est maintenant. » Je ramenai le faisceau à droite et j'entendis, sous le crépitement ininterrompu des mitraillettes, les deux détonations sourdes des tireurs d'élite.

Les balles cessèrent de siffler. Je criai : « Allons! », on pénétra dans le vestiaire, et au bout de quelques pas, j'ordonnai de cesser le tir. Les juifs à demi dévêtus étaient tassés dans un angle du vestiaire. Ils étaient agglutinés en une masse énorme et confuse. Le projecteur illuminait leurs yeux hagards.

Pick surgit à mes côtés. Je me sentis très fatigué d'un seul coup. Je passai le projecteur à un mitrailleur et je me tournai vers Pick :

— Prenez le commandement.

— *Zu Befehl, Herr Obersturmbannführer!*

Il reprit :

— Faut-il reprendre le gazage?

— Vous auriez du mal. Faites-les sortir un par un par la petite porte, conduisez-les à la salle de dissection, et fusillez-les. Un par un.

Je remontai lentement les marches qui menaient à la cour. Quand j'apparus, il se fit un silence de mort, et tous les SS se figèrent. Je leur fis signe de se mettre au repos. Ils se détendirent, mais ils restèrent silencieux, et leurs yeux ne me quittaient pas. Je compris qu'ils admiraient ce que j'avais fait. Je montai dans l'auto et claquai rageusement la portière. Pick avait raison : Je n'aurais jamais dû courir ce risque. Les quatre Crémas étaient terminés, mais leur bon fonctionnement, pendant un certain temps encore, dépendait de ma présence. J'avais trahi mon devoir.

Je regagnai mon bureau et j'essayai de travailler. Mon esprit était vide et je n'arrivai pas à concentrer mon attention. Je fumai cigarette sur cigarette. A 7 heures et demie, je me fis reconduire chez moi.

Elsie et Frau Müller faisaient manger les enfants. J'embrassai les enfants et je dis :

— Bonsoir, Elsie.

Il y eut une petite pause et elle dit d'une voix parfaitement naturelle :

— Bonsoir, Rudolf.

J'écoutai un moment en silence le bavardage des enfants, puis je me levai et je gagnai mon bureau.

Un peu plus tard, on frappa à ma porte et la voix d'Elsie dit :

— Dîner, Rudolf.

J'entendis ses pas décroître, je sortis et je gagnai la salle à manger. Je m'assis, et Elsie et Frau Müller m'imitèrent. Je me sentais très fatigué. Comme d'habitude, je remplis les verres et Elsie dit :

— Merci, Rudolf.

Frau Müller se mit à parler des enfants et Elsie discuta avec elle de leurs aptitudes. Au bout d'un moment, Elsie dit :

— N'est-ce pas, Rudolf?

Je levai la tête. Je n'avais pas écouté et je dis au hasard :

— *Ja, ja.*

Je regardai Elsie. Il n'y avait rien à lire dans ses yeux. Elle détourna la tête d'un air naturel.

— Si vous permettez, *Herr Kommandant*, dit Frau Müller, Karl aussi est intelligent. Seulement, il s'intéresse beaucoup aux choses, et pas du tout aux gens.

Je fis « oui » de la tête et je cessai d'écouter.

Après le repas, je me levai, pris congé d'Elsie et de Frau Müller, et m'enfermai dans mon bureau. Mon livre sur l'élevage traînait sur mon bureau, je l'ouvris au hasard et me mis à lire. Au bout d'un moment, je replaçai le livre sur l'étagère, enlevai mes bottes, et me mis à me promener de long en large.

A dix heures, j'entendis Frau Müller dire bonsoir à Elsie et monter. Quelques minutes après, je reconnus le pas d'Elsie dans l'escalier, j'entendis le petit claquement sec du commutateur qu'elle refermait, et tout rentra dans le silence.

J'allumai une cigarette et j'ouvris la fenêtre toute grande. Il n'y avait pas de lune mais la nuit était claire. Je restai un moment accoudé à la fenêtre, puis je décidai d'aller parler à Elsie. J'écrasai ma cigarette, sortis dans le vestibule, et montai doucement l'escalier.

Je posai ma main sur la poignée de sa porte, la tournai, et donnai une petite poussée. La porte était verrouillée. Je frappai un coup un peu faible, puis quelques secondes après, deux coups plus nets. Il n'y eut pas de réponse. J'approchai mon visage du panneau, et je prêtai l'oreille. La chambre était aussi silencieuse que celle d'une morte.

1945

Les Crémas III et IV furent achevés à la date fixée, et de janvier 1943 à la fin de la même année, l'installation des quatre Crémas tourna à plein.

En décembre 1943, je fus nommé Inspecteur des Camps, je quittai Auschwitz, et j'installai ma famille à Berlin. Cependant, je revins à Auschwitz, et y séjournai une partie de l'été 1944 pour aider mon successeur à résoudre les problèmes que posait le traitement spécial de 400 000 juifs hongrois.

Ma dernière tournée d'inspection eut lieu en mars 1945 : Je visitai Neuengamme, Bergen-Belsen, Buchenwald, Dachau et Flossenburg, et j'apportai personnellement aux Commandants de ces camps l'ordre du *Reichsführer* de ne plus exécuter de juifs et de faire l'impossible pour arrêter la mortalité.

Bergen-Belsen, en particulier, était dans un état terrifiant. Il n'y avait plus d'eau, plus de nourriture, les latrines débordaient, et dans les allées du camp, plus de 10 000 cadavres pourrissaient à l'air libre. Il était, en outre, impossible de nourrir les détenus, car l'office d'approvisionnement du district refusait de livrer quoi que ce fût. J'ordonnai au Commandant de mettre de l'ordre dans tout cela, je lui appris comment brûler les cadavres dans des fosses, et au bout d'un certain temps, les conditions sanitaires s'améliorèrent. Cependant, il n'y avait toujours pas de nourriture, et les détenus mouraient comme des mouches.

A la fin d'avril 1945, la situation devint telle qu'on reçut l'ordre de transporter l'*Amtsgruppe* dont je faisais partie au KL Ravensbrück. Les autos des chefs SS et de leurs familles, ainsi que les camions portant les dossiers et le matériel, partirent en caravane le long des routes. Celles-ci étaient encombrées de civils qui fuyaient les bombardements. De Ravensbrück, on gagna Reusburg, et là, tout ce que je pus trouver pour loger tout le monde fut une étable. Le lendemain, cependant, les femmes et les enfants purent dormir dans une école.

A partir de ce moment, l'exode devint un véritable cauchemar, les Russes avançaient d'un côté, les Anglo-Saxons de l'autre, et nous devions sans cesse reculer devant l'avance ennemie. A Fleusburg, je me rappelai tout d'un coup que notre ancienne institutrice d'Auschwitz, Frau Müller, habitait Apenrade. J'y menai aussitôt Elsie et les enfants, et Frau Müller fut assez bonne pour les héberger.

Je continuai seul avec Dietz jusqu'à Murwick, et là, en compagnie des principaux chefs de l'*Amtsgruppe*, je vis Himmler pour la dernière fois. Il déclara qu'il n'avait plus d'ordre à nous donner.

Peu après, on me remit un livret de la marine avec un nom d'emprunt, et on me procura une tenue de quartier-maître. Conformément aux ordres, je la revêtis, mais je pris sur moi de conserver dans mes bagages mon uniforme d'officier SS.

Le 5 mai, je reçus l'ordre de me rendre à Rantum. J'y parvins le 7, et quelques heures après mon arrivée, j'appris que le Maréchal Keitel avait signé à Reims la capitulation sans condition de la *Wehrmacht*.

De Rantum on me transféra à Brunsbüttel. Je restai là quelques semaines, et comme j'avais porté sur ma fiche que j'étais fermier dans le civil, on me démobilisa le 5 juillet, et on m'envoya dans une ferme à Gottrupel, chez un nommé Georg Pützler.

Je travaillai huit mois dans cette ferme. C'était une assez belle exploitation qui comptait quelques chevaux en assez bon état, et lorsque Georg apprit que j'avais été employé dans un haras, il m'en confia le soin. Je m'acquittais avec beaucoup de plaisir de cette tâche, et Georg, chez qui je logeais, prétendait en riant que si je ne couchais pas à l'écurie avec mes bêtes, c'était uniquement pour ne pas l'offenser.

Georg était un petit homme assez âgé, mais robuste et noueux, avec un menton en galoche et des yeux bleus perçants. J'appris vite qu'il avait occupé autrefois un poste assez important dans la S. A., je lui révélai qui j'étais, et à partir de ce moment, il devint vraiment amical, et nous eûmes ensemble de longs entretiens, quand sa femme n'était pas là.

Un matin, j'étais seul avec les chevaux dans un pré, quand il surgit tout d'un coup à côté de moi. Il se campa sur ses jambes torses, me regarda et dit d'un air important :

— Ils ont arrêté Himmler.

Je balbutiai :

— Ils l'ont eu!

— Mais non, dit Georg, écoute voir, c'est lui qui les a eus! Au moment où ils allaient l'interroger, il s'est suicidé!

Je le regardai, atterré.

— Écoute voir, reprit Georg en grimaçant et en frappant ses deux mains l'une contre l'autre, c'est un malin, Himmler! Il avait une ampoule de cyanure dans la bouche, et il l'a croquée, voilà tout!

355

— Ah! cria-t-il d'un air content, il les a eus!

Je répétai :

— Ainsi il s'est suicidé!

— Mais qu'est-ce que tu as? dit Georg, tu en fais une tête! C'est un bon tour qu'il leur a joué, c'est tout! Tu ne vas pas dire qu'il a eu tort?

Je le regardai sans répondre. Georg se frotta le menton et me considéra d'un air embarrassé.

— Je ne te comprends pas. C'est convenable pour un grand chef de se suicider, quand il est capturé, *nicht wahr?* C'est ce que tout le monde a toujours dit ici. On a assez reproché à Paulus de ne pas l'avoir fait, après Stalingrad, rappelle-toi.

— Eh bien, qu'est-ce que tu as? reprit-il au bout d'un moment d'un air inquiet. Dis quelque chose au moins. Tu as l'air pétrifié. Tu ne penses quand même pas qu'il a eu tort!

La douleur et la rage m'aveuglaient. Je sentis Georg me secouer vivement par le bras et je dis d'une voix éteinte :

— Il m'a trahi.

— Le *Reichsführer!* dit la voix de Georg.

Je vis les yeux pleins de reproches de Georg fixés sur moi, et je criai :

— Tu ne comprends pas! Il a donné des ordres terribles, et maintenant, il nous laisse seuls affronter le blâme!

— Le *Reichsführer!* dit Georg, tu parles ainsi du *Reichsführer!*

— ... Au lieu de se dresser... au lieu de dire... « C'est moi le seul responsable! »... Voilà ce qu'il a fait!... Comme c'est facile! On croque une ampoule de cyanure et on laisse ses hommes dans le pétrin!

— Mais tu ne vas quand même pas dire...

Je me mis à rire :

356

— *Meine Ehre heisst Treue* [1] ! *Ja, ja,* pour nous! Pas pour lui! Pour nous, la prison, la honte, la corde...

— Ils vont donc te pendre? dit Georg d'un air stupéfait.

— Qu'est-ce que tu imagines? Mais ça m'est égal, tu entends? Ça m'est égal! La mort, c'est moins que rien pour moi. Mais ce qui me rend fou, c'est de penser que lui...

Je saisis Georg par le bras :

— Tu ne comprends donc pas! Il s'est défilé!... Lui que je respectais comme un père...

— Eh bien, oui, dit Georg d'un air de doute, il s'est défilé... Et après? S'il était resté, ça ne t'aurait pas sauvé la vie.

Je le secouai avec fureur :

— Qu'est-ce qui te parle de vivre? Ça m'est bien égal qu'on me pende! Mais je serais mort avec lui! Avec mon chef! Il aurait dit : « C'est moi qui ai donné à Lang l'ordre de traiter les juifs! » Et personne n'aurait eu rien à dire!...

Je n'arrivai plus à parler. La douleur et la honte m'étouffaient. Ni l'exode ni la débâcle ne m'avaient produit plus d'effet.

Dans les jours qui suivirent, Georg commença à se plaindre que je fusse devenu « encore plus silencieux qu'avant ». En réalité, j'étais très préoccupé, parce que les crises que j'avais eues autrefois, après la mort de Père, avaient brusquement reparu, elles se succédaient à intervalles de plus en plus rapprochés, elles devenaient à chaque fois plus fortes, et même quand je me sentais tout à fait normal, une angoisse sourde pesait sur moi. Je remarquais aussi qu'en dehors même de ces crises, je prenais souvent un mot pour l'autre ; quelquefois même, je bégayais, ou une phrase entière se bloquait tout à coup dans ma gorge. Ces troubles me faisaient presque plus peur que mes crises,

---

1. « Mon honneur, c'est la fidélité ». *Devise des SS.*

car je ne les avais jamais éprouvés jusque-là, du moins à ce degré, et je craignais de les voir s'aggraver, et que mon entourage s'en aperçût.

Le 14 mars 1946, j'étais à déjeuner avec Georg et sa femme, quand on entendit une auto entrer dans la cour de la ferme. Georg leva le nez et dit :

— Va donc voir qui c'est.

Je me levai, contournai vivement le bâtiment et butai presque contre deux soldats américains : Un blond à lunettes et un petit brun.

Le petit brun sourit et dit en allemand :

— Pas si vite, *mein Herr!*

Il balançait un pistolet au bout de son bras. Je le regardai, puis je regardai le blond, et je vis, à leurs pattes d'épaules, que c'étaient deux officiers.

Je me mis au garde à vous et je dis :

— Que désirez-vous?

Le blond à lunettes se campa nonchalamment sur une jambe, sortit une photo de sa poche, la regarda, et la passa au petit brun. Le petit brun y jeta un coup d'œil, regarda le blond, et dit « *Yep* ». Après quoi, il pinça les lèvres, balança son pistolet au bout de son bras, et dit :

— Rudolf Lang?

C'était fini. Je fis « oui » de la tête, et un soulagement bizarre m'envahit.

— Vous êtes arrêté, dit le petit brun.

Il y eut un silence et je repris :

— Est-ce que je peux aller chercher mes affaires?

Le petit brun sourit. Il avait l'air d'un Italien.

— Passez devant.

Arrivé sur le seuil de la cuisine, l'un des deux me donna une brusque poussée en avant, je fis quelques pas en trébuchant, je faillis tomber et je me rattrapai finalement à la table. Quand je relevai la tête, je vis l'officier à lunettes debout derrière Georg, un pistolet à la main. Je sentis le canon d'une arme contre mon dos et je compris que le petit brun était derrière moi.

L'officier à lunettes dit :

— Georg Pützler?

— *Ja*, dit Georg.

— Gardez vos deux mains sur la table, *mein Herr*.

Georg posa ses deux mains bien à plat de chaque côte de son assiette.

— Vous aussi, Madame.

La femme de Georg me regarda, puis regarda Georg, et obéit avec lenteur.

— Passez devant, dit le petit brun.

Je montai l'escalier et je gagnai ma chambre. Le petit brun s'adossa à la fenêtre et commença à siffler. Je revêtis mon uniforme SS.

Quand j'eus fini, je pris ma valise, je la posai sur mon lit, et j'allai prendre mon linge dans l'armoire. Dès que j'ouvris l'armoire, le petit brun s'arrêta de siffler. Je posai le linge sur le lit et je le rangeai dans la valise. C'est à ce moment-là que je me rappelai le pistolet. Il était sous mon oreiller, à un mètre de moi à peine, le cran de sûreté était enlevé. Je restai une seconde immobile, et une lassitude sans nom m'envahit.

— Prêt? dit le petit brun derrière moi.

Je rabattis le couvercle de la valise et des deux mains j'engageai les ferrures dans leurs fentes. Il y eut deux claquements secs. Ils résonnèrent bizarrement dans le silence.

On redescendit, et j'entrai dans la cuisine. La femme de Georg regarda mon uniforme, porta les deux mains à sa bouche, et jeta un coup d'œil à son mari. Georg ne bougea pas.

— Allons! dit le petit brun et il me poussa légèrement devant lui.

Je traversai la pièce, je me tournai vers Georg et sa femme et je dis :

— Au revoir.

Georg dit à voix basse et sans tourner la tête :

— Au revoir.

Le petit brun sourit et dit d'un air de dérision :

— Ça m'étonnerait.

La femme de Georg n'ouvrit pas la bouche.

Les Américains m'emmenèrent à Bredstedt. On s'arrêta devant un ancien hôpital et on traversa une cour remplie de soldats. Ils fumaient et se promenaient par petits groupes. Aucun d'eux ne salua les officiers qui m'escortaient.

On monta au premier et on me fit entrer dans une petite pièce. Il y avait un lit, deux chaises, une table, et au milieu, un poêle et un seau à charbon. Le petit brun me fit asseoir sur une chaise.

Au bout d'un moment, un soldat entra. Il avait près de deux mètres de haut et il était large en proportion. Il salua les deux officiers avec une désinvolture incroyable. Ceux-ci l'appelèrent « Joe », et lui parlèrent longuement en anglais. Puis ils se dirigèrent vers la porte. Je me levai et me mis au garde à vous, mais ils sortirent sans me regarder.

Le soldat me fit signe de la main de me rasseoir, et s'assit à son tour sur le lit. Il s'assit lentement et lourdement, le lit grinça, il écarta les jambes, et s'accota contre le mur. Puis sans cesser de me regarder, il tira une petite plaquette de sa poche, la décortiqua, la fourra dans sa bouche, et se mit à mâcher.

Un long moment se passa. Le soldat ne me quittait pas des yeux, et je commençais à me sentir gêné par son regard. Je détournai la tête et je fixai la fenêtre. Elle avait des vitres dépolies et je ne pus rien voir. Je regardai le poêle. Il y avait un radiateur dans la pièce, mais le chauffage central, probablement, était hors d'état de fonctionner. Le poêle était allumé, et il faisait très chaud.

Une heure se passa encore, puis un petit officier alerte et vif entra en coup de vent, s'assit derrière la table et commença aussitôt à m'interroger. Je dis tout ce que je savais.

Je traînai ensuite de prison en prison. Je ne fus pas malheureux en prison. J'étais bien nourri et mes crises avaient complètement cessé. Cependant, je trouvai le temps un peu long, et j'avais hâte qu'on en finît. Au début, je me faisais également beaucoup de souci pour Elsie et les enfants. Et ce fut un grand soulagement d'apprendre que les Américains ne les avaient pas mis, comme je m'y attendais, dans un camp de concentration. En fait, je reçus plusieurs lettres d'Elsie, et je pus, à mon tour, lui écrire.

Je pensais quelquefois à ma vie passée. Chose curieuse, seule mon enfance me paraissait réelle. Sur tout ce qui s'était passé ensuite, j'avais des souvenirs très précis, mais c'était plutôt le genre de souvenir qu'on garde d'un film qui vous a frappé. Je me voyais moi-même agir et parler dans ce film, mais je n'avais pas l'impression que c'était à moi que tout cela était arrivé.

Je dus répéter ma déposition comme témoin à charge au procès de Nüremberg, et c'est là que je vis pour la première fois, au banc des accusés, certains hauts dignitaires du Parti que je ne connaissais jusque-là que par des photos de presse.

A Nüremberg, je reçus, dans ma cellule, plusieurs visites, et notamment celle d'un Lieutenant-Colonel américain. Il était grand et rose, avec des yeux de faïence et des cheveux blancs. Il voulait savoir ce que je pensais d'un article paru sur moi dans la presse américaine, et qu'il me traduisit. On y disait que « j'étais né avec le siècle, et que je symbolisais, en fait, assez bien, ce qu'un demi-siècle d'histoire allemande comportait de violence et de fanatisme... »

Je dis :

— ... et de misère, *Herr Oberst*.

Il dit vivement :

— Ne m'appelez pas « *Herr Oberst* ».

Puis il me dévisagea un instant en silence, et reprit en appuyant sur le « vous » :

— Avez-*vous* été misérable?

Je le regardai. Il était rose et propre comme un bébé bien tenu. Il était clair qu'il n'avait aucune idée du monde où j'avais vécu.

Je dis :

— Oui. Assez.

Il reprit d'un air grave :

— Ce n'est pas une excuse.

— Je n'ai pas besoin d'excuse. J'ai obéi.

Après cela, il hocha la tête et dit d'un air grave et peiné :

— Comment expliquez-vous que vous ayez pu en arriver là?

Je réfléchis et je dis :

— On m'a choisi à cause de mon talent d'organisateur.

Il me fixa, ses yeux étaient bleus comme ceux d'une poupée, il secoua la tête et il dit :

— Vous n'avez pas compris ma question.

Il reprit au bout d'un moment :

— Êtes-vous toujours aussi convaincu qu'il était nécessaire d'exterminer les juifs?

— Non, je n'en suis plus si convaincu.

— Pourquoi?

— Parce que Himmler s'est suicidé.

Il me regarda d'un air étonné et je repris :

— Cela prouve qu'il n'était pas un vrai chef, et s'il

n'était pas un vrai chef, il a pu très bien me mentir en me présentant l'extermination des juifs comme nécessaire.

Il reprit :

— Par conséquent, si c'était à refaire, vous ne le referiez pas?

Je dis vivement :

— Je le referais, si on m'en donnait l'ordre.

Il me regarda une pleine seconde, son teint rose rougit violemment, et il dit d'un air indigné :

— Vous agiriez contre votre conscience!

Je me mis au garde à vous, je regardai droit devant moi et je dis :

— Excusez-moi, je crois que vous ne comprenez pas mon point de vue. Je n'ai pas à m'occuper de ce que je pense. Mon devoir est d'obéir.

Il s'écria :

— Mais pas à ces ordres horribles!... Comment avez-vous pu?... C'est monstrueux... Ces enfants, ces femmes... Vous ne ressentiez donc rien?

Je dis avec lassitude :

— On ne cesse pas de me poser cette question.

— Eh bien, que répondez-vous d'ordinaire?

— C'est difficile à expliquer. Au début, j'éprouvais une impression pénible. Puis, peu à peu, j'ai perdu toute sensibilité. Je crois que c'était nécessaire : Sans cela, je n'aurais pu continuer. Vous comprenez, je pensais aux juifs en termes d'unités, jamais en termes d'êtres humains. Je me concentrais sur le côté technique de ma tâche.

J'ajoutai :

— Un peu comme un aviateur qui lâche ses bombes sur une ville.

Il dit d'un air fâché :

— Un aviateur n'a jamais anéanti tout un peuple.

Je réfléchis là-dessus et je dis :

— Il le ferait, si c'était possible, et si on lui en donnait l'ordre.

Il haussa les épaules comme pour écarter l'hypothèse, et reprit :

— Vous n'éprouvez donc aucun remords?

Je dis nettement :

— Je n'ai pas à avoir de remords. L'extermination était peut-être une erreur. Mais ce n'est pas moi qui l'ai ordonnée.

Il secoua la tête :

— Ce n'est pas cela que je veux dire... Depuis votre arrestation, il vous est bien arrivé quelquefois de penser à ces milliers de pauvres gens que vous avez envoyés à la mort?

— Oui, quelquefois.

— Eh bien, quand vous y pensez, qu'éprouvez-vous?

— Je n'éprouve rien de particulier.

Ses yeux bleus se fixèrent sur moi avec une intensité gênante, il secoua de nouveau la tête, et il dit à voix basse, avec un bizarre mélange de pitié et d'horreur :

— Vous êtes complètement déshumanisé.

Là-dessus, il me tourna le dos, et s'en alla. Je me sentis soulagé de le voir partir. Ces visites et ces discussions me fatiguaient beaucoup, et je les trouvais inutiles.

Après ma déposition au procès de Nüremberg, les Américains me livrèrent aux Polonais. Ceux-ci tenaient beaucoup à m'avoir, Auschwitz se trouvant sur leur territoire.

Mon procès commença le 11 mars 1947, un an presque jour pour jour après mon arrestation. Il eut lieu à Varsovie, dans une grande salle nue aux murs blancs. Un micro était placé devant moi, et grâce aux écouteurs dont j'étais muni, j'entendais immédiatement la traduction en allemand de tout ce qui se disait de moi en polonais.

Quand ils en eurent fini avec l'acte d'accusation, je demandai la parole, je me levai, je me mis au garde à vous et je dis :

364

— Je suis seul responsable de tout ce qui s'est passé à Auschwitz. Mes subordonnés ne sont pas en cause.

J'ajoutai :

— Je désire seulement rectifier différents faits dont on m'accuse personnellement.

Le Président dit d'une voix sèche :

— Vous parlerez en présence des témoins.

Et le long défilé des témoins commença. Je fus stupéfait que les Polonais en eussent tant cité, et qu'ils eussent pris la peine de faire venir tous ces gens, probablement à grands frais, des quatre coins de l'Europe : Leur présence était parfaitement inutile, puisque je ne niais pas les faits. A mon avis, c'était là dépenser du temps et de l'argent en pure perte, et je ne pouvais croire, à les voir agir ainsi, que les Slaves donneraient jamais naissance à une race de chefs.

Certains de ces témoins débitèrent, d'ailleurs, des sottises qui me firent, plus d'une fois, sortir de mes gonds. C'est ainsi que l'un d'eux affirma qu'il m'avait vu battre un *Kapo*. J'essayai d'expliquer au Tribunal que, même si j'avais été le monstre que ces témoins voulaient faire de moi, je n'aurais jamais fait une chose pareille : C'était contraire à ma dignité d'officier.

Un autre témoin affirma qu'il m'avait vu donner le coup de grâce à des détenus qu'on fusillait. J'expliquai de nouveau que c'était là une chose tout à fait impossible. Il appartenait au Chef du peloton SS de donner le coup de grâce, et non au Commandant du camp. Le Commandant du camp avait le droit d'assister aux exécutions, mais non de tirer lui-même. Le règlement, là-dessus, était formel.

Il était clair que le Tribunal n'attachait aucune valeur à mes dénégations, et qu'il cherchait surtout à utiliser contre moi ce que je disais. A un moment donné, le Procureur s'écria : « Vous avez tué 3 millions et demi de personnes! » Je réclamai la parole et je dis : « Je vous demande pardon,

365

je n'en ai tué que 2 millions et demi. » Il y eut alors des murmures dans la salle et le Procureur s'écria que je devrais avoir honte de mon cynisme. Je n'avais rien fait d'autre, pourtant, que rectifier un chiffre inexact.

La plupart de mes dialogues avec le Procureur tournaient de cette façon. Au sujet de l'envoi de mes camions à Dessau pour chercher des boîtes de *Giftgas*, il demanda :

— Pourquoi étiez-vous si anxieux d'envoyer vos camions à Dessau?

— Quand les réserves de gaz commençaient à baisser, je devais naturellement faire tout mon possible pour renouveler mon stock.

— En somme, dit le Procureur, pour vous, c'était comme des réserves de pain et de lait?

Je répondis patiemment :

— J'étais là pour ça.

— Donc, s'écria le Procureur d'un air de triomphe, vous étiez là pour qu'il y ait le plus de gaz possible pour exterminer le plus de gens possible!

— C'était un ordre.

Le Procureur se tourna alors vers le Tribunal et remarqua que non seulement j'avais accepté de liquider les juifs, mais que mon ambition avait été d'en liquider le plus grand nombre possible.

Là-dessus, je demandai encore la parole, et je fis remarquer au Procureur que ce qu'il venait de dire n'était pas exact. Je n'avais jamais conseillé à Himmler d'augmenter le nombre de juifs qu'il m'expédiait. Bien au contraire, j'avais prié le RSHA à plusieurs reprises de ralentir le rythme des transports.

— Vous ne pouvez cependant pas nier, dit le Procureur, que vous avez été particulièrement zélé et plein d'initiative dans votre tâche d'extermination.

— J'ai fait preuve de zèle et d'initiative dans l'exécution

366

des ordres, mais je n'ai rien fait pour provoquer ces ordres.

— Avez-vous fait quelque chose pour vous libérer de ces horribles fonctions?

— J'ai demandé à partir pour le front avant que le *Reichsführer* me confiât la mission de liquider les juifs.

— Et après?

— Après, la question ne se posait plus : J'aurais eu l'air de me dérober.

— C'est donc que cette mission vous plaisait?

Je dis nettement :

— Pas du tout. Elle ne me plaisait pas du tout.

Il fit alors une pause, me fixa dans les yeux, écarta les bras et reprit :

— Eh bien alors, dites-nous ce que vous en pensiez. Comment envisagiez-vous ce genre de tâche?

Il y eut un silence, tous les yeux étaient fixés sur moi, je réfléchis un moment et je dis :

— C'était un travail ennuyeux.

Le Procureur laissa retomber ses bras, et il y eut de nouveau des murmures dans la salle.

Un peu plus tard, le Procureur dit :

— Je lis dans votre déposition : « Les juives cachaient souvent leurs enfants sous leurs vêtements au lieu de les emmener avec elles dans la chambre à gaz. Le *Sonderkommando* des détenus avait donc l'ordre de fouiller ces vêtements sous la surveillance des SS, et les enfants qu'on trouvait étaient jetés dans la chambre à gaz. »

Il releva la tête.

— C'est bien ce que vous avez dit, n'est-ce pas?

— Oui.

J'ajoutai :

— Cependant, je tiens à apporter un rectificatif.

Il fit un petit signe de la main et je repris :

— Je n'ai pas dit que les enfants étaient « jetés ». J'ai dit qu'ils étaient « envoyés » dans la chambre à gaz.

Le Procureur dit avec impatience :

— Peu importe le mot !

Puis il reprit :

— N'étiez-vous pas ému de pitié par le geste de ces pauvres femmes qui, acceptant la mort pour elles-mêmes, essayaient désespérément de sauver leurs bébés en s'en remettant à la générosité des bourreaux ?

Je dis :

— Je ne pouvais pas me permettre d'être ému. J'avais des ordres. Les enfants étaient considérés comme inaptes au travail. Je devais donc les gazer.

— Il ne vous est donc jamais venu à l'idée de les épargner ?

— Il ne m'est jamais venu à l'idée de désobéir aux ordres.

J'ajoutai :

— D'ailleurs, qu'aurais-je fait des enfants dans un KL ? Un KL n'est pas un endroit pour élever des bébés.

Il reprit :

— Vous êtes vous-même père de famille ?

— Oui.

— Et vous aimez vos enfants ?

— Certainement.

Il fit une pause, promena lentement son regard sur la salle, puis se tourna vers moi :

— Comment conciliez-vous l'amour que vous portez à vos propres enfants avec votre attitude envers les petits enfants juifs ?

Je réfléchis un instant et je dis :

— Cela n'a aucun rapport. Au camp, je me conduisais en soldat. Mais chez moi, bien entendu, je me conduisais autrement.

368

— Vous voulez dire que votre nature est double?

J'hésitai un peu et je dis :

— Oui, je suppose qu'on peut exprimer la chose de cette façon.

Mais j'eus tort de répondre ainsi, car au cours de son réquisitoire, le Procureur en tira avantage pour parler de ma « duplicité ». Un peu plus loin, faisant allusion au fait que je m'étais mis en colère contre certains témoins, il s'écria : « Cette duplicité éclate jusque dans le changement d'expression faciale de l'accusé qui apparaît tantôt comme un petit fonctionnaire calme et scrupuleux, et tantôt comme une brute que rien n'arrête. »

Il dit aussi que non content d'obéir aux ordres qui avaient fait de moi « le plus grand assassin des temps modernes », j'avais montré, au surplus, dans l'exécution de ma tâche, un effroyable mélange d'hypocrisie, de cynisme et de brutalité.

Le 2 avril, le Président rendit sa sentence. Je l'écoutai au garde à vous. Elle était celle que j'attendais.

Le jugement spécifiait, en outre, que je devais être pendu, non pas à Varsovie, mais dans mon propre camp d'Auschwitz, et sur un des gibets que j'avais moi-même fait construire pour les détenus.

Au bout d'un moment, le garde qui était à ma droite me toucha légèrement l'épaule. J'enlevai les écouteurs, je les posai sur ma chaise, je me tournai vers mon avocat, et je dis : « Merci, monsieur l'Avocat. » Il inclina la tête, mais ne me serra pas la main.

Je sortis, avec mes gardes, par une petite porte à droite du Tribunal. Je traversai une longue suite de couloirs que je n'avais jamais suivis jusque-là. De grandes fenêtres les éclairaient, et le mur qui leur faisait face était éclatant de lumière. Il faisait froid.

Quelques instants plus tard, la porte de ma cellule se

369

refermait sur moi. Je m'assis sur mon lit, et j'essayai de réfléchir. Plusieurs minutes s'écoulèrent, je ne ressentais rien. Il me semblait que ma propre mort ne me concernait pas.

Je me levai et je me mis à marcher de long en large dans ma cellule. Je m'aperçus, au bout d'un moment, que je comptais mes pas.

DU MÊME AUTEUR

Romans

WEEK-END À ZUYDCOOTE, *Gallimard*, Prix Goncourt, 1949.

LA MORT EST MON MÉTIER, *Gallimard*, 1952.

L'ÎLE, *Gallimard*, 1962, Prix de la Fraternité (M.R.A.P.).

UN ANIMAL DOUÉ DE RAISON, *Gallimard*, 1967.

DERRIÈRE LA VITRE, *Gallimard*, 1970.

LES HOMMES PROTÉGÉS, *Gallimard*, 1974.

MADRAPOUR, *Le Seuil*, 1976.

FORTUNE DE FRANCE, *Plon*, 1978.

EN NOS VERTES ANNÉES, *Plon*, 1979.

PARIS MA BONNE VILLE, *Plon*, 1980.

LE PRINCE QUE VOILÀ, *Plon*, 1982.

LA VIOLENTE AMOUR, *Plon*, 1983.

LA PIQUE DU JOUR, *Plon*, 1985.

Histoire contemporaine

MONCADA, PREMIER COMBAT DE FIDEL CASTRO, *Laffont*, 1965.

AHMED BEN BELLA, *Gallimard*, 1965.

Théâtre

Tome I. — SISYPHE ET LA MORT, FLAMINEO, LES SON-
DERLING, *Gallimard*, 1950.

Tome II. — NOUVEAU SISYPHE, JUSTICE À MIRAMAR,
L'ASSEMBLÉE DES FEMMES, *Gallimard*, 1957.

Biographie

VITTORIA, PRINCESSE ORSINI, *Éditions Mondiales*, 1959.

Essais

OSCAR WILDE, appréciation d'une œuvre et d'une destinée, *Hachette* 1948 (épuisé). Thèse de Doctorat d'État.

OSCAR WILDE OU LA « DESTINÉE » DE L'HOMOSEXUEL, *Gallimard*, 1955.

Traductions

John Webster : LE DÉMON BLANC *(Aubier)*.

Erskine Caldwell : LES VOIES DU SEIGNEUR, *Gallimard*, 1950.

Jonathan Swift : VOYAGES DE GULLIVER (Lilliput, Brobdignag, Houhynhms), *E.F.R.*, 1956-1960.

En collaboration avec Magali Merle

Ernesto « Che » Guevara : SOUVENIRS DE LA GUERRE RÉVO-LUTIONNAIRE, *Maspero*, 1967.

Ralph Ellison : HOMME INVISIBLE, *Grasset*, 1969.

P. Collier et D. Harowitz : LES ROCKEFELLER, *Le Seuil*, 1976.

Impression Bussière à Saint-Amand (Cher),
le 11 mai 1992.
Dépôt légal : mai 1992.
1ᵉʳ dépôt légal dans la collection : juin 1972.
Numéro d'imprimeur : 1406.

ISBN 2-07-036789-4./Imprimé en France.

56421